武侠小说选

青玉灯密码

QINGYUDENG MIMA

顾聆森 著

APGTIME
时代出版

时代出版传媒股份有限公司
安徽文艺出版社

图书在版编目（CIP）数据

青玉灯密码/顾聆森著.—合肥：安徽文艺出版社,2017.4（2022.5 重印）

ISBN 978-7-5396-5944-2

Ⅰ.①青… Ⅱ.①顾… Ⅲ.①长篇小说－小说集－中国－当代 Ⅳ.①I247.5

中国版本图书馆 CIP 数据核字(2016)第 285633 号

出 版 人：姚 巍

责任编辑：胡 莉　　宋晓津　　　　装帧设计：钱志刚

....

出版发行：安徽文艺出版社　　www.awpub.com

地　　址：合肥市翡翠路 1118 号　　邮政编码：230071

营 销 部：(0551)63533889

印　　制：三河市人民印务有限公司 (0316)3650588

....

开本：880×1230　1/32　印张：13.75　字数：300 千字

版次：2017 年 4 月第 1 版

印次：2022 年 5 月第 2 次印刷

定价：58.00 元

....

序

王 宁

初识聆森先生，是在 2001 年恩师俞为民先生举办的一次会议上，当时我提交了一篇关于王骥德《曲律》的文章，会议间隙，一位敦厚长者走过来，对我说：我是苏州的顾聆森，你就是王宁？然后提到文章中的一个细节问题。转眼之间，快二十年过去了，但当时的情境，我记忆犹新。

2002 年博士毕业后，我进入苏州大学文学院的博士后流动站，从事与昆剧有关的研究工作。随着越来越多地与昆曲亲近，与聆森先生的接触也逐渐多了起来。从最早向他借阅难得一见的《晋昆考》，到后来一起撰写"昆曲与传统文化丛书"，编著《中国昆曲艺术》，以至近期的《江苏戏曲文化史论》，多年的合作，我们已经变成了忘年交，故每每在正式场合，在给朋友介绍的时候，我都会说：这是我的忘年交，研究员顾老先生。

敦厚而不失个性，是我对顾老最深刻的印象。让我感动和记忆尤深的则是先生多年以来孜孜以求的勤勉和执着。不论研究还是创作，或有新作，或出新见，顾老总是不断给我以欣喜和惊奇，在苏州和顾老一起的十几年里，我和先生一起分享了诸多"奇文共赏""疑义与析"的快乐。而这，也构成了我记忆中最宝贵最真切的一笔。

如果非要从角色定位的话，我想，顾老首先是一位学者。他的昆曲研究早已经蜚声海内外，诸多论著也频频被昆曲研究者征引。诸如《昆曲与人文苏州》《沈璟与昆曲吴江派》《李玉与昆曲苏州派》等专著均已享誉学界。据我不完全了解，顾老除有和南京大学吴新雷、俞为民二教授联合主编的《中国昆剧大辞典》之外，另有八部专著以及数百篇昆曲论文出版发表。说著作等身，实不为过。正是由于在昆曲研究方面的特殊贡献，他荣膺文化部授予的"优秀昆曲研究专家"称号。

其次，顾老是一个"当行"的编剧。他编写的几个昆剧在江苏省昆剧院上演时，我曾多次应邀欣赏，有时还带上研究生一同"尝鲜"，深感其创作传统而不保守，当行而又富有文采，兼并了才人和学者之长。

所以，从某种意义上讲，写小说完全是先生的副业，纯属玩票性质。但即使像我这样一个与先生走得很近的人，如果不是因为看到摆在眼前的几本武侠小说，怎么也不可能将昆曲研究专家和武侠小说作家二者统一到聆森先生身上。但世事就是如此奇妙，这二者不仅结合了，而且结合得很美妙，也很完美。

除了这次结集的两部小说外，先生还出版过《三剑情仇》《孤岛落魂》《情狱钦案》等小说。本集中，关于武则天与狄仁杰以及正德皇帝的故事，原本也听先生多次聊过，这两部小说不仅集历史、悬疑、武侠为一体，而且故事好，情节曲折，我也曾推荐将之搬上影视舞台，后来由于适逢"限古"，没有遂愿，但我相信，真正的具有价值的故事肯定会流传的，不论是现在，还是将来。

在我少年和青年之时，武侠小说曾经风靡中国。当时我几乎追踪阅读了金庸先生的全部武侠著作。与很多"大雅"的学者排斥武侠小说不同，我是极力推崇武侠小说的，甚至还尝试写过。我一直顽固地以为：武侠的一个重要的意义正在于生命的"扩张"，在于通过一个虚幻的世界来飞腾我们在现实生活中无法完成和达至的梦想。在此意义上，武侠小说很像中国龙，是中国人梦想的图腾，也是人类美丽的梦乡。阅读聆森先生的武侠小说，我再次感受到了自身的灵魂和现世被拉伸和放大的快慰，正如有的论者所言，好的文学作品可以让读者"在别人的故事中流下自己的眼泪"，而好的武侠作品则可以让我们在别人的故事里伸张我们梦想的身躯和臂膀，完成精神和灵魂的飞腾。

在顾老的武侠小说里，我时时看到的是先生"敏捷"的身影和"不老"的心灵，上穷碧落，心游万仞，古往今来，嬉笑怒骂，时而意气昂扬，如云霓虹彩；时有块垒郁郁，有干云豪气。所以，我常常这样想：武侠这样的"强力"作品，必然属于且只属于生命力旺盛的人群，属于生活中的真正的强者。只有这样的强者，才可能融注火一样的激情，创作出炫目的文字来。也只有如此豪壮的生命，才可能跳脱世俗生活的羁绊，营造出阔大雄伟的梦想空间，真正翱翔在精神和灵魂的天空中，了无挂碍，若鲲鹏扶摇九万里。

顾老的作品是十分讲究故事性的。这也是我一直首肯和推崇的路子。在中国的文化场景和审美传统里，要想"接地气"，必须首先讲好故事。在这点上，顾老无疑是高手。我还记得几次和先生一起外出，路途上顾老会津津有味地讲起自己最近的作品。明清时期苏州本地的很多剧作家和文学家，其实都有"接地气"的特色，诸如昆曲"吴江派"和昆曲"苏州派"等苏州剧作家群体，都和民间文化联系密切。顾老曾经致力于苏州市民文化研究，故对此关窍十分熟稔，运用起来也得心应手，手到擒来。本集中关于狄仁杰和正德皇帝的故事是在历史的影子中通过虚构旁生枝节，让情节穿越预设的迷宫，从而悬念丛生，跌宕起伏。正疑山重水复处，又见柳暗花明来。故事的结局也出人意料，耐人寻味，显示出作者超凡的"结构"功夫。

难能可贵的是，尽管作者遵从了"草根"的吁求，竭力构造出了丰富优美的故事空间，但其文字却没有如一般书会才人那样粗糙随意，相反却显示出审慎的精致和文雅，从而达至了雅与俗的一统。或许是长期研究雅文化昆曲的缘故，顾老的武侠作品总可以看到作者"俗不伤雅"的心结，并尽可能赋予文学色彩。小说文字流畅且颇富文采，即使小说的回目，也讲究平仄对仗。亦雅亦俗，雅俗共赏。

文字就是生命，就是性格。阅读顾老的作品，我再次服膺了这样的断语。而且，我也深信：真正昂扬奋发的生命必将伴随着文学流传后世。在此意义上，只有诗意和激情是不朽的，因为她们寄寓了人类生命的本质。

我愿意和先生一道，以不同的方式，为诗意和激情讴歌：愿诗意永在，祈文学永生！

丙申之夏于姑苏三五斋

（作者王宁系苏州大学文学院教授，博士后，博士生导师。）

目 录

青玉灯密码

第一回　美男妃寝宫媚主　　俏女儿内室握权　　　　| 003

第二回　少女失踪白马寺　　狄公受剑金銮殿　　　　| 006

第三回　大侠月下惊蛇草　　倩女殿前扮沙弥　　　　| 013

第四回　贤大人严词责乔泰　　莽兄弟短剑投马荣　　| 022

第五回　软玉柔乡美妾怀情　　鸳帷凤枕旷夫探秘　　| 031

第六回　蒙面客飞镖灭口　　有情人抛泪点津　　　　| 040

第七回　三姐妹拦桥戏壮士　　两青锋借路觅寒冰　　| 048

第八回　玉面冷看雌雄剑　　须眉怒对柳叶刀　　　　| 058

第九回　元宵洞三影赐冰丸　　独木桥鹊儿呈玉札　　| 068

第十回　感业寺妙真搜捕　　罗汉堂乔泰倒悬　　　　| 075

第十一回　丑头陀大路救尼姑　　俊捕快青楼见鸨母　| 085

第十二回　捕快黄昏擒刺客　　大人半夜审花鳖　　　| 091

第十三回　蝴蝶豹明堂惊驾　　武则天高阁谈禅　　　| 098

第十四回　削铁手英雄力尽　　碎网砖姐妹功成　　　| 108

第十五回　递消息左相访衙　　赴盟约巡抚搜寺　　　| 117

第十六回　云收雾散恩仇了断　剖腹掏心兄弟释疑 ｜ 125

第十七回　入淫窟茧网自投　破凶寺方家联袂 ｜ 131

第十八回　蒋玉屏落魂离大道　狄仁杰结案入云雷 ｜ 144

青萍第一剑

第一回　俏佳人铁笛施威　仁夫子柔肠受掌 ｜ 155

第二回　离豹房山水寄闲情　初出手青萍助扁担 ｜ 162

第三回　御炉入目连旧案　折扇题言换新娘 ｜ 172

第四回　司马畏瓜洲谒道长　舒子涛星夜鸩师尊 ｜ 181

第五回　披星白骨成冤鬼　戴月缅刀驱色魔 ｜ 192

第六回　尤娘子飞车救少主　薄如冰狭路逢仇家 ｜ 200

第七回　当珠过市复登艳路　鼓掌投银一报马恩 ｜ 213

第八回　亮刀淑女阻兵　救驾蛾眉就缚 ｜ 221

第九回　靓女失鞋获代步　姑爷遇艳上绣楼 ｜ 229

第十回　周元大闹苏州府　佳丽脱囚半月亭 ｜ 239

第十一回　三娘有意走风陵　班主真心结剑社 ｜ 250

第十二回　避鹰难密林丧胆　结情网竹屋偷心 ｜ 256

第十三回　假惺惺假意敬孤梅　情切切情郎补扇骨 ｜ 265

第十四回　沙岸风陵救老姬　绣楼阑夜识小妞 ｜ 273

第十五回　落井下石权贵欺贫　传杯更盏游龙戏凤　｜ 281

第十六回　停古镇天云伤逝　谒祠堂正德吊唁　｜ 289

第十七回　未亡人继掌西山剑　怀情女洒别东港湾　｜ 298

第十八回　冒作故人访丽质　虚充学友见余杭　｜ 305

第十九回　九尊圣主变强盗　七品县官打帝皇　｜ 313

第二十回　虎与龙铁窗同济　官同匪星野共拼　｜ 321

第二十一回　李玉书飞骑传急信　尤三娘临狱访名医　｜ 328

第二十二回　麦余异凤楼受戮　司马梅米谷殉情　｜ 336

第二十三回　天子坐衙理案　县台受戮明刑　｜ 345

第二十四回　段太守扶棺骂像　房太监奉旨自裁　｜ 359

第二十五回　杭州府领旨诛恶豹　夜行人踏屋诱三娘　｜ 369

第二十六回　风狂雨骤恨离十载　电闪雷鸣喜在今宵　｜ 379

第二十七回　前呼后应一人算计　左抱右拥四美团圆　｜ 386

第二十八回　薄如冰飞剑救青女　司马畏沉刀死绿波　｜ 395

第二十九回　月圆后难构林屋　心碎时剑饮萍儿　｜ 402

第三十回　一天白浪沉舟惊凤　满海绮霞落日追鹰　｜ 411

第三十一回　朱厚照受惊落水　龙三娘辞驾归山　｜ 422

青玉灯密码

第一回　美男妃寝宫媚主　俏女儿内室握权

越古金轮圣神皇帝武则天觉得有点倦怠，便令十六岁的贴身女内史上官婉儿为她宽衣解带。她从少女时候起，就有白天裸寝的习惯。她喜欢光溜溜地睡在喷香的软褥上，即使隆冬，她也要把壁炉、熏笼烧得旺旺的，身上只覆盖着一层轻纱。在这轻纱下面，她曾有过许多难忘而奇异的梦。为了这些梦，她也曾恐慌、羞涩，然而后来她却十分怀念这些梦。她的梦在她十五岁那年终于变成了现实。那是她进宫的第二年，作为唐宫的"才人"，她偷偷地在起居处"裸睡"，无意中被唐太宗李世民发现。李世民"强暴"了她。事后，李世民把她称为"媚娘"，以表示他享受到的无限美感。武则天从而知道，现实比起梦境来，要美一百倍！不久后，太子李治再一次"强暴"了她这个后母，同样适意美妙，所不同的是，此时的她，已没有了初次体验时那种恐慌与羞涩的感觉了。

她在六十岁时，忽然全换了一口新牙，黛眉重长。更不可思议的是，绝经十年有余，忽又来潮，干瘪的胸脯重新鼓起。面上皱纹渐退，看上去仿佛回到了中年。女天子不觉喜出望外，把自己的"返老还青"，看成是上天对她所作所为的奖赏。自此，她也更加勤政，举贤用才，杀了向来倚重的恶吏周兴及其同党。对年轻美貌的男子，她也不再羞羞答答、遮遮掩掩，公开封为"面首"。"面首"者，男妃子也。

此时，室外正刮着狂劲不羁的风，一阵紧似一阵，席卷着她的整个心房!

"唉唉!"武则天幽幽地叹了口气。

"陛下!"上官婉儿立即走到龙床前,不知女皇帝为何长吁短叹起来。

"需要按摩吗?"婉儿问。

武则天点了点头:"你把双张唤来。"

"遵旨!"

"双张"即张易之、张昌宗,乃是武则天的贴身面首,均二十余岁。当下应召进了天子卧室。二人薄施脂粉,却不着痕迹,风流倜傥,好一双美男子。

双张叩见陛下时,武则天从龙床上坐了起来,顿时倦意全消。双张羔羊般地接受了女天子的"抚慰"。稍久,武则天慢慢抬起头来,带着笑容,双目放着诱人的光,停留在张易之的脸上,热烈而殷切。张易之早已心领神会,便与昌宗分站两边,各自侍着半边龙体,摩、揉、捏、拍,无微不至。好一阵,又用导引之法,把个女天子服侍得万分舒坦。

这一切,他们全不回避上官婉儿。婉儿自幼在武则天身边,已经司空见惯,习以为常,也引不起她多大兴趣。她偶尔还发现太平公主同样支配着好几个面首。由于他们在她的面前从不掩饰什么,也从没流露过丝毫的羞涩感。因而,她从小至今,还没有把面首和女主间赤裸裸的性逗乐和"羞耻"联系在一起过。她已居二八年华,把面首的行为看成和自己要完成的起草诏书、代阅奏章、管理文书机要的公职一样自然、正常。武则天授予了婉儿普天下只她一人拥有的特权,即随时随地,包括天子与面首做爱的时候也可以晋见,以及时传递机要消息。这恐怕是武则天为了避免"因私误公"而部署的奇而又奇的一着。

此时,上官婉儿拿着记事牌,大大方方走到御榻前。她身着绛色绣衩、石榴裙、霞帔,脚着云花小蛮靴。乌黑的头发梳成双刀羊翻髻。双张见这如花似玉的上官婉儿亭亭玉立地站在跟前,触手可及,他们不约而同地用火辣辣的眼光注视着她。她的心荡了一下，恬静的心海第一次发生了战栗。

"陛下！"她微微地有点失态。

武则天略略睁开凤目。

"有什么事等会再说！"武则天又闭起了眼睛。

"是！"

上官婉儿用眼瞥了一下双张，他们的眼光显得更加炽烈。她明白，她的特殊地位和武皇帝对她的宠爱，使双张无论色胆有多大，也不敢碰她一下。然而，她对于自己从未有过的，在异性目光的刺激下心旌摇曳、难以自持的感觉，产生了一阵突如其来的慌张。武则天说毕，长长地舒了口气，又躺在龙榻上。此时，她的面首已进入"侍寝"的阶段。上官婉儿稚嫩的心感到慌乱，便下意识地把身体转了过去，背对着他们——忽然看到记事牌上记着文武百官正在金銮殿候驾，有一件重要公案必须由她圣裁！召见文武百官的时辰也是女皇临时定下的，眼看时辰将临，上官婉儿不得不再次提醒她，便又轻轻地叫了一声："陛下！"

武则天是否起驾呢?

第二回　少女失踪白马寺　狄公受剑金銮殿

寂静。

仿佛炸雷突然爆炸，把人震得忘记了自己的存在。

白马寺进香少女失踪！

狄仁杰奏毕，请旨搜寺。他匍匐在金銮殿上，不敢起身，甚至不敢抬头看一眼女皇帝武则天。

"陛下！"肃静中，又有人出班启奏。他跪在狄仁杰身后，那分贝偏高的话声，狄仁杰一听便知道是魏王武承嗣。魏王跪定后，悄悄平舒口气，接着奏道："臣请先斩狄仁杰之头！白马寺乃陛下敕建圣寺，辅国大将军薛怀义是圣上所擢拔，当今之高僧，可谓冰清玉洁，遐迩皆知！狄仁杰空口无凭，就诬陷圣寺高僧，执意搜寺，实是在对陛下泄愤！"

狄仁杰一凛。武承嗣所谓"泄愤"，用词极其恶毒。狄公曾被恶吏来俊臣诬陷"谋逆"而下天牢，出狱后，官居彭泽令。此番皇上因思念故臣，复召为京官，出任河南巡抚。群臣私下猜议，狄公官声昭著，或者时来运转，就要入相了！魏王"泄愤"之说，大有重演来俊臣故技之意。

狄仁杰听了，微微抬头，用眼角余光瞄了瞄武则天。在武承嗣盛赞薛怀义"冰清玉洁"时，她的嘴角漾起了一丝可以察觉的笑容，她投向武承嗣的目光，表示了她温和的嘉许。

殿外的风像疯狂的狮群，吼叫着，连门窗都仿佛受了惊吓，激烈地抖动起来。而远处，一个轰隆隆的闷雷，滚动着，又突然在金銮殿的上空炸响。

天空和大地的不安与战栗，与武则天的安详和沉默，恰成对照。她依旧金口紧闭！

武则天原是唐朝第三代天子唐高宗的皇后，高宗驾崩，唐中宗即位，武氏即以皇太后名义临朝称制。在她六十寿辰那年毅然改"唐"为"周"，登基称帝。随后又加称为"越古金轮圣神皇帝"。亲政以来，所杀大臣不计其数。然而，她的确也改革有方，平突厥，降吐蕃，国势渐盛。近来，这位女主，诛杀了一直倍加宠信的恶吏周兴，并疏远了另一位恶吏来俊臣；同时，为一批颇有官声的旧臣昭雪冤狱，复加起用。她眼下的作为，常常流露出一种中兴以后少有的自信。她开始意识到她的政绩要与她的外部表象统一。她自然十分清楚，这十几年来，由于杀戮太重，她所赢得的一切中，唯有口碑最为单薄。

预感告诉狄仁杰，武则天的内侄魏王武承嗣的话虽然十分中听，喜怒无常的武则天也许仍不得不做一番新的权衡！她心中的天平最终向哪一边倾斜？不得而知。

"陛下！"武承嗣显然急于要逼他的姑母表态，以只有他才能享用的那种语调口气，继续奏道，"薛怀义屡建奇功，国家栋梁怎容毁谤？望陛下速斩狄仁杰以谢功臣！"

"不可，不可。"这话惹恼了一旁的大臣李昭德。这李昭德在满殿文武百官中，恐怕是仅存的李家子孙了。他跪伏在狄仁杰身边，奏道："少女在白马寺失踪，案发多起，绝非偶然！臣以为，当速准狄仁杰之奏，下旨搜寺。否则，物议必累及朝廷！"

武承嗣把牙咬得咯咯作响。这李昭德正是他最大的冤家对头！须知魏王武承嗣原先职任左相，不料这位前凤阁侍郎李某，竟在武则天面前大放厥词，胡说什么亲王兼了首相，权等人主，陛下必不能久安天位，等等等等，吓得则天皇帝立即罢了他的相位。更让人气恼的是，李昭德随即取而代之，升授同平章事！老实说，对薛怀义这个家伙，他也全无好感。在朝所有文武中，也只有这个秃驴敢白眼看他！如今他竭力保他，只为扳倒宿敌狄仁杰。狄仁杰与李昭德过从甚密，待老狄掉了脑袋，他便伺机再参上一本，指控李昭德是狄仁杰余党，合伙诬陷"国家栋梁"，以消心头宿恨！眼下李昭德自动跳出来，与老狄坐到一条板凳上，岂不正中他下怀？心里一阵高兴，便立即抢白道：

"什么案发数起？全是无中生有，一派胡言！此案既发在京城附近，我们怎么从不曾听到有过原告？"武承嗣料定没有人吃了豹子胆，敢告白马寺的状，便又冷冷地加了个语气助词，"嗯？"

武则天静静地听着他们廷争。看得出，越来越浓重的阴云在她的眉间堆积。她低垂的凤目注视着狄仁杰，焦虑地等待着关于"原告"问题的满意的回答。

"谁说没有原告呢？"狄仁杰忽然反问武承嗣一句，语调平静而客气。

武承嗣大吃一惊，迅速抬起了头："谁？谁竟敢告？"

狄仁杰这才从袖中摸出一沓血迹斑斑的纸来，把它打开，手指有些微微战栗："本科举人王毓书小女王蕴玉，三天前在白马寺进香失踪。这是王毓书向本衙递呈的血状！"

这金銮殿上，立即进入了一个持久的缄默。时间就在脚下悄悄地流逝。狄仁杰因为没有听到武则天的迅速反应而有了一点紧张。只不过几秒钟，狄仁杰仿佛等待了几年！满殿官员，只有狄仁杰真正感到了这沉默的压力。

"呈上！"

高高在上的"越古金轮圣神皇帝"终于开了金口。平平的一句话，虽然没有任何"倾斜"的暗示，却已让狄仁杰满足得轻轻呻吟了一声。他不用人传递，自己把状纸顶过了头，膝行而前，直抵武则天跟前。武则天接状在手，速速浏览。狄仁杰仍不敢抬头，目光却落在武则天龙袍的下摆上。上面用锦线绣着翻卷的蓝色的海浪正托举着半轮红日。蓦地，这些海浪仿佛都腾跃起来。那浪峰渐渐推出了一双乌黑的眼睛，正是王毓书那双失神而哀伤的眼睛。狄仁杰的耳际仿佛又响起了他失女后撕心裂肺的悲号，而眼前却再现了日前进京途中亲见的惊心动魄的一幕。

最先跳进他耳中的是一个中年妇人尖声的叱责：

"你这样死了，也是白死！你死了，女儿就回得来了吗？你要死，索性拿着状子，死到洛阳公堂上去！"

狄仁杰因为要如期赴任，连日来日夜兼程，鞍马劳顿，疲乏得几乎在马背上瞌睡了起来。这尖厉的声音，使他猛然惊醒。睁开眼，只见一座深宅大院门前，围了一大簇人，其中，有一双失神而哀伤的眼睛，正愣愣地凝视着一位泪流满面的女人，他手中握着的是一把菜刀，被那女人夺去，"当啷"一声扔在了地上。

"王老爷！"周围的人乱哄哄地叫着他，"夫人说得极是，万万不能寻短见轻生啊！"

"告他白马寺！"

"告他薛怀义！这个秃驴！"

那双失神而哀伤的眼睛突然抬了起来，仰望着天空。他把双拳紧握，在空中使劲地挥舞着，拼着全力喊道："洛阳没有青天……"

人们突然沉静了。一阵风掠过，路边的草木凄凉地摇摆着。一只不知名的鸟儿从头上飞过，发出几声难听的叫声。

"王老爷别急！"有一个声音突然响起，"河南要有青天了！"

一片嘈杂。

"怎么说？"有人急问。

"狄公就要来了！"

"什么，什么？你再说一遍！"

"狄仁杰狄青天呀！他就要出任河南巡抚了！"

"真的？"

"千真万确！是我一个在洛阳府当差的表兄告诉我的。"

于是一个高度兴奋的浪潮掠过人群。狄仁杰心中一阵热辣，不由自主地跳下了马。

"只怕仍是讹传。"有人冷不防泼了一瓢冷水，"即便是真，也不知狄青天何时能够上任呢！……"

"诸位！"狄仁杰忍不住抱了抱拳道，"这位小兄弟所言，在下可以做证。而且据我所知，狄仁杰已经到任了！"

"你怎么知道？"

"是我亲眼所见！"说时，狄仁杰回首问他的两位身着便服的随从马荣和乔泰，"是不是？"

"是！"马荣、乔泰同声证明。乔泰又特意补充了一句："若有大不平，今晚就可以去击鼓鸣冤！"

狄仁杰看见那双失神而哀伤的眼睛忽然闪亮了一下，他从地上捡起了那把菜刀，手一扬，左手食指已被剁下，刹那间血如泉涌。他一手捂住伤指，大声对着那惊呆了的妇人瞪眼嚷道：

"贱人你愣着干吗？还不快去取纸笔来！"那妇人顿悟，转身进屋，立即取来了文房四宝，并把白纸在门前一块大青石上铺平。

血，在青石面上一滴滴溅开。他拈笔蘸血，咬牙疾书，片刻，一纸血状，竟已挥就……

就这样，狄仁杰一上任，所接手的第一个大案，使他不得不面对一个超级的庞然大物——白马寺的住持方丈，当今声势显赫的辅国大将军薛怀义。不仅如此，女皇帝武则天又敕令缮修和扩建了这座东汉名刹。这位女皇每年数次御驾亲临祭祀，几乎已成了惯例。狄仁杰忧心忡忡，白马寺进香少女失踪的丑闻，如果因被立案而张扬开去后，恐怕连这"越古金轮圣神皇帝"也要被抹上几道黑印。

"狄卿！"武则天看完了血状，口气虽然不失温和，微睁的凤目中却无法掩饰地闪露出一点凶光来，这便使金銮殿上多少文武官员感到战栗。

"白马寺是孤敕修的。"她说，"怀义堪称当今高僧，且有战功。王毓书痛失爱女，指控寺僧所为，却又一无实据，真是可恶！"

狄仁杰的心不由得往下一沉。他明白，此刻他语言上稍有差池，都可能造成极端后果。武则天只要轻吐一声"斩"，不仅王毓书要身首异处，此案也便等于了结，无人再敢问津，而且又给了魏王一个可乘之机。于是，狄仁杰趁着武则天话音停顿的间隙，小心地插言道：

"陛下！白马寺何等高洁，怎容涉嫌丑闻？臣请旨搜寺，正为证明圣寺之清净，也有意要为辅国大将军洗刷开脱！"

狄仁杰说得虽然极为巧妙，但仍然有悖圣意。请旨搜寺，实际上仍以凶犯藏在白马寺为前提。果不其然，武则天听后，鼻中轻轻"哼"了一声。

武则天不愿搜查白马寺是显而易见的，而且她已明显地暗示了狄仁杰。狄仁杰居然置之不理！武则天心目中"忤臣"的标准，狄仁杰早已"超标"。积蓄在她心中的激愤逐渐演化成一种杀机。她毫不掩饰地恶狠狠地对狄仁杰说：

"狄卿，你以为不搜寺，便不能结案吗？"

狄仁杰缓缓抬起头来，看了武则天一眼。武则天也忽然感到一阵微微的震撼。她深知畿辅要地，非得一个人才出众、德望素著的人才能坐镇！而狄仁杰是最合心意的，因而她才把他从外县召回京城，并破格提拔为大臣。正因为这一点，她在强烈不满意他不能体察圣心时，却又深深钦佩着他的刚正无私、敢于执法！在这一刹那间，她感到自己深深地陷入了一个极其荒唐的矛盾中。一方面，她害怕狄仁杰胆敢点头，同时，也似乎非常害怕他摇头：怕他以摇头来表示他的胆怯和屈从。如果这样，他便不是她心目中刚正不阿、铁面无私的巡抚狄仁杰了。

"是的！"她终于清晰地听到了狄仁杰的回答。

武则天猛然离座。愤慨终于压过了怜才。她"噌"的一声，从武士腰间抽出了佩剑，目光霍霍地扫视着。

狄仁杰大惊失色！而这金銮殿上，此时黑压压地跪下了一大片。

武则天持剑走到狄仁杰的跟前，冷笑了一声。然而，不知她在最后一秒钟里想到了什么，她把宝剑扔在了狄仁杰膝旁，厉声道：

"朕限你五日破案！若薛怀义果然不法，即用此剑，就地正法！"

"臣遵旨！"一滴冷汗滴湿了膝下的方砖。

"你知道'属镂'吗？"

狄仁杰倏地又变了脸色，嗫嚅道：

"臣曾闻，'属镂'乃吴王赐赠伍子胥自刎之宝剑！"

武则天悠然地转过身去，回到御座上："限期过时，"声音依然严厉，"这把尚方宝剑，也就是朕赐给你的'属镂'！"

闪电过后，又一个沉雷在头顶上炸开。

雷声刚落地，狄仁杰就听到一声轻笑，那是身后的魏王武承嗣发出的。

第三回　大侠月下惊蛇草　倩女殿前扮沙弥

　　狄仁杰脸色苍白。金銮殿上，那九死一生的一幕，时时侵扰着他高度绷紧的心弦。他一口气喝完了一大碗"天王安神汤"，然后斜倚在竹榻上，又缓缓地舒了口气，闭起双目，试图强迫自己的思绪收拢集中起来，他要尽快把那乱纷纷的一堆，理出个头绪来。

　　御赐的尚方宝剑正静静地躺在书案之上。因天阴而燃起了红烛，昏黄的烛光照着剑身，熠熠闪烁着。于是他再次想起了吴剑"属镂"，想起了伍子胥以"属镂"自刎的典故。这时，在他的耳畔，又清晰地传来了魏王武承嗣的那一声冷笑。他一定笑他蠢得可以，平白地钻进了武则天的彀中，自取灭亡！狄仁杰想着，蓦地从竹榻上跳将起来，就像一头烦躁的困兽，来回踯躅着。良久，他才用手拍了拍自己的前额，自语道："慢来，慢来！"那武则天也未必真是布置了一口陷阱让他跳下去，限期五日，果然严了些，然而，武则天似乎是认真的！而且，无端端的她又凭什么非要刁难一个自己亲手擢拔的大臣，欲置他于死地呢？

　　狄仁杰终于冲破了自己编结的那张心网，把纷乱的思想纳入了轨道。

　　不知什么时候，太阳已从云中偷偷露出脸来。狄仁杰苍白的面庞上开始泛出淡淡的血色。他用手理了理颏下的黑髯，喊了一声："来人！"

　　"有！"门外立即有人应了一声。

　　"有请马荣和乔泰！"

"是！"

这是狄仁杰的老习惯了。当计划成熟于胸的时候，他喜欢听听跟随他已久的属下马荣和乔泰的意见。

"大人！"马荣、乔泰几乎同时走进了他的书房。

"二位义士！"狄仁杰说时伸了伸手，表示让座。

马荣、乔泰把海青提了提，就坐在椐木硬椅上。狄仁杰把早朝一幕先详细说了，然后道："二位义士是从江湖上闯荡过来的，广闻博见，有何高见告我？"

乔泰略一沉吟，道："圣上既已恩准搜索禁寺，倘若查无实据，那班伐异之党，岂不有了口实？便又要攻击狄大人有不忠之心了！"

"以在下之见，"马荣站起身来，"我俩连夜往白马寺走一遭，趁其不备，先探个水落石出，再作计较。"

"只是，"乔泰的语调略有些不平静，"白马寺由薛怀义经营多年，又经过了敕修，更非昔比。早听说，它就像一座迷宫，神秘莫测！不过，眼下恐怕也只有这一条捷径了！手下若不先握有些线索，甚至真凭实据，来日搜寺也是枉然！"

狄仁杰望着窗外，让春日带湿的暖风迎面吹拂了一会。他用手捋着黑髯，好一会才转过脸来，说："夜探禁寺，也是迫不得已，而且事不宜迟！"

"是！"

马荣与乔泰差不多同时站了起来，麻利地脱下海青，露出一样的黑色短靠，细袖紧腰，更添了几分英气。

"不！"狄仁杰黯淡的眼神中突然放出了果断、练达的光芒，"马义士，你去洛阳郊外觅个去处，扮作响马强人，要拦截所有从魏王府过来的可疑行人。"他顿了一下，"只怕魏王暗中使刁，把圣上恩准搜寺的消息先泄露给白马寺，让他们有了准备，我这成败攸关的第一步，岂不要徒劳了？"

"这……"马荣着急道，"如果这样，现在恐怕已经为时过晚了！"

"这还不至于！"狄仁杰胸有成竹地说，"早朝后，圣上又把魏王与左相李昭德一同留下单独议事，估计此刻魏王还不曾离宫还府。"

"那么在下就先走一步！"马荣说时，挂上了佩剑。

"走吧！"狄仁杰凝重地点了点头，见他转身出了门，就把目光投向乔泰，神情虽然十分果敢，但看得出，某种不可捉摸的预感，使他的眼光失去了犀利，不似往日般明亮。

"再给你派个助手？"狄仁杰说。

"不必了！"乔泰深知，马荣以外，狄仁杰手下别无高手堪与他搭档。弄得不好，反成了累赘。

"那好！独往独来，也许反而方便！"狄仁杰也说，"不过你一定要切记，宁可空手而归，也不能打草惊蛇！倘若被人发现了，你也只好委屈装个鸡鸣狗盗之辈，绝不能暴露本衙。否则等于下官自己去通风报信了。失去了先着，岂不是画虎不成反类犬了吗？"

说罢，狄仁杰把"属镂"擎起，用手指轻轻拂着它的亮晃晃的刃口。他仿佛在向乔泰暗示，此番夜探成功，疑案指日可破！倘画虎不成，弄不好，误了五日之限，狄某恐怕就要成为"属镂"剑下之鬼了！

"大人放心！"乔泰的话落地有声，仿佛每一个字都能担起狄仁杰的身家性命，"乔泰追随大人这么多年，有哪一桩事'画虎不成'了呢！"

"言重，言重！"狄仁杰带着歉意，"乔义士胆大心细，原不足虑。只为此番行动，何等重大！何等关键！狄某将坐着针毡盼你归来！"

乔泰从狄大人深沉且透着渺茫期待的话语深处，隐约感到了他的真诚、坦率，以及对他的无限的厚望和信任。这一切就使得乔泰的心中荡漾起巨大的爱戴和感动的激情，他像一尊雕像般站在书房中间，铁铸的脸上闪着红光。"刷"的一声，他的双手紧紧地抱在胸前，铿锵有力地说："大人，乔泰决不会画虎不成，也不会空手而归！你静候乔某的佳音吧！告辞！"

转眼间，乔泰离了狄仁杰的书房。

乔泰出了前宰门，一路往东，直抵白马寺。他先把寺院前后左右的地形地貌细细察看了一番，然后寻了个酒肆，监视着来往人众的可疑行迹。白天尽了，又把黄昏消磨过。待到三更，便形只影单，悄然而往。

夜色迷蒙。潮湿的风依然起劲地吹动着茂密的树林，惨白的月亮在薄云中穿梭似的来往，苍松翠柏则把它的光芒筛碎，恰似梨花、桃瓣，铺满了笔直的御道。白马寺前有十几株合抱不拢的古树，森然屹立。冷不防一声长长的猿啼划破夜空，凄厉得仿佛月光也发生了战栗，从而更衬出这山林的空旷宁寂。

乔泰仗着踏雪无痕的轻功，逾过山墙，进入寺中。淡月之下，佛殿钟阁，飞檐翘角，重楼叠宇，剪影错落。巍然雄浑，深沉而又庄严，并处处透着那种佛家净土的神秘与威慑！

寺僧都已入睡。有几个高僧在蒲团上盘膝而坐，在跳跃的烛光和缭绕的烟云中紧闭着双目。也许他们正在静悟中充分地享受着遨游西方极乐世界的酣畅！青砖粉墙、佛坛香阁……净洁得几乎一尘不染。这是静与净的圣土，怎能叫人相信，它与"藏污纳垢"竟能够联系在一起！乔泰就像狸猫一般，于楼、殿、厢、阁之间巡视了几个来回，哪有蛛丝马迹可寻？然而，乔泰又敏锐地感到了某种凶险正在那殿宇的阴影中潜伏，强烈的不安也在这异样的静谧中骚动。他警觉地环顾了一下四周，随后就飞身上了一棵大树，并攀到树梢上。他的身影恰似一只鸟瞰全寺的山鹰，监视着雄踞在月下的肃穆而高耸的建筑群落。

寂静，依旧是灭绝样的寂静。

夜风带着轻寒掠过了树梢，茂密的树叶厮磨着，发出了"沙沙"的响声，像大海中的轻浪，由近而远，此起彼伏！

乔泰的思维随着这轻浪，一直向前追溯。他的岳父蒋泗北、岳母龚氏，原是成名的建筑设计师。天后登基不久，敕修白马寺，便是泗北夫妇打的蓝图。不料，大功告成之日，一伙蒙面大盗打劫了蒋家。泗北夫妇双双死于非命，家财也被洗劫一空。当时乔泰新婚不久，也不知何故，突然仇家云集。乔泰被逼得走投无路，不得已投身绿林。爱妻蒋玉屏也不知去向，十余年杳无音讯。乔泰自然也不愿在绿林沦落一生！幸遇狄仁杰，不念身世，量才使用，且引为心腹。乔泰追随狄仁杰，走南闯北，肝胆相照，协助他破了多少疑难大案，从未有过闪失。此番狄公令他夜探禁寺，也原是把他看成是刀刃上的好钢，他哪敢有丝毫疏慢！时交四更，他在树梢上认真监视着东都洛阳这座伽蓝僧院的一草一木。

又一阵风过，他在那"沙沙"的叶浪中，突然听到了一种轻微的、异常的声音，像是那隐隐的雷声。他忍不住抬头望了一眼天空，天空一轮晕月，决不会起雷。乔泰警觉地凝神四顾，猛然发现大雄宝殿前有一条黑影在徘徊。借着月光，隐隐看清，像是个小沙弥。他仿佛在地上寻找着什么，前后徘徊。乔泰立即提了一口气，犹如一片树叶，轻轻飘落在地。他闪身树后，凝视着，当耳边的"雷声"戛然而止的时候，那小沙弥便推开了大雄宝殿的落地长窗，走了进去。

乔泰也走到那窗前，向身后看了看，确信没有人尾随着他。为防意外，便装成个鸡鸣狗盗之辈潜入殿内。身处这庄严佛土，心中也庄严起来，不由得自惭形秽。他先偷了几个供果在手里，故意鬼鬼祟祟地一溜烟转入佛像背后。但见粗大的长闩静静地闩着殿后的大门，心中暗暗吃了一惊，哪里还有那小沙弥的踪影？他又细细检查了一遍四周的粉墙和方砖地面，竟没有一丝破绽！乔泰又怕误触机关，对殿内一切设施也不敢碰摸。同时，一种绝境将临的恐惧感油然而起，擒住了他的心。他不敢怠慢，直蹿出大殿。殿外却依旧如故。但天气已晴，皓月的清辉抹在殿前的石阶和屋檐下面的方砖地上，仿佛铺了一层浓霜，显得分外清冷、静肃。乔泰心中蓦然一动，想起那小沙弥进殿前在这屋檐下低首徘徊的身影。莫非这方砖中藏着打开那些密室暗道的机关？他凝眸扫视了一遍这些平整的青砖，一种模糊的、深潜的意念却从心底向上升腾泛起。他曾经怀疑，那蒋泗北夫妇并非死于盗贼，而是死于一个为了独享寺院机关秘密而杀人灭口的无耻阴谋！狄大人在昌平县破获某要案时，有案犯无意中供述了他曾参与过刺杀乔泰岳父母的行动。至于是否受白马寺指使，虽不得而知，但他也曾由此推测到，那几年中，他和妻子蒋玉屏被人追杀，是因为蒋玉屏从她父母那里知道了白马寺的秘密！此时，乔泰仿佛认定了天大的秘密正暗藏在方砖上似的。他也学着那小沙弥的样子，仔细地踏着它们，来回走了几遍。然而，绝无动静。

他再次抬头望了望夜空，月儿已经过了中天，风过处树影婆娑。蓦地，在他刚才栖身的那棵大树上发现了一条黑影，不由得吃了一惊，急忙把身退到阴影处，目不转睛地凝视着高处。片刻过后，只见那黑影轻轻一蹬，便向上空蹿起，那黑色的斗篷扩张开来，恰似鸷鹰的翅膀，箭一般地俯冲滑翔下来，直落到大殿后面。动作之矫捷，加上落地时的无声无息，使乔泰惊骇不已：其轻功绝不在自己之下！乔泰料他也是一位不速之客，正想去跟踪，耳旁却又响起了那种熟悉的、轻雷般的隆隆声。经验告诉他："雷声"戛然而止时，小沙弥就会魔术般从那宝殿中出来。乔泰不敢稍息，平地纵身而起，双足倒挂在上槛之上。他庆幸自己无意中得了这样一个"守株待兔"的极好机会：一旦小沙弥跨出殿门，他凭着居高临下的优势，出其不意地先闭了他头顶上的"百会穴"，然后把他劫持到一个僻静的所在，逼他供出殿中机密来。

乔泰正自得意时，殿门已开，果见一条人影从殿内闪出，不是那个小沙弥又是谁？乔泰心中大喜，轻喝一声，使出家传绝技，出手就攻"百会穴"。殊不料，那小沙弥也懂武功，并反应奇疾，闻乔泰喝声，几乎与此同时将身一矮，使用手中拂尘来护天灵，拂尘起处，"呼"的一声，带着一股劲风。

乔泰偷袭不成，惊得有点发昏。倘小沙弥叫嚷起来，他便有可能暴露，岂不坏了大事？于是他急急空翻落地，三十六计走为上，只想回避，委曲求全。

谁知，小沙弥并不叫嚷，只是轻轻冷笑了一声，道："既然来了，怎么就走？"

乔泰越发惊奇，倒不是小沙弥这一番话有什么奇特，而是他原不是"沙弥",那娇滴滴的声音,分明是个娇娥。

"你是谁?"乔泰不敢大声说话,装成了半醉的汉子,"我并不是要故意伤你!我……我来宝刹,不过为偷个鸡摸个狗而已!"

那女子哈哈一笑,道:"到禁寺偷鸡摸狗?你好大的胆子!"

一句话立即冲出了乔泰双唇:"那么你呢?你半夜三更到和尚庙来,不为偷鸡摸狗,又为什么?莫非偷人不成?"

女子勃然大怒:"乔泰!你和谁油嘴滑舌!"

这一惊,乔泰几乎灵魂出窍!

"你……你是谁?"

"你家姑奶奶!"

"你,又怎么认识我?"

"谁认识你来!"

"你不认识我,又何以知道我是乔泰?"

"不必多问!还不如做个糊涂鬼,死得痛快些,岂不更好?看剑!"

那女子不知何时已把短剑抽在手中,话音未落,"刷"的一声,剑锋已到乔泰眼前。乔泰原先为了避免画虎不成,连兵器都没佩带,只得闪身让过。

"乔泰!只可惜那位青天老爷狄仁杰今夜见不到你了!"说时,"刷"地又是一剑。

乔泰心下更是忙乱。看来,这女子不仅叫得出他的大名,还知道他在狄仁杰手下效力。然而,她突然提到狄仁杰,似乎又向他透露了一点弦外之音:她知道狄仁杰今夜的预谋!但狄仁杰的预谋,除狄仁杰自己外,只有他和马荣知道。一种他不愿意接受的解释是,马荣成了内奸,已然背叛了狄大人,把最机密的行动情报透露给白马寺了!对这样的假设,他甚至找不到半点反驳的理由,他不禁深深地倒吸了一口气!

乔泰似乎只有一种选择,即把她俘虏并降伏,而后盘问底细。乔泰又怕在寺内打斗容易打草惊蛇,便且战且向山墙撤退,想设法把她引到寺后丛林中，以方便行事。

那女子见招招得利，招招上风，更是越战越勇，直把乔泰逼过放生池，直达墙根。乔泰一会儿腾挪躲闪，一会儿掌劈指戳，尽力逼退了她几步，便趁机纵身跃起，"嗖"地上了高墙。那女子似乎一怔，在原地微微喘息了一阵，却也不来追赶。

乔泰见她居然不肯轻入彀中，不觉暗暗着急，忙用话来激她：

"我看你本事平平，不过如此！刚才口出大言，说我见不到狄大人了，但你的剑法，在下实在不敢恭维，大大地配不上你的言辞呀！你若有种，就跳到这半尺宽的围墙之上，接我三招。否则就乖乖地回去，干你的偷男摸女的勾当去吧！"

话音未落，那女子"嗖"地也飞上了墙。乔泰大喜，趁她立足未稳，右腿便去扫她下盘。她忙乱之中避过腿锋，剑路却露出了破绽。乔泰左手直欺她的酥胸，她即以剑横削乔泰的手臂，不意乔泰此乃一个虚招，左腿早同时疾起，足尖正点着她持剑的手腕，那短剑脱手而出，"当啷"一声，落在墙外。乔泰随即跳了下去，却并不拾剑，讥笑道：

"来来来，咱们徒手比个高低！"

"……"

"怎么？没胆量？还是害羞啦？"

她仍不作声，也不下墙。

"谅你也没这个种！再不然，你仍然把那支短剑捡在手中，让我再来接你三招，不，一招！一招之内，我若不把你的短剑打落，乔泰就不是爷们！"

她终于在墙上"哼"了一声，开口道："乔泰，不是我怕你！俗话说'得饶人处须饶人，得住手时须住手'，今晚，我便放你一马！那把短剑，就算是我送你的一件礼物。回去时还可当作战利品，向狄青天请功。趁机把我刚才说的这两句格言也给他捎去，你也就不虚此行了！"

说罢她"嘿嘿"冷笑了几声，悄悄跳入寺内。乔泰不觉叹道："今个不仅空手而归，而且已经打草惊蛇，叫我再有何脸面见狄大人！"

他不知道，经历了这样一个焦虑、疑惑而又惊心动魄的长夜，他将如何向坐在针毡上静候"佳音"的狄仁杰大人交代！

第四回　贤大人严词责乔泰　莽兄弟短剑投马荣

　　乔泰从草丛中找到了"小沙弥"扔下的短剑。它长不盈尺，却锋利无比。月光照着它，寒气逼人。乔泰把它插在腰间，胸膛却被一团乱头发般的愁丝所塞满。他望着向西消沉的月亮，心里感到一阵紧促的压迫。出发前的那种自信与彪悍，被懊恼的洪流冲刷得无影无踪。他忽地抡动双臂，向着林中那些曲枝虬干挥舞了一番，引起那些栖息枝头的夜鸟扑棱棱飞了起来，呱呱惊叫着，在密林中东撞西扑。

　　他不敢回府，只在林间的小道上徘徊踯躅。

　　所谓"剪不断，理还乱"。折磨得乔泰最痛苦的是究竟谁向白马寺泄漏了机密。他反复排除长期与他患难与共的结义兄弟马荣的嫌疑，认为他绝不是那种卖身求荣之辈。何况，这个曾经闻名绿林的江洋大盗马荣，除了狄大人器重他，这世上还有谁再能对他更青睐？那个薛怀义号称"辅国大将军"，眼下也不掌兵权，马荣出卖了他和狄大人，难道巴望着薛怀义提拔他当白马寺的大和尚吗？笑话！然而，他尽管这样想着，一个不容辩驳的事实是夜探禁寺的计划除狄大人自己外，只有他和马荣知晓。须知狄大人的书房守卫是极严的，几乎不可能存在"隔墙"之耳。草未打，蛇已惊！这又如何解释？自然，也极有可能魏王已抢在了狄仁杰的前面。可狄大人明明说过，魏王与左相被武皇帝留在宫中议事。因而这种猜测只能被狄大人误解为是他"打草惊蛇"的遁词！

　　唯一的收获是他遇到了一个扮作"沙弥"的尼姑，而且她能在深更半夜出入于大雄宝殿，并隐入密室之中，这本身已足够证明，薛怀义住持的白马寺绝非净土。它藏污而纳垢！那些美貌年轻的进香少女在这大雄宝殿内神秘地失踪，一不留蛛丝马迹，二又依仗着"禁寺"的某种"豁免"特权，和薛怀义"辅国大将军"的权势，使人不敢妄猜妄告。乔泰的直觉已明确地告诉他：白马寺乃是那些极端罪恶的庇护所！

那么，那个从天而降的夜行人——看上去也像个女子，她又是谁？她轻功非凡，果真是来无踪去无影！也似乎不像是特地去寻仇厮杀的，倒像是去刺探什么消息！一种解释可能是王毓书寻女心切，瞒着狄大人，雇用了武林高手，私下也在侦查踪迹。如果是这样，他想，今夜"打草惊蛇"的还不止他一个呢！

另有人"打草惊蛇"？乔泰在一大堆乱纷纷的思绪中，总算理出了一点头绪，夜间遇到的那些令他困惑，又几乎难以解开的谜，他自以为得到了某种解释。然而，这些解释并不能减轻他心里的重压。白马寺既然得闻警报，必然有所防范。狄大人已不可能再指望通过突然的"搜寺"行动，获得任何实质性的破案线索了。更糟糕的是，看上去似乎是由于他的原因，使狄大人白白浪费了一夜的时间。马上将要来临的黎明，弄不好，标志着大人已经丢了他性命的五分之一！

"大人，乔泰决不会空手而归！你静候乔某的佳音吧！"乔泰耳边响起了自己离衙前的承诺。难以形容的愧恨，几乎让他窒息。他，充满自信的乔泰，如今确确实实地空着两手回来了！他那沉重的双腿拖着从来没有显得这样疲惫的躯体，一直挨到第一缕曙光照临人间之时，才回到了巡抚衙门。

他向狄仁杰的书房走去！

狄仁杰看上去气色很不好，坐在他的偌大的书桌旁边。案头上的残烛已燃到尽头。它有气无力地、突然地向上蹿了一下，"扑"地熄了火，剩下一缕青烟，袅袅而起，慢慢消散在晨光之中。

"大人！"乔泰向狄仁杰行了礼。

"咄！"狄仁杰脸色铁青，乔泰从来没有见他这样恼怒过。

"大人……"乔泰想先问个明白，这一夜，巡抚衙内究竟发生了什么与他密切相关的大变故。

"你不必解释了！"狄仁杰厉声说，"昨天我跟你怎么说的？你又是怎么向下官担保的？什么'决不画虎不成'，什么'静候佳音'！"

狄仁杰已转过身子，背着他临窗而立。他的肩部微微起伏颤动着。乔泰太了解这位大人了。知道他此时此刻正禁受着内心剧烈的不平与愤慨。在平时，狄大人偶尔也发脾气，相比之下，觉得今天非同昔比。乔泰极不明白：狄大人仿佛已经知道了他一夜的事情，而他压根儿没吐过一字呢！

"结果如何？"狄仁杰接着说，还带着几分讥刺，"你非但打草惊蛇，还恨不得把我狄仁杰的全盘计划都端了出去！"

"大人，此话从何说起？"

"我且问你，昨夜你在白马寺与人交手了？"

"是的！"

"你说，是狄某派你去的？"

"我没有说，但他们知道了！"

"笑话，你没暴露，人家又怎能知道？昨夜你在白马寺，除了去拆我的台，还有什么收获？"

乔泰吃惊非小，猛地疑起心来。他一夜在白马寺的行动细节，狄大人怎么会知道？除非有人一直跟踪、监视着他，而能够长时间地跟踪、监视，他却又一无觉察，这等功夫，在狄仁杰手下，除马荣外，还能有谁？于是，先前已被他深埋于心底的疑云重又浮起，浓重而密集，几乎充填了他的整个心坎！

狄仁杰长叹了一声，他说话的口气虽然平静了许多，但在乔泰听来，简直就像一把短剑扎进了他的胸膛："早知道这样，夜探白马寺就该让马荣去！"

"马荣！"乔泰下意识地重复了一句，他双眉紧锁，钢牙咬着下唇。

"怎么？他，他在衙内？果真先我回来了？"

"眼下他正在巡虎厅，传我的话，你们一同来！"

乔泰一跺脚，转身出了书房。一阵寒栗却起自下肢，直蹿到了头顶。他内心的一切都混乱极了！他的思维顽固地在那纷乱之中踩出了一条通道，飞快地向前推进：马荣，这个多年的"知己"，不去监视魏王府，竟对他进行盯梢！显然是他无耻地把夜探禁寺的机密透露给白马寺，回头又在狄大人面前搬弄是非，中伤他乔泰，从而一箭双雕：那边领赏，这边邀宠！……

他在胡思乱想中到了巡虎厅。乔泰一脚踢开了门，见马荣正在和一男一女说话。那男子头上缠着绷带，满脸血污。乔泰顾不得青红皂白，大吼一声，一个箭步蹿上前去，对马荣劈面就是一拳！

马荣没有看清来者是谁，只以为刺客暗算，急忙侧身避过拳锋。刚站住马步，乔泰第二拳何等迅疾，又抵前胸。马荣不再退避，挥臂迎战。但听"砰"的一声，拳臂相接，震得二人各自向后连退几步。这时马荣才看清了来者是谁。

"二弟！"

"谁是你二弟！"

乔泰说时"呼"地又出一掌。

马荣让过。

"二弟，有话好说！"

"与你这个下流种还有何话可说？"乔泰使了一式乔家拿手功夫"绝脉掌"。

马荣知道此掌厉害，击着肌肤，可以闭经断脉，不敢大意，急急闪身让了，却仍不还手，只管大叫着："二弟，二弟，莫非你疯了不成！"

乔泰哪里听得清他在叫些什么！他恨不得立时把马荣擒拿在怀，一连打他十八九个耳刮子，方解心头之恨！马荣见他肆意孤行，胡搅蛮缠，也暴跳起来，嚷道："乔泰！你要疯，到白马寺去疯，在我面前逞什么威风？"

说到白马寺，仿佛在乔泰的熊熊怒火上浇了一盆油！乔泰的拳头雨点般向马荣落去。马荣不禁勃然大怒，道："姓乔的！你以为我怕你不成？"

马荣不觉也动了真格，拳脚并用，掌劈指戳，迎战乔泰。

狄仁杰已经闻报，急匆匆赶到了巡虎厅。

"狄大人到！"同来的侍卫喝了一声。

狄仁杰一声咳，走进了巡虎厅。

马荣跳出战圈，站在一边，一面虎视着乔泰，防备着他继续进击。

"叛徒！"乔泰怒喝了一声。

同时，乔泰已把腰间的短剑拔在手中，冷不防向马荣飞去。

马荣伸手，接住了飞剑。

乔泰趁机纵身而起，破门而出。

"你站住！"马荣大声喝道。

乔泰没有听他，飞身上了屋脊，转眼之间，已不知去向。

狄仁杰长长地叹了一声："唉！这个节骨眼上，你们兄弟偏偏又失了和气！"

"我也不知是怎么回事，二弟突然之间就像着了魔似的！"

"你们之间曾经有过误会？"狄仁杰问。

"我想没有。我看他的举动，纯粹就是发了疯！"

"是了！"狄仁杰猛醒道，"或许他心中本有委屈，是我没有先问清楚，刚才斥责得过重了！"

"那么，与我有何相干？"

"他在白马寺暴露了我的大计，我曾对他说：悔没有让马荣去夜探白马寺。恐怕这话伤着了他！"

马荣摇了摇头："凭这样一句话，二弟也不会如此翻脸不认我！我想，必然另有缘故……"

马荣还想说什么，狄仁杰忽然想起了什么，急着问道："和你说话的那二位原告呢？"

"王毓书夫妇？"马荣扫视了一下打得一塌糊涂的巡虎厅，不由得心中一沉，连声说，"糟了，糟了！"

众人立即分头寻找，好不容易在倒在一旁，又只剩下三条腿的破桌下面找到了二位。他们被拉出来时，早吓得半死了。又经过一番忙乱，二人才悠悠地回过一口气来。

"大人……大……大人！"二人跪在地上抖索不停。

狄仁杰定睛看王毓书时，见他脸如死灰，血，还在从他耳部的绷带里渗出来，已把厚厚的绷带染得通红。

狄仁杰皱了皱眉："你是什么时分被人割了耳朵的？"

"半、半夜以后了……"

"我们思来想去，一定是因为告了白马寺。白马寺得罪不起呀！他们因此差来了刺客，割了我的耳朵！"

狄仁杰走到王毓书夫妇面前，不无同情地扶他们起来："下官一定替你们做主就是了！"

王毓书夫妇却不肯起身："大人！我们愿意撤告！真的不想告了呀！"

王毓书说时已泪流满面，浑身都在痛苦地颤抖。而他的夫人，双手痉挛地撕着胸襟，用混乱的语言哭叫起来……

狄仁杰吩咐侍卫扶起他们，领他们去歇息，并吩咐侍卫尽快去找一位名医来，替王毓书治耳。随后，他心事重重地踱进了他的书房，坐定。

"大人！"马荣紧紧跟着他，带着极度的困惑，也带着些许不平，"我好好地监视着魏王府，为何半夜把我唤了回来，害得我白怄了这场气！"

狄仁杰默然，只顾喝着茶。良久，突然问马荣："魏王是什么时分回府的？"

"傍晚。"

"没有可疑的人去向白马寺报讯，你可肯定？"

"至少我可证明，魏王回府后，确实没人出门！"

其实，这些话，马荣回衙之际向狄大人详细禀过了。马荣猜度，狄仁杰重复地询问他已知道的内容，或许出于他的一种心理动机，即有必要再一次慎重印证乔泰"打草惊蛇"的某些可能性。

狄仁杰问话时，从桌上拿起一只小小的锦匣，递给了马荣。

马荣双手接过看时，蓦地一惊！原来锦匣中放着一对血淋淋的人耳！

"王举人的耳朵？"

"你再看看匣盖上的几个字！"

匣盖上果然有六个字，潦潦草草，恰如鸡飞狗跳，马荣仔细辨认了一会，方能把它们一字字读出来："私探禁寺者戒！"

"初见这几个字，着实把我吓了一跳。"狄仁杰道，"我还以为是乔泰遭了殃呢！但无论如何你监视魏王府已经没有必要，才差人唤你回来。适逢王毓书前来撤告，我让你先去盘问他失耳的经过时，乔泰回来了。他承认他违反了我对他的三令五申，竟与白马寺僧众交了手！你想，割耳、撤告，以及有人寄这锦匣来示警，都发生在四更以后，所有原委都可以从乔泰的失职上得到充分解释。他使本官白白损失了一天一夜不说，整个破案计划都被他的鲁莽所扰乱！更糟糕的是，白马寺一有准备，我就丧失了突发搜寺的时机！咳！"

"大人，乔泰或许另有苦衷……"

"哦？你说下去！"

"我知道二弟办事向来谨慎，刚才我去过他的卧室，他使惯的刀剑高挂于墙，可见为了万无一失，他出发前连兵器都没有带。"

"怎说没带？他刚才飞掷你的短剑，难道不就是他随身携带的兵器吗？"

短剑其实还捏在马荣手里。马荣不觉举在眼前，仔细端详起来。不看便罢，看时却又吃了一惊！他立即把短剑交给了狄仁杰："大人，你仔细看看此剑！"

狄仁杰接在手里，定睛看时，只见此剑长不盈尺，剑身淡青，刃光逼人，剑柄上赫然刻着"鱼肠"二字。

"奇了！"狄仁杰也兀自一怔。

"鱼肠"可说是天下闻名的宝剑。春秋之时，吴国公子光与伍子胥密谋篡夺王位，伍子胥就把刺客专诸推荐给了公子光。在一次宫廷宴席上，专诸把鱼肠剑藏在鱼腹之中，利用上菜时机，一举刺杀了吴王僚。此剑后为唐太宗李世民所得，一直收藏在宫中。

"这是'鱼肠'宝剑！"狄仁杰不觉自语道，"先帝曾佩带过它！"

"怎么到了二弟的手里？"

狄仁杰眼光一闪："我想听听你的推测！"

马荣沉思了片刻。

"大人，"他说，"我说的不过是一种臆测，这鱼肠剑，或许天后早把它赐给了她的内侄魏王武承嗣，亦未可知……"

"嘿，尔后呢？"

"可以这样设想：魏王养了一条'鹰犬'，武功甚高。他瞒过了大人布置在宫中的耳目，甚至就在眼皮底下溜了。半夜到白马寺报信，这鱼肠剑原不过是魏王信使的一个凭证。不期在白马寺与二弟遭遇，不得已动起手来。此剑遂被二弟截获。于是，这条'鹰犬'一计不成，又行一计，去原告家割了王毓书的耳朵，并且威胁他前来撤告！"

狄仁杰勉强笑了笑：

"你说得也不是没有道理。我也在想，乔泰或有委屈，他打你是因为他没有别的人可以发泄！你要不介意才好呢！"

"我哪能介意呢？我一定去把二弟找回来！"

"不用！"狄仁杰说时摆了摆手。

一夜之间，狄仁杰脸上的皱纹似乎显得更深了，某种强烈而复杂的思绪正侵扰着他。

"大人！"

"唔！我是说，要不了几天，乔泰的气消了，他自己会回来的。"

马荣苦笑道："离破案期限，大人还有几个'几天'呢？"

狄仁杰凝视着马荣，没有言语。马荣从他的双眸中，看到了只有紧要关头才能见到的那种意志与智慧的火花。良久，狄仁杰又轻轻地"唔"了一声，脸上露出了一种果断又开朗的神情。

"你觉得乔泰能去哪里呢？"他突然问。

"真要找，我想总是找得到的！"

"你倘能找到他，也不必勉强他回来！"

"哈哈！"狄仁杰终于笑了起来。

马荣知道，狄大人从不怀疑自己的直觉，并常常在对那些直觉进行大胆的推测和判断后，当机立断地下达指令。马荣在跟随狄公办案的过程中，经常大惑不解。但狄公的某些看来像是无根无蒂的见解最终又总能得到验证，从而使马荣心悦诚服！此刻狄大人对马荣下达的遇到乔泰后的行动指令，固然又使马荣陷入了无比的困惑，但据以往的经验，他的眉眼扬起了一个信服的微笑。他于是点了点头，道：

"那么，大人一夜未睡，也该打个盹了！"

"是的。"

马荣正要退出去，狄仁杰忽然又把他叫住，吩咐道："王毓书夫妇，不能让他们回家，先住在衙中，要好好保护起来！"

"是！"

马荣走了。狄仁杰就和衣倒在榻上，尝试着进入梦乡。

第五回　软玉柔乡美妾怀情　鸳帷凤枕旷夫探秘

　　乔泰纵身蹿上屋脊的时候，蛋黄似的、巨大的火球正从遥远的地平线上喷薄而起。它驱散了残云，渐渐地把弥散在空中的水汽蒸收殆尽。乔泰盲目地在洛阳城中穿街过巷，仿佛丧家之犬，无休止地惶惶然，以及强烈的自我蔑视的意识潮水般向他心室涌来。他第一次感到他的心脏竟如此脆弱，几乎不胜负荷而将爆裂！

　　一阵香风拂来，他猛然抬头，见两盏大红灯笼高高挂起，中间一块漆匾，红底金字上书"齐春宫"。他苦笑一声，长驱而入。

　　妓馆乔泰从未涉足过。有时经过，偶然也有冲动，然而，举足之间，每每急流勇退，终不敢跨进这类污秽的门槛。今天，他终于越过雷池，与其说是为了消遣自己，还不如说是为了报复自己！

　　他跨进门槛，便闻到了一阵阵浓烈的脂粉香味，他深深地吁了一口气，感到冰冷而麻木的躯体有了一些知觉。他进入那间绸红丝绿的大客厅，用倦怠的眼神打量着这个新世界，从心底萌起的尖锐的自嘲，使他感到了些许的满足。

　　墙上挂着十余帧美女的画像，个个生动迷人。那最边上的一帧，尤其撩魂勾魄。倒不是她美艳超群，而是她那双眼睛，似曾相识，直射到乔泰心坎，使他重新体验到了一种久违而熟悉的麻酥酥的温柔与关怀。也许她本人比这画像更美，更有魅力！乔泰不觉也想入非非起来……

　　他痴望了好久，方感到有点眼乏，回过身来，见一位中年妇女不知什么时候站在了身旁，笑容可掬地望着这位赶早时的客人。

"有中意的吗？"她问。

乔泰用手往墙上一指："她！"

"月季？"

"正是这位月季姑娘！"

"你好眼力！不过……"

乔泰见她犹豫，就用手摸着腰间的银袋："不过什么？"

"相公，她是一位朋友寄养在这里的，是这齐春宫唯一卖笑不卖身的姑娘！"

"不妨！"乔泰爽快地一挥手，"去把她请来！"

"还是我来领你进她房去！"妇人知道他缺乏经验，便回过头来，对他笑道，"你会画眉、点唇吧？这可是早晨最有趣味的功课，不是吗？"

乔泰被她撩得方寸大乱，竟忘记了浑身的疲惫与气恼！他半闭着眼，跟着她上了楼梯，一边体味着十年以前他曾经历过的那种温香软玉的韵味。

那妇人为他打开了月季姑娘的房门。待他进去后，又及时把房门带上了。乔泰立即闻到了一股与楼下不同的幽香，不似那么浓烈馥郁，却更合了乔泰的心意。临窗的梳妆台前坐着一位佳人，她正对着铜镜理妆。

"相公，你要听曲，还是要我陪你下棋？"

她背着他，没有回头，素手把一支玉簪插入她乌黑的秀发。

乔泰不会下棋，也不爱听曲。他此时最强烈的欲望，是想面对她那双脉脉含情的眼睛。他还想到过要怎么去吻它。

"姑娘，我来帮你……画眉吧！"

"那，你就来吧！"

乔泰走过去，不免有些局促。月季侧过了身，他便捧起了她的脸。

她，轻轻地闭上了秀目。

乔泰眼前突然有了幻觉，另一张脸庞出现了，与月季姑娘的脸叠在一起。他用力甩了甩头，却无法甩掉那个叠影。

"画呀！"月季娇声轻笑。

乔泰又是一惊。正好月季睁开眼来，四目相对，仿佛电击一般，浑身一阵哆嗦，二人异口同声：

"你！……"

两颗紧缩的心突然碰撞在一起，但没有火花！

月季几乎昏倒，扑到乔泰怀里："相公！……"

乔泰把她紧紧搂住："莺儿！"

月季已成了泪人儿。

男女知己突然巧遇的感受，恐怕是难以用语言来表达的。能表达这种感情的，恐怕只有一个动作：吻。于是，乔泰拥着她，对她情不自禁一阵狂亲滥吻，那诱人的眼，那秀挺的鼻，那鲜红的唇，那粉嫩的颈，以及那乌黑澄亮的青丝……乔泰一边拥吻她，一边用自己的脸颊和唇轻轻地、柔柔地擦着她两腮上的泪水。他的胸紧紧贴着她，同时，两手反复地从上而下摩着她耸动的双肩和腰背。

"莺儿，我的玉屏呢？"乔泰问时，忽然像被什么蜇了一下，猛醒道，"你怎么在这种地方？难道玉屏也在这里吗？"

乔泰幽幽地叹了口气，他觉得他无权用这样的语气责问。蒋玉屏嫁给他时，给他带来了陪嫁的丫头蒋莺儿。他从此坐享双美，组成了一个让他心满意足的小家庭。然而，忽然就被棒打鸳鸯天各一方！他这个堂堂的武林须眉，竟没有能力保护这个温暖的家，保护好他的爱妻和娇妾。一别十余年，生死两茫茫。她们一对弱女子能够逃过追杀，已属侥幸！如今莺儿埋名隐姓，卖色为生，居然还能保身。即使不得已沦落为娼，日夜地接客卖身了，难道不全是我的罪孽吗？我还有何脸面见她们？又有何话可说呢？这时，他见莺儿不语，便软了口气，十分温和深情地重新问道："玉屏呢？她也在这里吗？"

莺儿摇了摇头。

"她死了？"乔泰的心往下一沉。

莺儿依然默默地摇了摇头。

"那么，她现在在哪里？"

"我……我……不知道！"

乔泰轻轻地放开了她，让她坐在床沿上，并为她擦干了泪水，倒了一杯茶："你慢慢地讲给我听。"

莺儿止不住又流了许多泪珠，娇艳的脸庞上布满了惨淡的阴云。

"十年前，"她终于说，"我们和你失散了，家也被烧了。我和姐姐无依无靠，不得不改名换姓，沿途卖唱乞讨。那一天下雨，我们蜷缩在一个山洞里，偏又遇到一伙强人，把我们掳了。那些头目和喽啰们就要轮奸我们，又说要把我们带回山寨去，送给二大王也享受享受！他们说出那二大王的名字时，把我们气得吐血！"

"那二大王是谁个？"

"你！乔泰！"

乔泰颓然低下了头：

"那么，那个头目叫韦顺？"

"不错，小喽啰叫他韦大王！"

"莺儿，"乔泰惨然道，"你知道，我落草也是迫不得已……"

"你还说什么呢？姐姐听说你当了强盗，恨得咬牙切齿，就跳了崖！"

乔泰惊叫了一声。

"还好，被韦大王一把抱住。然后几个大汉一起上来扒我们的衣裙。我们自然死也不从。姐姐从韦贼脸上狠狠地咬了一块肉下来，于是……"

"就怎样？"乔泰急着问。

"韦贼一刀，把姐姐的左臂砍了下来！"

"啊呀！好个韦贼！我若不杀了你，誓不为人！……莺儿，后……后来呢？"

"正在这性命交关的时候，有个大救星恰好路过那里，杀退强人，救走了姐姐！"

"怎么光救走小姐？……那救星是谁呢？"

莺儿似乎有些迟疑："我不知道。"

"那么……你为什么不跟着去呢？"

"恩公轻功极好，抱着姐姐行走如飞，我怎么跟得上？"

"这么说，他是故意把你甩了的？"

"兴许是的！"

乔泰不觉跌足道："什么救星！说不定也是条色狼！"

"你这倒尽可放心……"

"叫我怎么放心得下！？"

莺儿温柔地瞟了他一眼："你也不要太酸了！那恩公也是女子！"

"哦！"乔泰方觉宽心，"那么，她们去了哪里，你知道吗？"

莺儿被逼问不过，只得道："我不敢说！"

"是小姐恨我吗？"

"是的！"莺儿又加了一句，"是姐姐不许我告诉你的！"

"相公，你怎么不说说你自己的遭遇呢？"

"也是。"乔泰只得暂把疑云撇开，道，"我走投无路，不得已投奔了韦顺。韦顺封我做了二大王。有一回我在林中剪径，不期剪了狄大人。"

"谁？是狄仁杰老爷吗？"

"正是他。你知道，要论武功，他哪是我的对手？可是那一次我输了！"

"怎么就输了？"

"狄仁杰不动手，只动嘴。他敬我是条好汉，劝我弃暗投明，为国效力。那些话大义凛然，就比那刀枪剑戟还要厉害百倍、千倍！我本不是甘心要当强盗的，怎么招架得住？就在阵前投诚，受了他的招安。还有一位，比我早些时候投诚的绿林好汉叫马荣。我们同在狄大人帐下听用。狄大人从不把我们看成是一般的捕快，而是敬如嘉宾，视为心腹！"

"这就好了！"莺儿说，"你既然已遇明主，妾也放心了！"

莺儿说罢站了起来，显然，刚才因突然遇到乔泰而引起的悲喜惊愕的剧烈波动已经平复。她对着乔泰盈盈地一笑，道："待妾去备些酒菜，咱们边饮边谈，岂不更好！"

乔泰在失去妻子后很少再注意过女人。莺儿一瞬间的艳笑，已勾起了他心中少有的沉醉与快感，并终于又获得了那种不可遏止的行为欲望。这时，他故意皱着眉道："只可惜我公务在身，不能久留！"

莺儿惊愕地看着他。

"我并不骗你，"乔泰压低了声音，"我正在给狄大人办一件十分火急的大案。"

"你的意思是……马上要去？"

"我不是这个意思……"

"那是什么意思呢？我怎么不懂？"

"我的意思是，我们有话，何必定要在酒席上谈……枕席上不是一样吗？"

乔泰再次拥着她，摩着她的双肩，深情地凝视她早已飞红了的双颊："难道对我，你也卖笑不卖身不成？"

莁儿轻轻"啐"了他一声，缠绵地偎在乔泰怀里，任凭他抽松了香罗裙带……

乔泰在白马寺紧张了一夜，天亮后又惶惶然了半天，已是心力交瘁。如今赤裸地睡在这又软又香的床褥上，禁不住舒心地"嗬"了一声。然而，他与莺儿还没说上几句话，就立即意识到，自己还有另外一个压倒一切的需要：酣睡！

"我困极了！"他说。

"那你先美美地睡一觉吧！"莺儿体贴地说，玉手抚摩着他发达的胸脯，"我在枕上陪着你！"

乔泰很快就有点蒙眬。但刚有梦来，却又突然惊醒，且睡意全消。他抱着莺儿的冰肌雪肤，问道："你可听说，洛阳出了个大案？"

"什么大案？"

"白马寺进香少女失踪！"

"这也算不得新鲜，又不是头一回！"

"但这次不同，落在了狄大人手里！狄大人已在武皇帝前立下了军令状，皇上限他五天内破案！"

莺儿也有点振奋：

"这个案能破吗？"

"要么破案，要么狄大人人头落地！"

乔泰抱着莺儿翻了个身，使劲搂着她的纤腰："莺儿！这事你得看我面上帮帮狄大人！"

莺儿不胜诧异："我怎么帮得了他？"

"能的！眼下，狄大人决定去搜寺。你知道，白马寺机关密布，当年薛怀义奉敕修建禁寺时，是聘我岳父母去打的蓝图。"

"这事我也清楚。禁寺修好不久，老爷夫人就遇盗丧身了。后来反被官府判了个盗伙内讧！"

"哼！白马寺为了杀人灭口，做下了圈套，还玷污了蒋家清白！"

莺儿点了点头："你说得也有道理。我也曾经这样想过。"

"现在狄大人要搜禁寺，破这个淫窟，就不能不掌握白马寺机关出入的奥秘！"

"是的，是的！"莺儿摸着他的稍嫌扎手的胡楂，然后用香唇贴着他的脸庞，"可惜，这个奥秘，世上没人知道了！"

"有！"乔泰坚信地说，"蒋玉屏知道！"

"你，你怎么晓得她知道？"莺儿气喘吁吁地问。

"她若不知道，何以岳父母去世后，我们也遭到了莫名其妙的追杀？还不一样是为了杀人灭口吗？"

"那么，即使姐姐知道又怎样呢？我看也是枉然！"

"莺儿，我一定要找到她！"

莺儿听着，把蛾眉紧皱，眼也闭了起来。她呻吟着："哪里去找呀？"

乔泰吻着她的秀目，又在她耳边轻轻地厮磨："小妮子！你知道她在哪里！"

"我怎么……知道！"莺儿有气无力地勉强地回了他一句。

"我不但知道你知道，而且还知道你也随着你们的救命恩人一起去了一阵子，还跟着学了些武功！"

"你莫不是在嚼蛆吧？"

"你若没有武功，那房门背后怎么挂了两支宝剑？"

"咦？你也不许我有空舞舞剑，酒席间助助客人的余兴呀？"

"还有，"乔泰不理会她的解释，"刚才我把你这么使劲一搂，你若不有些功底，恐怕早半死了！"

莺儿吃吃地笑着，还拧了乔泰一把："你真坏！你真该死！"

在她百般千般的媚态娇容中，乔泰欢喜无限，同时，他又明显地感到了发自莺儿体内深处的一阵阵的颤抖和悸动。

"怎么，你还不想告诉我？你在怕什么呢？"

莺儿又闭起了眼，仿佛根本不知道他说了些什么。

乔泰见她不睬自己，也只得安静下来。良久，还是忍不住，终于开了闸门，那话儿如潮水般涌出：

"莺儿！破了白马寺，一可以为民除害；其次，要报我岳父母的深仇大恨，要报你和小姐的深仇大恨，不就在此一举么？还有，若是破不了案，狄仁杰掉了脑袋，我这个江洋大盗，活在这世上，还有什么意思？！"

莺儿蓦地睁开眼来，感动地凝视着他。她的眼光告诉乔泰：那话儿大概也像刀枪剑戟，她已禁受不住大义的冲刷，快向他投诚了。果不然，她终于解脱了心灵的煎熬，毅然地向他"投诚"，接受"招安"。

"小姐在……"

乔泰侧着脸，把耳朵凑在她的唇上，他感觉到自己的心脏正在沉重地撞击胸肋。

"快说，她在哪里？"

莺儿轻轻地咬着他的耳朵：

"在……"

蓦地，他发现窗纸上有个小洞，一对乌溜溜的眼睛正窥视着他们！他本能地跳起身来，匆匆穿了衣服，从房门背后拔出一柄宝剑，"呼"的一声，破窗蹿了出去。

第六回　蒙面客飞镖灭口　有情人抛泪点津

　　乔泰拔剑在手，破窗而出，随即纵身上了房顶，向四下瞭望。但不见有人。齐春宫院墙外有一条僻静的小街，此时正静悄悄地横卧在午天的阳光下。乔泰跳落在街心。这条街向东西延伸，东向笔直而前，一眼可望见几里以外，西向多弯，不知深浅。乔泰便向西追踪。好不容易遇见了几个行人，问他们时，都莫名其妙地对他摇了摇头。

　　凭着自己的直觉和经验，乔泰意识到，这一对眼睛没有那么简单，绝不是哪个无赖有意要窥视他们的房中私情。乔泰最初想到的是，他依然没有摆脱监视。于是，又想到了白马寺的空手而归，想到了狄仁杰怒冲冲的脸色……总之，已被他暂时忘却的种种烦恼与郁闷，又一齐兜上心来！他发誓，饶不过这个无耻的跟踪者！而这个跟踪者最强有力的"候选人"仍旧是马荣！乔泰这时把钢牙咬得格格作响，不由轻吼一声，挥剑把路旁的一棵小树劈作两段。

　　然而，马荣跟踪监视他的理由，实在不充分！他追随狄大人这么多年，出生入死，忠心耿耿，所作所为无不正大光明。除非受了狄仁杰的指使！然而，他不知道自己在何处何时，铸成了大错，竟引起他所崇敬、信仰万分的狄大人的怀疑！为此，他在认出蒋莺儿的第一刻起，便产生了一个雄心壮志：抢在狄仁杰的前面，独立破了白马寺疑案，以此来表白自己的忠心和磊落。值得他庆幸的，是他与爱妾蒋莺儿奇遇后，意外地获悉妻子蒋玉屏还在人间！打开白马寺暗堡的钥匙有一半捏在莺儿的手里。这时他才忽然想起方才枕席之间莺儿含在嘴里的话还没有向他吐露。于是他不再去寻觅那双眼睛的主人，迫不及待地转身往回走。为图省事，他依然从后窗进去。但是当他跃上院墙时，看到不远处，两个人影正在当街厮斗，一个是蒙面女子，另一个，正是莺儿。乔泰不由得大吃一惊，立即跳入战圈，与莺儿一起攻击那蒙面女子。

莺儿和蒙面女对阵，只能招架，无法还手。乔泰一出手，几招过后，便渐渐改观。乔泰见莺儿气喘吁吁的，心中老大不忍，便手中一紧，逼上几步，高叫道："莺儿，你一边歇着。这么个臭花娘由我一个人来收拾足够了！"

蒙面女把手中的降魔杵一扬，冷笑道："你不要得意得太早了！"

乔泰闻声，心中一怔：声音何等熟悉！原来是他昨夜白马寺遇到的"小沙弥"。不觉怒从心起，骂道："贱货！你原是我手下败将，竟还敢来纠缠不清。来来来，快吃我一剑！"

蒙面女也不示弱，喝一声："照杵！"已是换了兵路，对他们连连进逼，十分凌厉。乔泰他们一时却也奈何她不得。再看这蒙面女，她脸上仅露在外的那双眼睛，狠狠地含着杀机凶光，且略有得意之色。

又拆过几招，乔泰已经识得她使的是武林中十分罕见的"游龙杵"。心中也大为纳闷，便对莺儿道："我叫你一边站去，怎么还不退下？"

"可是——"

"你只管退下，把手中剑给我！"

莺儿这才恍然大悟，跳出了战圈，要把手中剑抛递给乔泰。蒙面女似乎悟到了什么，手中呼呼生风，使劲逼开乔泰，竟直取莺儿。莺儿只得举剑抵挡。急切之间，她的宝剑也难脱手。乔泰忽使一式"卧虎扬尾"，瞅着空档，拦腰横截。蒙面女认得此招，用杵来迎，已然不及，只得向后一跃，避开剑锋。就在这瞬间，莺儿将手中宝剑凌空抛起，恰被乔泰接住。

原来，莺儿房中挂着的这两支剑乃是稀世之宝。东周之时，为吴国干将莫邪一炉铸成，一雌一雄，人称"雌雄宝剑"。后因战乱，两剑一度失散分离。直到莫邪第二十一世孙某氏，倾祖代之家财，觅遍九州，终于复得双剑，而使之相聚。莺儿虽有至宝，却不谙雌雄剑术，只会使几套普通的剑路。而乔泰的雌雄剑术却颇有根基。两支宝剑到了他的手里，剑光如磬，恰是"游龙"的克星，把降魔杵紧紧裹住。蒙面女气急败坏，自知不敌，就想撒腿逃跑，一时又哪里能够脱身？乔泰猛喝一声，两剑并举，从蒙面女左右两侧同时起招，左剑是一式"夸父追日"，右剑是一式"嫦娥奔月"。蒙面女受左右夹击，自知难逃，而且纵然躲过了有轨有迹的"夸父""嫦娥"，那红、白二色的剑穗却千变万化，防不胜防。她知道，穗结虽小，腕劲运用得当，落在要穴，足能闭经封脉。乔泰见成功在即，就势再喝一声："着！"

话声未落，乔泰忽又叫了一声："不好！"原来，蒙面女既知必死，便不再自救，稍一运气，用手一扬，两枚暗器已经出袖。这分明是要与乔泰同归于尽！乔泰不得已收"夸父"，回"嫦娥"，只听"当"的一声，已把一支打落，另一支却扑了个空。

原来，蒙面女极是狡猾，两枚暗器，一支直奔乔泰，另一支却只是对着乔泰虚扬一下，暗中直奔莺儿。莺儿只顾站在一旁瞧热闹，哪里还料得到？等到察觉，急忙闪避时，已是不及，正被射中肩头，不觉惊叫了一声："哎呀！"

乔泰听到莺儿的惊呼，心中一慌，来不及收招，蒙面女则趁机转身，飞一般逃走了。

乔泰也不追赶，回来照顾莺儿。莺儿似也不甚痛苦，她用左手按着右肩，急道：

"我只是一点轻伤，还不快追她！"

一语提醒了乔泰。他便吩咐莺儿回房休息，等他归来，自己当即跟踪追击。

乔泰轻功原也高她一筹，眼看越追越近，这时已追到小巷的尽头。前面丁字形横亘着另一条宽阔的街道，有一个人影却正在那三岔口徘徊。乔泰一眼就认出那人是马荣，便大声嚷了起来："马兄，快截住她！"

马荣离蒙面女不过数箭之地。听到乔泰喊声，即把手中水火棍一横，当街拦住了蒙面女子。蒙面女更是惊慌失措，用杵迎棍，想不到出手匆忙，"当"的一声，虎口发麻，降魔杵没有捏得住，便脱手飞了出去，落在街心。

乔泰欢欣无限，生擒这个蒙面女，已是十拿九稳。然而，猛然之间，心中飘过一团疑云：马荣怎么不在狄大人身边，来这里何干？莫非马荣仍在监视自己？至少他是在寻找自己？于是一种受怀疑的屈辱又把他的心牢牢擒住。乔泰立即停住脚步，呆呆地观看着马荣和那蒙面女子在街心交战。

乔泰看那蒙面女左躲右闪，节节被动。在乔泰看来，以马荣的身手，把她生擒活捉，好比浅水摸鱼，已是唾手可得了！

"马荣！"乔泰大声叫道，"我把这块肥肉送与你了，你向狄大人领功邀赏吧！"然后，他毫不犹豫，回头就走。

乔泰暂不和马荣接触，还出于另一个深潜的意念：他必须摆脱马荣可能的纠缠。他急切地要回到莺儿那里去，他要通过她找到妻子蒋玉屏，了解白马寺机关的全部秘密！眼前马荣与那"小沙弥"正在你死我活，此时不脱身，更待何时？

不消片刻，乔泰依然从后窗回到了齐春宫月季的房间中。

莺儿见乔泰回来，宽慰地笑了笑。这宽慰的笑容，还包含着许多温柔，让乔泰深深体味到了在他离开她的这一段短暂的时间中，她所禁受的全部惆怅、牵挂和期盼。

"杀了她吗？"她问。

"不。遇到了马荣，我把她交给他收拾了！"

"怪不得回来得这么快！"

"我还惦着你的伤呢！"乔泰说时，面上隐隐地带着愧色。因为他急急回来，是想得到蒋玉屏的消息。在他庞杂的思维网里，莺儿肩上的伤，其实是几乎被疏忽了的。为了表示他心中倏然涌起的歉意，乔泰深情地对她笑了笑，问道："疼吗？"

莺儿摇了摇头：

"只是麻乎乎的，不十分痛！唉！万没想到，像我这样的人，平日里与人无冤无仇，竟也会有人来暗算！"

乔泰接住了她的话头："以我看来，你自己也许并不觉得，你原来一直是处在白马寺的监视之下！"

"监视？"莺儿不解地指着自己的鼻子，"我？"

"他们监视的不是月季，而是蒋莺儿！他们原指望玉屏总有一天会来找你，或者你总有一天会去找玉屏。他们所以要监视你，醉翁之意，仍然在于杀小姐灭口！"

"竟是这样！"

"我看，只能这样解释。那个蒙面女子，昨天扮作了小沙弥，半夜还在白马寺中，早已与我交过手了。我还敢断定她昨夜进过大雄宝殿的暗堡密室！如今狄大人奉旨搜寺，他们已经风闻了。他们或许并不知道你是否确切知道玉屏的下落，但是，他们肯定非常害怕你知道，更害怕你把玉屏的下落泄露出去，从而才有刺客光顾。只是刺客万万没有料到你会和我在一起！于是，她巧妙地用了个调虎离山之计，诓我去追踪，她却蛰伏在窗下暗处……"

莺儿一边听，一边点着头。她正想说什么，忽然感到创口一阵剧痛，不觉脸色发白。她紧紧咬着银牙，一手用力按住了肩头。她的额上，很快渗出了密密的细汗。

"怎么？暗器还没有取出来？"

"是的！"熬过一阵剧痛，莺儿接着说，"暗器插得很深，我自己又看不到，正等着你回来帮忙呢！"

乔泰点了点头，替她褪了上衣，裸露了半个胸脯和右臂。那美丽如玉的肤色，让乔泰稍稍出了会神，忍不住把她粉藕一般的玉臂拉在手中。然后，他在莺儿肩窝的正中，分开自己左手的食指和中指，把黄豆般大小的一个出血洞口夹在中央，并用力绷紧皮肤。于是，那暗器的尾部便微微暴露于外。乔泰用右手拇指和食指，钳住箭尾，用力向上提拔。莺儿"哎呀"一声尖叫，一支寸许长的微型金镖已经被拔了出来。这时，伤口血流如注，乔泰急忙从怀中摸出自备的金创药，为她敷住伤口。血止后，又替她包扎妥帖，并把衣服穿好。

莺儿扑在乔泰怀里，乔泰搂住了她。莺儿在他怀里忽然呜呜咽咽地哭了起来，乔泰忙捧起她的脸来，只见她泪水就像断线的珍珠直往下掉。

"莺儿！莺儿！"乔泰着急地呼唤她，"是不是伤口痛得很厉害？"

莺儿张开一只手，她手中正握着刚从肩上取出的微型暗镖，镖身锋利，约长一寸二分，乌黑、锥形；镖尾是三片水晶片子，光滑透明，状如鸟羽。乔泰看了那乌黑的精致镖身，心不由往下一沉，脱口而道："莫非是毒镖？"

莺儿哭得更伤心了。乔泰连忙安慰她："你别着急！有毒便有解。我一定替你把解药找来！"

"别费心了！"莺儿强止住哭，"这是鲀蝎之毒，三天后大发作，我是必死无疑的了！"

"你不会死！你不会死！"乔泰扑簌簌也掉下了一大串泪水，"莺儿，哪怕踏破铁鞋，我也要把解药觅来！"

莺儿失控地哭了一会，才慢慢抬起头来。她用手帕擦着脸上的泪痕，然后离开了乔泰的怀抱，自己坐在床沿上，她已不像先前那样悲哀失望。乔泰猜想她或许想到了什么可行的解救办法。果然，片刻以后，莺儿望着乔泰，但声音很弱："解药不是没有，就不知你能否取得来！"

"你快说，只要有，我哪怕赴汤蹈火呢！"

莺儿又细想了一番，终于说："只要有嵩山风鏊崖上的一块冰，妾就能保住性命！"

"嵩山上哪里有冰！"乔泰疑道。

"有！一定有！"

"既然有冰，又怎么拿下来呢？一下山它不就化了吗？"乔泰忽然又自语道，"带个瓶儿怎样？那冰化成了水，也能解毒吗？"

"成！"莺儿说。

乔泰算了算，他如果骑马去嵩山，连夜上风壑崖，至迟明天就能赶回来。于是他向莺儿借了雌雄宝剑，佩在身上，准备立刻起程。刚拉着房门，他忽然回头，说话却有些嗫嚅："莺儿，玉屏她……"

莺儿眼眶一红，又掉下泪来，泣道："我就知道，你心里想的，只是姐姐的去处。这是头等要紧的，至于我……"

"莺儿，你别误会！"乔泰只得道，"我是说，玉屏的消息等我取回解药后再谈！"

莺儿这才带着泪，对他凄然一笑。

乔泰心里明白，莺儿是个聪明人。好比在赌场，她把自己的性命，就押在了嵩山风壑崖聊以救命的"冰"上了！然而，他乔泰又是一条什么样的汉子？难道你先告诉我玉屏的去处了，我就会不管你的生死了吗？救你的性命，还不一样是我的头等大事？又哪怕赴汤蹈火呢！不过，乔泰面对着莺儿那凄婉的神情，也不愿多说半句可能会引起她误解或伤心的话。好在明天就能返回，救了她的性命后再问她，也不过迟这么一天一夜。而狄大人也还有一点时间，尚未到火烧眉毛的地步。于是，他也回敬了她一个温馨的微笑，然后，默默地打开了房门。

"回来！"莺儿轻轻唤住了他。

乔泰又关起了门。

"你带来了多少银两？"

乔泰取出银子，穷其所有，不过二两三钱。莺儿笑道："你在这里也快一天了，凭这么点银子，你以为就能过妈妈的关了吗？"

乔泰红了脸："要多少呀？"

莺儿竖起了两个指头："二十两。这是我的身价钱！"

"啊呀！"乔泰惊呼道，"看来像我这样在衙门里穷当差的，这里还真来不起呢！莺儿，这会儿，还得求你先我一救，倒贴这么二十两来用用！"

"那倒也不必。待会儿你向妈妈辞行，她若要与你结算花费，你就告诉她，你远道而来探望于我，是受了别人的委托。只要你说出这个人来，她不但不会与你结账，包管还会送你大大一笔川资呢！"

"这人是谁？有这么大的魔力？"

于是，莺儿轻轻说出一个名字来。

第七回　三姐妹拦桥戏壮士　两青锋借路觅寒冰

　　果然，妈妈闻说人名，不但不要乔泰掏腰包，还送了他十两纹银，又为他牵来一匹骏马。乔泰暗暗纳闷，越发觉得神秘莫测，但无暇多想，即刻跳上马背，火速离了洛阳，向嵩山方向绝尘而去。在急雨般的蹄声中，那曲曲折折的山路游蛇似的迎面而来，又在铁蹄下掠过，飞快地向后退走，远去。柔和的月光已经透过苍茫的暮色，抚摸着黛青色的崇山峻岭，莺儿那双带泪而凄楚的星眼，始终没有离开他。乔泰每看到这眼中淌下一颗晶莹的泪珠，就情不自禁抽上一马鞭。

　　莺儿的武功并不算高强，但是她的剑路却不同凡响。不过她并没有下功夫苦练，这不能不说是件憾事！她的师傅，就是她和玉屏的救命恩人，那个一提起来就使齐春宫鸨儿像丢了魂魄似的奇特的女人。他在离开齐春宫前按照莺儿的意思提及她时，他曾在鸨儿的眼神中看到了惊骇，也看到了她发自内心的仰慕与崇敬。他暂时还不知道，她们之间有过怎样的经历，也不知道莺儿何以会放弃武学而置身于这个鸨儿的监护之下。但他相信，这一切他最终总会弄清的。

　　风壑崖在嵩山西麓，它固然很高，但是否有解毒的冰，乔泰已经毫不怀疑。这不仅是因为莺儿的恩师跟莺儿讲过，而且莺儿还明白告诉他，她曾经亲眼见恩师用风壑之冰救过一位同样中了水晶镖鲀蝎之毒的壮士的垂危的性命，否则，她如何知道有所谓的鲀蝎之毒呢？在这种情况下，莺儿是绝不会拿自己的性命开玩笑的。

对乔泰来说，这是他单独破白马寺案的一个小小的插曲。如果莺儿的性命关系着玉屏的下落，也关系着整个白马寺机关的秘密，那么他今夜的嵩山之行正关系着莺儿的小命，因而非同小可！武皇帝限期破案，这是第二个夜晚，他自己感到在他的手里，不仅捏着莺儿的命根子，同时还掌握着狄仁杰大人的前程与命运！

已经进入嵩山，行走渐渐困难起来。乔泰便下了马，牵着缰绳，准备找一个称心的地方把马拴住，让它好好休息，以保证他明天以最快的速度凯旋。

牵马走了一二里，忽见几道高大的松柏林带，环围成圈。在这高大森严的屏障圈内，却是一片绿茵茵的芳草地。那草地的一角，隐隐灯光正从一所茅屋中射出。乔泰估计是猎户的临时居处，要不就是护林人的宿地。但无论如何，他的坐骑已有了美餐，而且，只要花些银子，还可以得到精心照料。于是，乔泰加快脚步，向那草庐走去。走到近处，先把马拴在一棵松树上，自己便要去敲那柴门。

忽然，不远之处传来了一阵少女的吃吃笑声，笑声在这万籁俱寂的山谷中回荡，乔泰兀自毛骨悚然起来。仗着艺高胆大，乔泰把雌雄剑握在手里，向着笑声的方向搜索。待他走出了环形的松柏林带，又约莫走了数百丈的光景，只见前面断崖对峙，中间夹着深渊，渊底传来湍急的水流声。向东而望，由一棵杉树架成的独木桥，使这天堑变成了通途。这棵杉树是连根拔起的，树根一头搁在这面，越向北越细，颤巍巍地仿佛连一个人的重量也难以负载。但就在这座独木桥上，有三位女子全都袒胸裸肩，赤足露腿，湿漉漉的长发披散在肩上。她们各执兵器，就在这宽不盈尺的圆圆的杉木上前进后退，一边打，一边嘻嘻哈哈，原是在取乐玩耍。乔泰乍见，以为遇到了月妖，急忙找棵大树隐蔽于后。好久，她们兀自戏战不休，又听其中一位道："咱们住手吧！今天澡也洗得痛快，玩也玩得酣畅！"

又一个银铃般的声音接着道："光玩还不够意思，倘能真打起来，你死我活的，那才解渴呢！"

"说得极是！"还有个女子说，"那边一棵大树后面正藏着一个臭男人，大约想偷渡吧！我看来得正好！他若赢了我们三个，便让他过去！"

"哼！"第一个女子冷笑道，"我也早看见他了，鬼鬼祟祟的！他哪是我们的对手？"

乔泰后悔不迭，不该藏首藏尾地窥探。如今被她们发现了，进也不是，退也不是，少不得又要饶舌耽搁许多时辰。他只得从树后走出来，先恭恭敬敬地向她们施礼，客气地说："三位仙姑……"

三个女子听了，就哈哈大笑起来："我们成了仙姑，你不就是凡夫子了吗？"

"唔……"乔泰改口道，"三位姑娘，我原是想上风墼崖采药，路过宝地，绝不是存心要窥视姑娘……"

"那你不是已经'窥视'了吗？"

"还望姑娘们恕罪！"乔泰为了尽量减少纠缠，争取时间，不得不赔着笑脸说，"在下也是为了救人性命，才星夜驰骋，一刻也不敢耽误。若姑娘们垂怜，借我一条通道，在下将不胜感激，铭记在心！"

其中一位道："看你说得可怜巴巴的，倒要我们姑娘家垂怜。你手里不是有两支剑吗，你应该杀上桥来！路就在你的脚下，就看你敢不敢强取硬夺了！"

"姑娘，"乔泰笑道，"兵器在手，倘用以强取豪夺，就不免有所闪失，倘是误伤了姑娘们玉体，又于心何忍？"

最前面的女子怒道："你怎么不说自己被我们误伤了呢？难道还未动手，就算准你赢了不成？"

说时她一摆手，三位女子各自亮定兵器，保持了一定间距，排成纵队。

"上桥来吧！"她嚷道，"要么你把我们打入深渊，要么你把我们逼到桥对岸去，否则你甭想过去！"

乔泰犹豫着……

"上风壑崖就是这一条通道。怎么，你不想去采药，不想救人性命了吗？"

"别做孬种呀！"

乔泰估量着，她们虽然三个人，但纵列在窄窄的杉树上，和他对阵的实际上只能是最前面的一个。乔泰看看月已中天，便不再犹豫，纵身上桥，双剑已经出手。

为首的姑娘使的是一对银钩，剑钩相接，乔泰方知这位姑娘武功煞是了得！她的双足仿佛在杉木上生了根一样，无论怎样转挪腾闪，只是纹丝不动。乔泰不由得暗暗称奇。战了片刻，只见她左钩一式"白蚕吐丝"，乔泰侧身躲过，但在这瞬间，又见眼前人影一闪，为首的姑娘已在他的胸前掠起，跳转到他的身后，第二个姑娘一声"着"，峨眉刺几乎触及他两肋。乔泰不觉魂飞魄散！如今他已腹背受敌。若是在平地上，自也不怕，然而在这下临深涧的独木桥上，他的"平衡木"本领却远不及她们。好在今天他使的是雌雄双剑，便侧着身迎战，一手对付一个。但心中着实惧怕，稍有闪失，便可能滑入深渊！

又勉强拆了几招，蓦地里只听得"啪"的一声响，眼前闪过一条细长的黑影，仿佛一条曲曲弯弯的长蛇，直向他奔来。乔泰大叫一声，脚下一滑，早从桥上跌落了下去。

乔泰耳边但闻呼呼风声，心里却在说："完了，完了！想不到乔泰竟在这里做了沟壑野鬼！"其时也只得把心一横，等待着脑浆迸流那一瞬间的到来。而就在这时，他又看到了那条可怕的"长虫"伴随而来，刹那之间已把他紧紧裹住、卷起。随即他感到一股向上的神力，把他抛向半空。当那"长虫"离开他的身体时，他只感到浑身一震，双脚已稳稳妥妥地落在独木桥上。此时他面对的是第三位姑娘，而另外两位在他背后，只顾掩口而笑！面前这位姑娘，一手拿着青萍剑，一手执着那条"长虫"——细细的绳鞭。它下垂桥下，不知短长。乔泰惊魂稍定，姑娘的青萍剑已经起招，闪电般奔突而来。乔泰急用双剑抵挡，又因为脚下是圆滚滚的杉木，必须分散许多精力方能稳扎稳踏，不免顾此失彼。当他正挥剑抵敌之时，冷不防被身后的女子拍了一掌，如何能站得住？就又在这三位姑娘嘻嘻哈哈的笑声中再次从桥上跌落下去。不过，这番乔泰却没有想到死。在他看来，那几个刁钻的女子，是在存心跟他开玩笑。果然，片刻之后，他又重新经历了那种被绳鞭裹住、抛起的滋味。然而，这次他没有被抛落在桥上，而被抛到了林带附近。这时，另外两个女子已在那里等候着他的从天而降了。他一着地，这两个女子便一拥而上，不容分说，就把他五花大绑，结结实实地捆了起来。随后，被押进草庐中。乔泰刚回过神来，只见那个手持绳鞭和青萍剑的女子笑盈盈地从门外走了进来。接着，三位美人衣服穿整齐了，高高上座，显然要审问乔泰。

"喂！你这个爷们，姓甚名谁？"那个"银钩"姑娘开始问，她大约是她们中的老大。

"乔泰。"乔泰想，自己与她们素昧平生，她们对他未必会有多大恶意，但少不得还要恶作剧一番。到了这般天地也只好听之任之，随机应变。

"乔泰？这个名字好像怪熟。"那持青萍剑的姑娘想了想，忽又追问，"是不是那个狄仁杰的鹰犬？"

乔泰苦笑一声："犬自不敢当，'鹰'却过奖了！"

"啐！你以为我是在抬举你吗？"她笑骂道。

"既是鹰犬，就该看家护院。为何要借采药之名，上风壑崖呢？风壑崖何药之有？"

"有，有！"乔泰忙分辩。

"咦？我说没有，你竟敢说有！二位师妹，我看他平日里仗着老狄官势吆五喝六惯了，全不把我们放在眼里！"

"还得教训教训他才是！"那使峨眉刺的姑娘道，"不若把他的裤子扒了，让三妹用长鞭在他的臭屁股上抽个八鞭十鞭，看他还敢嘴硬不？"

说毕，三位美人一齐笑得前仰后合。

"银钩"道："二妹，你这个主意绝妙，剥裤子的事，就由你包了吧！"

"师姐！"那"峨眉"笑道，"谁去打屁股，就该由谁去剥，这才顺理成章呀！"

"青萍"姑娘红着脸，忙道："你出主意，我打屁股，各得其用，就师姐没有些许作为，理应师姐亲自动手才是哩！"

"我剥就我剥。"那"银钩"倒挺坦然。于是，她走到乔泰身边，正要用银钩挑断乔泰的腰带时，却见腰带上系着个暗器袋，袋外露出半截明晃晃羽毛般的水晶镖尾，忙用钩先轻轻一拨，它便从袋内跳出，"当啷"一声，掉在地上。"银钩"见了，勃然变色，脱口而出道："水晶镖！"

她连忙拣起暗器，三人就在烛下细细观看了一番，然后仍由"银钩"问道："这是你的暗器？"

"不！"乔泰断然道，"乔泰光明磊落，怎会使用丧尽天良的鲀蝎之毒？"

"银钩"与她二位师妹交换了一下眼光，又问："那么，这枚水晶镖又从哪里而来？"

"是我妻子遭人暗算，危在旦夕！也是我妻子告诉我说，只有嵩山风壑崖上才有解药。"

"怎么我们身居风壑崖下，倒从来没有听说上面有什么解药呢？"三人像在对乔泰说话，又像是在自语。

"三位姑娘有好生之德，放我一条生路，过了三天，我妻子就要没命了！"

"你先告诉我们，是一种什么样的解药？"

"风壑崖上的冰！"

"冰！"三人不约而同，分外惊疑困惑。

"那么，你妻子是谁？她叫什么名儿？"

"莺儿。哦，蒋莺儿。"

提起莺儿，乔泰便想起莺儿受镖以后那痛苦而绝望的神情，想起那如断线珍珠一样的凄惨的泪水，又想起自己解药还未到手，却莫名其妙地陷入了这般困境！不禁又气又恨，忍不住鼻梁一酸，眼眶已被泪水浸满。

乔泰见三个姑娘不问他了，也不知何故。抬起头来，却不见了她们。而隔壁房间中却传来了一阵说话声，她们似在议论着什么。乔泰竖起耳来，想听听她们究竟给他议个什么罪名。但正当他集中听力的时候，议论却戛然而止，随后她们婷婷袅袅地一齐走了出来，一个个脸上闪耀着难以捉摸的光。

"听着，乔泰！""银钩"说，口气却温和多了，"我们决定放了你！"

"姑娘明镜高悬，也称得上女中青天了！"乔泰说时，暗中把牙关咬得咯咯作响。"一旦去了我的捆绳，"他横了一眼放在桌上的雌雄宝剑，想："这里可不是独木桥，我把你们一个个擒了，看我如何来戏弄你们，也出出老子一口窝囊气！"

"银钩"示意"青萍"为乔泰松绑。于是"青萍"走到了乔泰跟前，拔出青萍剑，来挑乔泰的捆绳，一边却对他说："你要记住，过了独木桥，便上'天梯'，走完'天梯'便有许多岔道，你要始终对着月儿走，方能到得风壑崖！"

此时，这个爱恶作剧的姑娘，眼中浮漾出一种奇特而复杂的光亮。

乔泰估量着：她们是否将继续恶作剧下去，让他误入歧途而陷入一个新布设的陷阱？那姑娘似乎猜到了他的心思，对他妩媚一笑："先生能为一女子拼命，我等肃然起敬，才为你指一条上峰之路的！"

"是的！""银钩"的眼中也倾注了些许善意，客气地说，"先生原是位英雄，刚才我们跟你过于胡闹了，不免大大的失礼，在这里我们当面赔罪！"

说时，三位佳人一齐向乔泰行礼，乔泰反倒过意不去，一口闷气已经消散过半，忙把她们扶起，并请教她们的芳名。"银钩"便介绍道："贱号'鹊儿'。"又指着"峨眉"与"青萍"道，"这是我的二位师妹'鸠儿''鹂儿'。"

"你们原是三只鸟！"乔泰半讥笑、半发泄地笑道。

"难道你老婆不是只鸟吗！"

乔泰猛然一怔，却又听鹏儿道："要不是你老婆有这样一个美妙的名儿，我们才不放你呢！"

鹏儿说着把雌雄剑还给了乔泰，鹊儿也把水晶镖还了他，脸上的神情却分外凝重："你上风壑崖，不论遇上谁，千万不能说是我们放你上去的。要说成是你战败了我们。"

"还有，"鸠儿也神秘地补充说，"也不能供出你妻子的名儿，偷上风壑崖，或是指使人上风壑崖，都是'格杀勿论'的罪！"

乔泰不觉倒抽了一口凉气："难道有什么混世魔王在风壑崖上看守解药不成？"

"你也不必追根问底了！"鹊儿说，"时辰不等人，还是赶早登山吧。至于能不能寻觅到你那莺儿说的'冰'，则全看你的运气如何了！"

乔泰已不再怀疑，即使她们又设下了什么圈套再来捉弄他，他也顾不得许多了。他既已自由，就没有什么比登山更加迫切的事了。如果因为这三只"鸟"的缘故而取不到"冰"，那么，这笔账也只好明天再跟她们清算。

于是，乔泰虽不是十分由衷的，还是连声谢过了她们还剑、还镖和指路的盛情。他略略整束停当，便又拱手向她们说了声"后会有期"，然后转身出了茅屋。这时，他隐隐听到茅屋中传来几声唏嘘与叹息。

乔泰终于顺利地通过了独木桥。前面是万仞悬崖，但有人工凿就的石阶，约莫数百级。乔泰想，这大概就是鹏儿所说的"天梯"，果然陡峭险峻。乔泰依凭自己深厚的轻功，区区"天梯"，自然不在话下。上了"天梯"，又见三四条岔道，分别向几个方向延伸，乔泰抬头望了望皓月，依照鹏儿所言，向着月儿攀登。

走着走着，乔泰的脚下终于没有了路，他仍旧靠着夜月的参照，穿林过涧，心中渐渐萌起了对三头"鸟"的好感。心想，他若因此而顺利地到达风壑崖，那么，他今夜遇到这三只喜欢恶作剧的"雌鸟"，也算不得倒霉。虽被她们捉弄了一番，却也另有所获——少走了许多冤枉路，从而为莺儿争取到了许多宝贵的时间。此时，他再想想鹊儿、鸠儿和鹏儿，一个个又何尝不是花容月貌，惹人怜爱！只是她们既不修仙，亦不参禅，似乎又无人管束，居然甘愿在这样的深山野岭苦度青春，也着实令人费解！

雌雄宝剑一直紧紧握在手里，一是便于披荆斩棘，同时也怕山上真有什么"混世魔王"发动偷袭。又走了个把时辰，乔泰到了一个所在，眼前所见的一切又不禁使他惊讶万分。

他看到了几道高大的松柏林带环围着一片平整的草地，草地的一角是一座茅庐，茅庐的窗口闪着黄澄澄的烛光。这景象和他在独木桥畔见到的三只"鸟"的居处竟一模一样。他高叫起来："糟了，糟了！"这三头"恶鸟"让他峰回路转白转了一圈，重新回到了出发地！于是，他愤愤地冲到一块巨石边，探出脑袋来全神贯注地窥视着那座异常眼熟的茅屋，一边愤愤地思量着，如何突然袭击对她们进行报复。

但是，就在这时，他忽然振奋起来。他终于想到自己赖以隐身的这块巨大的山岩，并不眼熟，两地景色虽一模一样，但这块山岩却标志着他竟到了一个新的地界。他忍不住抬起头来观看这巨岩的全貌，方知它上宽下窄，极其巍峨，最奇特的是它的基部像个圆球，坐落在另一块平坦的山石上，岌岌可危，仿佛一阵大风就能把它刮走，又仿佛原是一阵大风把它从别处刮来的一样。乔泰心中一动，细细观察石背，借了月色，隐隐约约看清了上面四个大字，写得龙飞凤舞，乃是：风壑山崖。

这四个字遒劲挺拔，绝不是刀斧所凿。乔泰一眼就看出是为肉指所刻画。显然，这里一定居住着一位奇士，内力深厚，非同小可，鹊儿她们所说的并非虚话：或许这位奇士就是看守解药的"混世魔王"！

好在眼下万籁俱寂。当务之急，是悄悄地寻找解药，悄悄把解药取走，尽量避免不测。正当他想要细细寻觅时，他蓦地一跺脚，眼前一阵发黑，差点昏了过去：这风壑崖未见奇寒，山泉潺潺可闻，又何来什么"冰"块呢？

乔泰长叹一声，也不知莺儿为何要骗他，心中不觉恍惚不定。

正在这时，那边草庐的柴门"呀"的一声被推开，有个人影走到草坪中间，仰望着明月，伫立了好久。然后那人对月膜拜三次，正惊疑之际，那人又亮出兵器，乃是把钨钢柳叶鸳刀，就对着明月飞舞起来。这路刀法，乔泰见所未见，精奇之极，早把他看了个眼花缭乱！

一路刀使毕，乔泰看得清楚，惊得目瞪口呆。那人不但是个女子，而且少了一条左臂。

第八回　玉面冷看雌雄剑　须眉怒对柳叶刀

"玉屏！"乔泰忍不住惊呼起来。

"谁？"那人退后几步，戒备着。

乔泰再也控制不住，从石后转身出来，急匆匆跑到她的跟前，去握她的手，他的声音因过分激动而变得嘶哑起来："玉屏，是我呀！我是乔泰！"

她用力甩脱了乔泰的握捏，冷冷地说："乔泰？我不认识什么乔泰！"

乔泰被呛得说不出话来，他迷惑地对她凝视了好一会，陡地轻轻叫了一声。她那明亮、熟悉的双眸流露了一种冰一样的冷光，薄薄的嘴唇紧闭着，仿佛紧衔着对他乔泰的全部怨恨！"我知道，你恨我！"乔泰慢慢地低下了头。刚才因突然见到朝思暮想的妻子而引起的若疯若狂的欣喜，已经转化为深深的痛苦。

"是的，我恨你！"她直言不讳地重复了他的话。

"玉屏，你应该原谅我！是的，我因投身盗窟而失节，但在那样的情况下，也是身不由己呀！"

她轻轻地"哼"了一声。

"何况，"乔泰继续说，"我早已改邪归正了！"

"你不要说了！"她依然怒气冲天，"你扰了我的'三影功'！一夜被扰，功退百日。你好大的胆子！"

"什么？"乔泰惊疑道，"你在练'三影功'？难道救你性命的恩公是'三影夫人'，你的师父？"乔泰不觉又惊又喜，"玉屏，你好有缘，好福气呀！"

说时，他又有点忘乎所以，去挽她的手臂，却又倏地抽了口凉气，这只是一只空袖！

她一声冷笑，把身体微微一侧，于是那只空袖摆向一边，乔泰怎能料到，就这一摆，也有万钧之力！乔泰已经无法在原地站立，松开了挽着衣袖的手，向旁趔趄了几步，然后一屁股坐在草地上。

乔泰知道，妻子的武功早已胜过自己百十倍。如果较量，他决非敌手。此念刚生，蒋玉屏已一个箭步蹿到跟前，柳叶鸾刀毫不留情，要来取他性命。乔泰无可奈何，手中的雌雄剑高高举起，在头上架住了她的鸾刀。

"贤妻！"乔泰心惊胆寒，"你不认为夫也便罢了，难道连我这条贱命也不肯留下吗？"

他们相持着。

"你说，是不是山下那三个小贱人故意放你上山来的？"

"不不不……"乔泰急忙照着鹊儿的交代，为她们分辩。

"嘿！谅她们也不敢私放生人进山！"

"怎么，在你眼里，我是个陌生人吗？"乔泰悲哀地说。

玉屏默然。乔泰通过手中的双剑，清晰地感觉到架在上面的鸾刀的轻微战栗。不知为什么，乔泰竟认为，玉屏的突然沉默和战栗，其真实的意义乃是一种暗示，即暗示着他们之间的情丝其实没有断裂。于是他不失时机，亲昵地叫了一声："玉屏……"

"呀……啐！"

这是乔泰没有意料到的。他亲热的一声唤，竟激起了她更大的愤怒，只见她一抖右腕，鸾刀就来横扫乔泰。乔泰被迫立剑抵挡，刀刃离他腹部只有寸许。

"你要腰斩乔泰吗？"乔泰说时又深叹了一声，"残躯并不足惜，可怜莺儿也要枉死了！"

"莺儿！"她脱口而出。

听得出，她对莺儿的关注胜过他乔泰百倍，乔泰不禁感慨万千，接着道："莺儿受伤了！"

玉屏忽然冷笑一声："我道你怎么会知道风壑崖，原是这个小贱人告的密！"

"不不……"

"这小贱人死定了！"

"不——"乔泰高叫起来，他对玉屏的无常和冷酷，开始有点恼怒，"这风壑崖也不是私人的禁地，何以说不得、来不得？"然而，当他看见蒋玉屏那捉摸不定的眼光变得越来越阴沉冷峻时，不觉暗暗打了一个寒噤。于是他又软了口气，说："既然这样，我也不隐瞒。莺儿为我受了毒镖，她要我上风壑崖找解药。她并不是存心要说出你的仙居！"

玉屏从鼻孔中又"哼"了一声："那么我也不对你隐瞒。当初她和我一起上山练武，修炼内功。这小贱人总是心神不定，屡出偏差。她又过不惯山上的清苦生活，是我苦苦哀求恩师，放她下山。下山之前，她曾向恩师立下生死之约：若透露了风壑崖半点风声以至引凡人涉足，万死不赦！"

"玉屏，你绝不能告诉'三影夫人'！……莺儿是无辜的，是个难得的好姑娘！"

"可不，"玉屏又冷笑道，"她在山上心猿意马，只是心中忘不了你……"

"可是，她如今也牵肠挂肚忘不了你呀！玉屏，就算她有千错万错令你生恼，毕竟她曾一片赤诚伺候过你。想当年，我们遭到追杀，她硬要穿你的衣服，主仆易装，你因此几次死里逃生。而莺儿，为了你的缘故，身上受的暗镖飞箭之伤，难道还少吗？"

乔泰说到这里，听到了她一声轻微的呻吟。

乔泰哀求道："莺儿只有三日的性命，她的生死存亡就在乔泰今晚风壑崖之行。然而，偌大一个峰峦，我一时又哪里去找解药！玉屏，你不救她，还有谁能救她？"

"这里没有解药！"玉屏口气虽然缓和多了，听上去却依然冷冰冰的。

"可这是莺儿亲口告诉我的！她说……"

蒋玉屏的怒气似乎又减了许多，她注视着乔泰，静静地听他说。

"她说，只有风壑崖的冰，方能解毒！"

乔泰忽然恍然大悟，这个季节风壑崖哪会有冰？莫非是莺儿为了成全他和玉屏见面，临死之前编了个谎言？乔泰越想越觉得有道理，不禁哭出声来："莺儿，莺儿！是我害了你！莺儿，我的好莺儿呀！"

这时，玉屏眼中闪过了些许哀怜和忧伤，然后她喃喃而言："冤家！我们正是前世的冤家！"

顿了一会，她又无可奈何地长叹了一声："那么这小妮子究竟中了什么毒呢？"

乔泰站起身来，从身上摸出了暗器，交给了她。

"水晶镖！"看上去她十分吃惊，"这是感业寺的暗器！"

乔泰听到"感业寺"二字，突觉天昏地暗起来！

在唐代，感业寺几乎家喻户晓。在武则天一生的遭遇中，感业寺正是她由荣而辱、由辱而荣的一个中转站，历史恐怕也很难将它遗忘！原来，武则天初入宫时，不过是唐太宗的"才人"，因长得妖娆，被太宗李世民唤作"媚娘"。太宗虽然爱她美貌，心中却十分猜忌她的心计和手段，因而病危之际，打算将她赐死。谁知媚娘早与太子李治有染，便与他预先定下计策，抢在太宗下旨赐死之前，主动提出为报陛下宠爱，愿立即出宫，去感业寺削发为尼，为太宗生时祈福，死后超度。太宗想到她既削发为尼姑了，绝无重新回到宫廷的可能，又怜她年幼妖媚，竟也同意了。谁知太宗驾崩，太子李治继位。不久，这位新皇上便暗暗令媚娘蓄起发来，随后借个因由，就把她接回宫中，娶而为妃。这一段公案屡遭史家非议，时人曾作一联讥讽母子通姻的天下奇闻。联曰：

> 母爱儿娇，七尺躯不离怀抱；
> 子承父业，方寸地未使荒芜。

武则天十四岁进宫，二十四岁为尼，二十七岁返宫，三十五岁被封为皇后。刚满花甲，临朝称制，后来索性废了国号，改"唐"为"周"，自号"越古金轮圣神皇帝"。武则天年轻之时，在感业寺经营三年之久，叫乔泰怎不敏感？乔泰情不自禁地想弄明底细。

"难道……"

"这是武皇帝赐给感业寺住持师太妙真的御制毒镖，据我所知，共有三枚。"

乔泰魂魄俱裂。既是御镖，不经武则天默许，妙真怎敢擅自使用，以至失落人间！

乔泰不由得痛苦地喃喃自语："狄大人，唉，完了！"

"完了？谁完了？"

"狄仁杰狄大人！武皇帝限他五日内侦破白马寺进香少女失踪之案，过了限期，就令他自裁！这水晶镖虽然冲我而来，却证明武皇帝并不愿意狄大人涉足白马寺。"

"你既知武皇帝的心思，我就即刻放你回去，尽快告诉狄仁杰，要他歇手交差便了！"

乔泰听她这么说，心似水中的铁秤砣，直往下沉。蒋家与白马寺有不共戴天的大仇，如今白马寺作下案来，恰恰落在了狄大人手里，她竟冷淡如是，轻轻一句"歇手交差便了"。这比在他身上剜下一块肉来更令他痛心。

"玉屏，十年不见，你完全变了！"他沉重地说。

"是吗？"她依旧冷冷的。

"我们应该帮助狄公！"

"你是他的心腹，自应帮他，与我何干？"

"蒋玉屏！"乔泰不禁厉声起来，"害得蒋家家破人亡的是谁？害得我们夫妻离散的是谁？深仇大恨，难道你就这样容易遗忘吗？"

玉屏的眼中突然闪射出异乎寻常的光亮，盯住了乔泰的脸。乔泰隐隐感觉到，她的胸中正旋转着某种疯狂的怒火和杀机，只是不知是针对白马寺，还是他！但乔泰此时已把生死置之度外，继续厉声说："狄大人决意搜寺，我乔泰、你蒋玉屏都在一边袖手旁观，眼看狄大人空手而归、人头落地，我们将有何脸面见你父母于九泉之下！"

"咄！"玉屏忽然用刀指着他，"你乔泰曾经为盗为匪，身已染污，还扯谈什么九泉之下我父母！"

乔泰再次被她揭着伤疤，尖叫一声，无力地低下了脑袋！

"乔泰！"玉屏又教训他，"你今天冒死上山，难道就为教训蒋玉屏？"

"不、不！"乔泰猛然惊醒。他梦寐以求要见妻子一面，莺儿又以性命为代价，成全了他们的会见，都是为了何来？乔泰后悔不迭，后悔对玉屏这样粗声大气！于是他缓和了口气，带着深深的歉意道："玉屏，是我不好！我不该……"

她不理他，微微扬起了头，注视着月亮。

"玉屏，我求你……"乔泰跪在了玉屏裙下，"我只求你告诉我白马寺机关的秘密！"

蒋玉屏吃了一惊："你疯了！痴了！我知道什么白马寺机关的秘密！"

"你知道！"乔泰道，"要不然十年之前，白马寺不会追杀得你这么凶！"

玉屏注意到乔泰在"追杀"一词后面用了个"你"字，无非为他的推测张目，不觉下意识地纠正了他，把"你"改成了"我们"。

"追杀我们的是一些又凶又狠的仇家，与白马寺没有关系！"

乔泰摇了摇头，坚持道："我们没有这么多仇家。他们是受了白马寺薛怀义这秃驴的指使。"乔泰提到了一个不能辩驳的事实，"狄大人在昌平县破案时，擒获过一名凶犯，无意中供出，他曾参与了受命于人的千里追杀！"

乔泰以为，他所提供的这个"事实"，是一个强有力的佐证，必让玉屏为之所动。然而，出乎意料的是，玉屏听后却不置可否，反道："果真是这样，也不足以证明我知道白马寺的机关秘密！"

乔泰十分失望。他已明白，在他面前的妻子，已不是十年前的蒋玉屏！她几乎变成了另外一个人了：高傲，固执，狭隘，无情！而乔泰却把破案的筹码完全押在了她的身上。他离开巡抚衙门后，没有再回去，正是要查访出她的下落。他没有料到，找到她竟如此顺利，而要套出她的秘密又如此艰难！乔泰不得不抑制住满腔怒火，再次央求于她："玉屏，俗话说，不看僧面看佛面，我算是代替狄仁杰大人，跪在你的面前求你了！"

"笑话！我是世外的布衣山人，他是堂堂朝廷命官，他求我何来？"

"只为白马寺的机密！"

玉屏依然斩钉截铁地说："我不知道！"

乔泰大怒，发狂似的大叫道："你——知——道！"

玉屏大惊失色，叱道："这是什么地方？容得你这般放肆！"

"是放肆么？我还要叫得全洛阳都听到。蒋玉屏！你——知——道……"

玉屏大怒，鸳刀一亮，已架到了乔泰的脖子上："乔泰！要么你立刻身首异处，要么马上给我滚下山去！我再不想见到你！"

"那么，你就杀了我吧！"

乔泰说时，闭了眼睛，横下心来等死。不一会儿又睁开眼来："怎么，你觉得手软吗？杀呀，快动手哪，还犹豫什么呢？"

"……"

"蒋玉屏！"乔泰见她仍不动手，便仗着胆子骂道，"当前奸臣当道，蔽空掩日，你背青天而向黑暗，于国不忠！双亲惨死，有仇不报，只为坐享清闲，是为不孝！莺儿侍候你多年，体贴入微，如今命在旦夕，你见死不救，是为无义！我乔泰，一时失足，挤进盗窟，虽是污点，也是身不由己，然早已弃暗投明。十年来我无时无刻不在思念你，今日历尽艰险，冒死上山，终于得见玉面，你不认夫也便罢了，又以兵刃相向，刀架夫身，又可谓无情！如今看来，你，蒋玉屏，原是不忠、不孝、无义、无情，四毒已全的了！与其你杀我，还不如我自刎了好。我的剑比你的刀干净多呢！"

乔泰说时，已动了真情，手中雌雄剑左右交颈，用力刎去。

不过，蒋玉屏并没有让他死，鸾刀左右开弓，搁开了他的双剑。

"你！"乔泰道，"你好残忍！连死也不让我痛痛快快吗？"

"不许你死在我的面前！"

这原是一句绝情话，然而，乔泰从她异样的语调中，收到了一种温情的感触。这一丝感触来去突然，瞬间即逝，这倒使乔泰一时茫然不知所措。

只听玉屏再次长叹了一声："乔泰，你口口声声要得到白马寺机密，然而你不怕倒悬之苦么？"

"我们这些武夫，究竟为什么练武？"乔泰话中带讥连刺，"难道不就是为了解万民于倒悬么？"

乔泰此时甚是费解，这个冰一般冷的蒋玉屏，苦苦哀求她，越求她架子越大，反要杀他；眼下骂了她一个狗血喷头，她反倒平静起来，不仅阻止了他的死，连说话也温柔多了。岂不是"蜡烛"一支——不点不亮乎？

玉屏此时并不介意他的讥讽，接着道："那么，我就成全了你！乔泰，你听仔细了！"

乔泰抬头仰望着她，全神贯注地聆听。

"秘密不在我手里！"

乔泰气得张口结舌，就又要举剑自杀。

蒋玉屏嗔道："你忙什么？这个天大的秘密，原是在感业寺！"

"感业寺？"

"正是。就在感业寺大雄宝殿后面的罗汉堂中。记住了：从东墙数起，第五、第六根椽子之间，正中的一块网砖是活动的，拿下这块网砖，便是洞穴，里面有一块铜版，得到了这块铜版，便知道了白马寺机关的秘密！"

"这是真的吗？"

"真的！而且，我就知道这些。我虽在父亲那里见过铜版，其实也不知上面刻些什么。白马寺追杀我，错以为我都清楚了底细！"

"玉屏！我的好玉屏！"乔泰动情地站了起来，要去搂抱她。

玉屏立刀于胸，阻止了乔泰的冲动！

"你可以走了！那块铜版也是奉武皇帝之命刻铸，并隐藏在感业寺的。可想而知，那感业寺必定是个十分凶险的所在。你们必须把寺中暗防摸清楚了，方能入寺。我父生前说过，感业寺的凶险，莫过于倒悬，你好自为之，自己小心！"

"玉屏！"乔泰感激地道，"我还有个问题想问你！"

"不必问了！"

"要问，一定要问！玉屏，你还恨我吗？"

"我恨你！"

"唉，"乔泰又道，"我想，等我破了白马寺，报了大仇，你才能明我心迹，才能解恨，是吗？玉屏，你等着吧，我们还会团圆的！"

"乔泰！请你务必记住：我已是世外山人，绝不想再见到你了！"

"那么，蒋姑娘，在下告辞之前，还望明示，风壑崖上是否真有搭救莺儿的解毒之冰？"

"风壑崖上没有解药。"但她认真地想了想，又说，"我上山以后，取号'玉冰子'，莫非她，只为成全你见我一面？"

乔泰沉下了头。这一点玉屏和他想到一处了，乔泰深为莺儿的舍身精神所感动，不禁悲从中来。

"难道我们和莺儿……真要下一世再见了吗？"

这话仿佛不是从嘴里说出来，而是和着滚烫的泪水直接从心中流出来的。说罢，他默默地离开了玉屏。

"回来！"玉屏突然叫住了他。她似乎尚有许多话要说，但是不知什么力量控制着她，潮水般的语言停在了她的双唇后边，好久好久，她才说："除非……"

"除非怎样？"

"除非……你上无名峰！"

她用手指着远处的山峦。月光下，无名峰就像一支巨大的青锋宝剑，直插蓝色的苍穹。

"那儿有解药吗？"

"我恩师住在无名峰元宵洞。"

"你是说'三影夫人'？"

"只怕你没有缘分见她！"

"只怕见了她，她也拿不出解药！"

玉屏瞟了他一眼，不再和他说话，头也不回地向草坪中间走去。

乔泰知道，再不能缠她了，不得已也转身，准备上无名峰。走了几步，又恋恋不舍地回首来看她。只见她对月舞刀，在她的身前身后，月影散乱，刀光闪烁。在月霜覆盖的草坪上，像有无数条人影、刀影在来回奔突。蓦地，又由繁化简，单单留下了三条影儿，清晰可见。乔泰突然悟到了"三影"的含义，不觉暗暗称奇，羡慕不已！他也不愿再打扰她，便一步三回头地离开了风鏊崖。此刻，他有了一种直觉，相信离别十年的妻子貌似冰冷，而内心仍然燃烧着一盆火。她或许有着什么隐衷，不得不以坚厚的冰层紧裹住自己，并强行去浇灭那熊熊的心火！他不相信她真的不愿再见到他，他倒相信，当他们再次见面时，他自己这颗炽热的赤心，或许会把她的坚冰融化！

第九回　元宵洞三影赐冰丸　独木桥鹊儿呈玉札

　　乔泰抵达无名峰时，已是日上三竿。在他的脚下，一座座小馒头式的山冈沐浴在一片金晖之中。山谷深处，一湾绿水，平静似镜，异常幽静清澈，迷蒙的水汽笼罩着整个湖面，湖面上又凭空飞起半圆形的彩色长虹，它的倒影又与它本身衔接成一个神奇的七彩圈，衬着无名峰险峻的峭壁，十分壮观。乔泰隔湖而望，只见一个山洞，它犬牙错落的洞口，正被七彩的虹圈围住。这奇幻的画面使乔泰感到如临洞天仙境一般。乔泰沿着湖岸崎岖的小道，到了洞口，不觉擦了擦眼睛，再仔细看时，心禁不住狂跳不已。那洞口边上，深深地凿着四个篆字：元宵洞天。只见两扇石门向左右敞开着，里面露出了又一个月洞门。正要叩门，门却自动开了，向里望去，黑暗而深邃。乔泰既惊诧，又好奇，渐渐摸索着向前。约莫走了二里许，奇迹忽然降临：前面豁然开朗，阳光明媚。乔泰以为到了真正的"桃花源"了。

　　但是，实际上这里充其量是一个大院落。院内有花木、修竹、鱼池、亭阁。弯弯曲曲的回廊把整个空间分割得极为雅致得体。沿着鹅卵石精铺的曲径前行，有移步换景之妙。花圃中盛开着大朵奇葩，如火如荼，仿佛在热烈而灿然地迎候着难得莅临的远方来客。一口泉井，坐落在古朴的八角亭内。绕过泉亭，那松竹掩映处，这个"世外桃源"中唯一的屋舍隐约可见。门窗紧闭着，乔泰心想，这必定是"三影夫人"起居之所了。谁知心念刚动，"呀"的一声响，正中的落地长窗不推自开。乔泰心里"怦"地一跳。回头看着这生机盎然的院落，暗想，光天化日下总不会有一个"暗鬼"跟在身边吧！

室内陈设极为简陋，天然几前，一张半桌，旁边一把硬椅而已。正中墙上，挂着一幅轴子，画着一位巾帼豪杰，英姿飒爽。乔泰料定这是"三影夫人"的画像。旁边一副对联，与画上的勃勃英姿显得极不和谐。乔泰默默地把对联念了一遍：

隐身归洞府
拱手辞江湖

然而，不和谐中却透出一种独特的魅力，让乔泰肃然起敬。乔泰对画像凝视了一会儿，便诚心诚意地深深鞠了一躬。他鞠了一躬又一躬，一连三鞠躬，真诚得连他自己也感动了！

乔泰礼毕，直腰抬头，眼前突然一亮。这一惊非同小可：只见半桌旁榉木太师椅上坐着一位妙龄女子，衣着虽然朴实无华，却也楚楚动人，她正笑容满面地注视着自己，接受着他的大礼。看那面容，和画上的一模一样，当是"三影夫人"无疑了。可是，她怎么可能像变魔术一般突然出现在自己面前？乔泰自信自己的内功，虽非出类拔萃，但就如一般"梅花针"这样细微的暗器，十步以内，他也能"察风辨器"，准确识别并接收。而"三影夫人"的出现却在咫尺之间，居然，能瞒过自己的眼睛和耳朵，真是不可思议。她究竟使用了什么稀世秘功，抑或"魔法"？想起那洞门和落地窗的自动开启，他甚至有点不寒而栗！这位美貌的夫人究竟是人乎？妖乎？

"稀客，稀客！"她主动招呼，笑得十分天真，又不乏热情。

"姑娘就是驰名天下的'三影夫人'吗？"他问。

"不敢、不敢！"她回答着他，"贵客远道而来，雁儿，怎么不献香茗呢！"

"来了，来了！"画屏后面又转出一位年轻美丽的女子来，双手端着茶盘婷婷袅袅，直到乔泰跟前，笑盈盈地说了一声，"先生请！"把一只白瓷青花茶盏放到了他面前的桌上。乔泰瞧了她一眼，暗想：这又是一只"鸟儿"！

"夫人！"乔泰呷了一口香茶，"'三影夫人'誉满天下，在下还以为是个半老徐娘，谁知竟如此年轻！"

她们听了，一齐大笑起来。雁儿笑得尤其厉害，她便问道："先生能猜一猜夫人的芳龄吗？"

"不过二十开外吧！"他坦率地说。她们越发笑得不可收，雁儿道："你整整少猜了一百年，她老人家昨天刚过了一百二十岁的生日呢！"

"啊呀！"乔泰惊出一身大汗，拜道，"老祖宗原来有长生不老之术呀！"

"谈不上长生，不过比别人晚老几年罢了。先生有何事到此？"

"老祖宗，实不相瞒，莺儿乃是不才乔泰的小妾！"

"呀、呀、呀！""三影夫人"起身道，"失敬失敬，原是乔先生！那不也就是玉冰子的结发原配么？"

"是的。不才非常唐突冒昧，昨夜我们夫妻已在风壑崖上见了面。"

"十年前，我已料到你总有一天会找到她的！"

"老祖宗！不才绝不敢第二次去骚扰她！"这是乔泰的一句心里话。乔泰离开玉屏时那种总有一天要再上风壑崖与玉屏晤面的勃勃雄心，此刻，随着他对"三影"大道的理解，已经烟消云散。

"唉！""三影夫人"却幽幽地吐了一口气，"尘心初动，尚属无碍，只怕执着！须知牛角尖也就是死胡同！眼下玉冰子将得大道，然一旦尘心炽热，仍不免功亏一篑，甚至会有性命之忧！"

"这倒不必担心，"乔泰道，"不才不但誓不再上风壑崖，就是玉冰子也已立下誓言，不愿再见到我了！"

"三影夫人"只是微微一笑。

"老祖宗！"乔泰只得把玉屏之事放在一边，把话引入正题，他恳求道，"不才夜上风壑崖，又唐突私入仙府，实在出于无奈，只为莺儿只有三日的性命，恳求老祖宗看在十年前一段薄薄的师徒之缘的分上，救她一命。"

"哦？""三影夫人"道，"十年前，也是我心血来潮，一时起了慈悲之念，下山度人，正遇上受苦受难的玉冰子和莺儿。然而又几何时，莺儿缘尽。她既要下山，玉冰子又为她苦求，我只得放行，并荐她去了'齐春宫'。须知'齐春宫'的鸨儿，二十年前也与我有过几年师徒之缘，才一口答应接纳了莺儿。我想莺儿正受人间荣华，又何以会有性命之忧呢？"

"她，"乔泰颤着声音道，"她不幸中了鲀蝎之毒！"

"我说呢！""三影夫人"笑道，"我九十九岁那年，炼制了几颗鲀蝎解毒丸，只剩一颗了，正不知是谁的缘分呢！"

"老祖宗可怜可怜她，赐予莺儿吧！"

"小事一桩！""三影夫人"爽朗地说，并立即起身，笑盈盈地向乔泰招了招手，"你跟我来！"

于是，乔泰跟着她转入后厅。走进一间房中，"三影夫人"打开了一个木盒，只觉异香满室。乔泰见盒中有许多颗丸药，却有红、黄、蓝、白、黑等各种颜色。其中一颗无色药丸，透明如冰。乔泰心想，莫非就是这一颗冰丸？"三影夫人"拿起了一颗红丸，放在乔泰手心："就这一颗是鲀蝎解毒丸。"

乔泰觉得一阵彻骨的冰凉穿透掌背，其寒比严冰还要厉害。

"三影夫人"见乔泰把药丸收拾好了，又用笔在一张纸条上写了几个字，封在一只锦囊中，随后也付于乔泰，却又诡谲地笑了笑："这是山人的一点心意。"她道，"诸葛亮先生的锦囊妙计也不过如此！你必须在最最紧要的关头拆看，千万不能超前。"

乔泰欣喜万分，又千恩万谢了一番，便要告辞下山。

"三影夫人"和雁儿把他送出元宵洞。

此时，已近午天。洞外，湖边，泉流潺潺，清风习习。高高的白云，投影在山冈上，从容不迫地滑动着。绕过绿水，他们又行了一阵，来到一个断崖边上。"三影夫人"道："乔先生，咱们后会有期了！"

乔泰疑道："脚下已是无路，还烦老祖宗指一条下山捷径！"

"三影夫人"向前一指，道："从这里下去最近！"

乔泰探头看了一眼断崖深渊，道："不才轻功浅薄，如此高崖，只怕要粉身碎骨！"

雁儿又笑得直不起腰来了："怕什么？跳下去就是了！"

"这……"

"犹豫什么呢？你和你的'老祖宗'聊了这半天，她边聊边为你发气补功，正为了看你这一刻的跳崖表演呢！"雁儿继续调侃着。

乔泰只是将信将疑，只顾凝视着"三影夫人"。

"三影夫人"向他点了点头："跳崖吧！"

乔泰仍是心惊胆战。然而，在"三影夫人"面前，又不敢表现得过分怯懦，于是横下心来，一咬牙，终于跳下了万丈深崖。也不知落了多少时间，只是没有着落，心中开始不安起来，暗暗骂道："莫非这'冰婆子'要害我性命不成？"

心念刚起，只觉脚下轻轻一震，已经落地，却未有半点损伤。再抬头仰望断崖时，只见高不可测，不见顶端，不觉心有余悸。

脚下也没有路，只得朝着"三影夫人"刚才所指的方向直往前走。但觉脚快身捷，轻功果然不同往昔，乔泰便又把"三影夫人"佩服得五体投地。

走了半个多时辰，一个念头突然跳进了乔泰的意识："三影夫人"赠以锦囊妙计，像是在暗示自己前程有巨大灾祸。何不先拆开一读，日后也好随机应变，甚至防患于未然？

乔泰一时兴起，禁不住好奇心的驱使，掏出锦囊，从中取过纸条，并用双手将纸展开于眼前。只见上面一行娟秀的字迹，写着："恕不远送大驾，想你老祖宗时，再来坐坐。"乔泰哑然失笑。莫非这"三影夫人"猜到他必不能遵守诺言，知道他要在中途拆看，故而特与他开了这么一个小小的玩笑？于是乔泰心中又笑骂了一句：什么锦囊妙计？这个冰婆，真是一个年轻的老顽童！

乔泰又走了些时辰，总算到了天梯，方舒了口气。下了天梯，便是独木桥了。乔泰看着这棵横架深涧的颤巍巍的长杉，想起了昨夜这里的一场恶作剧。此时想来，除了又好气又好笑，便是又惬意又开心了！还亏得遇上了那三只"鸟儿"，使他顺利见到了玉屏。如今，不仅解药到手，连白马寺机密也有了线索，岂不快哉！

一种要与三只"鸟"再次见一面的欲望立即支配了他。乔泰迅速穿过了环形的松柏林带，来到那座简陋的茅屋跟前。他用手推开了柴门，突然一阵银铃般的笑声从门内飞出来，早见鹊儿、鸠儿、鹂儿一字儿排在屋中间，恭候着大驾光临！

乔泰对她们拱着手，唱了几个喏。

"呀！乔先生春风得意呀！"鸠儿说。

"全仗三位姐姐帮忙，不然乔泰又焉能得意？"

鹂儿突然扬起绳鞭，凌空一抖，只听得"啪"的一声爆响，把乔泰吓了一跳。

"怎么，"她笑着说，"现在是三位'姐姐'而不是三只'鸟'啦？"

"恕罪、恕罪！昨夜多有冒犯，还得多多包涵才好呢！"

说毕，乔泰和她们一齐哈哈大笑起来。

乔泰见天色已经不早，便要去牵马辞行。

鹊儿告诉他，马已牵在后门口，并且已经喂饱。乔泰连连道谢，开了后门，把马牵在手里。"鸟"们又七嘴八舌地与他告别。

"你替我们三人向你的那只'鸟儿'问个安吧！"

"莺儿那条小命保住了，也有我们放你过桥的功劳哪！"

"自然、自然！"乔泰道，"你们是头功！"

说时，乔泰已翻身上了马背。

"急什么呀！"鹊儿叫道，"还有个锦囊妙计在这里呢！"

乔泰在马背上笑道："莫非你也能未卜先知，授我一条救命的妙计？"

"我们哪有这个本事？"鹊儿回道，"这是你心心念念的爱妻给你的！"

"你说什么？玉屏来过了？"他迅即跳下了马背。

"昨夜就来了！"她递过了锦囊。

这个锦囊，原是在家时，玉屏亲手缝制送给乔泰装印章扇坠等物的。没想到，她四处逃命，都没有弄丢。今天旧物再送乔泰，怎不叫人见物伤情！

　　"我已经深深地打扰她了！"乔泰一阵惶恐不安。暗想，她若不是为我启动了凡心，又如何会连夜下山送这锦囊？他真想立即拆开看看里面装着什么，鹊儿连忙制止了他。

　　"这里面装的是私信，还是你在马背上一个人美美地享读吧。"

　　乔泰红着脸，上了马背。只见鹏儿扬手一鞭，那马便放开四蹄狂奔起来，急雨般的啼声中，乔泰隐隐听到了鹏儿在后面叫喊："鞭痕作疼时，不要忘了我们！"

第十回　感业寺妙真搜捕　罗汉堂乔泰倒悬

　　乔泰打开玉屏所送锦囊，从中取出纸条，当那熟悉而娟秀的笔迹映入眼帘时，心底立即掀起了一阵阵热浪，夹带着那些无法忘怀的、缠绵的往事，冲击得他的胸口隐隐作痛。他把打开的纸条捂在胸前，闭了一会眼睛。他不知道她会讲些什么话，他没有勇气直面她的字迹。他的心在颤抖、在害怕，既怕那些熟悉而娟秀的字体组合成一个绝情的通牒，又怕那字里行间流露了某种执着的悱恻深情，他非常不愿意因为他的缘故，干扰了她已具火候的上乘内功。于是他索性照样合好纸条，捏在手中，强抑胸中的缅怀与冲动，任那马儿负载着他，或悠悠闲步，或驰骋狂奔。

　　夕阳已收去了最后一束金晕。他不知道，他离开巡抚衙门的这段时间，狄仁杰大人究竟有了多少进展，但他坚信，破案的钥匙现在正在他的掌握之中。那即将降临的第三个夜，对狄大人来说，更是不安、紧张和难眠的。狄仁杰要破此案谈何容易！女皇帝虽然授他先斩后奏的特权，但未必真心支持他。狄仁杰身后并无退路，只有破了案才可能有一线生机！乔泰为大人感到不平，这时，他对于狄仁杰对他的监视和奚落，已不再耿耿于怀了。他怎样回报他呢？一回到东都洛阳，他就给大人捎个喜讯：他乔某已得到了白马寺的机密！也就是说，他将回报他一个高高的枕头，让他在破案最紧张、最关键的时刻无忧无虑地睡个好觉！

　　与此同时，他下意识地再次打开了玉屏的纸条。他仔细地读着纸条上的文字，其实，也不过短短的几句。上面这样写道：

请狄大人明日午夜时分破寺。乔泰：你切不可独往独来！

纸条的背面，又写着另外一行字：

乔泰，我恨你！

乔泰看毕，忍不住暗暗骂道："小妮子！你既恨我，我'独往独来'又与你有何干系！"发泄了几句后，他便响应着自己轻松的心情，脸上露出笑来。他完全陶醉在重创后正在迅速复原的那种愉悦的心境里。

乔泰觉得，那纸条上虽写着"恨"，但"你切不可独往独来"的劝谏，却是真诚的爱和关怀！夫妻一场，她对乔泰的脾性太清楚了！乔泰在某种情况下可能会想些什么，可能会做些什么，她了如指掌！在风壑崖，他们虽然只有片刻交谈，但自己那种潜在的"独往独来"的心机，一定无法瞒过她的"慧眼"。是的，她恨他，但这是一种带着近忧和远虑的恨，一种体贴而温馨的恨！

乔泰按着自己的既定路子，思考着玉屏的话。那句"请狄大人明日午夜时分破寺"却无法得到解释。狄大人破案，有自己的进程和方法，绝不可能听从一个不熟悉的人的调遣。"午夜时分破寺"是否预示了玉屏要与狄大人相约，同破白马寺？但这又怎么可能呢？她已是一个慧根高超的出世女子，目下正以断俗断尘为修行目标。相约会战，有悖于"三影"大道！出于对"三影"的崇拜，他对玉屏不着边际的话也不敢轻视，决定一回洛阳即禀告狄大人。

此时，玉兔已经东升，今夜的月色，在乔泰的感觉中，没有这多凄凉，没有这多无情！他忘了从哪一条路进城近些。老马识途，就让马儿自己去选择吧。马蹄踏着树荫斑驳的路面，蹄声特别清脆。不知哪所寺院的钟声，连续地、不紧不慢地正在这静谧的夜空回荡。

寺院就在前面。当乔泰路过时，不禁侧首相望。好气派的一所寺院！借着月光，他看清了门楼上浮雕在偌大青砖上的几个大字：敕建感业寺。

乔泰下意识地跳下马背，把马缰绳拴在寺前的一棵树上。忽然一个声音在耳边响起："乔泰，你切不可独往独来！"

乔泰猛醒，冷静地告诫自己，玉屏说感业寺也是十分凶险的所在，他没有权利重复白马寺"打草惊蛇"的故事。于是，他解下缰绳，头也不回地上马向前而去。

然而，那连绵不断的夜钟，仿佛一声声撞在他的心上。他又情不自禁地要勒转马头，"不！"他再次否定了自己的行动，同时又摸了摸贴身藏着的冰丸，"当务之急是抢救莺儿！"

这时，钟声已停。不过，那钟声在乔泰心上的撞击依然没有停止。钟声寂然，意味着寺内的晚功课业已结束，尼姑们将去寻找梦乡了。趁机潜入寺内，摸摸道路又如何？这个想法撩拨得他心里直发痒。他自己向自己证明，他并没有多大奢望，不过想顺便侦察一下而已，这丝毫不耽误搭救莺儿。何况，这寺的住持师太应该已被马荣擒去，缺了寺主，守防必然疏息。

他终于又下了马，把马拴在路边。不过，他还是犹豫着，徘徊着，他发现自己有生以来从没有这样优柔寡断过。最后他限定自己在一呼一吸之内做出抉择。

乔泰的最终抉择仍是冒险。虽然他严格规定自己，此番深入虎穴只限于探路，摸一摸寺中暗防，认一认罗汉堂中那块紧要的网砖的位置，为下一次正式行动作准备。但实际上，他完全欺骗了自己，他无法拒绝一个强有力的诱惑：这次深入虎穴，也包含着或许能擒获虎子——破获白马寺少女失踪案的"钥匙"——记载着白马寺全部暗防、机关的神秘铜版的机会。

好在他着的是夜行衣装，片刻已到了感业寺墙外。他毫不犹豫，"飕"的一声，蹿上了围墙，悄悄地进到寺内。情况比他预料的要顺利，尼众们似乎非常遵守作息时间，到处都已熄灯。乔泰猫似的纵跳横蹿，同时运动夜眼，观察八路。感业寺规模不及白马寺宏大，不消多时，就在全寺转了一圈。感业寺似乎并没有应变不测的任何戒备，它静悄悄地，不似白马寺那样森严中透着杀气。乔泰如入无人之境，他的信心与胆量迅速增长。

大雄宝殿后面的罗汉堂，乔泰特意留在最后"拜访"。尽管入寺后一帆风顺，他也不敢怠慢。怕有意外，他先在殿前殿后巡察了一遍，见没有什么破绽，方绕到殿后，拨开了它的后窗。

窗才推开一条缝，就发出了"轧"的一声响。乔泰暗自一惊。恰在此时，里面响起了一阵笑声，正好把这声音淹没。

乔泰隔着窗缝，见罗汉堂上还点着香烛，烟气氤氲，烛光把一尊尊罗汉全身投影在粉墙上。乔泰又不敢把窗再推开一些探进脑袋去张望，因此，除见了些罗汉的影子外，别无所览。但是，室内的一阵说话声却听得十分清楚。乔泰本来并不存心要偷听，只因说话中似乎夹杂着男人的声音，不觉大奇，便把耳朵贴在了窗缝上，果然是一个男子在问话：

"江南四州司马竟敢联合兵谏？"

"可不，他们要挟天后'清君侧'。你道他们要'清'谁个？"一个尼姑在反问他。

"莫不是这个薛大将军？"

"正是这个薛大将军！"那尼姑答道，"四州司马也忒不自量力了！想当年徐敬业和骆宾王何等气焰，都全不在天后话下，又何惧这四州司马哉？"

使乔泰十分震惊的是，这个女尼和刚才的男子声音，听来都觉耳熟，一时却想不出谁来。这时，只听那女尼接着道：

"然而，话虽这么说，这一会陛下却分外不安！你道为什么？只因河南巡抚狄仁杰，毫不体谅圣心，在这节骨眼上，要搜查白马寺，硬是和薛将军作对。老狄既决意搜寺，倘若真搜点什么薛和尚的勾当出来，江南贼势岂不如虎添翼，更要猖獗了吗？到那时，天后要保薛和尚，恐怕也保不住了！"

乔泰突然听出来了，这个声音正是妙真。他那天在齐春宫附近，把妙真交给马荣，以为马荣手到人擒，已万无一失了！不知何故，竟仍然被她漏了网。说不定是马荣故意放了她！要是这样，自己不是又干了一桩大大的蠢事？乔泰不禁后悔不迭！

这时，又听妙真继续道："明天已是限期的第四天。我们不为白马寺，也得为天后尽点力！"

"是！"有好几个声音一起回答。

"要在洛阳城内外仔细搜寻，如果发现了乔泰的踪影，立即向我禀告！"

"是！"

"特别不能让乔泰与蒋玉屏见面。"

"蒋玉屏是谁呀？"一个女尼问。

"乔泰的老婆。"妙真回答。

"可我们不认识她。"又一尼说。

"非常好认，"那个男子说，"她只有一条臂膀！"

"这三天内，"妙真接着他的话头，"要格杀一切所见到的独臂女人！"

"是！"众尼回答。

"了尘法师，你什么时候去白马寺晋见薛将军？"显然，她是在问那男子。

"洒家即刻启程。"

"见了大将军，告诉他，这几天外面风声紧，不便见面。但他吩咐贫尼做的事，除搜杀蒋玉屏外，都替他办到了！"

"你的话，我一定带到！咱们后会有期！"妙真正要和他敷衍道别，那了尘法师忽然嘻嘻一笑，又补充了两句，不免有点油腔滑调，"昨夜里你饶了洒家一命，贫僧在此谢过！"

妙真听了，啐道："你这秃驴，走便是了，怎的贫嘴饶舌个没完！"

接着是"秃驴"的淫笑，伴和着众尼的嘻哂。在那"秃驴"说话时，乔泰一直在搜索自己的记忆，要把他的声音和他的面庞对上号，然而毫无效果。就在这时，蓦地一阵风从窗缝前吹过，室内的烛光轻轻地摇曳起来。

罗汉堂上落下了一个短暂的沉默。

"不好！"妙真尖叫了一声。

乔泰立即将身一矮，只听得"飕飕飕"雨点般的暗器从头顶上透窗而过。他知道已经暴露，撒腿就跑。刚转过墙角，前面两条人影拦住了去路。

"哪里走！"

急待回身，后面人影又到，共五个光头，与他摆起"尼姑阵"来，把他围在中心。

"哈！"妙真道，"原来是你，乔泰！"

乔泰与妙真虽然有过两次见面，但由于她一次扮着"小沙弥"，一次蒙了面，故乔泰无缘一识庐山真面目。今日重会，乔泰留心瞧她，借着月色，依稀看清了她的真面目。她三十出头年纪，鹅蛋脸，一对星眼滴溜溜的也着实有些魅力。难怪那了尘法师"后会有期"以后，还念念不忘地要补谢她的"救命"大恩！

"妙真！"乔泰随即喝道，"你杀了我的月季，今夜特来追命！"

乔泰故意把莺儿牵连进来，也是他的细心之处，只怕妙真怀疑到他夜闯罗汉堂的真实意图。

妙真听了，冷笑道："这么说，那婊子呜呼哀哉了？"

"还她命来！"乔泰听妙真骂莺儿"婊子"，不觉勃然大怒，雌雄剑已铮然出鞘。妙真与四尼一哄而上，刀光剑影，把乔泰紧紧裹住。

正在难分难解之际，一个胖头陀从罗汉堂走出来，手持戒刀，加入厮杀。妙真把他喝住，道："本寺的事不用你了尘多管。你给我赶紧上路，料这乔泰插翅也难逃出这'梅花五瓣'！"

那头陀听了，"唔"的一声，果然跳出圈子，径直出寺而去。

乔泰二手斗十臂。他料定久战对他不利，便大喝一声"着"，右剑横扫四人兵器，左剑直奔显得较为力怯的一柄雁翎刀，只听"当"的一声，两兵相交，那雁翎刀被削为两段，乔泰趁她立足不稳，紧逼一剑，把个"梅花五瓣"打了个"窟窿"出来。然后他纵身一跃，跃出重围，眼下是三十六计走为上了！

妙真立即指挥诸尼："慧空去山门！慧静上屋！慧常、慧定守住东西院墙！我在中央。发现乔泰人影，速启动机关，用暗器攻击，并大叫三声，向我报警！"

谁知乔泰没有远遁，正躲在他们眼皮底下，罗汉堂的墙脚旮旯处。所谓"搜远不搜近"，妙真不免失算。诸尼散后，乔泰反而慢悠悠地从旮旯里转出身来，他还得了一个意想不到的便宜：神不知鬼不觉地溜进了罗汉堂。

现时，罗汉堂中空无一人。烛光恍惚，一十八尊罗汉均金身装成，或站或坐，神态各异，栩栩如生。昆曲《思凡》中小尼姑色空青春骚动，只想返俗。有一支曲牌《哭皇天》，结合人物心境，唱到罗汉雕塑的逼真、生动，极是脍炙人口，数百年来传唱不衰，暂借来做一番素描，曲云：

> 那两旁罗汉，塑得来有些傻角。
> 一个儿抱膝舒怀，口儿里念着我；
> 一个儿手托香腮，心儿里想着我；
> 一个儿眼倦开，蒙眬地觑着我。
> 唯有布袋罗汉笑呵呵，
> 他笑我：时光错，光阴过，
> 有谁人肯娶我？……
> 降龙的恼着我，
> 伏虎的恨着我，
> 那长眉大仙愁着我，
> 愁我老来时有什么结果！……

只可惜，乔泰全无心思一个个去欣赏他们，他急切要做的，是抬起头来，从东墙起向西数着屋椽，在第五、第六根椽子中间，去寻觅正中的那块网砖。那砖没有半点异样，高不可及。乔泰估量了一下，除非跳到那横梁上，一手抱住矮柱，再向那一侧探出身去，或许可以触及。

机不可失，时不我待！乔泰立即飞身上了大梁，移到最近点上，出左臂，抱着矮柱，右手伸了出去。大梁、矮柱和那块网砖之间的三角距离，仿佛是专为乔泰设计的，小了显不出惊奇，大了，便够不上。乔泰用指戳了戳那块网砖，果然能够活动，不由得大喜过望。

他正要用力推开那块网砖的时候，突然有两条人影闪了进来。乔泰吃了一惊，急忙收回身形，蜷缩着不敢动弹。

进来的乃是两个少尼，正是慧常、慧定。只听慧定对慧常道：

"刚走的那个秃驴，倒有本事，新来乍到的，昨夜就和师太混得如胶似漆了！"

"可不，据慧静听来的壁脚，昨夜他真差点在师太床上丢了性命呢！"

"嘻嘻……"

"她倒快活！哼！凭什么我们要守东墙西墙？"

"你和我想到一起来了。只为师太太不够意思，对我们凶得像恶煞，教训起来把我们一个个当灰孙子。告诉你，刚才是我特意让乔泰削断了雁翎刀，放他去的。这时，说不定他已经离开感业寺，早上路了呢！"

"但愿薛怀义把她叫去臭骂一顿！"

她们相视着笑了一阵，慧常又道："我们在这里不妥，不若找个地方打个盹去，免得她又来骂我们爱偷懒，不肯尽力尽心！"

"说的是！"

于是二人出门关门，悄然而去。

乔泰虚惊了一场，好不容易镇静下来，然后他吸了一口气，再次迅速地探出身去。

乔泰看得真切，起二指对着那块网砖用力一击，以为此砖不粉碎也得断开。然而，乔泰万没想到，那砖受力后，退后了寸许，却仿佛有弹簧似的，很快反跳过来，复归原处。而就在这时，脚下的横梁上，突然发出"啪"的一声响，两脚旁各露出一个洞穴来，又蓦地从中飞出两只铁手，捉住了乔泰的足踝。那铁手又重重地向上一掀，乔泰"哎呀"一声，人被掀下梁去，倒悬在空中。腰间的雌雄剑也溜出鞘去，掉在地上。更不可思议的是，乔泰用力吸腹，引体向上，要伸手去抓那铁手腕时，那铁手便会拎住他的脚踝向上提，逼他大头朝下。每试一次，铁手总是立即反应，叫乔泰一筹莫展，不由得暗暗地叫了一声："苦！"悔不该急功近利，独往独来！这次若能先回衙与狄大人仔细筹划，绝不会有此下场！

这时，门被一脚踹开，妙真闻声闯了进来。当她看到眼前的一幕时，也显得惊奇不已！

原来，当年感业寺住持妙灵同意在罗汉堂匿藏白马寺的秘密蓝图，罗汉堂的改建设计也是由蒋泗北夫妇完成的。罗汉堂改建竣工不久，妙灵便不明不白"圆寂"了。此后，妙真接替了妙灵，她对其中内情却一无所知。蒋泗北受难前曾把这一个秘密告诉了女儿蒋玉屏，不过，只说起"铜版"的匿藏位置和倒悬之危险，并没有详细说起铁手机关，否则乔泰也不会受此倒悬之罪！

此时，慧空、慧静也听到动静，赶来接应；少顷，慧定、慧常也来了。她们都不知如何解释眼前的景象。

"喂，乔泰，怎么没逃得了呀？"妙真在看清俘虏是乔泰以后，便镇定下来。她的口气，似乎力求使四位"属下"相信，捕获乔泰完全是她动用了秘密机关的结果。

然而，乔泰已经从她进门后惊愕的表情判定，她对罗汉堂的机关与他一样茫然无知，因而妙真也不会知道那块网砖后的秘密，这就决定了她必然要千方百计地在乔泰身上探查究竟。乔泰为了尽可能转移目标，只得临时编几句谎言来哄她："算我乔泰倒霉！原想当个梁上君子，潜伏梁间，待你进来烧香时，趁你不备，击碎你的光头，好替莺儿报仇！……"

妙真冷冷一笑，道："你既来了感业寺，恐怕就难逃劫数了！"

"是不是放了他下来，捆了手脚再说？"慧定提议。

"不！"妙真道，"我要让他先尝够了倒悬之苦，再和他计较。"

"是！"慧定答道，同时又去拾地上的雌雄双剑。

"放在那里吧！"妙真忽出奇想，"他虽然摸不着，但总算看得见。看着这两口宝剑，也仿佛见到了他的心上人莺儿，就让他解解闷吧！乔泰，这也是贫尼的好生之德呀！"说着，她又一摆手，吩咐诸尼："可以睡觉去了。这里就让乔先生一个人静静地'倒参禅'吧！"

随后，妙真带着诸尼走了。但乔泰知道，她决不会就此甘休，待到更深人静，她必定还要来拷问，逼他供出上梁的真正企图来。

乔泰苦叹一声，叫天不应，呼地不灵！想不到他二番"打草惊蛇"，而二番都栽在这个武功平平的妙真手里。他连连地大骂自己"浑蛋"，为了惩罚自己，他狠狠地咬着嘴唇，直咬得鲜血淋漓！

蓦地，乔泰想起了元宵洞"三影夫人"的锦囊——她也似乎预测自己有大难，果然应验。她嘱咐在最危急的关头打开锦囊，如今算不算危急呢？她的"锦囊妙计"——"想你老祖宗时，再来坐坐！"真是风马牛不相及，有什么意义？"再来坐坐！"你可知道，我连手脚都不能动了，我的"冰婆子"呀！

"咳！"乔泰再次叹了一声。这原是他命该如此！只不过他乔泰吃点苦头甚至丢了性命也不足惜，遗憾的是白马寺的机密，恐怕要成为永久的机密了！还有可怜的莺儿，她期待着他的及时返回，她那条小命注定要葬送在他的手里了！至于玉屏与狄大人相约明天午夜破寺，看来也将成为泡影！

第十一回 丑头陀大路救尼姑 俊捕快青楼见鸨母

　　著者不得已，让时间倒转一天一夜，以便和我的读者一起回到洛阳齐春宫附近的三岔口战场。当时妙真降魔杵已经脱手，被马荣一条水火棍紧紧裹住。这水火棍立地齐眉，乌中透蓝。原来，马荣十八般兵器件件精通，却尤爱棍之豁达豪放，携棍巡行街头，更有一种横扫千军的雄威。当时妙真手无寸铁，便抽出拂尘，使出浑身解数来。偏偏马荣声东击西，诱左攻右，势势相连，绝无破绽，只见他忽梢忽把，忽长忽短，换手转式，随心所欲，完全控制了妙真，使她听任其摆布，夺棍难、招架难，连逃跑也难。

　　马荣因不知妙真路道，也不愿伤她，只想生擒，于是反倒便宜了妙真。又过了几个回合，马荣卖个破绽，妙真见有了生路，便想夺路而逃。不想马荣水火棍倏地一个"渔翁掉桨"，棍端早抢到了妙真的面前，只轻轻一戳，妙真尖叫一声，已中小腹。只因马荣棍端留情，未把她的小肚皮戳破。但妙真哪里再站得住？连退几步，跌跌撞撞，倒在地上，蒙面布也被棍端带走，露出了一个光秃秃的脑袋来，原是一个中年女尼。马荣不觉一怔，冷笑一声，一个箭步蹿到面前，伸手就来擒她。谁知妙真正跌在降魔杵附近，她也眼疾手快，把杵抢在手中，趁马荣伸手来擒之际，去掠他的下盘。马荣仓促之间，急用棍去挡。"嘭"的一声，火星四迸，反把马荣虎口震得一阵酸麻！

　　马荣不觉怒起，"呼"的一棍，从上劈下。妙真就地一滚，避开了棍影，又腾身跃起。须知马荣棍法，十分讲究换手调把，前势将尽未尽，后势新力又生，势势相连，出其不意，仿佛算定了妙真必走此着似的，她尚立足未稳，水火棍已经齐膝横扫而至。眼看难以招架闪躲，早把个妙真吓了个魂飞魄散，索性闭了双眼，惨叹一声："吾命休矣！"

正在这千钧一发之际，路边树影后面，突然杀出了个又胖又丑的头陀来，戒刀一亮，把棍截住，嘴里还念了一声"阿弥陀佛"。

妙真见半空掉下了个救星来，不由得喜出望外。

"秃驴！"马荣骂道，"少管闲事！"

说时，他弃了头陀，仍去追打尼姑。妙真勉强架住了棍，慌忙叫道："头陀，快救我一命！"

"阿弥陀佛！"

马荣每走一招，都被头陀缠住。只要棍向妙真，立被戒刀格开。妙真见有了帮手，胆就大了起来，降魔杵使得呼呼生风，甚是凶狠！马荣性起，换了棍法，一条棍舞得眼花缭乱。马荣这套棍法，古朴老辣，拙中藏巧，共有一十六手，即：抢、劈、扫、挂、云、挑、撩、绞、搬、砸、扭、扣、穿、崩、点、戳；其中以"抢"为首，"抢"时，空灵多变，棍走圆形，如磨盘车轮，粗犷迅猛，尤其在敌众我寡之时，更见其诸兵魁首的本色！当此之时，一尼一僧立即乱了脚步，那胖头陀没有预料到马荣如此了得，甚是惊慌，勉强招架住了，便回头对妙真叫道："此时不走，更待何时！"

一言提醒了妙真，她便把气沉入涌泉穴，尽力与头陀同步，又拆了马荣几招后，异口同声喊了一声："着！"两股兵器，一齐架开水火棍，几乎同时，二人转身过去，撒腿就跑！马荣紧追不舍，才追出里许，只听得额前有一股凌厉的劲风奔驰而来。马荣机警地举起手来，同时手指一夹，不偏不倚，夹住了一枚暗器，正是妙真的水晶镖。马荣投桃报李，把手中之棍凌空掷去，回敬那妙真！

水火棍借了内力，划空而过，披着夕阳晚霞风驰电掣，眼看妙真已是在劫难逃。不料，胖头陀在水火棍抵临妙真，离她背脊不过咫尺之时，突然抢过几步，把妙真一推，妙真一个踉跄，躲过水火棍，拔腿就逃。而胖头陀反倒重重地着了飞棍，痛得他冷汗直淋身体骤然失去平衡，"咕咚"一声，栽倒在地。

马荣转眼之间已经赶到，把头陀当胸一脚踏住,喝道："秃驴,那尼姑是谁？"

胖头陀忍着剧痛，半天才说出一句话来："贫僧与她素不相识！"

"既不相识，怎么助了她一臂？"

胖头陀脸上似乎露出了一丝不屑："好男不欺弱女，贫僧路见不平，拔刀相助而已！"

马荣取下了腰牌，在他眼前晃了两晃："你爷爷是巡抚衙里的，正在缉拿钦犯！"

胖头陀稍稍有点惊慌："……这么说，你是马荣？"

"哼！"

"久仰！贫僧则是有眼无珠了！"

"秃驴，你妨碍了公干！"

"阿弥陀佛！你穿了便服，脸上又没有写着'公差'二字，我怎么知道你是在'公干'呢？"

马荣十分懊恼，那尼姑或许是乔泰追踪的一个重要线索，却被她眼睁睁地溜掉了！这个胖头陀果然莽撞，但他为救一个陌路人，毅然甘受一棍，倒还有点儿见义勇为的气概！马荣见那头陀躺在地上，受伤的手臂痛得他不住地呻吟，也有几分不忍，便问道："头陀，"马荣不再称他"秃驴"了，"你从哪里来？"

"……五台山。"

"法名怎样称呼？"

"……了尘。"

马荣觉得，有一阵轻微的寒战掠遍了尘全身。随后，他喃喃地问马荣："你既是巡抚衙的马荣，那你一定认识……乔泰？"

"他是我的兄弟。那尼姑正在他的追捕之中。"

了尘手弹琴弦一样地抖动着，深凹的眼眶中，目光越来越萎缩。

"你认识乔泰？"马荣问。

头陀点了点头:"我们是朋友!"

然后,他勉强地从地上爬了起来,大约是创痛的缘故,呆滞的目光中混合着痛苦的悲哀,他瑟缩地对马荣拱了拱手:"后会有期!"

马荣沉吟着,凝望着残阳中歪跌踉跄的头陀背影渐渐消失在长街的尽头。

马荣站在街心,愣怔了一会儿,想到自己原是奉狄大人之命,要在洛阳城中访一访乔泰的,正见着了乔泰,却又遇到了那个女尼。如今是丢了尼姑不说,又伤了乔泰的朋友。他还捉摸不透了尘和乔泰究竟有什么关系,乔泰从来没有说起过有一个当头陀的朋友,若他们交情至厚,这误会就惹得更深了!

马荣闷闷的,正想返衙,猛然想起,乔泰从齐春宫后巷追捕那个尼姑,总有个缘故,他不由自主地就踅入了那条巷中。走不多远,见一个院落的围墙上,墙头杂草凌乱不堪,墙根处尚有星星血迹。马荣毫不迟疑,纵身飞上了围墙,双脚刚落实,便有一阵低泣从一个敞开的窗户中传来。马荣随即跳上屋面,双足钩住屋檐,一个"倒挂金钩",凝目向窗内窥视。

这是一个闺房。描金床上罗帐高挂,平卧着一位美貌姑娘,却是奄奄一息,人事不知。床沿坐着一位妈妈,身旁还站着几个青年女子,都在抽泣呜咽。

马荣的眼光在室内扫视了一圈,突然发现墙上挂着一条玄色腰带,与自己扎的一般样,腰带中间还挂着一枚腰牌。于是马荣趁着室内哭泣忙乱之际,便从窗口跳落,进了房内。

众女见窗外突然跳进一条汉子来,一阵惊慌。那妈妈已跳起身来,臂影一晃,便是擒拿招数。马荣猝不及防,待要闪躲,袖口已被撕破。马荣吃了一惊,也暗暗称奇,不敢小觑了这位半老徐娘。

马荣让了她三招,道:"妈妈住手,在下有话要说。"

她一式"棒打惊鸿",骂道:"大门不走,却来跳窗。偷鸡摸狗,也不认清了门堂,算计到老娘家中来了!"

"妈妈!"马荣被骂得涨红了脸,"在下哪是鸡鸣狗盗之辈?"

"你不是鸡鸣狗盗之辈？"她又一着"赶鸭上架"，一边叱道，"跳窗来此作甚？"

"咳！在下只为公事而来，不得已才跳墙入室。"

"公务？什么勾当？"她并不住手。

"妈妈，你若不信，可去巡抚衙中查访。"马荣的语气已带着几分恼意，"小子在狄大人手下当差，姓马名荣的便是！"

"哎呀！"那妈妈立即住了手，"你怎么不早说呢？"

马荣苦笑了一声："你可没给我说话的工夫呢！"

"那就算不打不相识吧！"这妈妈倒也不失快人快语，又吩咐身旁女子，"给马先生献茶。"

马荣忽然感到她们变得异常真挚。他明白，这不是他马荣的大名有什么魅力，而完全是受狄仁杰官声的感召！他从她们的脸上看到了惊惧和疑虑在瞬间消失后所显现的虔诚的表情，就连自己也浸沉在那种感召的激动里，以致自己与她们说话时也显得分外的温情，就怕惊走了她们的虔诚。

马荣不便直说来意，他用手指了指床上的姑娘："这位姑娘……"

"她叫月季……"

"唔！"马荣也听说过月季的艳名。这才知道，他无意中闯进齐春宫来了。心想，那墙上挂着的腰带、腰牌，分明是乔泰之物。乔泰受了一肚皮窝囊气，原来跑到这里来解闷泻火，不觉又好气又好笑。为了掩饰自己突然涌起的哂笑表情，他急忙敷衍道："久仰久仰！看来月季姑娘害病不轻哩！"

"哪是生病？她好端端地被人暗算了！"那妈妈回答说。

马荣极为惊诧："暗算月季？是谁？又为了什么？"

"连我们都莫名其妙！月季又没有仇人，又干吗要暗杀她？刚才我们听到她的哭声，上楼来看她，她说她中了一个蒙面女子的暗镖！"

"蒙面女子？"马荣立即与刚才跟他交手的尼姑对上了号！他摸出那支接住的飞镖，又检查了月季的伤口，中的果然就是这种水晶镖。然而，这尼姑何必要杀这样一个人见人爱的青楼女子呢？说不定是冲着乔泰而来的！那么，这尼姑与乔泰夜探白马寺有关系吗？甚至她在白马寺进香少女失踪案中是否有可能扮演了某个角色？难道是她本想射杀乔泰而误伤了月季？但无论如何，有一点很清楚了：乔泰是把他正在追捕的一个杀人凶手抛给了自己，而偏偏被自己放跑了！甚至他放跑的是白马寺案中的一条十分重要的线索也说不定。

"得赶快设法救她！"马荣十分惶然。

妈妈抹了一把泪："她中了蚨蝎之毒，不过几天的命罢了！虽然有位义士为她寻觅解药去了，唉！恐怕也是徒劳而已！"

"这位义士……叫乔泰吗？"

妈妈望了马荣一眼，慢慢地摇了摇头："月季还没有来得及告诉我，就毒性发作，昏了过去。"

马荣无奈，随即吩咐妈妈务必好生看护她，若有人来打听消息，只管如实告诉他们：月季已奄奄一息，危在旦夕。如果真有仇家，也好让他们放心，免得再生什么枝节出来。

妈妈唯唯应承了。

马荣随即告辞，离了齐春宫。街灯已经点燃，闪烁着昏黄的光。此刻马荣的心境，就像那街灯一样昏暗。多年的生死之交，手足一般的异姓兄弟，会在一夜之间感情破裂！而且他根本不知这种突发的破裂，究竟是由什么引爆的！看来，乔泰对月季有着一片痴情，这一点他过去也是一点不知道！若月季死在了尼姑的毒镖之下，而他又恰恰把凶手丢了，乔泰又怎么能饶得了他？误会之上又生误会，仿佛雪上加霜，恐怕裂缝将无法弥合了！他不禁长长地吁叹了一声。

马荣踏着夜色，闷闷不乐，无精打采地拖着水火棍，回到了巡抚衙门。刚进门，忽听得一片喧嚣，前前后后，里里外外，像炸了锅似的，杂沓中混杂着一片惊慌的呼叫：

"大人遭刺了！"

"捉刺客呀！"

第十二回　捕快黄昏擒刺客　大人半夜审花鳌

这一惊非同小可，马荣几乎散了六魄三魂。他一溜烟向后堂奔去。所过之处，但见灯火通明，人影纷沓。护卫军士个个箭上弦、刀出鞘，正在紧急搜查。前后大门已被紧紧关闭。马荣不知狄大人受刺虚实，委实放心不下，却又怕刺客漏网。卫士在下面搜，他便纵身上屋，四处张望。蓦地，见巡虎厅的屋脊上闪过了一条黑影，心中大疑，待走近看时，却又不见动静。以为自己眼花了，他随即运动夜眼搜索，见屋脊"枪根"处伏着一只偌大的狸猫，好不疑惑。提棍注视，那"狸猫"倏地一跃而起，原来是一条汉子！那汉子不容分说，对马荣起手一刀，来了个先下手为强。马荣遭遇的正是那位刺客。

来不及兵刀相向，马荣先让过了一刀，然后一式"宿鸟投林"，直捣对手。二人一来一往，就在屋顶上摆开了战场。

来者也颇有点手段，马荣急切间尚不能取胜，而他心里又记挂着大人，不免性起，便使出了一路"折子棍"。

原来马荣爱棍，平日间把各家棍法的精华，抽出来汇编成三十六大折，七十二小折。每折分为若干单个招式，按实战需要加以不同的排列组合，形成不同的套路，号称"折子棍"，以奇诡多变、乱而有序著称江湖。此时，马荣身形飘忽，看上去极是洒脱放任，但实际上他在放任之中始终严守着"折子"规范，绝无可乘之隙。此棍一出，对方已乱了方寸。

"喂，朋友！"他叫道，"我蝴蝶豹花鳌自与那狗官有仇，与你无干,你何必苦苦相逼?留条后路,将来江湖上也好相见。"

须知蝴蝶豹花鳌是江湖上有名的采花大盗,来无踪,去无影。他究竟与狄大人是否有仇,马荣不得而知。然而,马荣在江湖上又何等资历?他曾占山为王,也曾划地称霸,又曾因"折子棍"而为一派之掌门,他在跟随狄仁杰之前,已与蝴蝶豹三次遭遇交手,都未分胜负。而眼前的刺客,在"折子棍"下气喘吁吁,脚步大乱,显然在冒充"蝴蝶豹"。马荣不觉哑然失笑,但也不戳穿他,只对他冷笑了一声,道:"足下是蝴蝶豹也罢,蝴蝶狼也罢,既有种自投罗网,又何必求你爷爷网开一面?"

刺客听罢,从鼻中"哼"了一声:"只怕你到时后悔莫及!"

马荣不禁哈哈大笑道:"你爷爷正要领略一下'后悔药'是什么滋味呢!"

刺客于是大叫一声,手中一紧,单刀直入,凶猛进攻。马荣毫不畏惧,戳棍如鱼跃,抡棍似旋风,绞棍像鳞翻,劈棍像山崩,左奔右突,移步换形,打得称心时,又能忙中偷闲,虚晃一棍,棍调左手,引他单刀直砍过来。马荣右手二指出其不意,点了他的麻穴,趁势一脚,喝声:"去吧!"直把他踢下了屋去。守候在天井中的军士,立即蜂拥而上,把他五花大绑,捆了个结结实实。

马荣惦记着狄大人,不敢滞留,直趋大人卧室。却见狄大人蓬头散发,衣襟零乱,十分狼狈,幸好安然无恙。

"大人恕罪,马荣来迟了一步!"

"刺客怎样了?"狄仁杰一面整理着衣冠,关切地问。

"已被在下擒住!"

"好!"

"他自称是'蝴蝶豹花鳌'。"

狄仁杰怔了一下,然后摇了摇头:"若是蝴蝶豹花鳌,本官早没命了!"

"也不知他为何要冒充蝴蝶豹花鳌?——大人,幸亏他没有得手。"

"他是应该得手的!"说时,狄仁杰指着洞开的窗户,"刺客破窗而入时，室内只有我一个人。奇怪的是，他进来不先杀我，却用手中的刀割了自己的一块袍角，只管来堵我的嘴，既怕我叫喊，却又故意踢翻了椅桌，弄得乒乓直响。看起来，刺客似乎并不存心要取我性命！"

"莫非故技重演，来者不过想威吓一下大人？"

狄仁杰一动不动地坐着，像个木偶似的，偶尔用舌头舔一下干裂的嘴唇。

他忽然站起来，默默地踱到窗口，仿佛独自在临窗深省，或在领略这长夜的深邃和宁静。

马荣在狄仁杰的默然中，感到了一种隐藏的、令人生畏的沉雄和力量。

"不提他了！"他转过身来，"你在外一天，我只想听听乔泰的消息。"

马荣于是从腰囊中取出那枚水晶镖交给狄仁杰。

狄仁杰在灯光下细看了一番，道："看上去像是一枚毒镖！哪来的？"

"一位尼姑'赠送'的。"

于是，马荣便把三岔口乔泰如何追捕女尼，见了他又舍尼而去；他又如何大战尼姑，偏又被云游头陀了尘救去；后来，他又如何在齐春宫见到月季，方知乔泰离了洛阳，如是种种经过，细说了一遍。狄仁杰认真而饶有兴味地听着。

"大人，"马荣说完，突然鼓起勇气，道，"有句话，不知当问不当问？"

"问吧！"

"乔泰出走了，真正的原因能告诉我吗？"狄仁杰的目光看上去有点阴郁，却闪烁着某种摇曳又莫测的光芒。

"其实，"他说，"乔泰为什么找你算账，又为什么那样怒气冲天、不辞而别，连我也很茫然。不过，他走后，我并没有急于要找他回来，是因为我感觉到，这几天，他在外面恐怕更好，更有利。"

"你是指破案吗？"

"是的。"

"凭什么呢？"

"也只是凭我的一点直觉而已。"

马荣听了，觉得虚无缥缈。然而，狄仁杰那双富于魅力的眼睛，却在无形中给了他一种预知未来和把握一切的自信感。马荣虽然依旧糊涂，但长期的、反复的经验，让他无法怀疑狄大人遇事的判断力，于是他也就不想追问其所以然了。他换了个话题，对狄仁杰说："刺客正捆在巡虎厅，大人是不是连夜问个明白？"

"当然！"狄仁杰又想了一下，"就在巡虎厅问吧。"

"是！"

马荣遂告辞而去，张罗紧急升堂事宜。

然而，狄仁杰的思绪却全不在刺客身上。昨夜，不是有"客人"光顾了王举人家，割去了他的双耳，还在那盛耳的锦匣上留下了"私探禁寺者戒"的警告吗？刚才发生的事，不过是割耳、留言的延续而已。这时，狄仁杰只感到自己的思绪纷乱而庞杂，他必须集中精力，对这纷乱而庞杂的一大堆进行剥茧抽丝，然后延伸到那严密封闭的核心层去！……他奉旨破案以来，不过两天一夜而已，告发白马寺的诉状早已雪片似的飞向巡抚衙门，告的大多是白马寺僧众仗势欺人、为非作歹的劣迹。其中有一桩触目惊心的陈案，乃是十年前白马寺敕修竣工时，薛怀义秘密活埋了二百二十余名能工巧匠。这是一位从埋人坑中爬出来，唯一幸存的老石匠临终前透露给子孙的。这令人发指的指控，使狄仁杰联想到蒋泗北一案，联想到追杀乔泰夫妇一案。而这些悬案，至今仍然没有下文……

对所有民间控诉，无论大小，狄仁杰已向按院所属颁令，务必火速核查取证，尽管他自知捏着的是一只只极其烫手的山芋，但他仍将亲自起草奏章，结案上达。他有一句名言：乌纱帽不能戴在头上。为官的两只手，一手办案理事，另一手就用来托着乌纱，准备随时随地掉落或上缴。一心顾着脑袋上乌纱的官，能有几人不枉法的呢？……

巡虎厅传来了"轧啷啷"一阵响。他知道，麒麟门已经打开了。马荣请他升堂。狄仁杰"唔"了一声，便由马荣开道，自己从容跟在后面，沉着头，默默地踏着灯笼的红光，向巡虎厅走去。

一阵威严的堂喝在耳畔响起，狄仁杰的魂魄仿佛突然得到了回归。他此时才清醒地意识到，他已端坐在公案旁。漆得像镜子一般明亮的案面，映照出身后墙上威风凛凛的老虎。他不禁皱了皱眉头，那大虫正在仰天长啸！是的，它的血盆大口足使豺狼狡狐闻风丧胆，但它本身呢？能象征正义和公允吗？

"带刺客！"狄仁杰喝了一声。刺客很快被带上堂来。

他立而不跪，脸上甚至找不到半点恐惧。狄仁杰并不计较他的傲慢，问得似乎也很随便："你是蝴蝶豹花鳌？"

"是又怎样？"

"行刺朝廷命官，该当何罪？"

"正念你是朝廷命官，才没有要你的老命！"

"花鳌！把眼睛睁得大些！你道我是谁？"

"狄仁杰！区区河南巡抚！"

"河南巡抚狄仁杰，奉了钦命，正在侦破白马寺进香少女失踪要案，你知也不知？"

"略知一二，这又怎样？"

"刺杀'钦差'，又是何罪？"

"这……"

狄仁杰拍了一下惊堂木，把尚方宝剑高高擎在手里："认得此剑否？"

刺客这才惊出一身冷汗："你……你敢拿我开刀？"

"巡抚虽然区区，却可以先斩后奏！"

狄仁杰如锥一般的眼光逼视着这个冒牌的"蝴蝶豹"，只见他额上渐渐地沁出了汗来。

"狄仁杰……谅、谅你……也不敢！"

他嘴里这么硬着，双膝已不听使唤，"扑通"一声跪在了地上。

"说！谁指使你来刺杀狄仁杰的？"

"不过受了朋友之托。朋友有个朋友，在昌平县犯在你的手里，死于非命。今日特来替他报仇！"

他说时，故意把领扣和襟扣解开，露出穿在里面的花团锦簇的一角衣袍。狄仁杰便轻轻"咳"了一声。

"我那位朋友的姓名，还是免问了吧，狄大人！"刺客软中有硬。

狄仁杰沉吟良久。堂上的每一个人都受到了寂静的刺激，稍稍显得有点不安起来。

"你既为一个'义'字而来，"狄仁杰放缓了口气，终于说，"我饶你的死罪！"

刺客听了，便从地上站了起来。但狄仁杰忽然变色，一拍桌子，道："纵然死罪免了，活罪难饶！来人！"

"怎么？"刺客气急败坏，"难道你想用刑？"

"褪了他的裤子！"狄仁杰发下令签。

立即上来几个衙役，如虎似狼，把他下身剥个精光，露出了一个圆滚滚的、雪一般白的屁股来。其肌肤之嫩、之细、之滑，比妇人有过之而无不及。而被扒在一旁的他的内裤，还散发出一种幽幽的檀香味儿。

"狄仁杰！"他怒吼着，脸涨得猪肝一样赤红，"你敢打我屁股？"

狄仁杰笑道："你慌什么？我不打你的屁股！"

"你想干什么？"

狄仁杰的眼睛幽默而犀利："采花大盗蝴蝶豹，名震远近！下官有好生之德，追捕日久，立愿要为天下美貌女子出这口恶气，一心要断他的采花行径！今日你自投罗网，撞在了我的手里，岂不是天意乎？"

说罢，狄仁杰向行刑的皂隶挥了挥手，吼道："把这畜生拖下去阉了！"刺客被拖了出去。

立刻，传来了一阵杀猪般的嚎叫。

狄仁杰神色凛然，站起来，走到马荣的面前。

"先给他裹伤，调理一番，然后把他放了！"

"放了？"

"放了！"

马荣若有所悟："暗暗地盯着他？"

狄仁杰沉沉地点了点头："无论他上天，还是入地，你都不能把他丢了！"

"遵命！"

第十三回　蝴蝶豹明堂惊驾　武则天高阁谈禅

武则天起驾明堂。

明堂建筑在宫中原乾元殿的废基上，为蒋泗北夫妇设计，由薛怀义监造。当时动用库银一亿两，工役十六万。建筑共分三层，高二百九十四尺。下层分别用绿、红、黄、白四种色石砌成四面，象征春、夏、秋、冬四季，中层依时辰分十二间，上层依节气造二十四室，各有奥妙。屋顶呈圆球形，被铜铸的九龙捧着，屋脊最高处是一只镀金铁凤凰，昂首向天。整个建筑呈方形，熔铜铁二百万斤，铸就八根粗柱，分别以怪兽相负，巨龙盘旋。墙基部雕成山岳河川，顶端日月祥云，四隅排列着九州大鼎。另用紫铜铸就十二生肖，每只高一丈有余，按方位罗列宫外。明堂又称"万象神宫"，穷奢极侈，无以复加。

武则天由面首们簇拥着，在明堂前花木葱茏的通道上缓缓行走。最先扑入眼帘的正是那气势不凡的铁凤凰。她特别欣赏它那独具的、无法形容的风韵，显得无限的雍容华贵、高雅孤傲！她每见到它便觉得心旷神怡：她和它如此心心相印，或许因为他们都有着一种热烈的冲动，都在想要拥抱整个世界？

然而，在武则天所有特别愉悦的思绪之外，尚有另一种朦胧的感受，这种感受无法用语言充分表达。它是如此捉摸不定，竟使她产生了一种微微的忐忑与不安。

这是因为她每看到这奇瑰的明堂和高踞明堂之巅的铁凤凰，便想到了它们的监造人薛怀义。多年前他们一见钟情，虽然她第一次召见他之前，他已与太平公主有染，但是自从他投入她的怀抱之后，便目不旁顾，把整个身心都献给了她。他留居宫中的岁月甚是短暂，但他所留给她的堪称是诗一般优美的时光，简直令她无法忘怀。太宗、高宗无论怎样宠爱过她，其情其意又怎及他的万一呢？现在她拥有许多面首，然而，他们不过是"妃子"而已，让她真正付出过情爱的，薛怀义却是第一个，她不知道，是否也是最后一个。

然而令她不安的是，她总觉得自己负了他。她为了让他名正言顺地留在内宫，就令他剃度为僧，每日"御前说法"；为了给他足够的资历，以便在群臣中树立威望，她又给他机会，监造明堂，甚至领兵出征，赐封"辅国大将军"之高位。然而，位居"辅国大将军"，就不能沦降为男妃，"御前说法"也殊觉荒唐了！为免内外物议，武则天不得不为他另外起造"将军府"。难得怀义说，既已出家为僧，"将军府"便嫌啰唆，不如白马寺清静合适了——这全是出于仍可和女天子幽会的苦心，自此，一年两度的白马寺祭祀，便成了渡鹊桥的良机了。真正相见时难别亦难！两颗赤心，既不能常相厮守，便更觉缠绵悱恻，魂萦梦绕！

天子进了明堂。

明堂内雕梁画栋自不必说。周围用沉香彩粉涂于墙壁，阵阵幽香沁人心脾。武则天愉快地深吸了一口气，又徐徐吐出，不期化成了一声长长的轻吁。

吁过了，便听得内室隐隐地传来一阵抽泣。

武则天不觉皱起眉来。上官婉儿脆生生地喝道："是谁竟敢惊驾！"

岂料抽泣忽地化成了号啕大哭，面首们立即蜂拥而前。

"慢！"武则天已经察觉到是谁了。

喝声未断，只见里面爬出一个人来，满身血污，趴在天子御足之前，泣不成声。

"是你？"众面首惊呼了一声。

"陛下，陛下！你要替臣报仇呀！"

武则天的圣心如小鹿般乱撞起来，随即命众人回避退走，只留上官婉儿在侧。

　　"花鳌，我的儿！"武则天尽量克制住怦怦乱跳的心，"你怎么弄到了这个地步？"

　　"陛下，我是被狄仁杰这个狗巡抚害的呀！"

　　"怎么，你被狄巡抚逮住了？"

　　"臣栽在了狄仁杰的鹰犬马荣的手里了！"

　　"审你了？"

　　"审啦！"花鳌熬住一阵剧疼，下意识地用双手捂住了下身，不觉又放声大哭起来。

　　"你先别哭，"婉儿也皱着眉道，"你为什么不暗示你的身份呢？"

　　花鳌原是在武则天面前放肆惯的，见婉儿皱眉，顿生反感，哭骂道："都是你这个娘们出的馊主意！哪有半点儿用场？我把宫袍割了堵他的嘴，他，他妈的佯装不知！你……你真是料事如神啊！"

　　"你该直接暗示他你是谁来！"武则天愤愤地说。

　　"臣说啦！"

　　"你说了？"

　　"说啦！我说我是蝴蝶豹花鳌。谁知这狗巡抚听了，勃然大怒，他说蝴蝶豹花鳌乃是江湖上臭名昭著的采花大盗，就这样，他当堂处了臣的酷刑！"

　　"酷刑？"武则天向他的下身看了一眼，"莫非给你上了夹棍？还是打烂了你的屁股？"

　　"夹棍、打屁股又算得了什么？"

　　"挖了你的臀？"

　　"他……他他他把臣给阉啦！陛下，臣从此再……再不能侍候您了！"

　　武则天脑袋中"轰"的一声响，差点没昏过去，"咚"的一声，一屁股坐在了龙椅上。

"陛下，你不该替我起这么一个劳什子的'蝴蝶豹'大号儿！偏偏江湖上有个同名同姓同绰号的采花贼！……"

花鳌见武则天脸如白纸，紧闭了双眼，仿佛只有进气，没有出气了，顿时吓得不敢再说半句，连疼痛也忘了，只管趴在地上，拉着上官婉儿的石榴裙，哆嗦不停。

"婉儿……婉儿……快、快传太医，救救皇上吧！"

上官婉儿也早慌了手脚。

正要传太医，楼梯上忽然传来一阵脚步声。一位尼姑从藏经楼飘然而下。婉儿见是感业寺住持妙真，不觉把心放了下来。

"师太，让你久等了！"婉儿说。

"尔等不必惊慌！"妙真道，"待贫尼先来诊视圣脉，或者不必惊动太医了。"

妙真于是走上前来，把了一会天子的脉，笑道："不妨，不妨，圣驾一时肝火犯心，受到了惊吓。贫尼只需输些真气，即能使圣上康复如初。"

说着，妙真握着武则天双手，通过掌心"劳宫"大穴，把真气源源不断输入御体之内。

武则天果然很快"嗯"了一声，口角边淌出一撮痰液来，然后酥胸起伏，一点真阳便回到了丹田。

然而，她并没有立即睁开眼睛，剧烈的愤怒尚没有完全消逝。花鳌是她的一个真正无比的尤物，他的浑身肌肤就似凝脂白玉，甚至找不到一块细斑。更有一桩，花鳌也有武功，体魄健壮且富有野性，这和其他羔羊一般的面首相比，另是一种韵味。武则天少女时代希冀被人强暴的这一类梦，只有在花鳌身上才有可能和有机会得到温习。如果薛怀义是一种魂的萦绕，"蝴蝶豹"则是一种肉的宴享了！这是她全部精神生活的一个组成部分。可恶的狄仁杰，你打他一顿便也罢了，怎么把这尤物的尤物给斩了呢？老狄，你辜负了朕对你的器重与赏识，你莫非真活得不耐烦了吗？

武则天终于睁开眼来，微微露着一点杀机。当她见到了妙真的时候，心又是一沉。她记起了她正要召见她，恰恰是为白马寺的非常之事。她已失去了"肉的宴享",而"魂的萦绕"也面临着严重危机!她咬了咬满口新生的贝齿,仿佛在对自己下"圣旨":无论如何,她不能再失去"白马面首"薛怀义了!

武则天因得到了妙真的内气按摩,渐渐恢复了元气,她便坐起身来。

"陛下!……"花鳌见武则天没事了,便又凄凄惨惨地叫了一声。

"唔!……"

武则天一动不动地坐在那里,从她紧蹙的双眉、苍白的双唇可以看出一种无形的失落、忧伤依然压迫、侵袭着她。沉默了好一会,才无力地对婉儿道:"让人扶他到太医院去治疗!"

"陛下!"花鳌呜咽道,"我还能侍候您吗?"

武则天苦笑了一下:"病好以后,你到白马寺剃度了吧。我会关照白马寺主,特别地照料你。你放心,荣华、富贵、体面、风光,一样也少不了你的。"

武则天不忍再看到他,示意婉儿和妙真扶着她,登上了藏经楼。婉儿又忙搬过紫荆团花靠背,侍候武则天坐好,再用夜光杯沏了乌龙茶,递给了她。

武则天缓缓呷了几口喷香的乌龙茶,喘息稍停。她那双凤眼,此时一反往常,分外的阴郁、冷漠,同时混杂着痛苦、暴躁和惶惶不安。婉儿和妙真垂手恭立于一旁,只顾察言观色,不敢多说半句,唯恐话不投机,反而招来是非。

武则天漫无目的地扫视了藏经楼一周,无非借此掩饰自己的慌乱与失态。这藏经楼藏有佛经六百五十余部,乃贞观年间,唐僧玄奘往天竺国求取而来。其中有七十五部一千三百二十八卷由玄奘及其弟子把梵文翻译成了汉文。武则天信奉佛学,也亲自组织翻译了八十卷《华严经》。薛怀义在宫中一度"讲经说法",无非是武则天借个名目,把他留在身边而已。他对佛学其实一窍不通,真能讲些佛学精义奥妙的,还是感业寺寺主妙真。因而,在藏经楼上,武则天与妙真的共同语言特多,这妙真便是这明堂藏经楼的常客了。

武则天兀自静养了一会儿，拿起一部《金刚经》翻了翻，仿佛在问自己，又仿佛在问妙真："人真能做到五蕴皆空吗？"说时，她吸了一口气。

"只要不执着于一切，自然可以。"妙真随口回答。

"也不执着于佛法吗？"武则天又问。

"阿弥陀佛！如来说：'所谓佛法者，即非佛法！'《金刚经》上不是还说'如来所说法，皆不可取，不可说吗'？"

"是的，是的！"武则天眼睛里突然闪过一抹光彩，"也只有我佛如来，才有这样的气魄，能够对自己和自己所说的'法'进行彻底的否定，一直否定到乌有！释迦牟尼也正是在这样彻底的否定中实现了永恒！"

妙真听过许多高僧的阔论，但从没有人像武则天那样说得新奇和动人。

"乌有是什么？"武则天又自问自答道，"乌有即空。我们凡人因不能彻悟，故有许多执着，故不能心无挂碍……"

妙真惊奇得半响不能说话，她以为这位女天子突然大彻大悟了，莫非她受了这一点刺激，就想要放弃皇座，去当菩萨不成？然而，当她听了女皇以下几句话后，方知她是在创造一种实用的"彻悟"，这恐怕是连菩萨也望尘莫及的了。她道："朕又何必执着于一失，而让空灵的心房由痛苦去居住呢？执着于得，也便是失，不执着于失，反倒是得。失即是得，得即是失！"

"阿弥陀佛！"妙真听了只有念佛而已。

一番高谈阔论后，武则天霍地站了起来，不再忧伤，不再吁叹了。她让上官婉儿把释迦牟尼面前的那盏青玉五枝宝灯点燃起来。此灯高达七尺五寸，由五条蟠螭盘绕着青玉长檠，口衔蜡竿，点燃后，即使白天，也可见龙鳞闪光，便如银河繁星。此灯原藏白马寺，明堂竣工后，薛怀义取来放在藏经楼。上官婉儿取火种把灯点燃了，眼睛却怔怔注视着刻在每条蟠螭额上的数字。黄龙为首，依次为：三、五、八、九、六；赤龙为首，依次为：六、九、八、五、三。

而此时，左相李昭德的面影突然闯进了她的脑海中，是他突然将她的身世告诉了她。婉儿祖父上官仪曾奏请唐高宗李治"废后"，皇后武则天因此怀恨于心，待她称帝后，即灭了上官满门，全家八十余口被斩首。婉儿时年仅三岁，武则天因念其聪明，才于临刑前赦免了她。

此时，武则天突然唤了她一声："婉儿！"

"臣在。"

"传朕的口谕，立即嘉奖狄仁杰。"

婉儿和妙真茫然地互视了一眼。

"狄仁杰奉旨行事，乃是朕的钦差，行刺钦差，即是犯上！狄仁杰擒获刺客有功，赏金百两！"

上官婉儿紧张得手心里捏了一把冷汗。

"花鳌按大周律法，罪有应得！"

"陛下圣明！"上官婉儿作为具体部署花鳌行动的人，不免心惊胆战。

"与卿无关！"武则天似乎看出了婉儿的惶恐，安慰了一句，接着又道，"狄仁杰把花鳌阉了，"她笑了笑，"这就是我心中的狄仁杰！"

"陛下，怕的是狄仁杰存心要和皇上较量！"妙真道。

武则天稍稍扬起了她的柳叶眉："相反，狄老自认为他面对的是不利于朕社稷的邪恶。朕起用他，难道不正是看中了他的胆识吗？这恰恰又是朕的诸多近臣中无一人具备的。"

"陛下，以我之见，狄仁杰不杀'白马'，是不会罢休的！"

也不知为什么，妙真对狄仁杰颇有成见，她一味地挑唆着。武则天听了，用平静的语调说：

"朕也知道。薛怀义确实干下了许多不法的勾当。现在有些人不是要'清君侧'吗？也是借了他的过失来攻击朕。这会儿他落在了狄仁杰的手里！经过这番折腾，这怀义总要收敛些吧？"

"难道狄巡抚真敢对大将军认真吗？"婉儿漫不经心地问。

"他敢！"武则天沉吟了一会，"法是朕制定的。他深深知道，朕不能亲自毁法！"

妙真笑道："我等也不过杞人忧天罢了！"

"怎么说？"

妙真只抿嘴一笑。她知道，薛怀义其实是在武则天的保险箱里，以"清君侧"的声势，尚不能动他一根汗毛，狄仁杰要对他开刀又谈何容易！尽管他在寺外密布便衣捕快，等于软禁了所有僧众，但破案必须有真凭实据，而薛怀义做出点事来，证据都转入了地下。据她所知，狄仁杰至今对白马寺地下建筑的秘密，仍然一无所知！明天他不得不硬着头皮搜寺，就算他有泼天大胆，难道敢把禁寺掘地三尺不成？此时薛怀义正稳坐寺中，在恭候他大驾光临呢！

"你小觑了狄仁杰！"武则天恍然一笑，"狄仁杰的限期就在明天。明天如果他搜寺，朕要亲临现场。"

"保护辅国大将军吗？"婉儿问。

作为武则天的心腹，上官婉儿忽然觉得皇上十分陌生。自从她赐给狄仁杰尚方宝剑以后，她的所有举止行为，便似乎陷入了一种难以名状的矛盾与彷徨之中，常常令人不能捉摸。武则天听婉儿问，便爽朗地笑了笑，但语调显得有点生硬："不，给狄老搜寺鼓气！朕倒要看一看，他究竟怎样搜破白马寺的，也好大大地开一次眼界！"

婉儿、妙真不觉面面相觑，真不知武则天这番言语是真话，还是气话！

"陛下什么时候起驾呢？"婉儿又问。

"狄仁杰什么时候出发，朕就什么时候起驾。"她说时，忽又转过脸来，神情显得分外严肃。她面对着妙真："这两天，有不速之客访问过白马寺吗？"

"我想，"妙真回道，"眼下和白马寺有缘的，还有三个人。"

"请道其详。"

"第一个，便是蒋泗北的女儿蒋玉屏……"

"蒋玉屏？"武则天惊道，"不是早已失踪了吗？而且经白马寺多年追查，一直杳无音讯！"

"是的，但不能排除她还活着。有消息说，她正隐居在深山之中。"

"唔！"武则天立即对婉儿道，"所有进东都的无籍妇女，必须详加盘问才是。"

"回陛下，这些事都由魏王布置下去了。"

"那很好。快说，第二位是谁？"

"就是蒋玉屏的丫鬟蒋莺儿。十年前，她已沦落在齐春宫为娟了。"

"怎么，她就在东都？"武则天极为敏感。

"陛下放心。"妙真笑道，"三天之前，她已不能说话了。"

"怎么？"

"这小女子与臣尼打斗，被我用水晶镖废了！"

武则天接住了妙真的话头，道："那么第三位不用说，就是蒋玉屏的丈夫，现在正在狄仁杰手下办事的乔泰了！"

"正是他！头天夜里，他就光顾了白马寺，恰和贫尼遭遇。我敢断定，乔泰对白马寺的秘密一无所知。他白白在寺中空转了半夜最后被我杀退了。"

武则天笑道："你叫白马寺多防着他点！"

"不必了！"妙真得意地笑出声来，"前天里，他利令智昏，竟敢来我感业寺！"

武则天像被黄蜂蜇了一下，从龙椅上一跃而起："你说什么？乔泰去感业寺了？"

妙真猜不透武则天何以又突然这般不安："陛下，蒋莺儿是她的小妾，莺儿死了他来寻仇罢了！"

"哦！"武则天克制着自己，恢复了平静，"他去罗汉堂了吗？"

"去了！"

武则天脸色又变得死灰一般，毫无血色。

"在罗汉堂……又怎样了？"

"陛下放心。也是这小子命中该死，他入罗汉堂，即被梁上突然而降的大铁手捕获。这个机关，连贫尼都第一次知道。乔泰现在倒悬在罗汉堂上。"

武则天舒了口气："这么说，乔泰是在你的手里？"

"是的。陛下，怎样处置乔泰？他私闯禁寺，交大理寺候审吗？"

"不。我承认狄仁杰破案的一切手段。在狄仁杰破案期限内，你绝不能让乔泰逃出感业寺。"她说时，忽然感到心里发生了异常的颤动，于是她旋即又补充了一句，"怎样处理乔泰，由你决定。感业寺也是敕建的，朕也承认你保护禁寺的一切手段！"

妙真微微一笑："臣尼遵旨！"

正在这时，屋梁上蓦地一声轻响，武则天和妙真都大吃一惊。随即又传来了两声猫叫。妙真尖叫一声："不好！"而武则天又"咕咚"一声，倒在地上，人事不知了。

第十四回　削铁手英雄力尽　碎网砖姐妹功成

　　原来，马荣奉狄大人之命，跟踪花鳌。花鳌在宫外养了一天伤，方能走动。知道今天早朝之后，武则天要在明堂召见妙真，于是事先赶来候驾，这就把马荣引进了明堂。马荣暗藏于屋栋房梁之间，不意见到了妙真，事觉蹊跷。后来武则天打发了花鳌，登上藏经楼，马荣凭借纵横错杂的房顶框架，隐蔽窃听，听到乔泰落在了妙真手里，正在受倒悬之苦时，不觉大吃一惊，不慎弄出响声来，引起了武则天和妙真的警觉。马荣急中生智，连学几声猫叫，以便蒙混过关。谁知这"猫"一叫，就叫走了女天子的三魂六魄。

　　这里有一段小小的历史插曲。当初武则天在感业寺削发为尼，唐高宗李治即位后，把她迎还宫中，册封为昭仪。从这时开始，武昭仪便与王皇后和李治最心爱的萧淑妃展开了一场争宠的激战。其间内幕极是残酷，直到武则天将她们一一取而代之，王皇后和萧淑妃最终被打入冷宫。由于李治与她们有藕断丝连之嫌，武皇后便施展了"无毒不丈夫"的手段，剁去她们的手足后，又扔进酒缸中，直把她们醉死。临死前，萧淑妃大骂武则天，有几句也真够"刺激"，竟使这位武皇后刻骨铭心，想起来便夜不成寐。你道萧淑妃怎样骂她？她骂道：

　　"我生不能杀你报仇，死后一定请求阎王爷，来生变一只猫，来咬开你的胸膛，让世人看看你狼一般的心，狗一般的肺！"

　　武则天是深信轮回之说的。为防患于未然，宫中绝对禁止养猫，连一个"猫"字也犯大忌，不准口说，不准书写。非说非写时，用"家虎"取代！马荣不知就里，无意中学了两声猫叫，武则天便以为萧淑妃到了。她本来身子虚弱，经此风波，禁不住再次惊昏了过去。

妙真心中大疑，正想上梁搜寻，怎奈天子身边，就她和上官婉儿二人。又怕真有刺客，乘机把君弑了！遂不敢离开半步，一边又急用内气救驾。刹那间，侍卫闻声而至，忙乱了一阵，也不见异常，好在武则天已经悠悠醒来，出口便道："快！捉……家虎！"

"家虎？"侍卫官们猛醒，异口同声，"搜！见了'家虎'，格杀勿论！"

于是，众侍卫跳梁上屋，开橱倒柜，却不见"家虎"踪影。其最终结果，是明堂总管触了一个莫大的霉头，被杖责八十，充军三千里以外，但总算保住了脑壳，也属不幸中之大幸了。明堂总管倒也心满意足。

然而，妙真心中只是狐疑不定，见武则天已经苏醒，乘上了凤辇准备回内宫休息，谅也无事了，便与上官婉儿耳语了一阵，先行告辞，急匆匆直往感业寺而去。

此刻，感业寺倒也风平浪静。乔泰被倒悬在罗汉堂上，已经一夜又半天，任他内功深厚，也有点精疲力竭之感。然而，他特别感到难以忍受的是，故意放走妙真的马荣，像毒蛇一样缠绕着他的心。马荣反叛，狄大人偏偏毫无察觉，一味信任他。每想到这里，乔泰浑身便似刀割针刺，五脏六腑也犹如炉膛般烫灼冒火，简直快烧焦了。他不由得大叫一声，喷出一口血来！

鲜血，染红了地上的雌雄宝剑。

"妙哉！妙哉！"

声音未落，一条人影闪将进来。急匆匆的，妙真赶到了。

"乔泰！"妙真搬了一把椅子，因见乔泰安然倒悬而显得分外从容。她，面对着颠倒的乔泰而坐，美美地一笑："头天夜里，白马寺幸会！你一出'乔家绝脉掌'，我便知道是乔英雄大驾光临了！果然了得！我怎能不甘拜下风呢？老实说，贫尼也仰慕之至！可世事难料，如此一位大拳家，又怎么就在自己的手下败将面前倒悬呕血了呢？"

妙真的冷嘲热讽，乔泰并不在意，心里倒是怔怔地在想，那天夜探白马寺，与妙真不期而遇，她原是从"绝脉掌"上认出了自己。这一点，看来他是错怪了马荣！然而，如果马荣果然清白，后来又何以棍下留情，放走了她呢？乔泰为了释疑，故作咬牙切齿，愤愤地道："只可惜，马荣没有舍得结果了你！"

妙真听了马荣大名，不觉心有余悸，脸上却故作轻松地笑了笑："你那马兄果真舍不得结果我，我们还交换了纪念品呢！"

"胡说！"乔泰动了真怒。

妙真冷笑了一声："我赠了他一枚水晶镖，他教了我一套'折子棍'，这不是很够朋友吗？"

乔泰哪里知道，他在说"只可惜，马荣没有舍得结果了你"时，聪明的妙真已从"舍得"二字中猜测到了他与马荣间的微妙关系，故用话来探他。此时的乔泰哪里辨得出弦外之音，他心目中的马荣无疑被妙真涂得更是漆黑一团。乔泰紧闭的双唇突然迸出了一声怒吼："你们无耻！"

妙真付之一笑："无耻也好，有耻也好，你我都是各为其主而已。分什么是非曲直？我们不妨做笔交易，我放了你，条件是你告诉我一个秘密。"

"……"

"你为何要夜闯感业寺？"

"要知就里，除非你先告诉我一个秘密，那天夜里你是怎样进入白马寺地下去的？"

妙真阴沉地盯了乔泰一眼："好吧，我告诉你，在大雄宝殿前，只要按照密码踩动方砖，便能自动打开机关。"

"密码？"乔泰眼前立即闪过了月光下"小沙弥"殿前徘徊的身影。

"记住了，踩动方砖的次序是：六、九、八、五、三。"说时，她

110

从地上拾起雌雄剑，剑尖指着乔泰，"我已先说了，你若赖账，我立即把你挥作两段！"

"谁赖账？"乔泰道，"我来感业寺，只为了得到一笔金银财宝。你看我脚心对着的那块网砖，它连着一个大金库的机关枢纽！"

妙真将信将疑，一运气，飞身而上，去用剑尖戳那网砖，乔泰见她腾空，蓦地一个鲤鱼打挺，双拳齐出，原是乔家"绝脉拳"！妙真猝不及防，肋下已经被击中。还亏得乔泰倒悬了一夜半天，内力甚是虚弱。饶是这样，妙真感到一阵剧疼，大叫一声，跌了个发昏。乔泰趁她坠落之际，早又把她的右剑抢夺在手里，起手一剑，斩断了右边铁手。妙真见不是路，再顾不得疼痛，引左剑来刺乔泰。这乔泰，虽然有了兵器，怎奈左足还被倒悬在梁上，身体挂在半空滴溜溜旋转。乔泰用最后剩下的一点力气，勉强接了她儿招！也亏得妙真跌得昏昏沉沉，头重脚轻，出手虚浮，竟然也暂时持平。

然而，毕竟一个在地上，一个倒悬（而且仅一只脚）在空中，妙真内力渐增而乔泰越来越感到力尽。当雌雄二剑又一次交击时，乔泰之剑不禁脱手而飞。妙真冷笑一声，剑刃向乔泰横扫而来。乔泰自知必死，索性闭起了眼，等待着被她一挥两段。

正在这千钧一发之际，忽听耳旁"啪"一声响，妙真随着惨叫一声。乔泰急忙睁眼，见妙真宝剑已经落地，口角流血，狼狈逃出了罗汉堂。在他面前却有一位少女手执长鞭，亭亭玉立，对着他只管微笑。

"是你？鹂儿！"

"是我！一只鸟儿，不是吗？"

"姐姐，快救我一救！"

"哈！"鹂儿抿嘴一笑，"别忘了今天几月几日，你向我叫了'救命'！"

"什么时候了，你还开玩笑？"

鹂儿笑着用青萍剑削了锁住乔泰左腿的铁手，乔泰一跤摔在地上，他趁机一个滚翻，同时捡起自己的双剑，站了起来。

"鹂儿，再帮我一个忙！"

"怎么你还在忙！"

"我已经力尽，你就代我把那块网砖打开了吧！"说时乔泰用手指着那砖。

"好说！"鹂儿起手一鞭，鞭端不偏不倚，把网砖击碎，又见她素手轻轻一扬，鞭梢又蛇一般钻进砖洞中去，把一片长满了铜绿的金属板勾了出来，再轻轻放落在乔泰的面前。乔泰欣喜若狂，如获至宝似的把它抱在怀里。

"我不知道应该怎样感谢姐姐！"

"嘴上甬甜了！"鹂儿又笑了笑，"我们在山门处摆了个'鸟阵'，正三缺一呢！"

"怎么？鹊儿、鸠儿都来了？"

"可不，为了你，眼下她们正在和许多尼姑打群架！你好大的福气呀！"

"那你快去补了这'三缺一'，可不要放过了妙真。"

"你那冰丸还在吗？"

乔泰一摸怀里，忙道："在，在！幸好她们没有搜身！"

"那么你稍歇片刻，快去救莺儿性命，千万不要来管我们！"

说毕，鹂儿真像一头鸟似的飞了出去。

乔泰忙整理了一下衣冠，正要走出去，不觉一个踉跄，浑身疲软得不行，不得不先坐在靠椅里，一边喘息，一边养着力气。

他摸出那块铜板来，用衣袖擦去了上面的绿锈，只见正反面都刻着文字。

正面刻着：

生码三、五、八、九、六。

反面刻着：

死码六、九、八、五、三。

乔泰猛然一凛，妙真告诉他的乃是"死码"。好个刁尼！她原想置他于死地！然而，乔泰忽然想到，还是应该记妙真一功：若不是妙真，他得了密码也是枉然。她虽然居心叵测，却把依次踩踏大雄宝殿前方砖这样一个秘密中的秘密给泄露了，而且，那晚"小沙弥"已经有过示范。乔泰这时感到，他虽然在感业寺受了大惊恐，遭了大罪，却没有虚此一行。

外面刀兵之声越来越烈。乔泰觉得这里不是久留之地，便强撑着身体，向外走去。刚走出罗汉堂，见两条人影飞驰而至，到乔泰跟前，齐喝一声，剑尖指着乔泰。

"乔泰，我等奉师太之命，特来取你性命！"

乔泰看时，正是慧定、慧常。

"二位！"乔泰知道自己暂不能战，便施礼道，"我乔泰与你们无冤无仇，只不过奉命缉拿白马寺元凶归案，误入了宝寺。望二位网开一面，放一条归路，在下后报有期！"

"你要我们出卖寺主？"

乔泰笑了笑，道："妙真凭什么一直把你们当'灰孙子'那样教训？你们不是也恨着她吗？"

"这是谁说的？"

"你们自己说来着。"乔泰又道，"昨夜承蒙二位慈悲，特意让我削断了雁翎刀，放了在下一马，心中正是感恩不尽哩！"

"不好！"慧常道，"这小子把我们的悄悄话都听了去，被寺主知道，怎么担当得起？"

"我们越发不能饶他了，留下他便是祸根！"

二人说时，就动起手来，"刷刷"两剑同时向乔泰劈去。乔泰因力乏，闪躲不及。说时迟，那时快，屋上突然落下一条铁棍，"当"的一声，压住了双剑。二尼立即后退几步，只见一条汉子从屋上跳将下来，站在面前，慧定、慧常吃了一惊，撒腿就跑。

来的就是马荣。马荣在明堂藏经楼虽比妙真先走一步，但他不似妙真可以公开出入，而得遮人耳目，隐蔽而行，费了不少周折，才离了明堂。之后，又在附近树林中把进宫前藏在那里的水火棍找回，方赶到感业寺。

"贤弟，愚兄来迟了一步！"马荣拱着手，说的是心里话。

乔泰觉得头皮一阵发麻。连日来不断加深的成见所形成的包围圈，紧紧地收缩起来，匝得他的头脑隐隐生疼。眼前，慧定、慧常的不战自退，乃是见乔泰有了援兵，便可以向妙真有所交代。她们与马荣不肯交手，也是为了放乔泰一马！偏偏乔泰把马荣想得很恶劣，把他看成是"内奸"，以为他和妙真以及整个感业寺有着不可告人的关系，二尼不战而退，正是这种特殊关系的最好说明。

"哼！"乔泰冷冰冰的，"你还有脸来见我？"

"贤弟，这又从何说起？"

"就从前天说起吧！我把妙真交给了你，你怎把她放了？你知道她对狄大人破案有多重要？"

"贤弟！"

"谁是你的贤弟！要不是你放了她，我怎会在感业寺受此倒悬之苦，还差点丢了性命！"

"先别发火嘛，且听我解释……"

"不必解释了！你出卖我，可以不论。可狄大人待你不薄，他尊你为上宾，称你为先生、义士、大侠。你义在哪里，侠在何方呀？你甘心充当内奸，真可谓江山可改，本性难移！原来你那颗绿林盗贼的心仍没死尽死绝呀！"

马荣被骂得涨红了脸，不觉怒发冲冠："乔泰！我们兄弟间有什么误会，尽可心平气静地谈论！你如此出口伤人，又为哪般？我马荣虽曾占山为王，却也义薄云天，侠名流芳。你今天不分青红皂白，满嘴喷粪，污言辱骂在下。好乔泰！你恐怕还没有这样的资格呢！"

乔泰仰天大笑道："刚才那两位女尼，一名慧定，一名慧常，身手也是了得，原是奉了妙真之命来取我性命的，你和她们若无勾当，怎的见了你不战自退？"

"……"

"这就是你的资格，背主的资格！叛逆的资格！来来来，马荣，你先吃我一剑！"

乔泰用尽全力，双剑齐下，马荣正怒不可遏，也不避他，便用棍去挡。谁知乔泰嘴上硬如铁石，其实不堪一击，双剑早被震飞了。马荣举起棍来，正要打他一顿出出气，忽听一声甜脆脆的齐喝："住手！"

鹊儿、鸠儿、鹂儿各执兵刃，一字形摆在那里。原来这三只鸟恁地了得，一般尼众被"鸟阵"所慑，杀得凄凄惨惨。妙真因被鹂儿抽了一鞭，口吐鲜血，不得不在阴暗中隐蔽将息，力气稍增，又挺杵参战，只是力不从心。大家见不是路，早作鸟兽散。妙真见大势已去，长叹了一声，也便逃之夭夭。于是，三只鸟赶来搭救乔泰。

岂知此时，马荣怒气正盛，见了这三个丽人儿，顿生错觉，把她们也当成了感业寺武尼的同党，不觉怒上加怒！你乔泰不是说我与她们有什么勾当吗？那借此杀她们几个给你看看，只好借她们的头颅和鲜血来洗刷自己了。于是他更不答话，掉转棍头，没头没脸，直扫过去。

鹊儿、鸠儿、鹂儿各自跳开。鸠儿占中，鹊儿、鹂儿居后侧，一头两翼，恰便是大鹏展翅待飞。三人还有个与众不同之处，乃她们每人手执两般兵器，鹊儿左右银钩，鸠儿左手峨眉刺，右手短戟，鹂儿则拿着青萍剑和牛筋鞭。三人也不作包围之势，始终保持一头两翼的队形，全是进攻的路数，猛不可挡。马荣单棍对六臂，亏得他棍法娴熟，顺手出阳，逆手入阴，毫不留情。乔泰便在一旁作壁上观，不由得越看越气：好个马荣，对妙真如此留情，对我的朋友，却这样狠心，只管使全了杀着！看看自己力气有点恢复了，便也重新抬起雌雄宝剑，跳进战圈，要助鹊儿她们一臂之力。

"鸟"们看在马荣身着公服的分上，并不死逼。但见马荣用棍极是险恶，仿佛遇上了七世仇家，也不觉起了群愤。又见乔泰带伤参战，以为马荣绝不是个"好人"，至少也是乔先生的一个大大的仇人。于是，她们加紧了攻势，直打得天昏地暗，日月无光。

战了半个时辰，马荣便觉得力不从心起来，不免有了破绽。鹊儿最是机敏，银钩一横，出其不意，直欺他的"中脘"。马荣一惊，疾步一退。"鸟阵"中诸般兵器趁机齐头并进。马荣已是穷于应付，蓦地，只见眼前飞过一条黑色闪电，却是鹂儿的牛筋绳鞭。此鞭不能迎战，只能闪躲，而百忙之中又谈何容易。"啪"的一声，鞭梢已中了马荣"夹背"。马荣只感到一阵电击般的剧麻，穴道已被封闭。立时，全身不能动弹，一条水火棍掉在了地上。此一鞭着实厉害，连马荣脸上的表情也被"冻结"了，瞪眼，龇牙，皱眉，又缩着脖子，实在难看。而他尚能自我主宰的，只剩下他的连连不断的呼叹了！

"怎么收拾他？"鹏儿卷起绳鞭，得意地说。

"杀他吗？"鹊儿征求乔泰的意见。

乔泰摇了摇头。

"把他吊在罗汉堂去，也让他尝尝倒悬的滋味吧！"鹏儿建议。

"你们倒有这个闲兴！"鸠儿表示异议，"让他僵尸般挺在这里，待穴道自开，得好几个时辰，也足使他终生难忘的了！我们要紧的是去救莺儿！"

一言提醒了众人，簇拥着乔泰便要去齐春宫。

乔泰走了几步，忽然站住。

"你们先走一步。"他说，并摸出"冰丸"交给了鹊儿，"救莺儿事不宜迟！"

"你怎能不去？"

"是呀，莺儿醒来了，第一个不就是要找你吗？"

"我们谁也不能代替你，乔泰，你怎么这样负心呀！"

三个"鸟儿"叽叽喳喳，嘻嘻哈哈，把个乔泰调侃得面红耳赤。

"我留下先办点急事。"

"什么事比救莺儿还急？"

乔泰用手指着僵尸般的马荣："我要先收拾了他！"

第十五回　递消息左相访衙　赴盟约巡抚搜寺

倒悬的乔泰获得解放时，武则天给狄仁杰的五天限期，即将过去四天，狄仁杰似乎依旧不慌不忙，按兵不动。全衙上下，都在为狄仁杰着急。这几天来，太阳东升西落，显得特别匆匆，不觉又渐渐到了这一天的黄昏。在巡抚衙的后花园里，狄仁杰沐着夕阳的斜晖，一手拈着颏下短髯，沉静地独自闲步。树叶轻轻地窃窃私语着，仿佛也在议论狄仁杰的凶吉祸福，什么地方有一只喜鹊喳喳地叫了几声，惹得狄仁杰苦笑了起来。

"他会按时来的！"狄仁杰喃喃地自语着。

表面上，他显得从容如常，心里却一直在为驾驭最后的场面进行设计。在他的宗卷中，业已证实的薛怀义的罪行罄竹难书，但无论薛怀义怎样罪恶滔天，倘到时不能查出进香失踪的少女，他狄仁杰——魏王武承嗣为首的"诸武"的眼中钉，必将在激烈的围攻中，成为名副其实的"属镂"之鬼！狄仁杰仰望着似火似锦的晚霞，默默地重复了一遍自己的座右铭：手托头上的乌纱帽办案。而此时，这座右铭似乎还得改动一下，因为一只手托着的不仅是乌纱，还有自己的脑袋。

"大人！"耳边忽然响起了衙役的说话声，"左相李大人求见！"

"他终于来了！"狄仁杰吁了口气，笑出声来。同时转过身子，挥了挥手，"快请！请他正厅稍候！"

"还候什么！"随着话声，左相李昭德已匆匆闯了进来，"老夫已是迫不及待了呀！"

"好，好！你来了，我的脑袋或许搬不了家了！"

"要不是为了摆脱魏王的跟踪，我本来可以早来一步的！"

"现在还不算晚，恕下官失礼，就在花园里边走边聊吧。"

说时，狄仁杰对着衙役又一挥手，但他没有说出话来，因为他奇异地发现自己停在半空的手指激动得正在微微颤抖。

"大人，有何吩咐？"衙役问。

"取一壶老酒来，跟在我们后面。"

"是！"

衙役转身去取酒。狄仁杰更加不平静起来，他有点嗫嚅："李大人，那宝贝到手了吗？"

李昭德神秘地眨了眨眼："狄大人吩咐，敢不尽力呀？"

"好！咱们立地干一杯，以志庆贺！"

恰好衙役已把酒菜取来了。二人各满斟了一盅，一饮而尽。

"痛快！"

"狄老！"李昭德的神色却显得分外严肃起来，"我虽能助你一臂之力，但也许并不能救你性命！"

"那天早朝，你救过下官一命，已经够了！"

"这案极辣手！听上官婉儿说，皇上与薛和尚的关系非同寻常，他们不是一般的君臣关系！"

"李大人！"狄仁杰停了脚步，如果进是死，退也是死，那么是进还是退呢？

"狄老！"李昭德的心中充满了敬重，深情地凝视了他片刻，又道，"来，我敬你一杯！"

李昭德亲自斟了一杯，递与狄仁杰。狄仁杰又干了。

"也不要把下官的前程估计得太阴暗嘛！"狄仁杰又说。

"这要看皇上重才呢，还是重色？"

"大人！"狄仁杰勉强笑了笑，"我们对皇上的评估，常常很混乱。"

"也许！"李昭德接着道，"告诉你一件奇事，今天皇上好

118

端端昏厥了两次！"

"怎么？"狄仁杰显得十分着急，"御体欠安吗？"

"我看她和你一样，貌似平静，心中焦灼得很呢！"

"为了白马寺？"

"八九不离十。"

"想告诉我些什么？"

"我想，皇上还在把你和薛和尚进行痛苦的衡量比较，以待在万不得已的时候，进行抉择取舍！以老夫之见，在皇上的衡器上，你比不了薛和尚！"

"你以为皇上的决心还没有下定吗？"

"她常常在最后一刻下决心！"

他们绕过了回廊，又通过九曲桥，登上了湖心岛的一座假山，便在凉亭中坐定。心腹衙役把酒菜放在石桌上。

狄仁杰让他回避了，他和左相迎着四面荷风，自斟自饮起来。

"听说你把乔泰逼走了？"

"是的！"狄仁杰道，"也是迫不得已！"

"怎么说？"

"你知道乔泰的妻子是谁？"狄仁杰反问了一句。

"怎么不知道？不就是蒋泗北的千金蒋玉屏吗？他们夫妻失散已有十多年了吧？"

"因此，我给乔泰一个机会，去寻访他的爱妻。"

"我看你让他去寻访的是白马寺的秘密！"二人不约而同，哈哈大笑起来。

"不过，"李昭德笑毕，道，"你也不必逼他走呀！"

"咳！儿女情长，英雄气短！乔泰的脾性下官了如指掌，越委屈他便越有智慧，越有勇气！那天乔泰夜探白马寺回衙，下官见他打草惊蛇，空手而归，忽地灵感来临，便借了这个由头将他臭骂了一顿，有意逼他出走，来日向他好好地赔个罪也就完事了。"

"只怕他找到了温柔乡，便乐不思蜀，找不到机密，也就无脸回来。你岂不失了一臂吗？"

"不！"狄仁杰摇着头，"我若不深知乔泰，决不出此下策！"

李昭德听了，微微颔首。一面从怀中摸出一个折子来，递给狄仁杰。

"狄老，你要的宝贝，就在这里。"

狄仁杰伸手去接折子，李昭德突然又把手缩了回去。

"这几天我把全副心血花在了上官婉儿身上了，宫中机要没有瞒得过她的。她对我说，白马寺的密码刻在几个地方，只为预防失传于后世。其中一处在藏经楼的青玉五枝灯上，由她亲手抄在这个折子上面了。"

狄仁杰急忙离座，深深地作了一个揖道："我说，这事非李大人不能成功！"

"这可不是你的心里话！"

"怎么不是？"

"若是心里话，又怎么逼走了乔泰？分明不相信老夫能够成功嘛！说什么越委屈，越有智慧和勇气，现在看来，乔泰哪有老夫机灵有方？哈哈……"

狄仁杰因他当面奚落了乔泰，心中老大不悦，可也只得强笑出声来。

"嘿嘿……"

李昭德这才把折子交给了他。

"要进入白马寺地下去，就要按上面记的密码，依次踩动大雄宝殿前的方砖。"

"原来如此！"

"那么你几时去搜寺呢？"

"本来万事俱备，只欠东风，如今东风也借来了，怎敢迟疑？"

"你是说今晚就搜？"

狄仁杰果断地点了点头："刚才有几位朋友来约下官午夜破寺。午夜不是更壮观吗？"

"可以问问吗？是哪路朋友？"

狄仁杰神秘地一笑。

"是些陌路的朋友。"

李昭德便不再言语，把斟满的酒递了过去。

"借花献佛，就算是老夫给你饯行！"

狄仁杰遂立即准备起程。精选备战的百十名军士，都在衙内待命，个个摩拳擦掌，一声令下，便可以闻风而动。不多片刻，已经整装集合，一切有条不紊，井然有序，把个左相钦佩得五体投地。

狄仁杰手执缰绳，上马之前对着李昭德笑道："李大人还得代我暂时留守！下官估计，马荣、乔泰都将陆续回来。见了他们，就说下官已先走一步了，叫他们速速跟来，不得有误。有话都到白马寺来说。"

"如此最好，老夫也正想见见狄老麾下的二位英雄呢！"

"还有，"狄仁杰上了马，"他们兄弟间有些误会，倘有牢骚，就说我说的，要以大局为重，关键时刻，切莫意气用事！"

"为什么要说你说的？我说的就不行？"

"你看着办吧！"

他们又相视一笑，拱手告别。

狄仁杰马鞭一扬，说声："出发！"队伍便出了校场，扬尘而去。

狄仁杰的背影已经在视野内消失，而李昭德仍久久面对着他远去的方向，陷入了抑郁而悲哀的沉思……

一阵急促的马蹄声自远而近。果不出狄仁杰所料，李昭德在东都最后一束夕阳的斜晖中，认出了两位匆匆而来者：乔泰和马荣。

乔泰满面尘土，显得疲惫不堪，马荣却被五花大绑着。

乔泰先下了马背，然后把马荣也提溜了下来。

李昭德大惊失色，狄老说他们兄弟间有些误会，却没料到裂痕之深一至于此！

乔泰见是左相，便向他行了礼。

"乔英雄，"左相忙道，"你们是狄大人的左臂右膀，兄弟之间失了和气，叫狄大人怎么办？"

"他背叛了狄大人，成了内奸了！我正要狄大人先审他个明白！"

"什么时候了。"左相略有恼意，"现时狄大人哪有闲工夫来管这'窝里斗'的公案？"

乔泰哪里听得进他的话，只管拖着马荣进衙去。

李昭德见自己压不住他，只得搬出狄仁杰的话来："乔泰听着，狄大人要我转告二位，在关键时刻，要以大局为重，切莫意气用事，有话到白马寺去论说！"

乔泰立即住了脚步："怎么，狄大人不在衙内？"

"已去搜寺了！"

乔泰冷然一笑："只怕他徒劳无功！"

"怎见得？"

"就这四天，他能知道白马寺多少？"

"你也枉跟狄大人这么几年了！他什么时候稀里糊涂办过案呢？"

乔泰一怔。此话不无道理，又觉得此刻左相拜访狄仁杰极是蹊跷，蹊跷中又有所顿悟："莫非……"

"怎样？"李昭德脸上略有得意之色，"说下去呀！"

"李大人，难道是你先已知道了白马寺的秘密？"

"你辛苦奔波了这几天，总不会空手而归吧？"他反问。

乔泰凝重地点了点头，又问："那么你呢？"

"哈！"左相故作玄虚道，"天机不可泄漏，我们各写在手心里，怎样？"

"哎呀！"乔泰有点不耐烦，"你老怎么恁地啰唆？你先说不就是了？"

"那你先把马荣放了，咱们各占一'先'方是公平！"

乔泰心想，不若哄他一下，便道："你先说，我再放人。"

于是，左相李昭德说出了一串数字来："六、九、八、五、三！"

乔泰听了，顿时脸色惨白，他握紧双拳大叫道："这是死码！你让狄大人送死去了！"

乔泰一把抓住了左相的胳膊，怒吼道：你和狄仁杰有什么怨？什么仇？竟也要害他？原来你也是个大大的奸臣！奸贼！"

李昭德涨红了脸："你说我害他，有什么证据？"

乔泰把他用力一推，李昭德差点摔了一跤，乔泰闪电般跨上了马背，用鞭子指着他。

"我把马荣交给你，倘被他逃跑，我便到相府来取你的首级！"

话音未落，他已掉过马首，风驰电掣般追赶狄仁杰去了。

左相又恼又羞，手足无措，与马荣不免同病相怜起来，他对马荣说："凭他这个牛性子，就知道你们兄弟间的过节，定然全是他的错！"

"这次恐怕未必。"马荣说。

"啊咦！他把你折腾成这样，你还帮他说话？"

"我想，"马荣平心静气地说，"刚才我在感业寺的屋上，也曾听到他自言自语着什么'生码''死码'，可能乔泰确实刺探到了重大机密。老大人，你的那一串数目哪里来的？会不会上了别人的当呢？"

李昭德张口结舌。上官婉儿矜持的面影倏地掠过了他的脑际。

怎么可能呢？简直令人不能想象！上官婉儿这样的身世，这样的美人儿，受了武则天的一点恩惠，竟情愿欺祖灭宗，助奸为虐！她的那颗也是肉长的、稚嫩的心儿，难道也会变得像蛇蝎一般的可怕和狠毒吗？……

乔泰出了东都，策马飞驰。神秘的夜幕又从苍穹坠落，山路越来越坎坷，寂静的夜空骤然吹起一阵狂风，林涛仗着风势在乱岗间轰鸣，连微弱的星光仿佛也在哆嗦。乔泰马不停蹄，茂密的树木飞一般向后面退缩而去，黑森森地令人胆寒。

蓦地，路旁丛林中传来了几声呻吟。

乔泰猛然勒住了马，跳下马背。

他进入丛林，只觉脚下黏糊糊的，细细辨认时，见到了一大片鲜红的血。不远处，一个大汉的躯体横卧在那里。

他看不清他的脸。

那汉子见有人来，更加大声地哀号起来。

乔泰俯下头去，隐隐看见他满脸的污血，才发现他原来是个头陀。他的一条右臂连着肩胛被利器砍下了，只剩一层皮还连在他的躯体上。

"你遇到强人了？"乔泰问，心中却涌起了团团疑云。莫非他和白马寺有什么瓜葛？乔泰见他摇了摇头，便又问道，"宝刹哪里？"

"五台山。"

"唔！法名呢？"

"……了尘。"

乔泰听那头陀说话的声音熟悉，猛想起了在感业寺邂逅的头陀，便割了他的袈裟，抹去了他脸上的污血。他凑近脸去辨认，蓦地暴跳起来。

"你?！韦顺！"

第十六回　云收雾散恩仇了断　剖腹掏心兄弟释疑

乔泰用剑尖抵住韦顺的胸膛，吼道："睁开你的狗眼，看看我是谁？"

恐惧和绝望瞬息之间布满了韦顺的双眼。他知道，十多年来竭力想要避免的一幕，不可避免地开场了。

"乔二爷！"

"呸！谁是你的二爷？"

了尘熬过了一阵浑身的搐动。

"唔！乔泰。"他道，"十多年前，洒家因想强暴你的妻子，坏了她一臂。可洒家当初并不知道她是你的妻子。我知道你饶不过我，便早隐身空门，放下屠刀，立地成佛了！"

"哼！你也敢扯什么立地成佛！前天在感业寺，你与妙真又干了什么勾当？"

了尘喘息了几口："……说来话长啦！"

乔泰稍一用力，剑尖已刺破他的外衣，触及了皮肉："说！"

原来，了尘占山为王时，虽奸淫过无数妇女，又自以为懂了"淫"的真谛，而实际上，他从未有过那种女子愿作全身心付出时的性和情的深刻体验。那天他中棍倒地，妙真欲救不能，临逃说了一句肺腑话，竟使他铭刻在心，也许终生难忘，或者死亦情愿了：

"你若能活，请来感业寺，贫尼有恩必报。"

就因妙真这句"临别赠言"惹得了尘连夜赶去感业寺"索恩"，从而又惹出了一夜风流。

妙真破天荒把一个云游和尚留宿在寺里"养伤"，除了"报恩"，其实还有一个目的，这是了尘所不知道的。只为第二天，武则天早朝后要在明堂藏经楼召见妙真，妙真唯恐皇上又要她去白马寺"传旨"。如今的白马寺，已给狄仁杰暗暗包围了，这几天，她又领略了乔泰、马荣的手段，也不敢轻举妄动。这了尘身上恰恰有五台山法云长老差遣的亲笔书信，他可以公开进出白马寺而免遭怀疑，这是妙真的精细之处，留宿了尘，以便备用。

然而，了尘对妙真的"留宿养伤"有了点误会，以为妙真动了凡心，要来半夜"报恩"，不觉大喜，便在下榻之处坐等。直到三更，也不见伊家下凡光临，一时欲火难熬。熬不住便摸到妙真上房，敲响了她的云扉。

妙真开了房门，见了尘，便问道："深夜来临，有何见教？"

了尘淫笑着："你说有恩必报，洒家可不要金，也不要银……"

"那么你要什么？"

"洒家只要你一块……宝地！"

"你说什么？"

了尘见妙真只穿睡衣，酥胸半露半掩，起伏不止，哪里再熬得住？便如狼似虎，扑了过去，把她擒在怀里，又以迅雷不及掩耳之势，三下五去二，便把她拖进了暖烘烘的被窝。

妙真冷冷一笑，道："和尚，你不要后悔！"

"洒家干事，从不后悔！"

于是，妙真也不动弹，任他摆布。了尘驾轻就熟，很快入巷，不一会就晕晕乎乎起来。

"咦？"了尘不胜诧异，双手捧着妙真的香腮，"你练过双修秘功？"

"什么秘功？"

"男女双修！"

"你怎么知道？"

了尘笑了笑："你平日和谁双修？白马寺薛怀义？"

妙真闭眼不答。

"肯定是这厮！这两日，洛阳城里沸沸扬扬，都在议论王小姐在白马寺进香失踪的事。洒家就在怀疑，这厮莫非掳了少女作他的鼎器？"

妙真听了，依旧闭眼不答。

"听说，狄仁杰要拿他？"

妙真睁开眼来："他拿不了！"

"怎的拿不了？"

"老实告诉你吧，"妙真与了尘话一投机，便有相见恨晚之感，禁不住了尘追问，便道，"怀义练这房中秘术，倒不是单单为了壮阳延年、寻欢作乐，主要是为了去满足别人！"

"别人是谁？是你吗？"

"你话太多了！"妙真嗔道，"你管他是谁！"

"也是！眼下还是管管自家的满足。"

当乔泰不听蒋玉屏的警告，独往独来，私探罗汉堂的时候，了尘一眼就认出了乔泰，兀自有点心惊胆战。原想再助妙真一臂之力，索性把乔泰杀了，以绝后患，但妙真不要他管这闲事，令他速去白马寺，只为了传递一个重要信息：武则天要在狄仁杰搜寺时暗暗来临现场。了尘也料乔泰双剑难敌十臂，便放心离了战场，随后堂而皇之地进了白马寺。薛怀义因他报讯有功，赏了他许多金银，又一口应承来日赴五台山"说法"，当下亲笔写了回书。

"乔泰，"韦顺强忍住剧痛，"洒家与妙真不过是萍水相逢。前天因救她性命，被马荣打伤了，洒家原是在感业寺养伤，并无其他勾当！"

乔泰忽然浑身一阵灼热，脸上沁出了细密的汗水："这么说，妙真是你救走的？"

"实不相瞒，洒家乃是初到洛阳，那天正在街上闲逛，因见马荣追杀妙真，一时不忍，便去助战……"

乔泰听着，轻轻地痛吟了一声。

"我们二人都战不过马荣，只得逃命。妙真临逃，暗发了一枚水晶镖，也被马荣收去了。他为报这一镖，用水火棍掷她。洒家有意救她，反挨了一棍。如此而已。"

乔泰悚然震动了！他不放过马荣，原是怀疑三条：一是头天夜探白马寺，那"小沙弥"何以知道他是乔泰；二是妙真手段远不如马荣，且在手无寸铁的情况下，何以马荣没有把她逮住；三便是妙真说的，他和马荣交换了"纪念品"，她"赠"了马荣一枚水晶镖，而他"教"了她一段"折子棍"。第一桩据妙真自述，原是自己的"乔家掌"露的底，实与马荣无关；这第二、第三桩，却无意中在这头陀身上得到了解释。乔泰便觉大大地冤枉委屈马荣了！这时，他倏然感到心一阵绞痛，浑身沸腾着一种强烈的自责和内疚，他一时竟不知如何从那畸变的情感折磨中解脱出来。

"那么，"乔泰的话声显得有点疲软，"又是谁剁去了你一条臂？"

"咳！洒家十年前种的孽根，不期十年后在此遭回报！"

乔泰聆听着。

"洒家离了白马寺，没想到剪了半辈子径的韦顺，今个反被人剪了！更令人难以相信的是，十年不见，她竟练就了一身上乘功夫！"

"你说的是谁？"

"你妻子蒋玉屏！我们刚才狭路相逢，她先认出了我，她虽只有一条手臂，但洒家只勉强应付了她两招，就被……"

乔泰怔忡了一会，暗暗想道：

"她果然下山了！"

"我要她把我杀了，"了尘继续道，"可她偏不动手，她说要把我这条命留给你乔泰来结果，你果然来了！乔泰，你看在我们十年前共同占山为王的情分上，快点动手吧！"

说毕，他闭起了眼睛待死。

"韦顺，你要死，我也偏不让你死，你就躺在这里活活地喂狼吧！"

"乔泰！"他突然睁开眼睛，大叫起来，"你不杀我不是人！"

乔泰凶狠地盯了韦顺一眼，把剑劈进一棵大树根部，剑尖指着他，然后刻薄而冷酷地道："你要死，就朝这剑尖滚过来，自己穿透自己吧，老子也懒得动手哩！"

韦顺闻言，正要用力翻滚过去，乔泰忽又一脚踏住了他："你先说，蒋玉屏和狄大人谁先去的。"

"大约蒋……"

"什么大约？清清楚楚地说！"

"我受伤后就昏了过去，也不知多少时候，才被一阵马队的蹄声惊醒，我不知是否就是狄大人……"

"马队，过了多长时间了？"

"大约……不到一个时辰吧！"

乔泰这才松开了脚，背过脸去喝了一声："你死去吧！"

很快从身后传来了一声惨叫。

剑尖已把了尘拦腰刺透。

乔泰取下剑来，在韦顺尸首上擦干净血迹。复仇后的满足，并没有使他很轻松。他一边走出丛林，一边反复沉思着，眼下先去给马荣松绑道歉，还是先去白马寺？乔泰因想到现时离玉屏与狄仁杰相约的午夜相去不远了，又深恐狄大人把"死码"当成了"生码"，造成极端后果，便在心里对自己说：看来也只得让马兄委屈冤枉到底了。于是他对着巡抚衙门的方向，自言自语道：

"马兄！是小弟错怪你了，待破了白马寺，愚弟再来负荆请罪吧！"

话音才落，身后忽然有人应声道："那好吧，你把衣服剥了，让我先抽上几十荆条！"

乔泰吓了一跳！忙转过身来，见几步之外，马荣手执水火棍，十分严峻地凝望着他。

"马荣！是你……"

"是我！你没想到吧，左相李大人没听你的，先把我放了！你好大的胆子，不去救狄大人，却在这里报私仇！"

乔泰并不答话，果然把上衣脱了，亲自拔起一把带刺的荆条，递给马荣，又不觉泪流满面起来。

"不必客气，狠狠地抽吧！否则我心里不会痛快！"

马荣捅了他一拳："这荆条留给蒋玉屏去抽吧！我想她对你的误会，比你对愚兄的，还要大得多呢！"

乔泰对他深深地鞠了一躬，道："马兄好气量！愚弟没齿不忘！"

马荣笑道："马荣虽不是宰相，肚子里也能撑得船！咱们的时间已经不多，不能再耽搁了。白马寺那里还不知怎样了呢！"

于是二人同时上了马背，双腿一夹，便似离弦的箭，飞也似的向白马寺奔驰而去。

第十七回　入淫窟茧网自投　破凶寺方家联袂

午夜。

白马寺灯火通明。狄仁杰的"搜寺"已进入了高潮。

又白又胖的住持僧——辅国大将军、鄂国公薛怀义看上去分外慈祥，大有温、良、恭、谦、让的风度。他一步一声"阿弥陀佛"，领着狄仁杰先搜了偏殿楼阁，连香积厨也仔细搜过一遍，然后才领着他到了大雄宝殿前，合掌行礼道："此处乃是外面纷纷扬扬谣传进香少女失踪之处。钦差大人要特别用心详察，也好为贫僧洗刷不白之冤哪！"

"大将军不必着急，本按自有道理！"

狄仁杰进入大殿，巡察了一圈，然后走出殿来。

薛怀义得意之色隐隐可见，向狄仁杰道："大人若有疑惑不明之处，只管动问，贫僧自当一一作解。"

狄仁杰一摆手："不必！"

然后，他叫过一个军士来，在他耳旁轻轻说了几句，军士一声"遵命"，便去大殿前，点数着脚下的方砖，后用白粉将方砖一一编号。

薛怀义见了，蓦地脸如死灰！

狄仁杰留心看着薛怀义的神色，暗暗地哼了一声。

军士编完号，就按狄仁杰告诉他的密码，去依次踩动方砖。可煞作怪，刚踩上最后一块，那军士便"咕咚"一声，口吐白沫，倒在地上，待上前救时，已经气绝身亡了！

狄仁杰不禁十分惊恐、疑惑。

"阿弥陀佛！"薛怀义喃喃地道，"我佛如来岂容带剑佩刀的凶人在净土骚扰？……"

狄仁杰只当没听见，又命另一军士去踩动方砖，一连数人，均死于非命！

薛怀义假惺惺地走上前来："庄严佛土应免干戈。一意孤行，恐怕凶多吉少，大人暂退为是！"

狄仁杰瞪了他一眼，随后便默默地走到殿前，去亲自视察每一块方砖，然而，竟看不出任何迹象能致人死命。狄仁杰不由肝火渐旺，不知不觉按着左相的密码，亲自踩上了第一块方砖。

大雄宝殿前蓦地一片沉寂。众人屏息静气，连薛怀义也张大了嘴巴，注视着狄仁杰的一举一动。

狄仁杰在那里一动也不动，他只想弄清楚，那死神究竟站在哪里？这时他闻到了一缕淡淡的幽香。他静了静神，环顾四周，终于恍然大悟，判定那香气正是从旋绕在庭柱上的蟠龙口中吐出来的。由于那香气也颇清雅，丝毫没有不适之感，狄仁杰觉得这香气也未必能杀人，于是他又壮了壮胆，踏上了第二块方砖。这时，香气渐浓，他感到了一阵眩晕，他对自己说："是了，应该先堵住这些龙嘴！"于是他便欲下殿，重新部署行动。

然而，刚想要下殿，忽又十分留恋那清雅香味儿，简直欲舍不能！他现在似乎只听命于下意识，当他踏上了第三块砖时，又感到了一种真正的奇趣：晕乎乎、飘飘然，几乎不能自持。于是他又举起了一条腿，向第四块方砖踩去。

他的眼前顿觉缥缥缈缈、恍恍惚惚，他看到了魏王武承嗣在向他走来，对着他捧腹大笑，帽上的官翅激烈地抖动着。狄仁杰正要发作，忽又看见武则天从魏王身后转出来，她满面笑容，素手指着狄仁杰腰间的宝剑。狄仁杰徐徐叹了口气，战战兢兢抽出剑来，便欲自刎了断……

蓦地，他又见到了两匹铁骑，风驰电掣般飞驰而来，眼前所有的幻觉都被冲散。狄仁杰运动全力，方看清楚了，前面的是乔泰，后面跟着的是马荣。只是他想不起来，乔泰和马荣究竟是什么身份。刺客？剑侠？衙役？朋友？亲戚？同僚？他迟疑地思索着，竟没有立即向最后一块砖踩去。

他看见乔泰下了马背，飞一般向他奔来。他猛地震了一下，仿佛想起了什么。他再向薛怀义看了一眼，只见他满脸堆着冷笑，目光阴沉地看着自己。于是，他想到要走出这"迷魂阵"。然而，脚下却不听使唤，不觉又起一步，正对着末一块"死砖"。就在这时，他感到胸前被人一击，禁不住后退了几步，同时，他的衣袖被一只大手抓住，正是乔泰！乔泰拉他到了阶下，又用力一推，把他推到了马荣的怀里。

乔泰毫不犹豫地按着"生码"顺序，去重新踩动方砖。当他站在一块块"生砖"上的时候，猛听得大雄宝殿内轰轰然响起了一阵阵熟悉而悦耳的轻雷。乔泰立即蹿进殿内，只见数尺厚的粉墙，渐渐错位，那墙原是中空的，向里望去，仿佛是一条乌黑的通道。乔泰正要纵身而入，忽然听得"呼"的一声响，从里面飞来一物，乔泰伸手接住了，定睛看时，吃了一惊，手中拿着的却是一颗血淋淋的人头……

这原是一颗光秃秃的和尚头，乔泰已意识到，白马寺地下已有战事！除了蒋玉屏以外，能先入地下者，还能有谁？只是他不知玉屏是如何进入地下机关的，若说她原已知道机关密码，又何必诱他深入感业寺去，害得他枉受了倒悬之苦，又几乎误了破寺的大计？但此刻乔泰已无暇思索这些，他的心被急于要与妻子会面的强烈冲动所裹挟。他急忙把手中的首级向殿外扔去，随即一纵身，就要进入空心墙的"通道"中去。

但是，乔泰已经来不及进墙了。粉墙错位之际，早听得一声呐喊，大殿后面的落地长窗被猛地推开，九个潜伏在殿后的武僧一齐杀来，把乔泰团团围住，不消片刻把乔泰又逼出了大雄宝殿。马荣见了，忙抡起水火棍来助乔泰。你道这九位武僧是谁？原是薛怀义从西域搜罗来的旁门左道中的高手。他们是：法明、处一、惠伊、破行、感德、感知、静轨、宣政、地摩，号称"西域九僧"，均有万夫不当之勇，个个手段高强。每个西域高僧归服白马寺都有一个精彩的故事，可惜不属本书范围，恕不赘述。这一刻，他们把乔泰、马荣围在核心，又仗着各式各样的奇门兵器，打得乔、马只能招架，不能还手！

薛怀义见了，哈哈大笑，挽着狄仁杰的臂，道："狄大人，贫僧早闻大人英明盖世，怎么就信了王毓书对本寺的蓄意诬陷？大人上当受骗也罢了，想不到竟又遣人来我禁寺动武，杀我寺僧！"他指着地上的那颗和尚头，"大人由此而犯众怒，惹下这场战乱来，你看这便如何是好呢？"

狄仁杰虽觉虚弱，但仍强打精神，赔着笑脸对他说："说到这场'战乱'，大将军手下九个菩萨，吃我两个香客，将军一声'住手'，也就住了呀！"

"住了？住了就让你老狄为所欲为吗？"

"说什么为所欲为？奉旨搜查大雄宝殿而已！杀个把凶僧，本官也可先斩后奏！你不怕下官告你个抗旨吗？"

薛怀义哈哈一笑："抗旨不抗旨，自有皇上裁断。狄仁杰，你若明白一点，便适可而止，收兵而去。贫僧为你在皇上面前苦苦哀求，或可免你做那'属镂'之鬼！"

"下官偏偏一意孤行呢？"

"好哇！"薛怀义大叫一声，"只怕你这个钦差大臣，有这个权力，而没有这个能耐！"

狄仁杰怒形于色，一挥手，命所有来寺军士上前参战。

岂知，白马寺除了平日养着"西域九僧"这样的一流武僧外，懂武的沙弥更是成群成堆，偏偏感业寺妙真又应薛怀义之约，带了慧空、慧常、慧定、慧静前来助战，狄仁杰手下一时死伤累累。

"大人，收兵吧！现在还为时不晚！"薛怀义道。

"大将军，你疯狂抗旨，妨碍搜寺，又杀了这么多钦命在身的军士、衙役，即使立时收兵，对你而言，恐怕也为时太晚了吧！"

薛怀义苦笑道："事态弄得太僵了，大家不好收场！"

"下官看来，事态越僵，越好收场！"

薛怀义听了,嘿嘿奸笑了几声,凑到狄仁杰的耳边,轻声道:"给你透个消息吧,越古金轮圣神皇帝,眼下正在寺中。"

狄仁杰突地变了脸色。

薛怀义望着狄仁杰惊愕的样子,又笑道:"要不要先去见驾?她与魏王正在齐云塔上喝茶。"

狄仁杰静了静心,也凑着薛怀义的耳朵:"下官也给你透个信息吧,武皇帝其实已经驾临大雄宝殿了!"

"哪里?"

狄仁杰拍拍腰间的尚方宝剑:"见了此剑,如同见驾一般!"

薛怀义鼻孔中哼了一声:"真正的榆木脑袋!贫僧想让你开个窍,各得其便。看来白费工夫罢了!"薛怀义说时又指着那些纷纷倒地的军士,冷笑不停,"待剩下你老狄最后一个人时,我也让你与这花花世界告别,最多再出一桩'白马寺老狄失踪案',那又如何?"

战事确实对狄仁杰极为不利,带来的百十名军士,十成已去三成。那些僧尼却个个精神抖擞,越战越勇,大有不可阻挡之势。狄仁杰阴郁的眼睛一反平时那种漫不经心,越来越强烈的忧虑和暴躁却在那里闪烁。尽管地下机关的大门已被打开,但战斗失利,仍可能一无所获,他的心感到了针刺般的疼痛。

他举目看了一眼薛怀义,这秃驴双眉微微抬起,两眼瞪得溜圆,似乎正欣赏着武僧、武尼大开杀戒所取得的节节胜利,从而闪烁着欢乐、喜悦的光芒。

也就在这时,墙外边叽叽喳喳地飞进几只"鸟"来:鹊儿、鸠儿、鹂儿。莺儿服了救命的"冰丸",已恢复了元气,连那齐春宫的"老鸟"——鸨儿也不甘寂寞,一齐杀进重围来了。狄仁杰知是"陌路的朋友"赴约来了,不觉松了一口气。

薛怀义一看到那一群"鸟"的架势,已是吃惊不小,知道来了劲敌!他便大吼一声,操起沉重的禅杖,赤膊上阵。这一方:薛怀义,西域九僧,加上感业寺妙真、慧空、慧定、慧常、慧静;那一方:乔泰、马荣、四只"鸟儿"加鸨儿。其余的无非是些普通的沙弥与军士，不足论道。亏得白马寺内还算开阔，但见刀光翻风，剑影腾雾，直杀得灯火无光，皓月失色！

充任主力的，都是一二流的武林高手，平日练功采气，精力过剩，都想借此大显身手，著者便宜行事，先不打扰他们，让他们去打着群架。只为"三影夫人"的得意高足、风壑崖独臂弯刀蒋玉屏，既已下山，读者必定非常牵挂着她的来踪去影，自当先述为快。

乔泰闯入风壑崖后，在她心中点起了一把火——情与爱的烈火！十年前，夫妻双双被追杀时，他们同舟共济，患难与共，当那一幕幕的往事展现在眼前时，她加倍感到缠绵悱恻。但糟糕的是，她所蒙受的全部耻辱与痛苦，顷刻之间升华成了一种对白马寺铁一样的、无法粉碎的仇结。在风壑崖，尽管她面对着乔泰，脸上冷得像块冰。然而，她明白，乔泰对她的所有表白，乔泰对狄仁杰的一片忠诚，乔泰在莺儿生命垂危时赴汤蹈火的精神，以及乔泰对她时时流露出的那种深深的真诚、纯洁的挚爱，早已征服了她。尤为可怕的是，那突然涌起的复仇雪耻的怒火已经无法遏止、熄灭。这意味着：十年来苦心经营的忘俗绝尘的心墙，已经在瞬息间崩溃！她害怕得发抖，痛苦得要命！她试图振作着与凡心作战较量，然而是如此软弱无力，毫无意义。于是，她完全在一种潜意识的指使下，指点乔泰上无名峰去晋见"三影夫人"，以救莺儿一命。乔泰走后，她显得极为烦躁，对自己，时而责难，时而反驳，时而冷笑，时而鼓励。经历了这样一个纷沓杂乱、不安难眠之夜后，她的尘凡之心俨然覆水难收了！"成仙"既已无望，与其寂寞、孤独又烦乱地老死于风壑崖，还不如重新下凡复深仇，雪大耻，协助狄公、乔泰破了白马寺，轰轰烈烈干一番事业！折寿也罢，短命也罢，哪怕就此死了，又何憾之有呢？在这一夜的黎明之前，她终于下了天梯，向三只"鸟儿"倾诉了心事。谁知"鸟"们不但不阻止她，反欢欣雀跃，鼓动她下嵩山，又说什么"机不可失、时不再来"等等。那一张所谓约请狄仁杰午夜破寺的字条，正是这三只"鸟"与她的共同杰作。

她们分头行动。鹊儿、鸠儿、鹂儿先去感业寺罗汉堂侦察那机密"网砖"的动静，以了解乔泰是否已经得手，这也是为了防患乔泰的"独来独往"，结果便有了三"鸟"大闹感业寺的闹剧。闹过以后，鹊儿去救莺儿，鸠儿、鹂儿代乔泰游说狄大人，相约午夜破寺。

　　玉屏下山稍晚。因未得到鹊儿她们不测的信息，知道一切顺手，便兀自先去狄仁杰衙门走一遭。恰逢狄大人正与左相李昭德一起在校场点兵，显然狄大人是准备去白马寺"赴约"了。只是未见乔泰，心中略有疑惑，却又自己做了合理的解释：狄仁杰派乔泰别有重大公干。蒋玉屏见万事顺利，便一人出了洛阳城，不期冤家路窄，在丛林中遇上了头陀了尘，玉屏一眼便认出他是十年前的山大王韦顺，韦顺斗不过玉屏，便跪在地上苦苦求饶，玉屏即以牙还牙，斫下他一条臂来。她没有取他性命，要把他留给丈夫乔泰去结果，事遂人愿，于是便又有了前一章韦顺在乔泰面前但求速死的情节。

　　蒋玉屏单身只影，在黄昏之前大咧咧地进入白马寺来，向小沙弥买了香烛，便去大雄宝殿烧香拜佛，立即另有沙弥去报告了薛怀义。薛怀义从暗处窥视这位不速之客，不觉大吃一惊：那不是蒋玉屏是谁？正是：踏破铁鞋无觅处，得来全不费工夫！寻觅她十载有余，她却在这关键时刻送上门来了，岂不天助我也？当即命人启动机关。

　　蒋玉屏点烛焚香，又抬头浏览，见这大雄宝殿气势恢宏、金碧辉煌。殿中是金色的双层雕花佛龛，上雕大鹏展翅，蛟龙穿云，佛像塑得极为精致，栩栩如生。她虔诚地跪在佛前，叩了三个头，前额一直碰到了拜垫。此刻，大殿之中，十分庄严肃穆，值殿的那位小沙弥倒也殷勤，见她一头叩下，"当"的一声，敲响了磬钟，钟声在这空荡荡的大殿回荡，显得分外清脆、阴森。

　　就在这时，玉屏闻到了一股淡淡的幽香，沁人心脾，当她叩第二个头时，香气馥郁。她不觉凝了一会儿神，再次叩头时，忽地栽倒在垫上。与此同时，佛阁下部一扇暗门随即洞开，拜垫荷载着玉屏，陡地滑进了洞去，然后神不知鬼不觉，洞门复又关闭如常。那拜垫在黑暗中沿着斜坡向下滑行，这无非是在重演王蕴玉小姐失踪的老故事了。只不过，蒋玉屏何等人物？十年"三影"内功，已临上乘境界，区区金鸡迷魂香又怎能奈何得了她？她不过将计就计，故作晕倒，就为了"作茧自缚"，以便钻到铁扇公主肚皮之中，要和寺外的狄仁杰来个里应外合——这也正是她和三只"鸟"们在天梯畔商定的一条险计。

拜垫陡地刹住，蒋玉屏便知已到了底层。立即有两位彪形大汉上前，他们的身手十分娴熟，一个骑在玉屏背上，把她的手反剪过去——方知她原是独臂，蒋玉屏便连身子一起被捆绑停当；另一个则抱住她双足，用绳索扎紧。二人这才点亮了油灯，细细去端详他们的俘虏。

冷不防蒋玉屏一个"鲤鱼打挺"跳将起来，把口一张，"飕"的一声，一枚舌镖已经飞出，正中前面那位大汉的眼睛，大汉顿时倒地。另一位见了，连忙抽出腰刀，"刷刷"向她连劈了几刀。玉屏腾挪闪躲，迎着刀锋辗转。对方不仅伤不到她的肌肤，玉屏恰恰借了他的刀刃，把捆着手足的绳索割了。蒋玉屏"刷"地拍出自己的鸾刀，削断了他的兵器，他于是瑟缩地曲着身体，退到墙角。

蒋玉屏用刀尖直指着他的鼻子，厉声道："你自己说吧，想死还是想活！"

那大汉静了静神，却故作轻松起来："随你的便吧！"

"那好！暂饶你不死！我只问你，你们捉了蕴玉姑娘，藏在哪里？"

大汉冷笑着，指着铁门道："进了这门便是间石屋，出了石屋，便是园林，园林的东北隅，广厦数十间，即是行宫。"

他把"行宫"二字说得十分着力。

"行宫？什么行宫？"玉屏忍不住问。

"当今皇上来寺进香，就居住行宫之内。行宫周围，酒池肉林，假山舞榭。绕过假山，可见偏殿，称之为'紫丸宫'，什么王姑娘、张姑娘都在紫丸宫内住。只怕你到不了那里！"

玉屏想了想，又问："若要出去呢，又走什么道？"

"这可为难洒家了！洒家自入地下，也不知有多少年月，连几岁也记不清了，成天就在这黑暗中，只知道提上面滑下来的小姐，咱们的实惠，也不过是能在这些新鲜的小姐身上乐上一乐。至于寺外天日风云、山川江河，恐怕这辈子再见不到啦！"

"那么，你这样活着，不同死了一样？"

"就是。所以我对你说，生与死随你的便！"

"我看你助纣为虐，作恶多端，还是死了的好。不过念你说了点真话，就赐你一个全尸吧，又毫无痛苦！"

说时，迅雷不及掩耳，起手点了他的死穴，那大汉顿时倒在地上，七窍流血，气绝身亡。这是蒋玉屏一天之中第三次开杀戒了，尽管心安理得，心中毕竟忍不住惶惶然。

接着，玉屏按那汉子所说，一脚蹬开了铁门，手里擎着那盏油灯，进了石屋。石屋不过半间屋大小。才进屋，铁门"呼"的一声就自动关上了，随即屋顶和四壁蜂窝状的洞口中"乒乒乓乓"迸出许多"火栗子"来，手中的油灯早被打灭。那"火栗子"原是些烧得通红的铁弹，曳着红红的焰光飞蝗急雨般地向玉屏扫射而来。

原来这石屋别名"死屋"，空间狭小，仅能容卧双牛，而"火栗子"极其密集，灼热滚烫，外道的人闯进"死屋"，绝无生还的可能。然而，蒋玉屏所练的"三影"功，原是武林之绝学，稍一凝神，真气便填满百穴，而躯体、四肢即为潜意识所统摄，它的至高无上的境界，就是真气一旦为潜意识统摄时所达到的那种随心所欲（包括隐形），战斗时无须再遵循一招一式的规范，有时可以表现为某种超自然的能量，通过表达心境的形体动作向外释放，意到即形到，故身形矫若飞燕，迅如闪电。此功也有"刀枪不入"的效应，但"刀枪不入"不在乎皮肉之坚硬，而在于闪避之从容。因而在这"死屋"之内，尽管空间狭窄，"火栗子"四面八方乱箭似的向她奔袭，玉屏只是闭着双眼，提神凝气，辨风听声，闪转腾挪，无一"火栗子"能近她真身半分。约莫半个时辰，"火栗子"已经告罄，玉屏也松了一口气，只是室内温度灼热，不觉汗如雨下。玉屏借着火栗余光，找到了另一扇铁门，用力蹬开，但觉凉风习习，满身惬意，不觉对着嵩山无名峰方向拜了三拜，感谢"三影夫人"所传的绝世武功，否则，早被烤熟，要不就成焦炭一团了！

这里地势宽敞，虽在地下，高处还装饰着皓月星辰，所有亭台楼阁、舞榭歌台，都用羊角灯装饰得五彩缤纷。池中盛有美酒，"树枝"上挂有美味佳肴，果真酒池肉林、穷奢极侈，比过了皇家花园。不远处是一所雄伟的大殿，隐隐的笛声嘹亮，一派歌舞升平。那里大约就是那汉子所说的"行宫"了。玉屏为探个究竟，便在隐蔽之处，刺破窗纸，向里张望。

大殿布置得豪华奇瑰自不必说，与那明堂相比也毫不逊色。上梁挂一块珍珠玛瑙镶就的纯金匾额，赫然书着武则天的真迹，虽只两个字，却龙飞凤舞，气势不凡，曰"云雷"。原来，武则天登基之前，自称梦到了须弥山，在山顶云间晋谒了雷音寺。虽未见到如来，却受到了韦护菩萨的接待。韦护亲口指点天后，称她是弥勒佛转世，当大治天下数十年。天后大喜过望。后来白马寺敕修竣工，薛怀义请她为行宫题匾，武则天不假思索，即时手书"云雷"二字，表明她对祥梦的念念不忘。

云雷殿正中，端坐着一位无比雍容华贵的妇人，旁边侍立着八位美貌少年，或执灯扇，或捧盘食。离她最近的是一位绝顶美丽的窈窕淑女，一侧坐着的是一位胖大和尚。玉屏立即猜到：当今皇上武则天和内史上官婉儿到了。不消说，那和尚便是薛怀义无疑。

他们正在观赏歌舞，然而，看得出，他们的心思全不在歌舞上。

"陛下，"那和尚道，"天一亮，不是狄仁杰他死，就是薛怀义我亡！"

"你们都不会死！"武则天这样回答他。

"不，我要老狄死！"

140

"你太小觑了他破案的本领了！"武则天笑了笑，"你先应该考虑，怎样保住自己！"

"陛下以为狄仁杰能够进得了'云雷'？"

"为什么不能？"

薛怀义失声笑道："有可能知道'云雷'奥秘的，一个是蒋莺儿，早被妙真师太结果了，二是蒋泗北的女儿蒋玉屏，但蒋玉屏此刻若不已经身首异处，也必定在'死屋'中化为灰烬了！"

"是吗？"

"是我亲自把她掀下来的！"

武则天沉吟了片刻，忽对上官婉儿道："你先上去，命魏王于齐云塔候驾，朕随即就来。"

婉儿知道皇上有些私房话要对薛怀义说，知趣地退出了云雷宫，由人领着去了。

这里，武则天方心事重重地，呼着薛怀义的名字："怀义！我是说，以狄卿之大才，最后必有奇招破案。朕所虑的，是朕已赐给了他尚方宝剑，可以先斩后奏，万一……"

"陛下的意思是……"

"把王蕴玉等一应少女都连夜放了。这样，他查到地下，也一无所获！"

"怎么放法？狄仁杰已把禁寺软禁了！"

"那就杀吧！"

"不！"薛怀义说。

"你舍不得？"

"陛下，这些妞们，我许她们金，许她们银，许她们床笫快活，还许三年后还她们自由，好不容易骗得她们和我合作了。那王小姐虽然倔强，却天分极高！她若能答应做洒家的鼎器，好生配合我，我练就纯阳元气就指日可待了。陛下，我可全是为了你呢！你花甲以后，忽地月经来潮，乳房隆起，又长出满口新牙，岂不是因我通过房中术，补了你元阳的好处？陛下，就洒家而言，目前已处于关键时刻，若有王小姐作鼎……不过三个月光景，便能得彭祖之寿了。陛下，我得彭祖之寿，便能够保你八十寿辰之前，进一步返老还童，回归青春！"

"唔！"武则天轻轻应了一声。

"陛下圣裁！"

"不行！"武则天仍没有松口，固执地说，"禁寺丑闻绝不能外传，朕也绝不冒这样的风险！狄仁杰查获了什么，朕找不到口实保你。没有了你，也就没有了一切！狄仁杰搜寺，倘一无所获，你倒还有机会，可以重新开始！"

"那好吧！"薛怀义只得说，"我把鼎器全毁了，你可要答应杀老狄！"

正在这时，一小沙弥急匆匆来报："狄仁杰来搜寺啦！"

"起驾齐云塔！"说着，武则天向薛怀义丢了个眼神，"你好生侍候狄仁杰去。"

武则天离开云雷宫后，薛怀义立即令那小沙弥传话：一旦机关识破，由紫丸宫值殿四金刚把所有少女装进盛有硝水的荷花缸，抛进无底洞去。随后，薛怀义也从后门匆匆退出了云雷宫。这豪华的地下宫殿马上隐入了一种几乎难以忍受的寂静中。

蒋玉屏知道，自己必须立即赶到紫丸宫去保护所有人证，特别是王小姐。她遂提起轻功，只管前行。谁知峰回路转，如入迷宫一般，不一会又回到了原地，心中好不焦虑。于是她另找蹊径，经过了一个水银湖泊，忽听得一声虎吼，从假山后面蹿出四头野兽来，乃是狮、象、虎、豹。兽上各骑一位武士，个个铜盔铁甲，手执利刃。玉屏这才放下心来。她最怕的是遇不上活人，在迷宫中转不出去！她料定这四位怪客，一定就是所谓"四大金刚"了。既然遇到了四金刚，这紫丸宫也就有了着落，心中反倒一阵高兴。

"呔！"玉屏先声夺人，"挡我蒋玉屏者死，让蒋玉屏者生！"

四大金刚虽不认识蒋玉屏，但这几天来，玉屏的芳名早已如雷贯耳。薛怀义还有过许诺，取得蒋玉屏首级者，赏金千锭。如今蒋玉屏亲自送上门来了，且又不是三头六臂，不过是个独臂女子，怎不令人高兴？四金刚一齐纵声大笑，摧动骑兽，向蒋玉屏合围而来。

　　蒋玉屏全不在乎，弯刀一扬，迎敌四面。这四金刚铜盔铁甲，刀枪不入，他们都使长兵器，加上骑兽凶猛，张牙舞爪、吼声动地，恨不得将蒋玉屏一口吞下肚去。那虎尾、豹尾又何等威力，横扫过来，也是呼呼生风，赛过马荣的水火棍。若非"三影夫人"的高足，恐怕十条小命也赔上了。

　　蒋玉屏自也不敢大意，沉醉在平生所学的"三影"至境之中，这里不如行宫前面明亮，但仍称得上灯火通明。蒋玉屏身着素衣，体态轻盈，就如一朵白莲，悄然玉立。而真正的奇迹还在于她宛若流云般的身影投射在地上，初时仿佛有无数个影子，稍一调整，便凝成为三影，一身三影，仿佛四头四臂八条腿，把那四金刚闹了个眼花缭乱！那些骑兽则以为遇上了妖魔克星，立即惊慌不堪，乱了蹄子，尤其那猛虎，大吼一声，纵身一跳，差点把虎金刚摔下背去。虎金刚鞍坐不稳，那蒋玉屏又何等机敏，弯刀起处，只见白光在他脖子间绕了一圈，一颗笆斗大的脑袋骨碌碌地掉下埃尘，滚到了玉屏脚跟前，玉屏趁机飞起一腿，把这颗脑袋瓜不偏不倚踢进了一个假山洞。岂知这山洞，正通那大雄宝殿的空心墙，此时恰恰乔泰正按密码破了机关。于是，虎金刚的秃头蓦地从墙中飞出，被乔泰接了个正着。乔泰方知地下已有战事，要不是被"西域九僧"拦截住，他早下了地下宫殿去了。此刻，玉屏见虎金刚已死，尸体倒在地上，便毫不迟疑，一跃跳上了虎背，跨虎冲向狮、豹、象群，与剩下的三金刚鏖战。

第十八回　蒋玉屏落魂离大道　狄仁杰结案入云雷

　　马荣、乔泰原来双战"西域九僧"，突然飞来了几只"鸟"儿：鹊儿、鸠儿、鹂儿、莺儿，加上那个鸨儿，前来助战，她们又摆起了整齐的"鸟阵"。那莺儿和鸨儿，武艺不过一般，但鹊儿、鸠儿、鹂儿何等了得，但见银钩如流星，青萍若闪电，更兼鹂儿的牛筋绳鞭仿佛连珠鞭似的，噼啪作响。在这"鸟阵"之中，连莺儿、鸨儿也发挥得淋漓尽致。五人配合得真个天衣无缝，无懈可击。"西域九僧"虽然个个凶狠，一时也无机可乘。马荣、乔泰见"鸟阵"严整，混迹其间，反为不便，只见妙真带着感业寺四尼肆虐逞狂。仇人见了，分外眼红，不约而同，把五位尼姑接住。妙真原是马、乔手下败将，尽管眼下有四个徒儿，武艺却是平平，怎是对手？亏得白马寺主赤膊上阵，来助一臂之力。那薛怀义禅杖沉重，但论武艺，充其量只是二流之辈。战了几个回合，秃头上连连中了几枚暗弹，"呀、呀"大叫起来。你道为何？这暗弹倒不是马荣、乔泰暗算他，却是慧定与慧常，她们本都恨着妙真，恨她把她们一次次拖入战事，她们也清楚，妙真完全受着"白马秃驴"薛怀义的唆使，故在酣战中，浑水摸鱼，让他稍稍吃些苦头，以泄心中之愤。不多一会，光头上便长出了许多肉瘤疙瘩来。可笑薛怀义还在大骂马荣、乔泰："暗箭伤人，算不得英雄好汉！"

　　这内情只有乔泰猜到了八九，心中也在暗暗好笑。然而，他眼下恨妙真超过了薛怀义。是这个奸尼，头天夜里，坏了他白马寺夜探；又是她，几乎害死了莺儿，并让自己大受倒悬之苦；若不是她，他又怎会误会了马荣？兄弟间差点反目成仇！这妙真在马荣心中，形象也颇不光彩，他知道她能出入白马寺地下机关，此时又来助战，与那薛怀义自有那种说不清的肉麻关系，何况她暗算莺儿、倒悬乔泰，以及她在明堂藏经楼与武则天的一席谈话，都证明她在与狄仁杰唱对台戏。想到切齿之处，不由得怒从心起，于是使出一路"险棍"，一心要取妙真性命。

乔泰见妙真脚步大乱，便抓住时机，摸出了那枚马荣给他的水晶镖来，冷不防一抖腕，那镖直奔妙真心穴而去。妙真听风辨器的本领也不弱，特别对水晶镖的飞行劲风尤为敏感熟悉，只见她把降魔杵一摆，左手伸指一夹，就已"物归原主"了，她不觉嘻嘻地笑出声来。

然而，笑容未敛，随即化成了极度痛苦，腰渐渐地弯下去、弯下去，"扑"地倒在了地上。

她哪里料到，马荣已经估计到乔泰要放暗器，他便猛劈一棍，扫出空档来，趁机把鱼肠短剑拔在手中，几乎与乔泰同时，让鱼肠剑也"物归原主"而去。妙真只防其一，未料其二，水晶镖刚接住，鱼肠剑已插进了她的纤腰。

慧定、慧常、慧空、慧静见师太负伤，便死命上前相救，由慧定背起妙真，慧常、慧空、慧静掩护着杀出重围，逃回感业寺去了。至于这妙真是死是活，至少在本案了结时，她还在自己的"净室"中痛苦转辗，彻夜呻吟。据说，尚无性命之忧，但鱼肠剑已伤了她的脊柱，即使不死，恐怕也很难直立行走了。

妙真及随从四尼既已败走，对手就只剩下薛怀义了。乔泰觉得马荣对付薛怀义，不在话下，至于战场那首，"西域九僧"虽然骁勇，料也未必破得了"鸟阵"。乔泰一心念着地下，于是他呼哨一声。马荣立即会意，独力接战薛怀义。他的一条水火棍煞是出神入化，薛怀义只能招架，无力还手。马荣杀得性起，一式"翻江倒海"，棍花泛开。薛怀义用禅杖招架，已是不及，"嘭"的一声，早中了他的便便大腹，不觉惨叫一声，便觉天昏地暗起来。马荣调棍左手，右手剑指逼近"神阙"大穴。薛怀义只感到全身一麻，便不能站立，"咕咚"一声，栽倒于地。马荣大喜，便要去生擒薛怀义。

再说，那乔泰跳出战圈，迅即蹿入大雄宝殿，跃进空心夹墙。不消片刻，便听到了一阵阵虎啸狮吼，心中大疑。待他面对新的战场，也惊得呆了，只见狮、象、虎、豹构成了一幅浴血奋战图，更奇异壮观的是独臂蒋玉屏，双腿夹着一只吊睛白额猛虎，手中鸳刀霍霍！乔泰情不自禁地大叫了一声：

"玉屏，我来助你！""乔泰！"玉屏已看到乔泰下来了，即道，"你不必参战，地面上怎样了？"

"势均力敌，尚难分出胜败！"

"你还是去助狄大人吧，告诉他，所有人证，包括王小姐，都在紫丸宫！"

乔泰激动得没有了言词，只说了一声："玉屏，你好！"

"好什么！你去与狄仁杰说，要速战速决。万一皇上旨令下了，要打也打不成了！"

"什么！皇上在寺中？"

"她和上官婉儿正在齐云塔上观战呢！"

乔泰这下觉得非同小可，立即返回假山洞，要向狄仁杰报信去——却又回过身来，手一扬，把从鸳儿身上取出的另一支水晶镖向那大象射去，只听"扑哧"一声，已知中镖，才从空心墙中蹿出。

且说那大象虽然皮厚，怎奈乔泰内功深厚，水晶镖直插到内脏中去了。初时尚无反应，稍后便见它狂躁不安，乱蹦乱跳。象金刚驾驭大象失了章法，玉屏乘隙使刀，齐崭崭把个长长的象鼻子削了下来，而水晶镖上的钝蝎之毒也自发作，大象立即滚地昏迷。象金刚正巧被压在大象下面，不得动弹。霎时，便成了玉屏的刀下之鬼。

四金刚中武功最了得的是狮金刚。此公姓关名毛，自称是三国时蜀国大将关羽之后，特蓄起一部长髯，仿制了一柄青龙偃月刀，刀有六十余斤重。坐骑金毛狮子，另有个别号，叫"赤兔"。这时关毛见虎、象两金刚已毙命，勃然大怒，便催动"赤兔"，手中大刀像雪花般绕着玉屏周身。玉屏鸳刀起处，只听得"当"的一声，与他青龙偃月刀拼个正着。两兵相交，火星四溅，关毛只觉得虎口一阵酸麻，心中便发起毛来！

玉屏此一着，醉翁之意全不在酒。

武术中有一种技巧："借势。"一般来说，人若要腾飞，必须先用力蹬地获势。由于打斗时最要紧的是步法娴熟，既要循规蹈矩，又必须准确迅捷，倘脚下临时没有起势的机会，作为一种补充，手中兵器也可用来借势，对方格挡越重，借力就越大！此时玉屏借着外力，腾空而起。离了虎背，直奔金钱豹，豹金刚大惊失色，即欲回刀斩杀，岂知玉屏已先下手为强，一刀下去，连臀带尾劈下了一大片来。豹金刚自知难免，便举刀自刎，死于非命。那吊睛白额大虫失了主人，又见豹、象满身血，也是物伤其类，哀啸一声，已是骨酥筋软，它匍匐于地，瑟瑟地颤抖着，已不能移步。

此时蒋玉屏双脚立地，单刀横空，又使出"三影"绝学。一人三影，风驰电掣，来去倏忽。狮金刚关毛见状，哪里再有胆量回手？他甚至没有搞清是怎么回事，自己已从狮背上摔下地来，定睛看时，但见蒋玉屏对着他矜持地笑着，她的一只手里拎着一颗狮子的脑袋。那兽血，恰如喷泉，正从狮子的断颈中涌将出来。这景象使这位狮金刚想到了一个神通广大的、美丽而残忍的女魔王，吓得魂不附体。此时，蒋玉屏早杀红了眼，不容分说，顷刻之间，鸾刀尖已剖开了关毛的胸膛！

蒋玉屏这才感到又饥又渴，好在附近有的是酒池肉林，便到那里大喝大嚼了一顿，填饱了肚子解了渴，才觉得倦意全消，又精神抖擞起来。

玉屏见匍匐在地的吊睛白额大虫仍然抖个不停，便上前拍了一下虎头，那虎受到玉屏内力震撼，忽地振作起来，便向西北逃去。

玉屏循迹追踪，那大虫转弯抹角，把玉屏引到一个所在，乃是紫丸宫。

紫丸宫自是比不上云雷宫的排场与豪华，但也是雕梁画栋。门前披红挂绿，宫灯高悬。室内巨烛点燃，映着那些红木椅桌，熠熠生辉。地上铺着厚厚的绯红毡毯。有屋十余间，每间藏着一两位年轻少女。宫门从不关闭，她们都不敢擅自离宫，只为"花园"中有狮、象、虎、豹，日夜巡视。蒋玉屏从第一间走到最后一间，见每间门口都挂有水牌，牌上写着室内女子的芳名，只见最后一间写着："王蕴玉，一十六岁，×月×日×时进宫。"

蒋玉屏暗暗地、下意识地庆幸着自己今天所做的一切，这种心态暂时胜过了可以预料到的、由于凡心的激荡而迟早将要来临的那种痛苦折磨的挑战。她伫立在王蕴玉的门首，凝望着她赤裸胴体。她羊脂般洁白无瑕的肌肤，不松不紧地裹着她坦削的肩、丰隆的胸、细瘦的腰、颀长而浑圆的小腿……呈现了一种无与伦比的美艳而匀称的立体曲线。小腹平坦光滑，绝无半点多余的脂肪。

玉屏望着她，不觉暗暗叹息着。想起自己像她那点年纪，也早懂得如何的珍爱自己的冰肌雪肤。她曾把自己身上的每一寸肌肤都看作不可侵犯的圣地，衷心地要把它们奉献给心上人乔泰。可万万没有料到，险恶的生活之路，竟如此快地粉碎了她的憧憬，她不仅险被大盗韦顺玷污，甚至连完整的形骸都无法保住！

玉屏轻轻吁了口气。然而，她如今站在王蕴玉小姐圣洁的胴体面前的时候，她感到了一点安慰，她虽不能拯救这个污浊世界上所有的生灵，但她至少拯救了像王小姐那样的少女不再重蹈自己的惨途。

此刻，玉屏已隐隐感到自己的内气运行有点异样，但她没有丝毫后悔！

她一言不发，面对极度恐惧而憔悴的王蕴玉小姐，她怀着深深的同情，默默点了点头，离开了。

片刻前她所做的事———连杀了六位武艺高强的大汉，是那样新鲜、那样强烈又那样惊心动魄！这一切开始反复在她的脑际驱驰闪回，欲罢而不能。她太兴奋了！觉得脑海中充实得没有一点空隙，又似乎觉得什么都没有，只留下一片空白。当她走到那个假山洞口，即通向地面的出口时，她突然想起了乔泰。她曾看见乔泰从这里进来，又从这里出去，这时，在她所有的感觉与印象之中，健壮英俊的乔泰越来越清晰。使她感到分外羞涩的是，她想起了那个温暖、快活的初婚之夜。在那月明星稀的夜晚，他们真挚地、热烈地拥有着对方。她觉得十分奇怪，这极重要的，也是极值得纪念的一刻，何以竟被自己忘怀了十多年！

她真的恨他吗？她这样问自己。是的，她是恨他！但她又无法否认事实上存在的某种感情倾斜。几天前她奉师命赴北岳采药，回山路过东都时，正遇举人王毓书在向狄仁杰哭诉，并砍下自己的食指写下了血状。她在暗处目睹了这一切，也偷偷瞧见了不离狄公左右的乔泰。她瞧见他时，忍不住连连冷笑，绝没想到要上前认夫。然而，不知为什么，第二天夜里却又情不自禁暗暗跟随着乔泰，与他同时私闯了白马寺，这不明摆着要替乔泰分忧，甚至暗中保护他吗？

她头上开始冒冷汗，她微微喘息着把头低垂到胸前。情爱与仇恨，在把避世十年的她俘获之后，急剧地骚扰了她的体内气场。她深深地意识到，自己正在走火入魔！

她重重地甩了一下披在前额上的头发，也把那英俊的乔泰的面容，以及刚才发生的惊心动魄的种种一齐驱走。然而，这样做不但徒劳无益，反而使她深深埋藏在内心的情感之火更加炽烈地燃烧起来，从而加倍地诱发了一种深潜的迫切感：迫切地想要回到十年前做姑娘的那个时代中，以便让她全身心地投入爱情的思念，投入到美丽的情海中去。

玉屏感到内气在体内悖乱地狂奔突驰，几乎不能自持，她感到了胸廓和胃脘越来越严重的梗塞和涨满，仿佛是在失去内力。最后她终于不能支撑自己而倒下了，倒在了假山洞旁的那块青白色的巨大的太湖石边。

她的意识仍然存在。

她不能说话，但清晰地感知到，很久以后，有一群人从那假山洞口走过，并有人恭敬地叫了一声："陛下！"

她听出来了。这是河南巡抚狄仁杰的声音，既然他口称"陛下"，那当今的越古金轮圣神皇帝武则天自然也同来了。这证明，地面上的战事已经结束，她只是不知道乔泰是否也在其间。但听得狄仁杰在继续说："陛下已视察了骷髅坑，至少有两百个工匠被活埋。铁证面前，薛怀义已供认不讳。"

"嗯，朕知道了。"

"臣的奏折罗列了薛怀义十种劣迹，条条触犯大周刑法。江南四州司马搞什么'清君侧'，显然是借了祸国殃民的薛怀义肇事，上天有眼，才使这极恶极毒的痈蛆及时暴露无遗了呢！"

"嗯！……"

"身为辅国大将军的薛怀义深负圣恩，知法犯法，不杀则不能平息民愤！"

武则天默然无言。狄仁杰又奏道："王蕴玉既已在这秘窟中找到，钦案便已了结。"

"那么……给薛怀义议个什么罪合适呢？"

武则天的话犹豫吞吐，她对狄仁杰"不杀则不能平息民愤"这句话，是没有听清呢，还是故作没有听清？狄仁杰不由得沉吟起来。

"狄大人怎么不说话了？"魏王武承嗣立即插了一句，他把狄仁杰的吟沉当成了他的胆怯，他还希望，在最后处置薛怀义时，仍能挑起武则天对狄仁杰的恶感。

狄仁杰闻言，随即启奏，显得不慌不忙："陛下英明盖世，料事如神。列代皇宗皇祖，鲜有可比者。臣以为，陛下早看透了薛怀义祸国殃民的勾当，只是有碍于他的军功，一时又无确凿的证据，故不愿妄断罪名。而白马寺进香少女失踪之案，给了大周皇朝一个天赐良机，故陛下当机立断，在金銮殿赐臣以尚方宝剑，限五日之期，速破要案。臣体察陛下除恶之心切，故日夜不寐，未敢玩忽！替陛下行道，也是替天行道！白马寺案得以迅速破获，不是臣有什么本领，全赖越古金轮圣神皇帝洪福齐天！在此之后，无论王公列侯、皇亲国戚，有薛怀义之心者，也有了前车之鉴，当引以为戒！"

"这么说，薛怀义赦不得了？"

"臣已遵旨，将其先斩后奏了！"

武则天被噎得一句话都说不出来。

"你——"

狄仁杰忙跪了下来。

"臣罪该万死！"

"……"

在这假山洞口，立即出现了一阵长久的、令人窒息的沉默。然而，出乎狄仁杰意料的是，紧接着这沉默的后面，武则天忽然纵声大笑起来，就像那排山倒海的暴风骤雨。

"好个先斩后奏！要不，你就不是狄仁杰了！……"顿了顿，她又道，"这里的善后事就索性由你来处理。"

尽管武则天竭力使自己的语调保持平静，但毕竟难以掩饰内心的伤感，听上去似乎有些嘶哑："把白马寺所有的机关拆了，同时，填平这劳什子的淫窟！"

"遵旨！"

就在他们君臣议事之际，乔泰一直在悄悄寻找蒋玉屏，他终于在假山洞口的太湖石畔找到了她，看到她昏昏沉沉的样子，就没命地呼叫了一声："玉屏！"

武则天不由得一愣，问狄仁杰：

"玉屏是谁？"

"前工部大臣蒋泗北的女儿。破这秘密淫窟，还多亏了她的英雄孤胆。"

"唔！"武则天怔怔地想到了薛怀义生前说的，蒋玉屏已死于"死屋"，怎么会在这儿呢？她幽幽地叹了口气，道，"蒋工部一案，也常有人在朕耳边聒噪，看在她女儿破寺的功劳上，给平反昭雪了吧！"

蒋玉屏听到了，她的脸上挂起一丝淡淡的微笑。

而与此同时，她又感到了一阵紧似一阵的疲乏与倦怠的袭击，无法控制，她的意识正在渐渐消逝。

介入她最后一片意识的，是武则天宣旨"摆驾"。众大臣紧紧跟随着她，纷纷离开了地下。

她已经听不到在场所有的"鸟"们的号啕大哭了。

"玉屏姐姐!"鹊儿哭道,"都是我不好,是我鼓动你下凡的,是我害了你啦!"

乔泰泪流满面,他的声音颤抖得很厉害,双手绝望地伸向她苍白失色的脸颊:"玉屏,你既已立下誓言,不愿再见到我了,怎么偏偏又要下山来呢?玉屏,玉屏,都是我不好,是我害死了你!"

然而,乔泰蓦然想起一件事来,他在元宵洞,向"三影夫人"发誓不再上风壑崖去打扰玉冰子时,"三影夫人"曾对他微微地一笑。这难忘的一笑,是她对他的一种怀疑,怜悯,还是不屑?在他离开无名峰前,这位笑口常开的"三影夫人"又赠了他一句"箴言",要他在危急时拆看。那箴言他记得很清楚:恕不远送大驾,想你老祖宗时,再来坐坐!

现在想来,这"箴言"分明在暗示他:"只要有急难,就上无名峰去找她!"

然而,她此刻还在元宵洞吗?

然而,她对于他不守诺言,提前拆了她的锦囊,计较吗?

然而……只有她,或许能够救玉冰子一命!

于是,乔泰毫不迟疑,吩咐鹊儿、鸠儿、鹂儿先设法把玉屏救到天梯畔,他自己决定立即奔赴元宵洞。

"乔泰,我跟你去!"莺儿忽然说。

"你去干什么?"

"这花花世界有什么好?除了铜臭、血腥、尔虞我诈、钩心斗角,还剩下什么呢?我厌了、倦了、恨了!我宁可跟鹊儿、鸠儿、鹂儿姐姐一起去深山,那里毕竟比这里清净、幽静、舒心!我现在才知道,那里才是真正没有烦恼的极乐世界!"

"我也把齐春宫关了,跟你们一块去!"鸰儿说。

"去吧,去吧,都去吧!"乔泰感慨无限,"玉屏的事,就拜托诸位姐姐了!"

天上彤云密布,眼看一阵暴风骤雨即将到来。乔泰已顾不得什么,出了地下宫殿,便扬鞭纵马,向无名峰绝尘而去!

青萍第一剑

第一回　俏佳人铁笛施威　仁夫子柔肠受掌

　　司马畏在一片嘈杂的人声中挑开窗帘一角，发亮的眼睛扫视着进门住店的每一个人。

　　仿佛一头没有寻获猎物的雄犬，他有点焦躁了。

　　好一会，他轻轻放下帘子，又在客房中踱了几步，并从怀中摸出一张纸片，作为白莲教的忠实教徒，他再次虔诚地读了一遍教主东野叟的手令：

　　　　天子已微服出游，当于近二日抵达姑苏，由尤三娘伴驾。尔等
　　　全力劫驾，不得有误！此令！

　　白莲教，又名焚香教。明朝永乐年间，白莲教在屡遭官军镇压后一蹶不振，直到正德皇帝登基，忽然有了转机。这是因为白莲教的秘密教徒、后宫总监刘瑾得到了正德皇帝的宠信！

　　刘太监权势熏天，许多封疆大臣、王孙公子都成了刘瑾的门生或干儿子。于是东野叟认定时机成熟，便召集各路分教主密谋，决定乘正德微服出游之机，半途劫驾，逼天子退位，禅让于白莲教。

　　司马畏得意之至，不仅是因为劫驾的重任落在了他的身上，事成之日，东野许其出任兵部尚书；而且更有一宗好事：尤三娘艳名闻于全国，一旦落到他手里，就是莫大的艳福！

　　司马畏现在焦急地等待着一男一女来住店，等待着这一男一女给他带来莫大的官运和艳福！

"情报未必很准吧！"同室的张翼也许受了司马畏的感染，略带烦躁地咕哝了一句。

"天子到了苏州，又怎么知道他们一定会住进这元昌客栈呢？"一旁的麦余奇还加问了一句。

"这倒不必多虑！"司马畏抬起因几天没有睡好而略略显得有点浮肿的眼皮，盯着他的两个同党，道，"元昌是姑苏城内一等一的豪华客栈，而且地处闹市……"

"兽肉与人肉的中心！"张翼笑着补充了一句。

"不错。这里到处是勾栏、妓院、酒楼、饭庄，正所谓灯红酒绿、纸醉金迷！再说，刘太监之所以能说动皇上微服出游，一个很大的砝码就是乐云坊闻名天下的美女。元昌离乐云坊不过咫尺之遥。那正德，不是人称'逍遥天子'吗？除非他不来姑苏，来了，必住这元昌。元昌不仅占了天时、地理，还独占逍遥，哈哈……"

张翼与麦余奇也随之哈哈大笑起来。

"司马公言之有理，有理！我们就在此耐心等候吧！"

时交三鼓，夜阑人静。

台烛不断地化成红泪，借此让自己的光亮充满整个房间。

司马畏、张翼、麦余奇各在自己铺上闭目打坐，凝神意守。尽管门窗都紧闭着，然而，这元昌客栈每一个角落的动静都仍在他们的监听之中。

突然，司马畏腾地从床上跳下来，冲到窗口，再次掀开窗帘，把一只眼睛贴在窗洞上。

张翼、麦余奇也已同时跃起，走近司马畏。

"来了？"

窗洞中，账台前，多了两个人，恰好是一男一女。

男的只是露个背影，颇为潇洒；那女子侧着身，因为距离甚远，加上灯光晦暗，只能依稀见个轮廓。但是，倘使那女子有武功，那男子则八九不离十，就是当今皇上了。

"还有上等房间吗？"传来了女子银铃般的声音。

"有、有！"账房恭敬地回答，"八号房最可意，广漆地板，红

156

木双人床，其他柜橱箱笼，应有尽有！"

"就八号房间吧。"说时，女子从账房手里接过钥匙，转过身来。

司马畏眼前一热，不禁脱口而道："尤三娘！"

不是司马畏认识尤三娘，只因为在东野召集各路香主的策划会上，刘太监对尤三娘的身材与容貌做过详尽描述。眼前这位女子的身影，包括她转身前先把眼梢向后一瞥的习惯动作，都符合刘太监所说。而且，她转身之间，明显地带着一种内功深厚者所特有的气质和神韵，从而更显得英姿飒爽、气度不凡！

这恰恰就是司马畏心目中的尤三娘的形象，尤三娘就应该是这个样子！

此刻，司马畏不禁心痒难熬，恨不得立即把她擒在怀里。

司马畏当机立断，即命张翼、麦余奇潜伏在过道出口，由他亲自去把尤三娘引出房来。一旦调虎离山，张翼、麦余奇立即进八号房擒拿天子。

他郑重叮嘱二人："绑架成功后，天子由张翼押走。麦贤弟则来助我，务必把尤三娘生擒活捉！"

张翼、麦余奇相顾一笑，道："大哥放心，两条大鱼，哪一条也不能漏网！"

于是，三人扎束停当，分头行事。

司马畏到八号房前，正要举手敲门，忽想：慢！皇上、尤三娘与自己毕竟素昧平生，一旦认错人，岂不误了大事？正在犹豫，忽听里面有说话的声音，司马畏就把耳朵贴近了房门。

里面似乎正在谈论一件冤案，又似乎涉及余杭县守备及知县。只是听不甚明白，司马畏心中兀自想道，难道逍遥天子也干起微服私访的行径来了？

正思索间，"铮"的一声，房内传出来宝剑出鞘的声音。

司马畏立即有了一种预感，预感到对方业已察觉到门外有人在窃听了。只怪自己不慎，没有调息，致使他们听到了呼吸声。

果不然，房门蓦地打开："谁？"

随着问声，一支铁笛的寒光闪电般射将过来。

司马畏急忙闪身，又后退两步，喝道："尤三娘！你妈的贱胎养的，你若跟着我过来，我就叫你身首异处！"

说罢连蹿数步，跳入院子之内。

司马畏恶语辱骂，原是他的激将伎俩，只是为了调虎离山，引诱尤三娘来追他，好使张翼、麦余奇潜入房内，便宜行事。

到了院中，他回首后望，对方果然中计，笛影从面前掠过时，司马畏迅即从腰间抽出达摩宝刀，一式"苍鹰离枝"，挥刃迎战。

铁笛前端微微一翘，犹如凤凰抬头，恰好避过了刀锋。

此刻，司马畏的眼角业已睃见过道处两条黑影闪向八号房间，知道张翼、麦余奇已得便利，不由心中大喜！

司马畏脚步轻疾，眼明手快，又一式"风卷残荷"，刀刃劈面而下。

铁笛毫不畏怯，迎刃而上。就在两兵相接的瞬间，随着"乒"的一声响，那笛管中"呼"地蹿出一束火苗来，直射司马畏面门，司马畏急忙低头躲避，饶是迅疾无比，头发已被烧去一片，只觉得头皮火辣辣发疼。

司马畏大吃一惊。暗忖，素闻林屋派高天云之妻薄如冰发明了一种奇门兵器，名曰"铁笛"，此笛受到撞击，或按动柄上机关，随时可喷射出火焰来。莫非这就是"铁笛"？果然名不虚传！

然而，宫中的尤三娘又怎会与林屋派勾结，得此秘器？

正思想之间，那铁笛又如青蛇吐芯，直奔咽喉而来，司马畏不敢贸然格挡，且闪且避，也只能在闪避中伺机偷袭。也亏得司马畏老辣精明，铁笛一时虎威难发。

然而最使司马畏心惊的是，那铁笛章法娴熟，司马畏那号称"江南第一刃"的达摩刀也难以施展，一时势均力敌，可谓棋逢敌手，将遇良才了！

正在难解难分之际，八号房内一声巨响，房门倏地被撞裂倒地，三条人影破门而出，也兀自战在一处。

司马畏不由暗暗叫苦，只为八号房的男主人也自了得，手中一柄昆吾宝剑剑光如磬，把张翼、麦余奇逼出房来，且两人只能招架，无力还手！

到这时，司马畏方意识到自己找错人了，那男子绝不是正德皇帝。尤三娘自不必说，武艺高强，那"逍遥天子"哪有这般手段？见那男子使的是昆吾剑术，便又蓦地想起，他莫非是西山林屋派掌门高天云？这就对了！这女子既使铁笛，必定是高天云妻子薄如冰无疑了。

司马畏一阵心慌，不免疏忽，达摩刀在斜斫对方颈脊时，被铁笛格挡正着，于是，但听"呼"的一声，绿色的炎焰，直喷数尺！

亏得长焰只是从头顶掠过，未射中脸面，司马畏但觉头皮一阵灼痛。他下意识地用手去挠头顶，只感到光秃秃的，像被剃度了一般，好不胆战心惊！

也就在这瞬间，司马畏借着铁笛发出的光亮，看清了那女子的脸，果然不是窈窕淑女，而是一位年过三旬的中年妇女。

司马畏狠狠地骂了自己一句：司马！你这有眼无珠的笨骡！

与此同时，他又狠狠地迁怒于自己的对手：是他们把他周密的劫驾计划搅成了黏黏糊糊的一锅浆！

一不做，二不休！司马畏腾出手来，把拇指、食指衔在口中，发出了一声尖厉的长哨。立即有五六条黑影分别从几个房内杀出。这原是司马畏为防万一而布置的后备梯队，都是艺高功深的汉子。刹那之间就把二人围困起来。

二人全无惧色，联袂而战，且杀得更狠更烈了。

那枝铁笛，形状似笛，走的全是青萍剑路。青萍剑和昆吾剑本系同祖同宗。相传为江西龙虎山天师府元圭真人所发明。青萍剑术，分三百六十趟，极尽变化之妙；后来，元圭又按河图洛书创造了昆吾剑术，凡八八六十四趟，并仿周易原理，包含六十四卦，此剑尤重步法，进、退、转、旋、拗、卸、纵，与青萍互为表里。此两种剑术合二为一时，其威势无比巨大！

司马畏以十余人之众，根本占不到半点便宜！

看看月魄西沉，司马畏不由得心急如焚：倘若正德皇帝在这时候到这里，见了这般刀光剑影，必不会再住这元昌客栈了！

司马畏一心想尽快结束战斗。于是他运足内力，在刀兵声中，大喝一声："住手！"

司马畏随即执刀抱拳，道："那位大哥和这位大嫂，莫不就是林屋前辈高天云、薄如冰吗？"

高天云把昆吾剑一横，厉声道：

"何方鼠辈，敢来扰我旅程？"

"不才司马畏，"司马畏把达摩刀挂在腰间，道，"今天交兵原是误会！罪在不才，错把前辈夫妇认作仇人了！在下就此赔罪！"

说着，司马畏单腿跪地，拱手请罪。高天云见司马畏跪在前面，不由得触动了宽厚仁慈之心，连忙把昆吾挂了，上前搀扶。

刚近身，司马畏蓦地起身，以迅雷不及掩耳之势，起手一掌，正中高天云小腹！

"你……"

高天云一口鲜血喷出丈余，溅了司马畏一身。

"哈哈！高前辈，你今日死期到了！"

司马畏说时，已把达摩刀高擎于手，趁高天云立足不稳，便是一刀。

薄如冰差一点被吓昏了，幸她铁笛尚捏在手里，双足一蹬，一式"蜻蜓点水"，翩翩而起，铁笛直刺司马畏中脘。

司马畏急回刀迎击，猛想起铁笛厉害，不敢直迎。犹豫之际，铁笛已擦过刃面，戳着了司马畏的肝俞穴。

司马畏大叫一声，踉跄倒地。

张翼、麦余奇奋不顾身，拼死护住了司马畏。

高天云早已怒不可遏，也竭力忍痛勇猛攻击。司马畏手下两三条汉子立时毙命。

司马畏忍着伤痛，高叫一声："撤！"

七八条汉子顷刻作鸟兽散。

薄如冰急忙赶到摇摇晃晃的高天云面前，高天云右手提剑，左手抚住小腹，紧皱着双眉。

"天云，怎么样了？"

高天云不答，只见他咬紧牙关，脸如白蜡，暗红的血开始从他的唇角淌出，滴染在妻子的铁笛上。

"天云！天云！……"

月儿躲进了云层，仿佛害怕听到薄如冰惨厉的哭叫声。

第二回　离豹房山水寄闲情　初出手青萍助扁担

司马畏并不知道，正德皇帝其实早已抵达江南了。

自金陵愈往南行，景色愈加艳丽。过了瓜洲，正德和尤三娘索性弃了马匹，雇了一艘船，学起范蠡、西施太湖泛舟的故事。二人沿运河一路览胜赏景，就这样慢悠悠地顺流而下。

正德和尤三娘到姑苏郊外浒墅关时，比原定计划晚了整整半个月，这一点连东野叟也失算了。

正德从而侥幸免了杀身之祸。

浒墅关山清水秀，一路景色赏心悦目，正德和尤三娘就弃舟登岸，从容地漫步在崎岖的山道之中……

大明朝自太祖朱元璋开国以来，传至武宗正德已经历了十一世。当初，朱太祖曾以"绝句"形式规定了龙子龙孙的名号体系。句曰：

> 允文遵祖训，
> 钦武大君胜。
> 顺道宜逢吉，
> 良师善用晟。

故明朝第二代建文皇帝名朱允炆即为"允"字辈，系用"绝句"之首字命名。只是建文皇帝不是朱元璋的儿辈，而是他的孙子，搞不清朱元璋何以帝位要传于孙辈，致使子辈们满肚子不高兴，所以朱元璋死后，建文的叔叔就发动了政变，把他赶下台去，自己坐了天下，这就是永乐皇帝。永乐上台后，毅然废了朱元璋规定的帝系，自立新系，系云：

> 高瞻祁见祐，
> 厚载翊常由。
> 慈和怡伯仲，
> 简靖迪先猷。

明朝的末代皇帝崇祯名朱由检，属"由"字辈（第二句之末字），对照永乐的帝系，只传了一半大明就亡国了。正德皇帝是朱由检的祖父的祖父，在东宫帝系表上轮到第六位，即"厚"字辈，故他的老子弘治皇帝朱祐樘给他取了个大号叫：朱厚照。

我们对本书的主角愿意再做一些有趣的交代，这对于理解明代这位年轻皇帝在本传奇中所有的离奇行为十分必要。

那朱厚照生来的八字就极是蹊跷，且看他的四柱：

出生年：明弘治四年。即：辛亥年；

出生月：九月。即：甲戌月；

出生日：廿四日。即：丁酉日；

出生时：申时。

正德的四柱正好与地支"申酉戌亥"颠倒后的顺序巧合。是祸是福？弘治立即把海内最有名的阴阳家请到宫里为皇子相命。

阴阳家们认定：因小皇子的四柱过于流利，就极有可能酿成"流民之灾"。弘治皇帝这一下急得不行！

原来，明朝传到弘治这一代，官僚大地主的土地兼并之风已十分猖獗，大批无地农民为了生存活命，不得不四处流窜，甚至为匪为盗，从而严重威胁了社会治安。这已使弘治头痛之至了，倘若再惹一个"流民之灾"，那还得了！

然而，弘治就这么一个独苗，他是太子的唯一人选，这又如何是好？

　　弘治只好问计于阴阳家们，以重金买了一条消灾之计，即给太子选一位"消灾女星"做妃子。据说，只要"消灾女星"日夜陪伴着这位皇太子，他登基以后就可以转祸为福了。

　　不过，这位妃子要有两个条件。因太子属猪，她必须属狗，以天犬捍卫地猪，才能不受邪侵；其二，应是武曲星下凡，才称得上"天犬"。这就规定该妃子必须有武功根基，武功根基自然是越深越好。

　　条件不算太苛刻。弘治听了方转忧为安。遂命内宫总监卫柏夏不择手段寻觅"消灾女星"，卫柏夏即派出所有大内高手，四处寻访。年复一年，终于成功，这位"消灾"的"武曲星"就是五岁时武艺已闻名江湖的尤三娘。

　　尤三娘不是选美选来的，确切地说，是被大内高手偷进宫来的。

　　尤三娘进宫后，除由大内高手继续传授武艺外，平时就日夜陪伴皇太子，和朱厚照也称得上青梅竹马了。正德登基后，她很快被册封为妃。这次正德微服私游江南，尤三娘就是当然的"保驾妃子"。

　　其时，正德十七岁，尤三娘十八岁。自幼在紫禁城中长大的他们，一旦到了在元代就已享有"天有天堂，地有苏杭"美誉的苏州，叫他们如何不心旷神怡？

　　浒墅关外的青山秀水，让他们忘却了时间，忘记了最终目的，心下大乐，乐不思蜀！

　　山风扑面而来，愉快地在他们的耳边唱歌，他们时而藏身于密林的阴影，时而登上高岩危石，远眺辽阔的彩色田野……

　　远远地传来了一声豹吼，尤三娘机警地握住了剑柄，正德笑道："尤妃，你别慌，朕怕蝎子怕蛇，独不怕豹子！"

　　尤三娘露出了整齐的皓齿，也笑了笑："臣妾倒忘了，陛下原是在豹房中炼铸过的啊！"

　　豹房，是明宫的土特产。养豹，本是元代贵族的嗜好，而在宫廷里修建豹房，乃是明朝天子的独创，始自宣德一朝。正德登基后，曾对豹房进行了大规模扩建，这可说得上是他太子时代美丽的梦想，现在终于变成了现实。

正德生平最讨厌的，就是乾清宫的庄严。他讨厌那里的起居程式，讨厌那里的一切出入规矩，尤其讨厌那供奉在乾清宫里的由明太祖朱元璋亲手制定的，被历代先帝顶礼膜拜、敬若神明的《祖训》。他有时觉得当皇帝也未必有多大味儿，不过是一个精致的绳网中的一个什么动物，每天按照那些烦琐的规定和礼仪机械地去重复一些乏味的动作。那《祖训》仿佛就是紧紧套在头上的无形的金箍，把一个自由自在的鲜活的人变成了拘谨的笼中鸟、茧中蛾！

即便到了静悄悄的夜晚，他面对着美丽的夏皇后，也总难免要陷落在她的"高贵"气质的光圈里，从而不得不制约着自己的莽动。甚至有时他很想说几句开心话，但不免粗俗，常常到了嘴唇边就硬是咽了回去。他只能通过抑制住自己的强烈的冲动，才能换取或维持皇后对他固有的评价，否则她将从心眼里瞧不起他这个粗俗的国君！

谁说皇上的权力至高无上呢？在这紫禁城中，他必须收敛着言论和行为！于是，正德听从了太监刘瑾的建议，毅然耗费了国库中的二十四万两白银，扩修豹房，一竣工他索性就搬进豹房来住。他无意去破坏《祖训》，却成功地逃避了《祖训》。至少在生活起居上，他有了一块新的天地！

正德在豹房简直可以随心所欲，从而真实地、尽情地发泄着他的一切喜怒哀乐，而不必顾忌时间和场合！哦，刘瑾！你好讨人欢喜！就好像是朕肚皮里的一条蛔虫似的，你最清楚、最了解朕的难言的痛楚了！满朝文武，有谁能比得上刘公公对朕的关心与体贴呢？

正德在豹房养着一批强壮的斗兽士。他已懂得以人兽相斗的血淋淋的场面来打发宫中寂寞无聊的业余生活。不仅耳濡目染，他甚至拜师学艺，也学会了一手斗豹的技能。

然而，正德的真正创举，还不在于耗费了二十四万两白银，在西内太液池畔修建了两百余间的豹房，在这里，他不仅驯养了百兽，还建造了佛寺、教场、公廨……从而把豹房建成了一座真正的迷宫式的娱乐城；正德最大的创造性也许还在于：他把豹房建设成了包括办公、淫乐、礼佛、操练御林军和生活起居在内的综合性机构。

　　他终年不见夏皇后，甚至好几年没有踏进正统的寝殿乾清宫了。他在豹房能够得到各种各样的满足，特别是无拘无束的自由的满足。离开了乾清宫，正德才真正发现了自我。发现自己除处理政事以外的各种天才，诸如踢球、走马、放鹰、逐犬、斗兽、演戏，以及让宫女彩娥跳扭屁股舞乃至与嫔妃试验各式各样奇妙的房中术之类的无与伦比的天赋才能。

　　提起豹房，尤三娘便很后悔，因为最先飘进尤三娘脑海中的就是正德在那里肆无忌惮地纵欲的一幕幕场景。

　　"爱妃！"正德亲昵地叫了尤三娘一声，"朕自以为在豹房之中能够品尝到人间的所有愉悦快感，但出了紫禁城，才知道上苍造就的自然景色所给予人的享受才是无与伦比的。朕也因此弄明白了，世上何以有那么多人宁愿不要功名富贵，而热衷于隐居，我想他们是最聪明的！"

　　太阳正在悄悄地西沉。正德说话的兴致却很浓："尤妃，你知道，朕几次偷偷离开过紫禁城，曾微服出游过居庸关。"

　　"知道知道！陛下的胆子真比豹子还大呢！据臣妾所知，陛下何止去过居庸关？最远时，还神不知鬼不觉地到过山西大同呢……"

　　正德听了面露得意自豪之色："穿老百姓的衣服和穿龙袍的滋味毕竟大不一样。"

　　"看来人心都是一样的，人间最要紧的就是无拘无束……"

　　"是啊，朕离了京城，暂把天下大事丢开了，在景色如画的江南，这样无拘无束地走着玩着，简直死也瞑目了！"

　　"陛下何出此言？"

　　"朕说的是心里话呀！"

"其实，陛下此来江南，未必就是丢了天下大事呢！陛下巡游江南，目的原也是为了治理天下呀！"

"此言怎讲？"

"江南山清水秀，人民富足，有灾不荒，但何以也有盗贼流民？陛下难道不想趁此良机查明原因吗？"

正德见尤妃把他微服私游说成是为了治理国家，十分高兴，便道："是啊是啊！巡游江南其实早该来了呢！朝官但云江南富足，富则富矣，一路上却仍见流民遍野，这些情形，首辅知道吗？百官知道吗？若非天子亲临，恐怕永远也不能揭秘吧！"

太阳已沉到森林背后，长长的树影把前面的山谷铺满了，野鸡闻声飞起来，但也有一两只胆大的，竟摇摇摆摆、昂首阔步地朝他们走了两步，才从容地飞走。正德和尤三娘抬头看了看西沉的太阳，正要转身往回走，忽然，不知从哪里传来了一声惨叫，随后就是刀兵相搏之声。他们同时把眼光投向树林。

树林深处，现出两条人影来，打得难分难解，其中一个略显肥胖的汉子已满身鲜血，大概受伤不轻。

"帮他一把吧？"正德指着带血的胖子。

"先看看再说吧，谁知他们谁是谁非、谁正谁邪？贸然出手，说不定帮了一个断路谋财的歹徒呢！"

"但如果是个好人呢，眼看就要吃大亏了，他真被杀了，岂不连我们也会遗憾吗？"

尤三娘抿嘴一笑，道："你既这么说，那帮他一把就是了。"

尤三娘正待出手，山路转角处过来一位樵夫，肩挑着沉甸甸的一担干柴，听到刀兵之声，就把柴担歇在一旁，毫不思索就把扁担拿在手里，跃进了树林。

正德吃惊地发现，那扁担原是镔铁打就！樵夫使着它，虎虎生风，得心应手。他一进入战圈，就替下了受伤的胖子。

胖子已经无力支撑身子，倒在地上不能动弹了。

"瞧！樵夫晚到一步，他就要做刀下之鬼了！"

尤三娘没有在听正德的话，她正凝神看着二人打斗。那条镔铁扁担虽然沉重，樵夫却身轻步捷，只是扁担套路过于实用，就显得有些笨拙，缺乏一点灵性与计谋。而对方的朴刀似受过高手指点，刀法正规、娴熟、严密，占尽上风。眼见一个刀花，却是诱敌的诡计，尤三娘不禁大叫了一声："当心！"

但樵夫已经上当，扁担斜出，劈着一颗巨杉，亏得樵夫力大，偌大的树干应声而断，否则扁担陷入树干，对方就得手了。樵夫受惊之余，暴跳如雷，然而毕竟其技不如对手，锋头既过，便只有招架，无力还手了。

"路见不平，拔刀相助，那樵夫挺招人爱的！"

"比起来，臣妾就不可爱了？陛下就去爱那樵夫吧！"

说时，尤三娘对正德抿嘴一笑，而同时，腰间寒光一闪，青萍宝剑已经出鞘。

尤三娘一个漂亮的"飞燕剪影"，蹿到跟前，只见她粉臂轻张，在樵夫肩上只轻轻一推，樵夫站立不住，向旁踉跄了几步，恰朴刀贴臂膀削下，要不是尤三娘敏捷，他早被连颈带肩卸了。

"呔！"

尤三娘微笑着面对离她不过半尺的朴刀尖，抬起臂来，纤纤的手指只在刀面上弹了一下，铿然有声，朴刀忽像受了飓风一般，被推向一边，那持刀的汉子一个趔趄，就在原地移了步位。

待那汉子站稳脚跟，见前面站着的是一位弱不禁风的女子时，眉宇间便涌起了三分大丈夫的自尊。嘴里硬道："哼！乘人不备，算什么本事？老子饶不了你！"

说罢，"唰唰唰"连环刀恰如风卷残云，向尤三娘裹挟而来！

尤三娘依然微笑着，剑走斗牛，步踏参商，剑风透着青光，上下左右四个招式才完，"当"的一声，朴刀已断，再看那汉子的上衣，前胸后背各被剑刃剖了个大大的"十"字。只是尤三娘剑下留情，才未伤及皮肉。那汉子惊恐地啰唆着，先后退几步，然后猛地转身，一溜烟逃往树林深处。尤三娘露出了矜持的微笑，缓缓地把青萍宝剑插入剑鞘。须知尤三娘的青萍剑本是龙虎山元圭真人的镇洞之宝，后为嵩山秦鹏儿所有，只为鹏儿在修仙将成时，违了师训，追随师姐蒋玉屏下山，协助狄仁杰大破白马寺（事见《青玉灯密码》），就只因凡心躁动，引得走火入魔而命悬一线，还亏得乃师动了慈悲之念，亲自下山将她们救上嵩山，保全了性命。然青萍剑却从此流落人间，后归入唐宫。延至大明正德年间，天子因宠爱尤妃，赐她此剑。三娘得剑，如鱼得水，青萍剑术也渐臻炉火纯青。天子几次巡狩，均由她仗剑保驾，江湖闻风失色，遂赋以"青萍第一剑"之美誉，这也是尤三娘生平最为得意之事。

樵夫忙来谢尤三娘活命之恩。尤三娘道："别忙，先去看看他死了没有。"

一言提醒了樵夫，他立即走到倒在地上的胖子那里，扶着他，想让他坐直。

胖汉胸前的刀伤还在泉水似的向外流血，他动着嘴唇，似乎要说什么。正德也走近了，耳朵凑在他的嘴边，听他说道："楼……"

"楼？哪里有楼？是遭强人抢了吗？"

他痛苦地摇了摇头，固执地说："楼……"

汉子紧锁着眉，像凝固了一样，再也没有松开。樵夫用手背去探了探他的鼻息："死了！"

"你认识他吗？"

"不。"

"那么，你认识凶手？"

樵夫也摇了摇头："我谁也不认识，只因为他们打架，我只是想帮一把被欺侮的人罢了！"

尤三娘笑对正德道："这樵夫确实够可爱的，不是吗？"

"表妹！……"

正德在人前就不再叫尤三娘"爱妃"或"尤妃"，而叫她"表妹"。尤三娘则叫正德"表兄"，或称"相公""朱公子"，这是他们出宫前约好的称呼。

"嗯？"尤三娘应了一声。

"我们帮这位大哥一起把尸首埋了吧！"

没等尤三娘答应，樵夫马上抢着回道："这点区区小事怎能劳动恩公动手呢！刚才要不是姑娘出手，我岂不跟他一样，早到黄泉路上了？"

樵夫说什么也不要尤三娘动手，他一个人背起尸体，把他放在石沟中，用扁担掘了些黄土乱石，草草埋了。

西下的太阳已经完全沉落在主峰背后了，天空和大地开始为暮色所笼罩，一切显得分外地诡谲莫测起来。

他们走出了林子，再也辨不出哪是来路，哪是去路了，环视着层层叠叠的山峦，正德有点恐慌、害怕，尤三娘也有点为难。

樵夫挑着柴担追了上来，道："这位老弟和这位弟妹，看你们的穿着打扮，像是城里人。在这里已经耽搁多时，天黑以前，恐怕走不出这山林小道了，天一黑，山里有虎豹出没，还有豺狼、长虫，只怕吓着了你们！"

"这……这如何是好呢？"正德有点失色。

"不若先到我家歇息一夜，明天再做计较吧！"樵夫用手指着前面，"我家离这儿不远，转过山坳就到了。"

说时，樵夫把柴担换个肩挑着，却不举步，催了一句：

"走吧，不要迟疑了。"

尤三娘对正德微微点了点头，道：

"看来，我们也只好如此了！"

樵夫显得很高兴，他担着柴，大步流星地朝前赶路，但走了几步，忽又停住了脚步，回过头来："我叫周元，山里人给了我一个雅号：铁扁担！"

正德、尤三娘这才想起刚才大打出手时他手里拿着的兵器。

正德怔了怔："这柴已经很沉了，老兄竟还用铁扁担？"

"生来贱骨头，力气无处用呗！"

正德抢上几步，拉着他的担绳："你为什么不去从军呢？有这一身好功夫，也好为国家效力呀！守在这穷乡僻壤，岂不埋没了自己？"

"这主意不错！"

"那咱们就算说定了，你从军，我来给你介绍！"

周元忽地改口道："不行！至少眼下不行。我家里还有个小妹若仙，她一天不出嫁，我这个当哥的便一天没尽责哩！"

说话间，他们已经转过山坳，进了村。

说是个村落，其实不过十余户人家，一律石屋柴门。周元用铁扁担撞开了家门，洪钟似的喊了一声：

"妹子，我回家来了！"

第三回　御炉入目连旧案　折扇题言换新娘

　　铁扁担撞开家门,见屋里没有反应,便又高声叫道:"妹子,我回来了,你听见没有?"

　　里屋这才听到一个女子的声音:"耳朵不聋,听见啦!我正在煮饭呢!"

　　周元在院子里放下柴担,点起油灯,再把客人让进屋里坐了,自己一溜烟进了厨房。

　　"妹子,今天有客!"

　　"什么客?"妹子瞪大了眼。

　　"贵客,城里来的,一男一女!"

　　"哎呀,拿什么去招待人家呢?"

　　"还有一点麦片拿出来煮吧!"

　　"小菜呢?"

　　"田螺还有剩下的吗?"

　　"这倒还有。"

　　"那就炒一个田螺。另外……"

　　周元犹豫了一会儿,终于道:"把那只母鸡宰了!"

　　"宰鸡?那可不成!"

　　"有什么成不成的?"

　　"咱还指望它生蛋孵小鸡呢!鸡仔们长大了,换头母猪下猪崽,猪崽们大了,再换牛犊,牛犊大了,卖了,好给哥你娶嫂子呀!"

　　"算了吧,就这么一个田螺,怎么摆得上桌子?"

说完，周元准备到外屋去陪正德他们说话，周若仙一把抓住了他，就把菜刀递在他的手里："这是你的'老婆'，要宰，你自己去宰！"

"也好！"周元接过了菜刀。

一会儿，屋后就传来了"咯咯"的鸡叫声。

在外面，正德和尤三娘坐了一会，正德就把眼来打量这屋子：四周是乱石垒成的墙，剥了皮的树干横架在墙上作为梁和椽子，上面铺着厚厚的茅草。隔着一个天井，后面还有三间茅屋，就是周家兄妹的起居室了。这间作为"正厅"的屋子，放着些破旧的家具，墙角杂乱无章地堆放着一些农具。唯有正中的供桌尚为整齐，且擦得几乎一尘不染，它的中间放一块牌位，上写着五个墨字：先考妣之位。

牌位前面的香炉里正燃着三炷香，木盘里放着几枚野生毛桃供奉周元父母亲的在天之灵。只是那香炉的工艺极其精湛，和这简陋的屋子以及屋里破旧的陈设简直难以匹配，显得极不协调！

油灯的光亮虽然黯淡，正德却禁不住怦然心跳，脱口而道："宣德炉！"

尤三娘也被吸引了。

那宣德炉具有无与伦比的优美造型：象足，狮耳，通体闪耀着一种雅致的藏经色。宣德炉问世于明宣宗宣德年间。明宣宗宣德皇帝大号朱瞻基，在永乐的帝系表上排行第二，属"瞻"字辈。宣德登基的第三年，曾下旨谕示工部，选用暹罗进贡的风磨铜，仿照北宋《博古图》《考古图》等诸家典籍中所绘的铜器，择其造型最优者，以失蜡之法九转炼铸香炉，一共制就一万八千只。历代先皇只用以赏赐皇亲国戚或有功的文臣武将，很少流落民间。然而，在这远离京城的南方山沟的贫民家中，竟发现了宫中珍藏的宝贝，这叫正德怎不万分惊奇？

"赝品！"尤三娘像是自语，又像是在把她自己的判断告诉正德。

正德掂了掂香炉，手感极为沉重。

宣德炉一般经九炼，最多达十二炼，精铜只留一半，故铜质极其精密，何况浇制时还要加入金片，自然重量不同一般了。但是，最难仿制的还是这种藏经色，它典雅、古朴、不可多得！

正德木偶一样站在香炉面前，眼睛一眨不眨，眉毛也没有动一动，这景象确实十分庄严，就这样，他凝视了片刻，终于开口了，打破了静穆："假不了，这真是宣德炉！"

说时，正德眼前同时飘过了一阵云翳，他那原本恬静的心海蓦地掀起了波澜……

"朱公子，你怎么啦？身子不舒服吗？"

正德没有理会尤三娘，依旧愣愣地对着宣德炉出神。

尤三娘明白，一只流落民间的宣德炉或因什么重大原因骤然引发了正德的沉思。她不宜多问，在这种时候甚至不能去打搅他。于是她只得识相地回到木桌旁，坐在竹椅上，同样怔怔地喝着粗淡无味的茶水。

正是这个宣德炉勾起了正德心中一段极隐蔽的往事……

事情起源于弘治年间的一桩历史公案：郑旺妖言案。

弘治在位的头几年，张皇后一直未能生育。但到弘治四年九月，宫中突然宣布张皇后喜生皇子。小皇子出生不久，便被急急册立为东宫太子，这就是朱厚照。

朱厚照长到十二岁，忽然平地风浪铺天盖地。原来，北京城郊郑村有个农户郑旺，妻赵氏生有一女，名唤郑金莲，因家贫困，金莲自幼被卖给了某亲戚家。就是这个郑旺，居然在朱厚照十二岁华诞之日，当众宣布：太子朱厚照乃是他的外孙子，系他女儿郑金莲所生！

太子既是郑家子孙，郑旺就是当然的皇亲国戚了。消息不胫而走，一传十，十传百，不仅本村本土，就是外乡外县，只要和郑家沾着一点关系的，无不争先恐后地给郑旺送礼，以为日后攀附皇亲之计。

一时之间，满城争说皇太子！

此事朝野震动，弘治不觉龙颜大怒，即以"妖言惑众"之罪逮捕了郑旺。然而，在审讯之时，推官却无法推翻这样一个事实：宫中确有一个宫女系郑村人，名叫郑金莲，尽管她本人并不知道她的生身父母叫什么名字。为此，十多年前张皇后久未生育而突然得子引起的疑团就更加扑朔迷离了。

按照明代宫中的规矩，皇后如不能生育，可把嫔妃之子过继东宫，而后立为太子，偏偏弘治皇帝能治天下，却不能治后宫，在张皇后的"醋威"之下竟不敢选纳嫔妃，这在明代一十七位继位的天子（包括明英宗复辟一朝）中可是独一无二的。在这样的情况下，弘治不得已将一个卑贱的宫女之子册立为太子，这不是不可能的！

更可疑的是弘治虽然逮捕了郑旺，却迟迟没有宣判，直到驾崩。正德继位后，实行天下大赦，又把郑旺释放了！然而，事情远没有结束，郑旺遇赦回家后，变本加厉，不但依然坚持自己是皇亲国戚，甚至还声称要奏闻当今：张皇后非皇上生母，真正的"国母"是郑金莲，被先帝幽禁在冷宫之中！

正德闻言，惊出了一身冷汗。

正德知道，自己"嫡长"的身份在皇家宗法系统中占着何等重要的地位，而且他的帝位还必须依仗张氏后族势力的支持。如果"妖言"被坐实，他不过是一个卑贱的"宫人"之子，那么，至尊至贵的天子脸面岂不一下子就跌到十八层地狱去了？

于是，正德逮捕了郑旺，以"妖言罪"把郑旺处斩于午门。满城风雨的"郑旺妖言案"这才告一段落，成为历史，载入了史册。

然而，正德的极端秘密不在于他批斩郑旺时的那种少见的彷徨与痛楚，也不在于那支"圈斩"的笔是如何抖擞不停，欲罢而不能，而在于郑旺身首异处以后，他曾一个人私巡浣衣局。浣衣局是明宫中安置有罪宫女的场所，他在那里找到了宫女郑金莲，以秘密的特赦令把她放出了宫。

郑金莲临行之际，他悄悄地送了她一个小包裹。没有人知道包裹里装着什么，这只有天知、地知和正德自己知，那就是一只他暗暗地刻了一个"孝"字的宣德炉，里面装满金玉珍珠。

正是"铁扁担"家中的宣德炉，引起了正德胸中一阵悲哀。他凝视着袅袅上升的蓝色烟缕，陷入了难以自拔的沉思。他很想把这宣德炉中的香拔了，倒掉里面满满的一炉子香灰，擦净那炉底的尘垢，然后细细地辨认一番，这香炉的炉底是否有他当年用利刃镂刻的字痕，也不过一个字："孝！"

然而，他不敢。

没有这个"孝"字也就罢了，如果有了呢？难道他想要在尤三娘和周家兄妹面前证明自己不是弘治的"嫡长子"，而是那个下贱的宫人的儿子吗？从而再次招来是非波折？何况，他根本不知道，这个宣德炉是周元家传的呢，抑或是别人送的，甚至是在地摊上买的！一个最简单的推测是生母离宫后，即嫁给了周元的父亲，如果是这样，他和周元、周若仙倒还有点亲戚关系！

……

"哥，开饭啦！"

厨房里银铃似的一声喊，把正德惊醒，他苦笑着咽了几口唾沫，努力控制住自己翻腾的心潮，然后回过身去。

田螺和鸡都已搬到饭桌上了。

饭菜摆齐，正德在入座时，才从历史的烟云中勉强回到现实的人间，回到周元杂乱的陋室之中。

周元诚心诚意地教他和尤三娘如何吃田螺。

"好美味！"尤三娘已尝到了一颗。

但正德似不及三娘心灵舌巧，费了九牛二虎之力，才把田螺肉请进嘴里，引得周元、尤三娘大笑不停。

正德竟然也熟练起来。于是，正德就又是正德了："把你妹子若仙姑娘叫出来，我们同桌而食，岂不更好？"

尤三娘瞟了正德一眼。

周元听了一怔，却又显得很惶恐，道："我家妹子最怕见生人，已经一个人在里面吃了！"

正德见请不动若仙，也就不勉强，况且自己确实也饥肠辘辘了，不觉下筷如雨。只片刻工夫，菜肴就如风卷残云，被一扫而光。

周元眼看着残羹剩汤，怔怔地似乎百感交集。他情不自禁地低吁了一声，自语着："就这一顿，把我的'老婆'给吃掉了！……"

正德吃惊地抬起头来，周元忙指着桌上的鸡骨头，道："我说，我家的这只'老婆'鸡，总算吃了！"

"你妹妹若仙的手艺比御厨还强，真的，我生来还没吃过这么可口的饭菜！鸡也罢了，这是什么菜，竟这样美味？"正德指着田螺。

周元寻思，城里人从未见过田螺，吃时笨嘴笨舌的。今个不若与他寻个开心，就道："朱公子，你从来没有吃过凤眼鲑吧？"

"惭愧，百闻不如一尝！"

"也未吃过珍珠粥？"

正德回味着那一碗又滑又香的麦片粥，更是感动不已："啊呀！你竟舍得用山珍海味来招待我们！"

周元开心地笑得前仰后合。

正德也随着他笑，偶一转脸，眼中又飘过了宣德炉的影子，正德的嘴里忍不住迸出一句话来："这个香炉是你家祖传的吗？"

正德用手指着长台上的宣德炉。

周元显然误会了正德的用意："朱公子，我家什么东西都可以当掉、卖掉，唯有这香炉……"

"我不是要买你的宣德炉，只是问这香炉是你家祖传的呢，还是人家送你的？或者是买来的？"

"当然是祖传的啦！我老娘有过遗嘱，这房子传我长子，这香炉要留给若仙妹子作陪嫁……"

"你母亲什么时候过世的？"

"过世一年了。"

"你父亲呢？他是干什么的？"

"他是个石匠，也早谢世了。"

正德再也坐不住了，他立起身来，在这茅屋的惨淡的油灯的照耀下，来来回回地踱着步。

周元默默地收拾着饭桌，眼前却浮现着父亲和母亲的音容笑貌。

"你怎么不娶妻呢？"正德突然问。

周元红着脸。

"是不是需要本公子为你排难分忧啊？"正德似乎显得分外关切。

"不，不用……"

谁知，厨房中蓦地飘出了若仙的声音："我哥的苦衷就是至今还没有娶嫂子。你能分什么忧呢？"

正德哈哈大笑，道："小事一桩！就由本公子来做这个媒吧！不是夸口，我做下的媒，贵贱贫富，从来没有不成功的！"

周元脸更红了，只是低头不语。正德接着道："我知道苏州知府楼从文有个千金，生得如花似玉的。"

周若仙又隔屋传音过来："我哥几天前到苏州府送柴火，无意中还见过府台千金一面呢！岂不是缘分？"

"果真是缘分！"

"你做得成这个媒吗？"

"倘玉成不了这门好姻缘，我可以不姓朱！"

周元抬起了眼，双手乱摇："不，不，这门不当户不对，府台小姐金枝玉叶，怎能下嫁我这等贱民呢？"

"你也不要太小觑了自己，你的骨子里，其实也不比府台千金贱！"

"可他家是当官的……"

"这个你就放他一百个心吧！楼从文，说起来也是我的老朋友了，他是今年的新科状元，苏州知府这个官也是钦点的。算算他起程的日子，也早该到苏州任上了！"

说时，正德从袖中拿出一把折扇来："你拿着我的扇子，只管去见府台大人楼从文，你就对他说，你要娶他的女儿！"

周元怀疑地望着正德手中的扇子："他能答应？"

"能！他欠我的情太多，别说一个女儿，十个女儿都还不清！倘若苏州知府不答应，你回来拿我是问就是！"

正德笑着从尤三娘随身带来的行李中取出了袖珍笔墨，就在扇面上写了几个字：

着苏州府嫁女周元。钦此！

御笔草书，龙飞凤舞，周元是文盲，字认得他，他却不认得字。

写毕，正德用尤三娘的胭脂涂在玉玺上，就在扇面上打上了朱印。

周元接过了折扇，其实他心中并不当一回事，他根本不相信天下有这样的好事。凭一柄折扇，一个乡巴佬可以换来一个天仙一般的府台千金？所以第二天清晨他照例挑柴进城，只是把折扇随随便便地塞在柴担里面，带进了府衙，在府衙的灶房换了些碎银，他甚至忘了把扇子从柴担中取出来带走。

周元出衙门后才想起了扇子。他非常犹豫，要不要去讨回？心里着实矛盾：好歹应该试他一试。但潜意识却在反对自己，这把纸头的小扇子，热天也扇不出多大一点风，更不能拍蚊子，哪如蒲扇好？何况，天下哪有这么好的事，一把纸扇能换来一个美千金，更何况是府台小姐呢？那朱公子不过是想跟自己寻个开心罢了，乡下人又哪里玩得过城里人呢！周元犹豫了一会，终于做出了最后决定：让它跟那些茅柴一起进灶膛去吧！

他走了没有几步，就有一个厨役追了上来，把他叫住了："你丢扇子啦！这多好的扇！这坠儿恐怕就值几个钱呢！"

周元夸张地叫了一声："啊呀！我把它忘在柴担里了！"

他接过扇子，把他打开，恭恭敬敬呈在厨役面前："不瞒你说，我把这扇子带出来，也只是为请教你老伯，这扇面上究竟涂的是些什么字儿？"

厨役把题字看了一遍，立即大惊失色，对他说："你等着，一定不要走开！"

说完，飞也似的向内室奔去。

也不过片刻工夫，府内忽然忙碌起来，两廊乐动，正门大开。

一个管家飞奔而来，把折扇还给了周元，叫他高高举在头上，从正门进去。

苏州知府身着官衣，匆匆来迎。见了周元，竟然跪拜于地，口内高呼："吾皇万岁！万岁！万万岁！"

周元丈二金刚摸不着头脑："万岁？万岁在哪里呀？"

知府起身道："有失远迎，还望钦差大人恕罪！"

"我叫周元，不是什么钦差呀！"

"你就是周元？那就是我的快婿啦！哈哈……"

周元反倒紧张起来。但这时，他早身不由己，被众人簇拥着进了府室，又有几个人过来，侍候他沐浴更衣，然后在厢房内稍事休息后，由丫鬟把他引到一处豪华的花厅。

花厅上，红灯高挂，丝竹悠扬，筵席流香，高朋满座。

苏州知府与周元重新见过了翁婿之礼，就搀着他的手一起入席。

酒过三巡。

知府笑问周元："不知皇上现在何处安居？"

"皇上？他是皇上？"

周元这才大梦初醒！

"怪……怪不得呢！……唔，哎呀！他呀，他呀，他就住在我家呢！"

知府笑着敬了周元一杯："他住在你家，当有个妃子伴驾才对！"

"有、有，她一定是妃子，又年轻，又漂亮。她叫尤三娘！"

"对了，那就是尤娘娘。贤婿，你真好造化呀！"

周元从未经历过如此排场的款待，这才真正尝过了山珍海味。他做梦也没有想到，一跤竟会跌进桃花运里，一个如花似玉的妻子已经唾手可得了！

禁不住大家你劝我敬，直到红日西斜，一时酒无节制，周元不觉酩酊大醉。

知府已然退席。

你道苏州知府是谁？我此时说出来，恐怕要吓着大家。

第四回　司马畏瓜洲谒道长　舒子涛星夜鸩师尊

先说司马畏，当初离开元昌客栈时，心中一喜一恼。

喜的是阴阳白莲掌一击成功，打伤了当今名震武林的林屋派副掌门高天云。倘若他死于白莲掌下，就奠定了自己在武林中的声威！尽管是小人伎俩，但又何尝不是智勇双全？

恼的是正德皇帝没有"接"到。或者是正当他们大打出手的时候，朱厚照恰好驾到了，见了此番情形，吓得逃之夭夭；或者是情报不准，皇帝小儿还根本没有抵达苏州。

司马畏决定赶赴瓜洲去见舒子涛。

舒子涛是白莲教这次劫驾行动的联络使者，不仅东野叟的手令由他传达，而且他潜伏的瓜洲乃是南北信息情报的中转站。司马畏不光需要知道正德和尤三娘现在的确切位置，更重要的是他对自己"打草惊蛇"的失职感到恐惧，需要向舒子涛做一番解释，以尽可能消除教主东野叟对他的误会或成见。

宽阔的长江擦着瓜洲呼啸而过。

江中，一个荒漠的孤岛附近，停泊着一艘渔船，船体在拍岸的浪谷中颠簸着，西斜的阳光把水面染成了绯红色。在那渔船的舱中一位年轻人在打坐，尽管并不是道人，却喜欢道家打扮，也喜欢人称呼他"道长"。此刻，他双唇半启，两目微阖，无论船体怎样颠簸晃动，他那"双盘腿"却稳如磐石。

道长的怀里抱着一支不足两尺的短剑，金柄银鞘。

道长年纪不过二十六七，也算得上英俊潇洒，一表人才，但眉宇之间却透着一股杀气。

突然，道长怀中的短剑抖动了一下，随着一声轻微的，但又异常激越的啸声，但见寒星一闪，那短剑便飞出了剑鞘，直射船首舱外。船头上随即传来一阵狂叫："舒道长，是我，是我呀！"

短剑通灵性似的返回船中，插入鞘中。

惊慌失措的司马畏跌跌撞撞进船舱来，嘴里还在不住念叨："舒道长，是我，是我司马畏呀！"

舒子涛微微睁开眼来："若不是你司马公驾到，恐怕早身首异处了，须知我的飞剑出鞘遨游，一般情况下，不见血是不肯回来的！"

"舒道长……"

"你在姑苏岗上，缘何突然来此瓜洲？"

"道长！我们在苏州布下天罗地网，眼看猎物就要到手，正在关键之际，被高天云夫妇搅了！"

"一派胡言！正德离开金陵，到达瓜洲后，即泛舟运河。他还没抵临姑苏，哪来猎物？高天云夫妇又怎么扰了你？"

舒子涛赤裸裸地挑破了司马畏的谎言，使他窘态毕露，但司马畏听了，同时感到了一阵轻松：既然正德皇帝尚未到达姑苏，他也就没有什么失职之过了。这时，他甚至连刚才的"失言"也不想承认，就索性接着前面的话头，信口开河下去，继续胡乱地嚼着他的蛆："道长有所不知，那高天云夫妇与在下本有一面之交，只因那回我路过金陵，顺便采了几朵花，他居然狗撵耗子多管闲事，在元昌客栈见了我，竟旧事重提，当众将我羞辱一番，他羞辱在下也就罢了，不该骂我白莲教徒尽是猪狗畜生！"

"咄！我如何吩咐你来着？执勤期间，不准见任何非党熟人！"

"这……舒道长，那是无意中见到的呀！"

"那后来呢？"

"在下不得已，用阴阳白莲掌伤了高天云！"

"哦！这也是他罪有应得！"

得到舒道长的支持，司马畏不禁心中一乐。

"然而，你也忒大胆了些。你道那高天云是谁？"

"不就是区区林屋派副掌门吗！"

"林屋是个新创剑派，和我悠久的白莲教自然不能相比。区区高天云也不足为虑，他是林屋掌门，但执掌副柄而已。你道林屋创始的鼻祖是谁？"

"还请道长赐教！"

"哼！孤陋寡闻！说出来，你大概要屁滚尿流！"

"究竟是谁呀？"

"是我东野教主同师异门的道友古秋霞！"

"古秋霞？她！"司马畏急出了汗来。

"高天云乃西山古秋霞得意高足，高天云倘死于非命，尔也死到临头了！到时恐怕连教主也不能救你！"

司马畏又惊出一身冷汗来，自知这祸闯大了，倘古秋霞为难他，他过得了初一，决不能过十五！

"道长救我！……"司马畏只得战战兢兢地哀求舒子涛了。

"咳！"舒子涛干咳了一声，没有搭理他。

"道长……"司马畏咽了口唾沫，"上回道长有意向小女求婚，都怪我老婆死脑筋，说女儿不嫁道长，吹了你和小女的婚事……"

"不必说了！"

"现在不同了。今天我其实是来给道长报喜的。"

"这么说，你那个老太婆同意我娶司马梅了？"

"你随时可来求亲。"

舒子涛仰着头哈哈大笑起来，笑毕，对司马畏道："我这里有个美差，本来未必轮得着你，既如此，就给了你吧，或可救你一家性命！"

"有何差使，万死不辞！"

舒子涛沉吟了一下，道："让你做官去！"

"做官？"

"对，你从此换个姓名，混迹官场，暗中效力于白莲圣教就是！"

"那到什么地方做官去呢？做县官还是州官？"

舒子涛冷冷一笑道：

"官就这么好当？就这么有味道吗？"

"自然还得聆听道长教诲。"

"那好吧，你真想活命，就得做这个官，要做成这个官，还得先去办一个事。"

"什么事？道长只管吩咐！"

"杀人！"

一听说要杀人，司马畏精神陡振："不知要斩您老的哪路仇家？"

舒子涛长长叹息了一声："我哪有仇家！要杀的倒是贫道的一个好友。"

"谁？"

"他是贫道鹿城书院早年的老师。……"

"既是道长的师长，司马不敢妄杀！"

舒子涛突然站起身来，怒吼了一声："不敢就别去！这是教主的决策！"

"是！是！"

"我警告你这杂种，贫道不管你是否是我岳父，今天只许你杀人，不许你胡来。特别对他的女眷，只能杀，不能有半点不轨，否则当心你的狗头！"

司马畏明白了，舒子涛奉命去杀他的好友，自己不忍下手，就来借他司马畏的手和刀。但对司马畏来说，只要是杀人，便是美差。

"启程！"

司马畏帮着舒子涛起锚、挂帆。

"记住，你的身份是奴仆。起个名，就叫舒福吧。"

司马畏不敢抱怨，嘴上应道："一切遵命。"

"我的朋友在江中，正等着我去叙旧呢。到了那里，你把船上的酒菜搬过去，要利索。今天是我做东。"

　　司马畏掀开菜担上的盖子，熟食的香气立即扑鼻而来。

　　"你把酒壶拿过来！"

　　这是一把锡铸的酒壶，沉沉的，已灌满了美酒。它的造型与普通的酒壶看上去没有什么区别，只是在壶柄上多了两个按钮，像是装饰，一枚红，一枚蓝。舒子涛指着这两颗按钮，道："这是只阴阳酒壶，壶内订制了夹层，按下红钮是美酒，按下蓝钮是毒酒。当我发出信号命你敬酒时，你先按下蓝钮给我朋友斟了，然后，按下红钮也给我满上。这样，他就绝不会怀疑。"

　　"是是！"

　　"如果你想杀我，故意按错一个钮也就成了！"

　　"不敢，不敢！"

　　"今天行事有个规矩：兵不血刃，鸡犬安宁。"

　　"道长，在下斗胆问一句，道长的好好的朋友，教主干吗杀他？"

　　"你有问的必要吗？"舒子涛轻轻地叹息了一声，又道，"无非是成全你罢了。"

　　"道长能说得更明白点吗？"

　　舒子涛双目下垂，不再说话。司马畏也就不敢多问。

　　船行了约莫一个时辰，到了一个繁荣的码头。有一艘豪华的官船果然已预先停泊在那里了。

　　司马畏掌着舵，让两艘船慢慢地靠拢。

　　官船的主人官服乌纱，已迎候在甲板之上。

　　船尚未停妥，舒子涛便纵身一跃上了官船，抱拳拱手道："文大人，愚弟叩见！"

　　文大人急忙挽起了舒子涛：

　　"贤契，十年不见，今非昔比，看你过船的功夫，身轻似燕，果真好身手！"

　　"一介武夫，何足挂齿，老师学富五车，功成名就，才真正令人羡慕！"

"三天前接到贤契大函，特泊船在此等候大驾光临，今日一叙师生之谊，不醉不休！"

"好啊，说定了，咱们一醉方休！——舒福，把美酒佳肴挑上官船来！"

司马畏应声便去挑酒菜担子。

"啊呀！又劳贤契上门请客，莫非嫌愚师付不起酒菜钱吗？"

"哪里哪里，不才略备薄酒，无非聊表心意罢了！"

两人执手言欢，同步入舱。

司马畏摆上菜肴，这是舒子涛精心准备的苏帮全席，果真色香味俱全。

"贤契请！"

"文大人请啊！"

"忘了告诉贤契，文某已经改姓了。"

"哦？"

"只为皇上读了愚师一首词，盛赞拙句'天楼折桂香'，当廷赐姓'楼'，故文某的贱号改作'楼从文'了！"

"好好！百尺高楼，可摘星月，此姓老师当之无愧！但不知楼大人此番何去高就？"

"惭愧，钦点下官赴任姑苏！"

"妙，这可是个肥缺。可见皇上对大人倍加看重！"

司马畏心中一乐。现在他清楚了，窃取苏州府，把它牢牢控制在白莲教手里，无非是为了劫驾的万无一失。这绝对是教主东野叟的英明决策，这个肥缺，舒子涛原本是要给别人的，而他一时肯定没有最佳的人选，那么，他在等谁？不就是等自己吗？他算定我司马畏在元昌客栈接不到皇上，必定会去瓜洲找他。司马畏庆幸自己赶来了瓜洲，从而一头撞进了蜜糖罐！

司马畏忽然担心舒子涛会突然变卦，从而舍不得牺牲他的老师，但他很快从鼻孔里轻轻哼了一声：他是奉教主令行事，绝无胆量抗命！

司马畏思忖到得意之处，几乎听不见舒子涛和楼大人究竟在席间说了些什么应酬话。也不知过了多长时间，但只见眼前忽然像闪电般一亮。

司马畏抬起头来，只见楼大人身边多了两个女人！

原来楼大人酒到酣处，就向他的"贤契"引见了自己的夫人和女儿。那楼夫人虽然年过不惑，却依旧风姿绰约，是一个天生的美人胚子，在她那年纪显出了能叫男人断魂醉魄的成熟美来；站在她旁边的楼小姐，年纪看上去不过十六七岁，梨花带雨，万种情态。司马畏见了夫人、小姐，呆呆地凝视着，嘴角边徐徐淌出了口涎来。

一个恶念跳到司马畏的意识里：打开酒壶蓝纽，把楼大人和舒子涛一同送上西天去，便能够毫无障碍地占有眼前的这两个美女！

舒子涛乜了一眼司马畏，又轻轻咳了一声，他这是对司马畏的垂涎相做出了反应。

司马畏猛地一震，意识到了自己的失态。他竭力想控制自己，把那些非分之想赶出脑海，但效果显然不大。

楼夫人和楼小姐向舒子涛道过万福后，从容地退入后舱，仿佛明月躲入乌云，司马畏顿觉眼前黯淡无光。他深深地吸了口气，把口水咽下了肚。这时，只感到身上扩散出一股麻酥酥的热流，又突然从心底萌生了一种强烈的寻欢作乐的欲望。

这时楼大人请来了一对优伶，正在演唱海盐腔。

司马畏平素也爱听戏，甚至一听便知道这是一出什么戏码。

优伶演着这样一个故事：有一个江洋强盗，打劫了一艘官船，杀了船上的主人，强迫女主人做了压寨夫人，却又乐意抚养船主的遗腹子。其子成长成人，状元及第，封为巡按，一举侦破了十余年前大盗打劫官船的旧案。于是状元郎面对杀父夺母又抚养了他十余年的继父，恩与仇的撞击使他痛不欲生他含着热泪，痛斥继父的禽兽行为。那优伶饰演小生，一段快板骂得慷慨激昂，痛快淋漓！

舒子涛听了，猛然拍案而起，脸涨得通红："衣冠禽兽，就是该骂，骂得好！骂得痛快！"

司马畏暗暗冷笑一声，这出戏也许是巧合。今天你扮演的不就是地地道道的衣冠禽兽吗？他还抚养了一个遗腹子，你却要赶尽杀绝呢！

司马畏发现舒子涛高呼骂得好的同时，却又流下了真实的眼泪，这才意识到老舒在见到他的"鹿城老师"的可爱的夫人与女儿后，已动了恻隐之心。司马畏不禁有点着急，舒子涛恻隐之心一旦膨胀，就很有可能撤销了原来酒鸩楼从文的计划。如果这样，自己也就当不成官了，也没有了最理想的足以"隐居"的庇护所了。

司马畏被一种炽烈的邪火燃烧着，脸上露出了歹毒的笑意。

他等不及舒子涛的命令了，执壶上前，按下了蓝纽，斟满了大人面前的酒杯。

舒子涛猛吃了一惊，抬起头来，眼中喷出了怒火，但司马畏似乎没注意他的脸色，随后走到他的跟前，让他清楚地看到自己的手指按着红纽，一边斟酒一边恭敬地对他说："老爷，戏文都是文人乱编胡造的，竟把你的泪珠子都骗出来了！"

司马畏又转过头去，笑对楼从文道："咱老爷耳软，有一副女人心肠呢！"

楼从文哈哈笑道："英雄怀柔才叫两全其美！来，贤契，我敬英雄一杯！"

"慢！"

舒子涛狠狠地瞪了司马畏一眼，怒斥道："这里有你说话的地方吗？"

"是！是！"

司马畏后退了两步，又飞快地瞟了舒子涛一眼，那眼光与其说是祈求，不如说是一种警告。

舒子涛遇见了强硬的一瞥，意识到司马畏对他的"女人心肠"大大地不以为然。他知道既然这是东野叟的安排，今天如果杀不了楼从文，这个司马畏是会去教主跟前告密的。

舒子涛渐渐地闭上了双目。

"干啊!"楼从文却在催促他。

舒子涛万般无奈,举起杯来。楼从文刚举到唇边,他又猛喝了一声:"慢!"

"贤契,还有何吩咐?"

"……啊,不才听了那段戏文,偶尔失态,万勿见笑!"

"贤契正气凛然,笑为何来?饮啊!"

"大人!……这优伶嘛,也不必侍候了。"

"好啊,这舱中就留你我,也好促膝交谈!"

楼从文就赏赐了优伶,打发他们上岸而去,又屏退左右,只留一个丫鬟小翠使唤。

"贤契,来,咱们痛痛快快地,一醉方休呀!"

"好个一醉方休!"舒子涛一仰脖子干了手中酒。

楼从文自己先没喝,令丫鬟去给舒子涛斟满,司马畏却笑着说了一声"不劳妹子动手",自己过来给舒子涛斟满了。

楼从文这才满意地点了点头,举起酒杯来。

"大人!……"

楼从文听叫,只是对舒子涛豪爽地一笑,同样一仰脖子,一杯药酒倾入了腹中。

司马畏差一点要笑出声来,舒子涛又狠狠地瞪了他一眼。

药性没有马上发作。

又饮了两杯,楼从文才觉异样,他皱着眉,捂着肚,浑身痉挛着,然而已说不出话来。

小翠十分着忙,走近桌前叫喊了两声:"老爷!老爷!……"

舒子涛拉开小翠,道:"别忙,你老爷大概是什么旧病复发了吧。"

"他没有发过这样的病呀!"

"你知道什么?快去叫夫人来,别忘了,叫夫人带上急救药!"

丫鬟闻言,急急地进了后舱。夫人闻报慌忙来探视大人。司马畏不等她近身,出手就是一掌。

这一掌正是毒辣无比的阴阳白莲掌，也不过三分内力，楼夫人内脏俱已震碎，立即倒毙。舒子涛把她的尸体抱将起来，安放在一边。司马畏却急不可待，匆匆把楼从文的官衣剥了穿在自己身上。

丫鬟小翠背着药箱迟来一步，误把司马畏当成楼从文了，道："老爷，你好些了吗？"

"嗯！"司马畏敷衍了她一声。

小翠来扶他，司马畏趁机把左手勾搭在她的肩上，右手趁其不防点了她的死穴。

舒子涛对楼从文的尸体深深鞠了一躬，道："大人！不才衣冠禽兽，然亦不得已而为之呀！"

说罢，又长叹一声，默默地向后舱走去。

司马畏抢在舒子涛的面前，挡了他的路，道："道长，你是楼大人的高足，大人的女儿也就是你的亲妹妹一样，你就忍心亲自下此毒手吗？"

舒子涛止了步："你是说由你去送她？"

"这些许小事，有学生在此，也不劳道长动手！"

舒子涛冷笑了一声："也好。但你去送她，第一，必须用白莲掌，一击而就，毫无痛苦，不能见血！第二，如果你胆敢玷污她身子，我的飞剑可饶不了你，速去速回！"

司马畏厚着脸皮跪在了舒子涛面前："道长所云，一击而就，自当遵命，不敢玩忽。然而，还望道长恩准在下完一个巫山云雨之梦，事后必当犬马相报！"

"只要你敢！"

"在下在恳求道长！……"

"如你所说，楼大人的女儿就是我的亲妹子，你敢亵渎我的妹妹吗？"

"是！是！"

司马畏见无望，只得承诺下来，掩身进了后舱。

楼小姐正在梦乡，大祸临头毫不觉察。

司马畏撩起罗帐，他的心仍禁不住通通乱跳。他用手指去撩拨她那嫩嫩的脸蛋，弄醒了她。

楼小姐以为父亲酒罢回到卧室，惺忪地半睁着眼，娇滴滴唤了一声"爹"。

司马畏把她抱在怀里，楼小姐瞪大了眼发现搂着她的不是父亲，待要叫喊时，哪里还喊得出来，司马畏略以内力一收，小姐脊肋尽断。

"可惜！只当了半个风流鬼！"

司马畏待小姐周身冷却，才把她的尸体平放在床上，想要去轻薄一番。然而，想起舒子涛飞剑厉害，不敢在后舱滞留很久，只得回到中舱来。

"完事了？"舒子涛冷冷地问。

"是的。按舒道长的吩咐，一击而毙，毫无痛苦，既不流血，又让她冰清玉洁。"

话音未落，只听到后舱一声惨叫，凄厉而愤怨。

是楼小姐的声音。

第五回　披星白骨成冤鬼　戴月缅刀驱色魔

　　楼小姐被司马畏搂断脊柱与肋骨，瞬息之间香消玉殒，然而精魂尚未消散，一股怨气凝集于胸膈，稍过片刻，倏地迸发，化成一声惨叫，惊天动地，惨绝人寰！

　　叫罢，小姐方气绝身亡。

　　司马畏闻声脸色陡变，舒子涛也吃了一惊，他拍案而起，骂司马畏道："真是个酒囊饭袋！"

　　司马畏再入后舱，正要去察看究竟时，中舱大门已被人使劲踢开，两位保家将军，一胖一瘦，听到惨叫声便迅即鱼贯而入。正在甲板上巡行的另外四名家丁也潮水般涌进舱来。他们都被楼大人、楼夫人和丫鬟小翠的尸体吓丢了魂！

　　这时，只见司马畏穿着老爷的官衣，脸上布满了杀气。他们立即明白了：这艘官船遭到了强人的打劫！当下无不义愤填膺，那胖将军摆了摆手，立即向所有家丁发出了命令：

　　"杀！"

　　他们一个个把腰刀拔在手里，不由分说向舒子涛、司马畏合围而来。

　　司马畏折了一条桌腿，上前抵敌。舒子涛退到后舱中，把舱门关了。

　　司马畏在心里恨恨地暗暗骂了一声：

　　"臭道长！什么时候了，还搭酸架子，倒要老子一个人来拼命！"

他心里骂着，手里却不敢疏忽，瞅准机会夺了把腰刀在手，前遮后挡。虽说这些家丁本事平平，然而两名保家将军却恁地了得！

船在纷乱中急剧地晃动起来。

"上船头去！鸣锣示警！"胖将军喊道。

司马畏猛地一怔，顾不得保护后舱，急着去控制前面的出口，他知道，只要有人出得舱去鸣锣，惊动了岸上官军，他们将前功尽弃。

他蹿到中舱出口处，把住了舱门，喝道："想出去，就留下命来！"

家丁们奋勇而上，但空间狭窄，不能施展，司马畏在混乱中反而占了便宜，他以腰刀护身，捉空儿，使出阴阳白莲掌，早有一名家丁中掌，口喷鲜血，倒地身亡。

两家将大怒，叫家丁们后退，他们双战司马畏，一瞬间，瘦将军已抢占了舱门，准备夺门而出。

司马畏拼命冲将过去，众家丁一窝蜂围上来，把他裹在中心。但见门帘一动，眼看瘦子即可破帘而出。

蓦地青光一闪，从后舱门内射出一支短剑来，呼啸有声，大有顺我者生、挡我者亡的气势，青光所临，瘦将军已经身首异处。

胖将军和家丁们都傻了眼，不约而同惊呼起来："飞剑！"

司马畏这才松了口气，趁着他们愣神之际，左右开弓，连斩两名家丁。

胖将军猛地清醒，知道遇上了江湖异人，遂使全力撞破舱壁，跳入了江中。

舱中仅剩的一名家丁已来不及逃窜了，被司马畏当即腰斩。

这时舒子涛从后舱中从容地走了出来。司马畏顿时起了敬畏之心，同时他又为自己未能一次击杀楼小姐而深感惶恐。他向舒子涛深深作了一揖，恭维道："道长神剑果然威力无比，今天真让司马大开眼界了！"

舒子涛眼圈微微发黑，他的眼睛里燃起了遏止不住的怒火："一个手无缚鸡之力的小姐，你也杀不了，拖泥带水地搞成这样一个混乱局面，你还成得了什么气候！"

"是是，不才粗心！不才失策！还请道长恕罪！"

司马畏削去自己的一脸傲气，对人这样卑躬屈膝还是第一次。一是他敬畏舒子涛的神剑；二是官场的强烈引诱，他对"苏州府"之职充满了憧憬，知道在这个时刻，自己的任何言行丝毫都不能忤拂舒子涛之意。

司马畏最放心不下的，就是那个跳江的胖将军。如果他侥幸活命，则楼从文之被杀决不能保密，他这个现成的"苏州知府"也将化为泡影了。因此，他在一番卑恭讨好后，就急急地提醒舒子涛充分注意胖子逃遁的后果："道长，那胖子跳了江，江面又黑，万一他逃得性命，我们岂不要前功尽弃了？"

"我也似你这样失前疏后吗？"舒子涛抢白了他一句。

"莫非道长……"

舒子涛带着一脸的神机妙算："告诉你吧，贫道已令瓜洲分教主马飞驱舟巡行江面，专捕漏网之鱼，这也是以防万一之计！"

"道长英明，英明！"司马畏总算放下了心上的石头，同时也觉得舒道长确实与自己有所不同。

当下，舒子涛和司马畏就在船上翻箱倒柜，找出了文书、关牒、黄金官印。舒子涛检点过目后就交给司马畏，郑重嘱咐道："从现在起，你就是楼从文。你的婆娘是楼夫人，女儿是楼小姐了。到了苏州，要你手下的弟兄们立即改口。今夜的一切，必须守口如瓶！好在林屋派新兴不久，在姑苏城内的党羽还不是很多，守住机密，古秋霞未必马上料得到你已潜入官场。"

"道长金玉良言，司马畏牢记在心里。"

"你起航吧，尽快完成与前任知府的交割事宜。到任之后，立即择一秘地，建造一间机关密室，正德一旦擒住了，先要在密室拘押数天，这是头等重要的，而且务必要在正德抵临苏州之前完工。你的时间不多，大概只有六七天光景。"

司马畏现在已是满面红光，神采飞扬："在下承蒙教主和您的看重，委以重任，只能以战绩来报答了。也请东野教主放心，只要皇帝小儿一踏入姑苏城，管叫他成为瓮中之鳖，手到擒来！舒道长，你就静候在下的佳音吧！"

"好，事不宜迟。船到江心后，趁黑夜你把这些尸首抛入江去，要剥光衣服，毁掉容貌，以免多事。至于楼大人和夫人、小姐……"

舒子涛默默地走到楼从文夫妇的尸体跟前，向他们鞠了个躬，然后对司马畏道："有劳你给他们找个合适的箱子，暂先盛着，到苏州后，悄悄地给他们筑个大墓，合葬一起吧！这也算是贫道托你的一桩私事！"

"道长所托，自当尽心尽力去办！"

"既如此，贫道就此告辞了！"

司马畏送舒子涛上了渔船，又为他解去了缆绳，正要返回官船，忽又想起了什么。舒子涛似乎看出了他的心思，拍了拍他的肩膀，道："不必多虑。马飞精明过人，那漏网之鱼决计逃不出他的手掌！我一有消息，会立即告诉你的，免得你忧心忡忡地过不好日子！"

司马畏会心地笑了笑，转身就飞回自己的官船。他立在船头上，先不回舱。他知道，虽然江面上漆黑一片，但以舒子涛的内功完全能感受到他久久伫立目送他离去的真情的！

舒子涛去远，司马畏方挂起了官船上的三张大帆。又把舱内的尸体一个个剥个精光，先割了首级，戳烂了五官，然后沿途抛入大江。

只是，司马畏没有实现他对舒子涛的承诺，他没有给楼从文夫妇及楼小姐以厚遇，而是如法炮制，喂了江鱼。至于苏州府后花园里的大墓，司马畏不敢不筑，其实是一个骗骗道长的空墓而已。

舒子涛却自以为他完全能够驾驭司马畏，他相信，把苏州府这个肥缺安排给这个心狠手毒的司马畏也是选择对了。他甚至在回瓜洲以后，好些天不安心，真怕马飞没有逮住漏网之鱼，从而给司马畏造成威胁。他不无忐忑地在瓜洲的渔船中等候马飞的消息，足足等了七天，马飞才来见他。

"怎样了？"他的焦急溢于言表。

"解决了！"马飞回答。

舒子涛松了一口气，却又老大不满："怎么现在才来禀报？"

"不瞒道长，直到今天才得手，事一办完，我就来啦！"

"怎么费了这些时日？"

"咳！那胖鱼水性特好。我的船盯着他，还好几次丢了目标呢！一直盯到运河他才上岸。他早发觉了我在盯他的梢了，所以一上岸，仗着路熟，就与我捉起迷藏来。有时避不开，就勉强来和我打几个回合，打不过又逃，你道他一直逃到哪里？"

"哪里？"

"逃到了苏州西郊无烟村，方被我追上，一剑穿了他的右胸……"

"你见他立马死了？"

"当时他没死，有一个樵夫还来救他，他使一条铁扁担，十分沉重，但也胜不得我，谁知后来又来了个美貌女子，恁地了得。"

"他们救走了胖子？"

"不过，救走也没用了……"

马飞败在了一个女子手里，在无烟村外他也曾逃命，要是天色尚早，或许周元、尤三娘就要赶去追杀他，甚至把他拿了。当时马飞侥幸逃脱，但心里也怕胖子没死，没法向舒子涛交代，所以后来又悄悄回去察看究竟，见"铁扁担"在埋胖子的尸体，才放下心来。这个过程，他羞于出口。在舒子涛面前都从略不讲了。

舒子涛最关心的只是一个细节的落实，他严峻地追问了一句："他确实死了？"

"确实死了，在下不敢欺诳！"

舒子涛这才点了点头。

且说司马畏一到苏州，在官邸验明文书、官玺，并与旧太守交割完毕后，就把妻子以及女儿接到府衙。按照舒子涛的旨意，又连夜召集工匠，在后花园半月亭修建密室，也不过三四天工夫，已然竣工。

万事业已俱备，单等正德和尤三娘驾临了。然而正德、尤三娘何以姗姗来迟呢？

这一天，忽然从天上掉下一个周元来，仿佛特来向他通风报信似的，使那混沌的天地终于裂开了一个大口子，让光明照亮了整个世界，这岂不是天助司马也？

司马畏知道，他必须努力学习斯文为官，要尽可能装得知书达礼些。他对周元的招待和一切礼仪，不免过于生硬做作，然而周元生来不知官场礼仪是何物，对司马畏那些半通不通的"官话"也无意去推敲深究。在他看来，这个丈人知府是热情的、实惠的。尤其他一口允承"奉旨完婚"，更使周元心花怒放，故对司马畏有问必答。他毫无保留地告诉了司马畏题扇、盖玺的皇上和尤妃就住在近郊无烟村他家里！

这叫作踏破铁鞋无觅处，得来全不费工夫！

司马畏在席间就向"嘉宾"们丢了几个眼色，于是他们纷纷来敬周元，片刻就把周元灌了个四脚朝天，不省人事……

司马畏狞笑一声，退出了酒席。

他踌躇满志，又急不可待。心想，皇天果然不负苦心人，这么顺顺当当地就把正德、尤三娘送到了自己手里！

他在后厅扎束停当，又把金鸡迷魂香拿起，趁着夜深人静，急匆匆直奔无烟村而去。

半轮弦月高高挂在蓝色的天幕上，照着寂静的山谷，照着清亮的山泉。淌着泉水的山沟旁边，不知谁家搭了一个瓜棚，一点星火正在棚内忽明忽暗地闪动着。一个看瓜的老农正在瓜棚里抽旱烟。

司马畏暗忖，我正不知周元家在哪里，有了这个看瓜佬，什么消息都有了。真是出门大吉，心想事成！司马畏就悄悄进了瓜棚，达摩刀一扬，先把一条木凳一劈两半，然后，架在看瓜佬的颈上："我杀你好比砍一条木凳！"

看瓜人早已经魂飞魄散："好汉……饶命！你要瓜尽管去摘！……"

"我来问你，这无烟村可有美女住着？"

"美女？哦，有，有！……"

"住在哪里？"

"昨天傍晚时分，见周元带来一个公子哥和一位漂亮小姐……"

"周元住哪家？"

"进村第三家。"

"胡说！周元住第四家！"

"好汉……周元是住第三家，老汉是他的邻居！"

"第三家就好！谅你也不敢骗老子！"

司马畏问着实了周元的家，却又怕看瓜人回村生事，索性手起刀落，劈瓜似的把他砍了。然后一抹刀上血痕，溜进无烟村，直奔周家。

司马畏运轻功上了围墙。他侧耳凝听，只听见东边夹厢鼾声连连，赶到东厢，却见门窗虚掩着。

司马畏站在窗前，抬眼向窗内偷窥，只见一张旧木床罗帐低垂。夜月从天窗中涌泻而下，透过薄薄的纱帐，直照在一位正在侧身沉睡的窈窕淑女身上。

她盖一条薄被，头发乌云般堆在枕上。

室内，陈设简陋，却也整洁。梳妆台上，除了一些梳妆用具外，放着一把缅刀。

因不见天子，司马畏便准备再去西厢窥视，正欲抽身，那睡女蓦地低吟一声，在床上翻了一个身，被单从玉体上滑落！

一个念头闪电般闯进司马畏的意识：没听说周元有女眷，这床上睡着的莫非就是尤三娘？

司马畏难以自禁，竟也不用迷魂香，把刀挂在窗外，脱了衣便轻轻从窗中跳了进去，又似饿虎扑羊般扑到床上。然而，他随后便十分惊异于她的异乎寻常的反应，她竟然来了个鲤鱼打挺，就势把他紧紧搂定，叫道："不要脸的朱公子，你也敢欺侮老娘！……"

司马畏大惊，定眼看时，在月光下呈现在他面前的，是一张奇丑的大麻脸，厚厚的嘴唇难以掩盖住她的两颗又黄又阔的大门牙，它们毫不客气地暴露在司马畏面前，让司马畏见了，不觉倒抽一口凉气。

"啊呀！"司马畏惊呼了一声，立即弃了她，就要跳窗！

岂知，那麻女动作极是迅速，不知什么时候已经把梳妆台上的缅刀抢在了手里，刀尖指着司马畏："你既不是朱公子，又是哪来的野鸭子，胆敢来占老娘周若仙的便宜！"

司马畏已是汗流浃背了。他对她左手虚晃了一拳，才把刀引开，右掌又直欺她的乳峰，趁她回刀护胸之际，急忙收招，忽一个"灵猴捞月"，就从窗户跳了出去。

司马畏在外赶紧先把达摩刀抢拎在手里。

又不料，那麻女竟追将出来，脚才落地，已起手一刀！

司马畏不得不应战。才过三个回合，麻女忽地大叫起来："捉贼呀！捉采花毛贼呀！……"

司马畏大骇！只因自己赤身裸体，不敢恋战。遂转身要溜，忽见眼前剑影飘忽，又一苗条女子挺剑刺来，司马畏只得拆招。

两招过后，方知对方武功了得。心想，莫非真的尤三娘到了？

司马畏暗叹一声，只恨自己贪色好淫，误了正经大事！好在他们尚不知道自己身份，便让他们误认是一个采花贼吧！反正已知天子和尤三娘确实就在这里，不怕他们插翅逃走！

三十六计走为上！

于是，司马畏运足内力，"唰唰唰"连劈数刀，逼开一条通路，跳墙而去。

还亏得他赤身裸体，一丝不挂。两女子因羞于穷追，反让司马得了便宜。

出了村落，司马畏到瓜棚中剥了看瓜佬的衣裤。

第六回　尤娘子飞车救少主　薄如冰狭路逢仇家

尤三娘对正德道："公子，此地不可久居，就起程吧！"

他对尤三娘的建议不置可否。

"公子，我在问你呢？"尤三娘嗔道。

正德笑着摇了摇头："周元还没有回来，我们怎么能不辞而别呢？他招赘到苏州府，我这大媒人又岂能不喝喜酒？"

"平安无事，果然很好，可昨夜竟发生了这种怪事！"

"这种怪事想着就能叫人开心发笑！"

"但是……"

"表妹，我道周若仙是怎样花容玉貌、美若天仙，却不料长得母夜叉似的……"

正德忍俊不禁，又呵呵大笑起来。

尤三娘睐了他一眼，正德连忙掩口，向东厢望了一眼，继续笑道："那采花大盗也真是饥不择食了……"

"唯其如此，公子你不觉得有点儿蹊跷吗？"

"不蹊跷也就不稀奇啦！"

"公子你有没有想过，他或者不是冲着周家妹子来的呢？"

"难道他冲着你来的？他搞错了对象？"

尤三娘脸一红：

"反正我觉得，这无烟村好像有是非！"

正德略略思索了一会，终于挥挥手道："也好，我们说走就走，周元的喜酒就省了他吧！"

尤三娘微微一笑，就去收拾行装。一切就绪后，二人就去找周若仙告辞。

不料，周若仙把门掩了，一个人只在房内闷哭，不肯见人，正德笑道："罢了，她哭她的，咱走咱的吧！"

尤三娘点了点头，去开了大门。此时门外，村民们正潮水般向着村头的瓜棚涌去。无烟村果真有了是非，昨天夜里竟出了人命！正德随着人流，就要去瞧热闹，尤三娘只想尽快离开无烟村，就一把拉住正德。谁知正德天生好奇，只是不依。

尤三娘急中生智，道："我的公子哥哎，你就不想早一刻见红芍药、绿牡丹吗？"

一听说"红芍药""绿牡丹"，正德忽地止了步，道："咦？这真奇怪！在京城的时候，只想早点到江南寻访芍药、牡丹，到了江南呢，竟把这正经事反而放在一边了！"

"是嘛，放着鲜艳的芍药、牡丹不去寻访，倒要去欣赏死尸！"

原来，内宫总监刘瑾所以能成功鼓动少帝出游江南，主要依仗两个法宝，一是江南如画的景色，二是江南名妓红芍药与绿牡丹。

据刘太监说，红芍药、绿牡丹可谓十全十美的大美人。刘太监还说，只要与她面对面坐着，就足以销魂荡魄了，六宫粉黛便似尘土浊泥矣！这正德皇帝朱厚照继位时才十五岁，父丧满期时，也不过十八岁，正值少年。听刘瑾说起红芍药、绿牡丹，已是"一听钟情"！

为此，正德从此心痒难熬，这一天就留下诏书，把国事托付给五位顾命大臣和张太后，钦命尤妃伴驾。于是，中国历史上就出现了一位私自离京、微服出游江南的荒唐天子。

尤三娘自知责任重大，护驾稍有疏忽，后果不堪设想。在无烟村这个是非之地，她如何敢放天子去命案现场？故而急中生智，用红芍药、绿牡丹来撩拨他。

"你说得也对，我们这就进城！"

二人于是更加不敢滞留，慌忙择路而行。

上了大路后，便雇了人轿，由轿夫抬着，十里春景，万种风情，一路把他们直送到了城门口。进了城二人悠闲地漫步，走得乏了，就在一家酒肆，占了个空闲座位，聊借小酌歇脚。

邻座有两位酒客，醉意正浓，酒精已在不知不觉之间给他们化了妆，一个脸如重枣，一个白里透灰，他们似乎正在谈论一件不愉快的事，带着几分神秘、几分激愤。那红脸人道：

"查仓未必是坏事，查出国库钱粮有亏空，理应绳之以法。然而呢？据说，地方官只要向钦差捐银，便可以免于刑事。自然，那捐银他们是决不会自己掏腰包的！还不是苦煞了老百姓吗？"

"唉！"那白脸人叹道，"所谓捐银，一定是落在钦差腰包里的了。所以他们最喜欢往贫穷县府跑。名义上好听得很啊，'奉天纠察'，实际上是为虎作伥！……"

正德耳尖，含含混混之间，被他听出点头绪来了，心中好不惊奇！

查库，是他在京城批转的最后一个吏部奏折，是他决心励精图治的一个新举措。为了稳妥起见，起用了司礼监刘瑾保荐的湖广巡抚蒋公豹为钦差。此人文韬武略，官声颇佳，何至于中饱私囊？

正德心中有点儿愤愤。他们一定是在胡言语乱，无端诽谤朝廷命官，煞是可恶！我不若不动声色，设法鼓动他们说下去，一旦抓着了把柄，就旨令苏州府将他们治罪。想着，不觉轻咳一声。

这二人几乎同时瞟了正德一眼。正德便对他们笑了笑，道："刚才二位所言，在下亦有同感，只怪朱皇帝所用非人！"

谁知二人听了，脸色大变，红脸变白，白脸变红。几乎异口同声："此言差矣！此言差矣！"

红脸人接着道："这可是你说的！"

"是我说的！"

"你说皇上用的非人？"

"所用非人。"

"非人就不是人，是猪猡呢，还是其他畜生？"

正德被噎住了，脸色见青。

"哈哈！"白脸人道，"皇上用的不是人，你是在骂他是大

202

大的昏君喽？好好，好个昏君！以其昏昏，使人昭昭！"

正德的脸色由青转紫，正要发作，不意那红脸汉"哇"的一声，呕了一地。

仿佛会传染，红脸呕吐未毕，白脸也大吐特吐起来。

正德皱起了眉，不得已离了座。尤三娘索性就去付了账。

"扫兴，扫兴！"正德道。

"看你紫了脸……"

"他们竟敢……"

"难道和酒鬼也值得论理吗？"

"何止是酒鬼，简直是疯子！"

正德携着三娘往外就走，又毫无目的地在闹市区漫游了一会。

一家豪华楼房前高高挂起的大红灯笼上写着"元昌客栈"四个耀眼的大字。尤三娘已经一眼瞥见，她故意领着正德踅进了一条小巷。

尤三娘觉得一阵迷蒙，眼前浮现出内宫总监刘瑾那张细白扁圆的脸来。

就是这个刘太监，在天子离京时再三建议，到了姑苏就要住元昌客栈。只为元昌客栈地处闹市红粉区，周围青楼林立，名妓如云，要打听红芍药、绿牡丹，数元昌最方便。

然而，尤三娘对刘太监有一种天生的反感。

"住这家吧，"尤三娘指着一家客栈，"这里僻静，别有风味！"

"不，找元昌！"

正德用的是一种不容置疑的口吻。尤三娘仿佛又看见刘瑾对她不怀好意地一笑，似乎在对她说：他远离千里，你近在咫尺，但他仍能左右天子，你却不能！

尤三娘不禁闷闷地吐了一口气，不得不把正德带到元昌大门口，心里好不悻悻。

刚进店门，蓦地，有人大叫道："送货来啦！"

尤三娘情知事急，忙从背上拔出宝剑。立即有几个汉子围了上来，尤三娘拼命保着正德，且战且向门外退去。不意刚出门，又追来一位大汉，使九节钢鞭，一起合击三娘！尤三娘剑影倏忽，毫无惧色。只是对手一有机会，便向正德方向移动。三娘暗暗惊恐：歹徒分明是为劫驾而来。于是她大喊一声："公子快跑！"

正德也已看出了苗头，觉得此番凶多吉少！一个念头闯入了正德的意识：火速到苏州府去搬取救兵！正想间，见一辆马车正停在不远处，正德几个箭步，纵身跳上了马车："快！去苏州府衙！"

"去府衙？"马车里坐着一位中年男子。

"元昌客栈有匪徒！"

"匪徒？这与我何干？"

"我可以多给你金子！"

正德往怀中一摸，却分文没有，原来金条银两都在尤三娘的行囊之中。

正德见那车主慢条斯理的样子，又急又气，大声嚷道："你去也不去？倘你再敢说一声'不'，我就灭你的九族！"

"哈！听这口气，你倒像是当今皇上！"

"你算是说对了！朕即武宗正德，你敢抗旨吗？"

不料，那人反而哈哈大笑起来，并从袖中拿出一卷纸来，抖开时，只见上面画着一幅肖像，不是别人，正是武宗正德。

"你敢私绘朕的肖像?！"

"这是江洋大盗，我正在奉旨追捕呢！"

说时闪电般点了正德的穴道。

尤三娘咬紧银牙，从丹田中调出真元来，运至粉臂。手中宝剑忽如青龙驾云，翻转腾挪。剑路一换，但听"当当"两声，九节鞭削去了一节，那柄朴刀也迸出了一个大缺口。两人各自后退一步，呼哨一声，狼狈逃走。

尤三娘也不去追击，紧急搜寻天子踪影。

不远处，一辆马车业已启动，就在那车中，蓦地传出了一声惊呼："三娘救我！……"

尤三娘大惊！急忙运起轻功追车，哪里还来得及？

这时，恰恰有个马戏队游街而过，尤三娘便纵身到一匹红鬃马前，伸手把马上的汉子推下地去，然后飞身上了马背，双腿一夹，在那雨点般的蹄声中，隐隐飘来了尤三娘的声音："官中急事，你的马被征用啦！……"

偏偏马戏团的马中看不中跑，直追到郊外，方逼近马车。看看追上，尤三娘粉臂疾起，把车篷一剑削去半边。

这时车中座位上倏地跳起一个人影来，霍霍招架着尤三娘的攻击。

尤三娘的攻击虽然凶猛，却是难以奏效。尤三娘尚有一个难以克服的困难：必须使自己的骑速与马车同步，求得平行，才能保持宝剑击刺的有效距离，然而这又谈何容易！

只好先结果了车夫再说，偏偏对方又似乎猜透了她的心思，竭力护着车夫，尤三娘不由暗暗叫苦。

此时，天子被点了穴道，不能动弹。见尤三娘忽前忽后，总是难以得手，急得差点哭出来，只顾大叫着："三娘快快救我呀！"

尤三娘心急如焚！她蓦地弃了坐骑，纵身向马车跳去。刹那间她一把抓着篷架，就用左脚尖踮着车轼。然而尤三娘不觉香汗直淋！

尤三娘发现自己已陷入了一种恐怕无法逆转的危局之中：她实际上是被悬在车上，对方趁机发动了凌厉的攻势。

她开始穷于应付：不仅要护身，还得竭力提防他斩断篷架。

就在这时，尤三娘远远地睃见劈面有辆马车正在急驰而来。也许是考虑到道路并不太宽绰，或许是车主发现了尤三娘所在的马车奔驰得过于疯狂，它便放缓了速度，且尽量靠边让道。

两辆马车渐渐相近，然而对方那辆马车像是突然改变了主意，蓦地别转马头，让整个车子横截在道路中央！

于是眼前立即出现了一幅异常壮观的画面：

双方的两匹同样惊慌万分的马同时发出了一声惨烈的长嘶，它们后蹄蹬地，前蹄高高竖了起来。与此同时，但见对面车上人影一闪，跃下一个娇小的身躯，一运气，肉掌直刺对方的马腹，那马顿时血流如注，倒毙在地，马车随着也轰然翻身，那车夫，早撞在一棵老树上，脑浆迸裂了！

尤三娘跳下车来，趁势一个滚翻，站立起来。但见一个陌生的妇人，柳眉倒竖，杏眼圆睁，右手铁笛平端，左手捏着剑指，指着劫驾的强徒，怒喝一声："呔！司马畏！你这不要脸的畜生！今天不报一掌之仇，誓不为人！"

来者正是林屋派副掌门高天云的妻子薄如冰。

原来，高天云夫妇原籍浙江余杭县，数天前，高天云七妹高玉卿的婚事突然波折横生，酿出了一桩稀奇古怪的命案，此案又平地祸及父母，使之蒙冤入狱。

七妹不得不投书天云。当时，高天云正在金陵，闻报后大惊失色，遂与薄如冰日夜兼程，要赶回余杭搭救双亲。不意在姑苏元昌客栈遭到了白莲教的无端伏击，司马畏竟使用小人伎俩，偷袭高天云，高天云当场小腹中掌！

此掌号称"阴阳白莲掌"，是白莲教中极其歹毒的功夫，受此阴阳毒掌，九死一生！高、薄万万没有料到，司马畏之丧心病狂竟至于此！

薄如冰痛心疾首，请了许多名医，均一筹莫展，唯有老医叶寿谊识得掌毒，却不知解药。但他推荐了风陵李家老药店的神医李达玄，他说，非此妙手，不能回春！薄如冰这才芳心稍安，于是租了马车由她亲自驾驭，出东城，一路护送夫君直往风陵李家老店而去。

也是冤家路窄！她最初看到迎面飓风一般卷来的马车上一男一女的激战时，对那女子精湛的青萍剑术赞叹不已。而当她一眼瞧见那女子竭力抵挡的那柄熟悉而令人憎恨的宝刀时，蓦地浑身一凛："达摩刀？！"

薄如冰立即认出使达摩刀的就是不共戴天的仇人司马畏，勃然大怒，于是当机立断，横车拦道，截住了司马畏。

薄如冰却是君子风度，在司马畏跌倒尘埃，尚无力自卫时，不愿偷袭他。

然而，司马畏的信条不同，在官场上、酒席间，他能谦让待人，但

206

在刀斧丛中，他是不顾耻廉信义的，对他来说，弃仁犹如弃履！当下，他便利用了薄如冰的敦厚，在触地跃起的时候暗伏杀机，达摩刀卷扬而起，要把薄如冰从下而上，一劈两半！

薄如冰临敌大度，但内防严谨，随着一声冷笑，铁笛已运至胸前，轻轻向下一压，司马畏出手的速度本是极快的，这铁笛却不偏不倚击中了他的刀面。

所谓四两拨千斤！

司马畏挺起的身体禁不住再次跌倒，待他继欲跃起时，薄如冰已经出招。司马畏双膝跪在地上，勉强接了一招，刀笛相交，两臂酥痛。他不觉轻叹一声。

司马畏自叹命蹇：在无烟村，由于好色，把绝好的劫驾机会断送在一个"母夜叉"的手里。但那时他丝毫不担心，一是他尚未暴露身份，区区采花行径，天子决不会因此放弃出游计划；二是正德既然已到苏州，就是进了他的势力范围，下一步不过是瓮中捉鳖而已。为此，他不惜调用官衙力量，借缉捕"江洋大盗"之名，绘图密拿，街上布满了便衣密探。元昌客栈附近更是高手如云。当正德、尤三娘现身时，司马畏当即命麦余奇、张翼缠住尤三娘，自己单独劫驾。计划极其周密，但恨麦、张二人撤退过早，致使尤三娘追车成功，加上半路杀出一个程咬金来，眼看又将前功尽弃了！

司马畏手中自感吃力沉重，他并不硬拼，就势侧身倒地滚翻，两次避过笛管后，借势腾起，饶是迅速，屁股上已着铁笛，他拼命大叫一声，稍稍化解了些疼痛。还亏得他的臀部皮坚肉厚，未成重创！他跌冲几步，忍痛窜逃，薄如冰哪里放得过他，急起直追。

薄如冰的马车横塞于道。司马畏鱼跃而起，高蹿而过，就势挥刀把车马间相连的绳索割断。

这也是他的乖巧之处：他的主要使命是劫持天子，故不能和薄如冰持久周旋。倘与薄如冰周旋，万一有所闪失，则万事皆空了。眼下只有脱身为上，劫驾之事，还可卷土重来，不愁没有机会。他把尽快脱身的希望寄托在薄如冰的马上了。

果然，绳索既断，那马身就失去了车载重量，悠悠地向前走了几步，而就在这刹那之间，司马畏从高卷的车帘中，一眼瞥见车内躺着一条汉子。

司马畏心中一阵惊喜，他的估计绝不会错：那就是中了他"阴阳白莲掌"的高天云！

于是，司马畏就地再接了追踪而至的薄如冰两招，边逃边绕着马车转圈，终于给他得了一个机会，蹿进了马车车篷。他一把抓起气息奄奄的高天云，对车外威胁道：

"薄如冰！你往后退走十步，不然我就把高天云结果了！"

薄如冰吓得面如土色，颤抖的声音已经失真、发哑："司马畏，你别乱来！我撤、我撤！"

薄如冰于是一步步向后退却。司马畏哈哈大笑起来。

笑声未断，"哎呀"一声惨叫已从车中传将出来！

薄如冰连连大叫着："天云！天云！……"

她抡动铁笛，一边发狂似的向车奔去！

也就在这一瞬间，司马畏的人影从车内飞出。他脸色惨淡，口吐鲜血。

薄如冰原是听错了，这"哎呀"之声却是司马畏的惨叫。

司马畏绝没有料到，气息奄奄的高天云，尚有余力，冷不防飞起一腿，正中了他的胸肋，直把他踢出了马车。按高天云的内力，此腿也足能让人碎肋裂胸的。只不过高天云毕竟力不从心，功力已不足万一。饶是这样，也叫司马畏口吐鲜血、跌了个发昏。当薄如冰弄清底细时，不禁破涕一笑。

这时，司马畏更是狼狈，幸喜跌在马旁，他用足全身力气，翻上马背，纵马而逃。

此刻，薄如冰也不拼力去拦马，她唯一要做的，就是上车去探视丈夫高天云。

高天云由于运气发力，更见虚弱，薄如冰心如刀绞，啜泣着掏出手绢轻轻地为丈夫擦抹着额上的涔涔虚汗。

这时车帘掀动，只见一对少男少女上了马车，正是正德、尤三娘。

　　尤三娘向薄如冰深深地道了个万福。正德也拱着手，他们情真意切，异口同声："谢女侠救命大恩！……"

　　薄如冰抬起泪眼，望了他俩一眼，当她的目光与尤三娘相接时，惊愕不已。尤三娘的一双微笑着的莺眼，犹如夜空中一对奇异而遥远的星辰，加上她女神般的身段，使这简陋的马车的车厢，如梦似幻。薄如冰怔怔地望了她半晌，竟忘了开口说一句话。

　　"啊，我姓朱，名月关。"正德解释道，"她叫尤三娘。我们……"

　　"我们是表兄妹……"尤三娘插话道。

　　"姑娘，"薄如冰的眼光依旧没有离开尤三娘，"今年贵庚？"

　　"虚度十八了！"

　　薄如冰幽幽叹息了一声，又道："不知姑娘何以会和白莲歹徒结怨？"

　　"他是白莲教徒？"正德一怔，脱口道。

　　"正是，他叫司马畏。"

　　尤三娘道："连我们自己都不甚了了，不知他们为何无缘无故要绑架我表兄！"

　　"怎会无缘无故？莫非姑娘的表兄腰缠万贯，又在强人面前露富了吗？"

　　正德见薄如冰只顾与尤三娘说话，连正眼都没瞄过自己一眼，不由感到了一阵深深的失落。尤三娘也颇反常态，仿佛忘记了他的存在，只顾与薄如冰眉来眼去！

　　正德就抢着去和薄如冰答话，且故意流露了重重的优越感："家产是颇有一些，即使把他白莲教徒包养起来，也难不倒朱某。"稍稍靠前一些，他有意无意地又补充了一句："然而，司马畏也未必为了钱财吧？"

　　尤三娘不由笑道："表兄，白莲教为难你，你以为究竟是为了什么呢？"

　　"说怪也不怪。在京城，王亲贵戚、文臣武将，我和他们广有交结，即便这小小的苏州府的太守楼从文，在下也与他有些交情。

说不定是哪一路官场朋友得罪了白莲教吧？他们设着法儿让我为他们去破费消灾，这也不是第一遭了！"

尤三娘故意收敛了笑容，道："既然如此险恶，不如就此打点，早些回家去吧！"

"这也不必因噎废食。区区白莲教何足道哉？"

"你对白莲教了解多少？"薄如冰斜睨着正德。

正德依旧用他那种口气："不敢说了解。但据我所知，白莲教原称白莲会，在元末盛行一时，红巾军曾借其教义而聚众。我朝太祖创业之际，也利用过白莲会，并亲改其名，始称白莲教。可在永乐年间，其教一反初衷，唐赛儿竟以教主身份起义反明，故早已被勒令取缔。想不到他们仍在江湖秘密活动，以图卷土重来。但即便如此，也不过强弩之末而已！"

正德借着由头发了一篇宏论，果然引起了薄如冰对他的关注。

连高天云也仿佛吃了止痛丹，不再呻吟了，两眼只顾望着他。

薄如冰依然凝视着正德，语调深沉而不失礼数："你都认识京中大官？"

"你想打听谁吗？"

"卫柏夏，听说过吗？"

"不就是那位先帝孝宗皇帝的内宫总监吗？病逝作古多年了。"

"不知他的墓穴在何处？"

"怎么，你要去祭祀？"

"不！"声音仿佛从薄如冰牙缝里迸出来似的，"我要去掘他的墓，鞭他的尸！"

"这……"

"这个秃帝用了这样的畜生当总监，也算是瞎了眼睛！"

正德不由得打了个寒噤，民间竟有胆大得敢于公开恶骂他老子"秃帝""瞎眼"的！而正德生平最为仰慕、崇敬的正是自己的父亲朱祐樘（弘治）！

须知弘治贵为天子，幼年却坎坷万分。其生母纪氏怀他时，凶悍的万贵妃嫉妒之至，指使御医暗暗将堕胎药制成一枚红丸，冒充保胎药，让她进服。幸而堕胎未遂，但朱祐樘却在母腹中遭了大罪，生下后，头上竟一根头发都没有，直到成年，也只长了稀稀落落的几根，显然是在胎中受毒所致。朱祐樘生下不久，生母纪氏又被万贵妃毒死，因此，朱祐樘是由皇太后抚养长大的。弘治在位时，竭力革除弊政，也称得上励精图治了，因操劳过度，他三十六岁就一病不起，英年早逝！

正德不清楚，父亲头上没有长毛，民间如何会得知？从而成为刁民口头上的污语。朝野有些人称弘治为"小尧舜"，正德也把他视为大明开国以来的一位难得的圣君而崇拜着，薄如冰一声"秃帝""瞎了眼睛"，不仅骂了弘治，也骂了正德，正德的脸突然发烫，一直红到了耳朵根。

薄如冰并没有察觉正德内心激烈的变化，依旧沿着她所问的话题对正德道："朱公子你也不必谢我救命之恩，能告诉我卫贼墓葬之处，足矣！"

"……"

"朱公子不知道？"

正德摇了摇头，心头不觉一阵狞笑。

正德不怀好意地拱了拱手，问道："还不知恩公尊姓大名，家居何处呢？日后一定要来登门拜访。"

"不敢。我叫薄如冰，拙夫高天云……"

尤三娘大惊："莫不是林屋派高掌门夫妇吗？"

"林屋派？"

正德重复着，为把"林屋派"记在心里。他还没有听说过"林屋"这个派别，就轻轻地问三娘："这是一个什么样的武林派系？"

尤三娘接着道："这是在苏州新兴的一个剑派。掌门古秋霞，据说可将剑气炼成剑光，藏于胸中，吞吐自如，甚至可以百里以外取人首级呢！是吗？"

"是的。但要炼到这一层功夫，连吾辈也未敢妄想！"

"那么，二位是剑客游侠了！"正德道。

"江湖为家而已！"薄如冰看了看天色，"拙夫也是中了司马畏的暗算，须去风陵李家老店觅取解药，事在急中，不便于此久留，就此告别了！"

尤三娘便扶着正德下了马车。

薄如冰这才想到拉车的马已被司马畏抢走，不觉目瞪口呆。

恰在这时，只见一匹红鬃马正向这边悠悠地走来，尤三娘一眼便认出这就是她从马戏班征用来的马。

于是，尤三娘慷慨地指着这匹红鬃马道："这原是我借来的坐骑，转借给恩公便了。"

"这怎么使得呢？"

"你有急难，况且是你救了我们，难道我们做这点事也不应该吗？"

薄如冰深深作了个揖："谢二位好生之德，后会有期！"

正德暗想，尤三娘把马让给他们，竟没有想到自己也很需要坐骑，甚至也没有征求一下自己的意见。尤三娘在下意识中流露的对薄如冰的那种过分的关心，使正德有了一点醋意。

正德怏怏地看着尤三娘帮薄如冰把马架好。鞭影起处，马车就在嘚嘚的蹄声中远去，渐渐地消失在绿叶的掩映之中。

第七回　当珠过市复登艳路　鼓掌投银一报马恩

　　他们走了一程。

　　尤三娘的潜意识里，总是摆脱不了某种莫名其妙的忐忑感。

　　不是那种大难临头的恐惧，也不是逢凶化吉以后追忆险象时的那种震动，似乎是一种朦胧的直觉。这种直觉也许正在告诉她某种最重要的东西。她竭力地去捕捉那种意识，然而，她越是集中精力，便越觉朦胧。

　　那些直觉，不过是一片捉摸不到的光！

　　"你早认识薄女侠吧？"正德这样问她。

　　她摇摇头，本不宁静的心海间，又起了一片涟漪。

　　"幸亏她不是男子，要不然……"正德笑着，"看你对她一见钟情的样子，我恐怕要受不了！"

　　尤三娘不语，半晌方郑重地叫了他一声："陛下！"

　　正德惊奇地睃了她一眼，又急急向四周扫视："你怎么这样称呼我？"

　　"陛下！趁这里无人，臣妾斗胆谏言！"

　　"唔？"

　　"我们应该尽快离开苏州！现在想来，无烟村的怪事不过是一种先兆，果真接着就发生了元昌劫驾这样的事。显然，白莲教是预知你微服巡游的，他们已在姑苏布下了陷阱！"

　　"朕也这样想过，但不怕。我们立即去苏州府，请楼从文保驾就是！"

"啊呀！那怎么行？"尤三娘叫道，"白莲教尽是些飞檐走壁之辈，官府中有几人能够保驾呢？混迹百姓之中，反如大海藏针。进了府衙，岂不要成为瓮中……"

"嗯？"

尤三娘忽觉不妥，遂轻咳一声，改口道："岂不反要在瓮中就擒吗？"

"那么，你有什么高见呢？"

"尽速离开是非之地。为了万全，陛下最好还要化装一下，方为上策！"

"这不难！"正德说时从身上摸出两撇八字须来。

原来，正德在紫禁城设立豹房，名曰"豹房"，实是公廨、斗兽场、教场、佛寺、梨园五合为一的巨型机构。正德除酷爱玩弄宫女美人外，还有八种嗜好。这八种嗜好是：嬉豹、骑射、踢球、垂钓、诵经、音乐、扮商、扮戏。前六种嗜好不说，扮商和扮戏却特有天赋。所谓"扮商"即扮成各种商人，进货销售，精打细算，以此消遣取乐。"扮戏"却是参与梨园，饰演他喜爱的角色，登台亮相，文武兼之。故开脸化装，无所不能。此番微服出游，亏他想得周到，随身带着不少化装用品。

当下，正德就挑了八字须沾在唇上。

尤三娘嫌他化得还不彻底，摸出一片金创膏来，贴到他太阳穴处。这就让尤三娘笑得差点直不起腰来！

正德也让尤三娘女扮男装，扮了个小厮。

刚走几步，尤三娘忽地叫了一声："不好！我把行李丢在客栈了。"

"丢就丢了吧！"正德说。

"连我们的盘缠银子也一起丢啦！"

尤三娘望着正德只顾发愁。

正德默然无语，他沉吟了半晌，说："这样吧，我的内衣上有五颗纽扣，找个当铺先当掉一颗，解了燃眉之急再说。"

为此，他们不得不再踅回城里，就在胥门找到了一家典当铺。

尤三娘把其中一颗纽扣递当。

这枚扣子，其实是一颗珍珠，珠底用白金包裹着，外观十分精致。只见它玲珑剔透，珠光喷薄！

正德内衣上的五颗纽扣，乃是五颗宝珠，原是波斯国的贡品。五珠各属五行，曰：水珠、火珠、金珠、木珠、土珠。故这件内衣又称为"五宝衣"，穿在身上可避水火刀兵、木邪尘土。尤三娘递当的是一颗土珠。天子因佩带了这颗珠，身上一尘不染。

典当朝奉接过纽扣，脸上立即露出吃惊之色。

他虽然未必明白此珠的真正奥妙，却也知道乃是一颗价值连城的稀世宝物。他把玩了片刻，脸上的惊奇渐渐转化成一种阴毒，随即伸出两根指头："二百两。"

"喂，你识不识货？"尤三娘不服。

正德却拉了拉尤三娘的衣角："算了，就二百两吧！"

于是，正德从朝奉手中接过银票，又把碎银打成包裹让尤三娘背在身上，二人这才离开当铺。尤三娘埋怨道：

"朱公子，你也太仁慈了点！你在宫里扮商饰贾，讨价还价，何等精明！今天，英雄有了用武之地，你却反不肯露一手！"

"我知道他心黑！"正德道，"但是，跟他吵架吗？我们还在苏州地盘上呢！我们又怕暴露了自己的真实身份，得忍且忍吧。何况，我们今后随时可以和他算账，何必现在计较呢？"

"话虽这么说，只怕这位朝奉先生，得了此宝后，就卷包远走高飞，再找不到他了！"

"普天之下，莫非王土。料他插翅难逃！"

二人说着，已走到一座拱桥上，桥旁的空地上，一群人正围着看把戏。中间一位汉子，赤着膊，正在表演节目，看上去有板有眼，有声有色。尤三娘便指着那汉子，对正德道：

"就是他！征用的那匹红鬃马就是他的！"

"还真亏了他的那匹马！"

正德脸上微微露出笑容，稍稍扬起了眉毛："我们不若也去给他捧捧场，看到好处，就多赠他些银两。古人有云，有恩不报非君子也！"

三娘原不想多事，但想到他无缘无故失了马，一定分外懊丧，借机酬他些银子，一报舍马之恩，也是件美事。于是尤三娘就点了点头，随着正德下了拱桥，挤进人群之中。

这是一个家庭马戏班子，一家五口，加上两个伙计，共七个人，轮番表演着各类杂技。他们个个卖力，一丝不苟，也颇有精彩之处。

可煞作怪！人群中竟没有一个看客喝彩叫好，更谈不上施舍了。

这时，那"红鬃"的主人，和一个和他长得十分相像、同样长着一副长长的马脸的少年，同时抱着拳在向四周围观的人施礼。他们操着一口外地话，一唱一和，口齿伶俐：

"俺父子二人。"

"俺是儿子。"

"俺是老子。"

"今天借一角宝地，要让诸位父老哥们开开眼界。"

"俺们要试一试金刚不坏的铁指功夫！"

"是啦！铁指功夫，名叫金刚不坏。"

"俺们的肉指可以穿钢破铁！"

"破铁穿钢！"

"瞧！这是一块青砖。"

"区区青砖！"

"这是一只瓷碗。"

"瓷碗区区！"

"在下最恨天底下一件事！"

"哪一件事？"

"吹牛皮！"

"是啦，牛皮不吹！"

"在下这一个指头，能在这块砖上钻一个窟窿！"

"这叫力透砖背！"

"这小子的指头，可以把瓷碗捏成碎片！"

"这叫爆裂去散！"

"诸位看到好处——"

"看得来劲。"

"就施舍几个铜板。"

"倘若囊中羞涩呢？"

"不必为难，鼓个掌、捧个场……"

"对，鼓掌、捧场！"

"俺们一样感激！"

说罢，二人各自运起功夫。那小子的手指在一只青边瓷碗上一阵乱捏，瓷碗立即碎成无数碎片；中年汉子左手持砖，右手伸出一根食指，也在砖上一阵旋转，哗然有声，不一会，果真对穿。正德见了，不禁高叫了一声："好！……"

谁知，喝彩才罢，不远处有人回过头来，睁着蟹眼，恶狠狠地瞪了他一眼："好个屁！"

然后这"蟹眼"突地跳到圈子内，大叫大嚷起来："谁敢再叫一声'好'，我就拧断他的脖子！他这点雕虫小技，也敢到这里来献丑骗人！我早就看出来啦！那砖上的洞是原先钻好了的，里面灌满了砖粉，又用米浆封了口。那只碗也预先弄了许多肉眼看不见的阴缝，所以禁不住用手掰……"

马脸汉子听了，勃然大怒。

"喂，朋友！"看得出，他尽量克制着怒火，"我们往日无冤，近日无仇，缘何一定要与在下过不去？"

年轻的汉子也抱拳道："江湖上有的是坑蒙拐骗的孬种，但在下这点本事却是货真价实的！若有意考考在下，不妨由你拣一块砖来，再在众目睽睽之下让我们一试小技如何？"

正德听了，立即从脚旁捡起了半块砖扔了过去："你用这块砖让他心服口服、五体投地！"

马脸汉子于是便把砖头捡在手，也不再摆花架子运气，三下五除二果真把砖钻了个对穿。

人群中立即爆发了一阵喝彩！

正德一高兴，就扔了二十两银子。霎时间人群中银子像雪花似的落进圈内，"马脸"大喜，一边跑圆场，一边拱手道谢。

正德见自己完全扭转了场地氛围，乐得手舞足蹈起来。然而冷不防从身后挤来两位大汉，一人捉住他一条臂膀，把他直架到"蟹眼"面前。

"蟹眼"斜睨了他一眼，阴森森地道："俗话说，人在金佛前，不敢不低头。"他一手指着"马脸"，"这浑蛋既在人家门下，不低头也罢了，竟一声不吭，划地卖艺！你可知道，这里是谁家的地盘？"

正德听了，不禁哈哈大笑："你道是谁家的地盘？普天之下莫非王土呀！哪一寸土地不是朱家的？"

"蟹眼"冷笑一声，蓦地伸出手来，揪住了正德的胳膊，喝道："你这小子是哪门哪派的？也敢来摸老虎屁股？"

正德毫不畏惧，心想我不若故技重演，借个来头吓他一下，便道："鄙人挨不上哪门哪派，但湖广巡抚蒋公豹倒是我的故人。"

"蟹眼"打量了正德一眼，突然干笑一声，随即就重重地给了正德一个耳光，吼道："胡说八道！凭你这衣衫不整的穷酸相，也配做蒋大人的故人？'蒋公豹'这三个字，是你这臭小子叫得的吗？"

这是正德有生以来第一次挨打！最初的一刹那，他甚至还没有弄清究竟发生了什么事，只感到眼前金星乱飞，嘴巴间涌起一股咸腥味。他的两条腿倏地失去了支撑力，同时一软，整个身子就这样往下瘫下去、瘫下去！

"蟹眼"并不罢休，揪住他胳膊，又把他提了起来，反手又是一个耳光！

然而，这次下手之际，在他的蟹眼前却飞过一片寒光，再看自己的手，五个手指齐崭崭被削去了四个，"蟹眼"随即大叫一声，几乎倒在地上。

鲜血喷了正德一脸！

原来，尤三娘见正德被人架到圈心时，自己连忙挤到了人群的前面，但见正德向她挤了挤眼。朱皇帝出游以来，常喜欢在人前"表现"一番，以一试自己作为一个普通人调解人事、制止暴力的能耐。正德给她丢眼色，显然是希望她能给他这样一个机会。三娘会意，决定在一旁看着他如何凭伶牙俐齿去制服"蟹眼"和那一群凶神恶煞。然而，让她始料未及的是，那"蟹眼"居然毫不讲理，敢当众扇正德的耳光！

　　尤三娘这才感到自己护驾失职，便不容犹豫，箭步而上，挥剑削了"蟹眼"的手指。

　　"蟹眼"一声痛叫，人群中立即蹿出七八个大汉，手执棍棒刀剑，蜂拥而上。

　　马脸亦大怒，操起关王大刀，杀入重围。

　　尤三娘不慌不忙，蹈虚乘隙，步走八势，青萍剑蓦地一抖，已有人中剑倒地。

　　围观的人见出了人命，一个个吓得魂飞魄散，惊叫着四下散了。

　　红日已经西沉，长长的白天一边从容退缩，一边又在拱手迎接灰白的暮色的降临。

　　刀光和剑影，就像那暮色中翻飞隐现的游龙，裹挟着乒乒乓乓的碰击之声。在最后一束昼光消失的时候，尤三娘凭着自己深厚的内功，调动了听风辨器的特异功能，她的青萍剑更是狠辣，一时间，血雨如喷，连连得手。

　　就在这关键的时刻，隐隐地听到喊杀之声呼啸而来。待到近时，忽见火炬如林，把这血腥的战场团团围住，且映照得如同白昼！

　　尤三娘见援兵中那为首的二位汉子似曾相识。猛然记起他们原是元昌客栈与自己见过高低的麦余奇和张翼，不觉浑身一凛！

　　正德大概也已经察觉苗头不对，就偷偷向拱桥溜去。

　　尤三娘只得且战且退，向正德方向靠拢。正在这时，桥堍外倏地穿过一条黑影，冷不防起手揭去了正德嘴唇上的小胡子，那人哈哈大笑，却是个女子的声音："好啊！你原来在这里！"

　　正德惊骇万分！因为随着那一声笑，又有许多人围了上来。

　　"真人露相啦！……"

人群如蚁，纷纷向万年桥凝聚。

尤三娘急得大汗淋漓！

偏在这时，拱桥顶上又冲下一个人来，手握钢刀，直奔正德，正德急往回奔时，迎面又遇到一条汉子举刀而来！

尤三娘左手一挥，一支袖箭直向他咽喉飞去……

然而，迟了一步，正德"啊呀"一声，背上已经着了一刀。

第八回　亮刀淑女阻兵　救驾蛾眉就缚

高天云在马车上，调动最后一点元气，打断了司马畏两根肋骨。司马畏咬牙忍痛，狼狈逃回，一面却暗暗庆幸总算未受致命内伤。好在自己有一手接骨疗伤的本领，且跌打金创各种药物一应俱全。待收拾停当，便一头躺倒在藤椅里。

他很疲倦，眼睛却反而睁得大大的。此刻，映入他眼帘的只有薄雾样的一片流光。

蓦地，就在那一片白茫茫的薄雾中，走马灯似的闪过几个面容：高天云，薄如冰、尤三娘，还有那月光照射下一张奇丑的麻脸……

走马灯般流动的面容，聚拢了过来，个个横眉怒目，又"轰"的一声，但见白光一闪，化作了昆吾、青萍、铁笛、缅刀，它们在他的面前飞舞、旋转，他惊恐地闭上了双眼，让自己沉浸在一片漆黑之中。

显然，他不甘心沉于这黑暗的寂寞，却又不敢睁开眼来面对那些在元昌客栈、无烟村新结下的仇家。

下意识地，他只是用上牙去咬自己的下唇，直咬得鲜血淋漓！

然而，元昌客栈、无烟村的连续失误并没有让他真正绝望。正像这一对让他沉沦于黑暗之中的眼皮其实并没有彻底隔绝光线的透射一样。他既不后悔伤了无辜的高天云而自己又在高天云的掌下受伤，又不后悔在月光下曾赤条条地被两个女子追杀！

司马畏能够不时地在创痛中以打伤威慑武林的林屋派副掌门

作为镇痛剂，还能够在艳名满天下的尤妃那一双虽怒而又略带忧郁的美丽的莺眼那里得到抚慰。刘太监曾经用一种几乎是引诱的语调，默许乃至怂恿他在劫驾成功之后，同样成功地去占领她的每一寸肉体的"领地"。今天他亲眼看见了尤妃的花容月貌，她比他想象中还要秀丽！

肉欲的骚动使司马畏亢奋起来，甚至她那支光闪闪的青萍宝剑此时也变得十分可亲了。青萍剑旋转着闯入他的眼帘，又幻化成丽人的莺眼、柳眉、红唇、皓齿，袅袅婷婷的尤三娘正在向他走来……

司马畏跳起身来，不顾一切地就去拥抱她……

一阵急雨般的敲门声，把她惊走！

司马畏猛地睁开眼来，发现他仍然在藤椅里，客厅里空荡荡的不见一人。

叩门的声音震耳欲聋。

他懊恼地、不情愿地叫了一声："进来！"

进来的是张翼、麦余奇。司马畏不觉怒起心头：

"混蛋！"

二人唯唯诺诺，不敢多言。

"好事都坏在你们的手里了！"

"府台！……"

"你们惊走了她……"

司马畏干咳了几声，又支吾了一会，道："我是说……皇帝小儿本来已经到手了，你们在元昌要是能够多纠缠尤三娘一会，事情也就不会糟糕到这地步了！"

"府台！不是我们不想多缠，是她委实厉害，我们遇到的毕竟是青萍第一剑！……"

"还啰唆什么？一对窝囊废！"

二人对视了一下，同声道："是、是！在下失职，致使府台负伤……"

司马畏一摇手："我说过，不必啰唆了！你们到此就为谢罪吗？"

"在下造府登门，一则来谢罪，二则要报告府台，选呈钦差蒋公豹的礼物已经有了眉目。"

"喔？"司马畏坐起身来。

蒋公豹是朝廷重臣，身居湖广巡抚之要职，近来由太监刘瑾保荐，作为"查库"钦差纠察天下银库；蒋公豹同是白莲教徒，在白莲教内，被封为"左侍者"，和"右侍者"刘瑾同是东野叟开国的擎天栋梁。此番蒋公豹借"奉天纠察"之便，广聚金银，实为举事筹措经费，不日将光临姑苏，司马畏正欲借机结识蒋公豹，能不尽心？

接待钦差事宜经精心筹划，早在准备了。其中一项最棘手的事，即是呈送的礼物要符合司马畏定下的两个标准：一是稀罕无价；二需是佩带之物——随身佩带，从而可以天天想起他们的交情。单为这一项，已派出多少干将，四处密访搜罗，却没一件中意的。如今听说有了眉目，司马畏不觉振奋起来。

"说说看，什么样的稀罕宝物？"

张翼从怀中摸出一件宝贝来。

司马畏接过来，放在掌中细看，却是枚衣扣。只见一颗光芒四射的珍珠镶嵌在一个精致的白金托座中，造型高雅脱俗。司马畏边欣赏边道："这虽然属于佩带之物，似有不凡，然而看不出它有什么好处，让人一定要把它佩在身上！"

"府台！这颗珠扣的奥妙不是普通人所能领略的。"张翼笑着说。

"哦？那请你说说它的好处！"

张翼不说话，向麦余奇丢了个眼色。

麦余奇从花几上的盆栽中抓了一把泥，只顾往司马畏身上抹去；张翼也从书桌上取来水笔，往他身上一阵乱涂。

司马畏不知何意，有点恼怒："混蛋！你们疯了不成？"

"府台先别发怒。你不妨瞧瞧身上的泥巴和墨迹！"

司马畏俯首看自己的衣服，泥迹墨渍尚新，但转眼之间已经

223

干透，然后每一处均龟裂成四五片，只轻轻一抖，便纷纷落地，身上不留一点痕迹！

"身上佩带了这件宝物，就可以一尘不染！这是一颗价值连城的'避尘珠'！"

"避尘珠？"

司马畏爱不释手，同时呵呵大笑起来："是从哪儿觅到了这样的稀世宝贝？"

"在下开在胥门的当铺，是今天刚到手的。"

"当了多少银子？"

"二百两！"

"二百两？过两天人家要来赎还呢？"

"我已请人打下图样，做下假货，蒙混货主……"

无意之中，司马畏在扣座的反面发现了微雕，细细看时，乃是一条团龙。

"那当主是谁？"

"据说是一男一女，男的自称朱月关。"

司马畏"呼"地站了起来："他们去哪儿啦？"

"他们出了胥门……"

"混球！那是正德和尤三娘！还不快追！"

"府台，何以见得是皇上他们呢？"

"此珠扣是宫中之物就是明证。再说，他自称朱月关，那'月关'，拼起来不就是一个'朕'字吗？何况他姓朱！不是皇帝小儿又是谁？"

"那么，我们多派些弟兄，立即出胥门追捕！"

司马畏急不可待。张翼、麦余奇刚走，他便也抽出达摩刀来，随着一声长长的冷笑，纵身蹿出了他的豪华客厅。

司马畏先去官办武馆精选了四名武艺高强的武士，命他们埋伏在阊胥当铺四周，监视所有顾客，又下了死令：务必拿下赎珠的人，不管是男是女！

然后，他径自直奔胥门。

到得胥门，天已擦黑。忽见麦余奇领着几十名兵士，高擎火炬，狂奔出城。

司马畏猛地一把揪住了麦余奇："咋咋呼呼的，你是去打猎？"

麦余奇兴奋地凑着司马畏耳朵："好消息，猎物发现了！"

"在哪？"

"万年桥！他们和马戏团的臭小子联起手来，正在与我的弟兄打架哪！"

司马畏达摩刀凌空一扬："走！"

话声未落，火光中有一条黑影从天而降，来不及辨清面目，只见刀光霍霍，朝着司马畏没头没脑一阵乱砍。

司马畏大怒，先用达摩刀封住门户，一边对麦余奇号叫道：

"你速去万年桥，不得误事。这里由我来收拾！"

司马畏刀片翻风，用的全是进攻路数。对方毫不示弱，出手迅捷，凌厉劲削。

司马畏发现寻他麻烦的乃是一个女子，一块方巾蒙着口鼻，只露出两只闪亮的眼睛来。

司马畏暗忖：莫非是尤三娘到了？

手头的达摩刀一紧，蓦地卷起一堆刀花，突然"呼"的一声，一式"拔闩开门"，意在诱敌擒拿。

女子不识花招，刀身直进，司马畏稍稍侧身，刀刃便贴着她的前胸擦过。

司马畏本来可以伤她，却先不着急，左手剑指向她脸上戳去。只轻轻一带，已撕去了她的蒙面布。司马畏这才看清了她的脸，不觉吓出一身冷汗来。

这原是一张大麻脸，还露出两颗黄板牙。来者不是别人，正是无烟村的周若仙！

周若仙一面挥着缅刀，一面大叫着"淫贼、淫贼"。

原来周若仙那天闷哭了半日，心中憋得慌，哥哥周元出门相亲，竟又不见回家，更是放心不下。这天便出得门来，一则散心，二则打听哥哥的消息，不意在万年桥遇上司马畏，不觉怒上心来，要来杀他。

司马畏呵呵大笑："我道是谁，原来是你这位猪狗都不要的母夜叉！你当老子是什么人，会看上你这样的丑八怪！"

"现在是一副嘴脸，那时抱着我的时候又是怎样的一副嘴脸？不要脸的淫棍色狼！快快吃我一刀！"

周若仙发起狠来，刀片如雨。司马畏一颗心惦着万年桥，本不想与她纠缠，于是左遮右挡，在逼退麻女数步后，一转身就拔腿出城而去。

周若仙紧追不舍！

到了万年桥，忽见人头攒动，刀剑如林，早不见了司马畏。

然而，周若仙一眼便瞧见了尤三娘，不觉大喜，再去找朱公子时，见一个人瑟缩着身子，正向桥上溜去，极像是他。

几个箭步，她蹿到了他的身边，蓦地发现，朱公子嘴唇上长出了密密的胡须，不觉心中大惑。一夜之间就长这么多的胡子，简直匪夷所思！周若仙随即伸手一揭，果真是假的，不觉哈哈一笑。

司马畏也已蹿到拱桥顶上，他闻声四望，一眼便认出了正德，急下桥去，轻舒猿臂，来擒正德。

周若仙怒不可遏，挥动缅刀来斫司马畏伸出的手臂，司马畏也动了肝火，一式"黑虎掉头"，向着周若仙的粉颈就是一刀。

周若仙高叫一声"来得好！"，缅刀起处，只听"乒"的一声，火星四溅！双方都感到了一阵肩臂酸麻。

司马畏断肋未愈，受此一震，便觉一阵钻心疼痛，嘴角边又淌出血来。周若仙笑道："你这个采花贼莫非夜来过度，元气快耗光啦？就此向本姑娘投降了吧，可饶你个不死！"

司马畏忍痛换招，右手达摩刀"展翅"而出，左手掌却狠劲一削，正碰着了周若仙胸脯，痛得她哇哇呀呀乱叫起来，"淫贼！淫贼！"地骂个不停。

正德见不是路，便往回溜，不意张翼也把天子认出，直奔过去。尤三娘急忙间射出一支袖箭救驾，张翼用刀拨过袖箭，却不去理会尤三娘，只管死盯着正德穷追，看看追上，右手一翻腕，正德背上已经着了一刀，大叫一声，被打下河去。

张翼大喜，觉得立了头功，忙挂了刀跳下河去擒拿正德，眨眼间，又有个汉子蹿入水去抢功，不是别人，正是麦余奇。

尤三娘惊慌万分，也纵身跳了河。三娘轻功极好，踩水行走时，水在脐下。张、麦二人水性也自不弱。三人在河中战在一处。

司马畏早舍了周若仙，率兵丁警戒环城河两岸，生怕正德泅水上岸，逃之夭夭。

周若仙回首，见桥边空地上战事未息，不觉性起，大叫着冲下桥去，缅刀霍霍，杀入重围。

早有几颗人头，被菜瓜一般削落尘埃！

此时，司马畏又令识水性的人全部下水助战，务必生擒尤三娘。尤三娘一支青萍剑挑、刺、削、剁，勇不可当。

新任的苏州守备麦余奇趁她不备，一个猛子，潜到尤三娘身下，冷不防捉住了她的双踝。

张翼箭一般射来，起手来点她下腹的穴道。

尤三娘急中生智，急速抱膝蜷身，护住了小腹，同时猛力转体，把麦余奇调到前面来，使麦余奇反被张翼点着了环跳穴。麦余奇只感到一阵剧烈的震麻，随即松了双手！

尤三娘急钻出水面来寻找正德，但见河中净是兵丁，哪有正德影子？

司马畏正在桥面上指挥，一见尤三娘出得水来，迅即用手指着她的身影发号施令："抓住她！快！抓住她！……"

尤三娘毫无惧色，青萍剑东剁西劈，被她断肢斩首、开膛破肚者不计其数。一时间清波尽赤，寒流浮尸。

司马畏见兵丁虽多，却近不得尤三娘半分，不觉怒从心起，他也顾不得自己胸伤疼痛，就跳到河中来指挥。

他在河中组织起一张人网来，分深水、浅水、水面三层搜索正德。又将多余的人驱赶上岸，命他们夹岸巡视，不准正德、尤三娘上岸。

张翼因误点了麦余奇穴道，不得不在水中给他把穴道解开。

待麦余奇恢复后，两人才一起浮上水面。见了司马畏，立即向他游去。

司马畏吩咐他们去轮番攻击尤三娘，要尽量消耗她的内力，务必生擒活捉。

司马畏狞笑着，心道：正德、尤三娘，除非你们有变化的能耐，否则，休想逃得脱司马铁掌！

尤三娘虽然厉害，但她此刻在水中，除了要对付水面上的强敌，还要提防深水层的暗算，更兼张翼、麦余奇内功深厚、水性了得，而且她所面对的兵丁和武馆高手不仅身着救生衣，而且越来越多。

天渐渐黑下来了，靠着夹岸兵丁的火炬的照亮，要寻找正德已经没有了可能。

尤三娘心急如焚，渐渐觉得筋疲力尽起来。

麦余奇见时机成熟，再度潜入深水。尤三娘急弃了水面上的张翼，待要钻入水中去对付麦余奇时，已经力不从心，被张翼用刀封住了她向下的水路。

麦余奇终于再次抓住了她的两腿，用劲往下一拖，把她拖入了深水。

几乎同时，张翼也潜下水来，用刀柄点了尤三娘的气海穴。尤三娘立即散了气，麦余奇就势把温香软玉抱在怀里，冒出水面来。

第九回　靓女失鞋获代步　姑爷遇艳上绣楼

司马梅坐上了秋千架。

风轻而柔和。苏州府花园在斜晖里,展现了一片彩色的世界:红的、紫的、黄的、蓝的……鹅卵石铺就的曲径小道,油光光的发亮,两旁种植着翠柏、青松,偶尔夹杂着几支古榕或木棉树,经过了刻意的修葺,显得特别新洁清亮。

不知园内什么地方有一只不知名的鸟,正在单调地叫着:"咕咕!咕!咕咕!咕!……"

丫鬟梅香轻轻地推了一把秋千,它带着司马梅悠悠地前后摇荡着,她闭起双眼,在腾云驾雾般的感觉里品味着无限的惬意。

父亲司马畏突然进入了官场,一夜之间成了堂堂的苏州知府,使这位妙龄少女心里充满了惊喜和憧憬。从此,随父飘零江湖的生活结束了。这种巨大而彻底的变化,偶尔也会在她恬静的心海划过一道阴影,泛起一片困惑。

司马畏正在向她走来。

"爹!"她叫了他一声。

司马畏在女儿面前,大概也只有在女儿面前,才有力量逼开身上的兽性,显得超常的温和,他发自内心地笑着问:"玩得开心吗?"

"爹,我们为什么要改姓'楼'呀?姓'司马'不是很好吗?"

"看你问得多傻!爹肚子里的书和墨装得不多,这个知府不是考场上争来的,而是我花银子捐来的,捐官,就得改姓……"

"官也可以花钱买吗？"

"世上哪样东西不能买呀？爹在江湖半辈子，觉得累了，应该享享平安、享享天伦之福了，所以，宁可改姓也要捐这个官呢！"

"从此不在江湖上打打杀杀了吗？"

"对呀！"

"那为什么昨夜花园里……"

"花园里怎么啦？"

"女儿昨夜被花园里嘈杂的吆喝声惊醒，就走到绣楼窗口探视，见到了……"

司马畏急问："见到什么了？"

"一个女子五花大绑被许多人推进园来……"

司马畏急忙打断她的话，正色道："梅！这是爹的公务，昨天奉命抓了一个女强盗，就临时关押在后花园里……"

"为什么不押到牢里去呀？倒关在家里？"

司马畏微微变了脸色："小孩子家以后不要问这样的事。这是国家大事，爹只得这么做！"

司马梅侧着头，沉下脸去，表情是那样的失望与委屈，泪水眼看就要迸出来了。

司马畏脸上马上堆满了笑容，他从怀中摸出那枚珠扣来："梅！爹可不是哄你的。这女强盗乃是一名钦犯。你看，这是从她身上搜出来的珠扣，价值连城，分明是皇家之物！梅！爹抓获了这个钦犯，大大立了一功呢！"

司马梅回过头来，将信将疑地望着司马畏。

"梅，这珠扣多美！过几天奉天纠察蒋大人路过苏州，爹就把它上交。这样，先给你玩几天吧！"

司马梅摇了摇头："这既是爹的战利品，就由爹你藏着吧，来日也好上交钦差。放在女儿身上，多有不便。"

司马畏满意地点了点头："你先玩几天就是，钦差来了，我会上楼来取的。"

司马梅就把珠扣小心地包在自己的罗帕里。

"梅，爹今天找你，是为着一件大喜事呢！"

"不就是捉了个女强盗吗？"

"这是爹的喜事，还有女儿你的大喜事呢！"

"什么喜呀？"

"皇上不知怎的，知道我有你这么一个宝贝女儿，特捎来御扇一把，要为我儿做媒，几天之后，为父就要奉旨为我儿完婚了，这不是喜从天降吗？"

司马梅红了脸，不吭一声。梅香插嘴道："小姐，我也听人说了，夫婿名叫周元！"

"多嘴！"司马畏厉声喝道。

梅香吓得躲到了秋千架后面。

"他姓舒，名子涛。今年二十六，一表人才，一身好武艺决不在为父之下。舒子涛表字周元，故周元就是舒子涛。"

"爹，女儿还小呢！"

"一十七岁，不小啦！俗话云男大当婚，女大当嫁，你的婚事，也是为父的一桩心事，为父决不会让女儿上当的呀！你若不放心，今个晚上，舒先生要来恭贺为父荣升，为父宴请他时，女儿可在屏门后偷偷一窥，就可知舒先生才貌双全。有这样的夫婿，一是我儿有福，二得感谢当今皇恩浩荡！"

"既然这样，女儿听从父亲做主就是！"

司马畏慈爱地笑了笑，抚摩着她乌黑的头发，一阵酸楚却不禁兜上心来。

司马畏其实并不愿意把女儿嫁给舒子涛，倒不是因这位道长比司马梅年长了八九岁，而是因他深知江湖艰险，故并不希望女儿嫁给游侠少年而卷入江湖纷争。他也曾为儿女计划了一个安定幸福的前程，这种幸福前程是舒子涛不能给予的。

悔不该得罪了林屋派！何况，高天云是如雷贯耳的古秋霞的高足！古氏要你三更死，阎王不敢相留到五更。司马畏决定把女儿交给舒子涛，无非是退一步而求其次，要为她找一个强有力的庇护所罢了！

司马畏压抑着深沉的悲凉,长长地吁了口气。但当他一转身,穿过花径来到半月亭时,几乎又忘记了刚才填满心扉的一切情绪,俨然是一名为国不顾家的开国功臣、人人敬畏的兵部尚书了。他被一种更为强烈的欲望推动着,一心想着的是如何去会一会手下的女囚犯——美貌的尤三娘!……

司马梅对自己的婚姻其实还没有过具体的想象,自古以来,父母之命,媒妁之言。何况在她这点年纪,相思之帘尚未彻底挑开。她相信了父亲"奉旨完婚"之说,父亲关于舒子涛才貌双全的介绍,让她心中涌起一阵羞涩与甜蜜,甚至期待着屏门背后的窥视。二十六岁吗?该是个成熟而有风度的男子汉了!……

司马梅下了秋千架。

"梅香,"她边走边道,"你见到了那个周……元了?"

"我也只是听人说起罢了。小姐问他作甚?没羞、没羞!"

司马梅红了脸,就去追打梅香,梅香转过一座小桥,躲在梧桐树的背后嬉笑着,还用手指刮着自己的脸羞司马梅。

司马梅斜抄过去捉梅香,不意那里是一块苗圃,苗床上覆盖着一层厚厚的淤泥,表面上似乎晒得起了裂缝,样子很结实。司马梅一踩上去却深深地陷在了泥里,烂泥一直没过了她的脚踝。

司马梅使劲拔出脚来,想不到鞋袜却仍然留在淤泥中,她单腿站不住,又一屁股跌坐在厚厚的淤泥中了。

梅香慌得过来拉她,又如何拉得动?一不留神,梅香自己一只脚也陷了进去。她用力自拔,同样光拔出了一只雪白的脚来。

两人又好气又好笑,好不容易从淤泥中挣扎出来,已弄得浑身是泥,甚至脸蛋上也斑斑点点,狼狈不堪的了。她们互望着,哭笑不得。

"你去叫我爹来!"司马梅说。

"老爷走得远了,再说我剩下一只鞋,怎么走路呀!"

"我不管!"

梅香试图用手把鞋子从泥浆中掏出来,待把鞋掏到手时,只见鞋中早装满了泥。鞋不能穿了,她就试着光脚走了几步,那三寸大小的光脚板怎禁得住泥沙刺痛，走不满两步，腿就发软跌在地上了。

梅香委屈得坐在地上直哭，她去擦泪，又把个脸蛋儿糊了个一塌糊涂。

"你自己唤你爹去好了！"她哭着。

"你光一只脚，我光了两只脚哩！"

两人斗了会嘴，司马梅见无计可施，也嘤嘤地哭了起来。

就在这时，假山背后忽地传来了一阵山歌，二人同时止了哭，听那山歌唱道：

> 扁担两头青青菜，
> 阿妹踏着轻歌来；
> 阿哥有意替一肩哎，
> 菜心妹心一路归。

过来一个汉子，铁扁担挑了一担花树如飞而来，见了她们，猛地收住了脚步，自己却先把脸涨红了。梅香见了，高叫起来："那位大哥，帮个忙好吗？"

梅香说时，把自己的一只光光的小脚缩进了裙子中。

"好说，要帮什么忙呀？""铁扁担"歇了下来。

"把鞋子借来用用。"

"借鞋子也算不得帮忙。"

铁扁担周元于是把鞋子脱了，交给梅香："小姐，你要鞋子干吗？"

"我不是小姐，我是梅香，她才是小姐呢！"梅香指了指背对着他们的司马梅。

周元转到司马梅面前。

司马梅的脸虽然泥迹斑斑，但依旧未能掩盖她的美貌，那泥水反而更衬出了她皮肤的白嫩来。周元见了不禁喃喃自语道："她就是我的老婆吗？"

他甚至有点自惭形秽。

司马梅拭着泪。周元见了她那楚楚可怜的模样，就有点心痛起来，正要问话，梅香却把鞋扔还了他："你这双鞋就像两艘船，我们一丁点的脚，怎么穿呀？"

"你们的鞋呢？"

"掉泥塘子里去啦！"

"还有干净的鞋吗？我给你们去拿就是。"

"在绣楼上呢。"

"绣楼我能上去？这不难人了嘛！"

周元搓着手，在原地转了几个圈，忽然高叫道："有了！有了！你们坐在我的箩筐里，我挑着你们俩，一直挑到绣楼前，不就行了吗？"

司马梅"扑哧"一声笑了出来，梅香更是拍起手来："好哇！好哇！"

周元把筐里的花树搬走，一只筐放在梅香前，一只筐放在司马梅的面前："小姐，你扶着扁担起来。"

梅香已经进了筐。司马梅手把着扁担，觉得扁担上高低不平的像刻着字，她把手移开，眼光在那字上溜了溜，模模糊糊的，仿佛是"周记"两个字。她借着手里的力量要站起来，只因为在地上坐得久了，站起来就感到一阵脚麻，又跌了下去。周元不容分说，上前就把司马梅抱在怀里。

司马梅受了惊吓，在周元怀里把双脚乱蹬，算不得三寸金莲，却也玲珑可爱，上面沾满了淤泥，仿佛一对尚未开剥的肉粽子。

周元盯着她的两只小脚，一时竟不知所措。

在热烘烘的男子怀里，司马梅有一种从未体验过的奇异的感受，她双足不蹬了，眼睛不眨地望着那张憨厚而年轻的脸。

一种奇怪的感觉从司马梅心里升腾而起，她感觉到从周元那张黝黑的脸中透出的美和魅力，想到这些魅力在别的小白脸上一定是感受不到的。他那宽阔的胸脯紧贴着她，传递着那强有力的心的跳动，让听惯了江湖风雨声的她忽然感到了某种安全、暖和、温馨。

"兀那汉子，你这样紧紧抱着小姐，想干什么？"

周元猛醒，慌了手脚，忙把小姐放进筐里。

司马梅离开了周元的怀抱，然而就在这忙乱的一瞬间，那酥软高耸的胸乳擦着了周元的手掌。像雷电的一击，周元感到一阵麻酥。司马梅一阵脸红，但是她没有作声，低下了头，却又忙中偷闲，回眸扫了他一眼，送去了一个短暂的浅笑。

秋波冲开了周元的大嘴，他禁不住也笑了。

周元轻快地把她们挑在肩上，竟也忘了穿鞋，他甩着大脚，飞也似的跑起来了。那支山歌，蓦地跳在喉间，忍不住还要高唱两句：

> 阿哥有意替一肩哎，
> 菜心妹心一路归！

出了花园，不多远就到了绣楼，周元把她们停在厅上，就取盆打水，让她们洗脚，觉得自己没有什么留下来的理由了，尽管心中不愿意走，也只得去告辞。正在此时，只听司马梅惊叫了一声："珠、珠扣丢了呢！"

"什么珠扣？"

"爹要上交钦差大人的战利品，我把它丢了！"

"别急，"周元安慰她道，"你想想丢在哪里了，我给你找去。"

"我想就在丢鞋的地方，我把它包在罗帕里。"

"放心吧！我一定给你找回来！"

"这位热心的大哥，你真好，还未请教大名呢！"

"我叫周元。"

"不得了！不得了！"梅香大叫起来，"姑爷你给我丫头打了洗脚水了！"

司马梅忽地抬不起头来。脸羞得红到了耳朵根："你就是舒周元吗？"

"是周元。"

"字周元，名舒子涛，不错的！"梅香道。

"'输子逃'？我哪来这个雅号？又不赌，干吗输子就逃？"

司马梅没听懂周元说些什么，梅香却忍不住笑道："你就是来奉旨完婚的吗？"

"是呀，是呀！原来小姐已经知道了！"

周元把御扇取出来："小姐过目，当今皇帝就在这扇子上做的媒！"

司马梅接过扇子，细细端详那上面正德的墨宝和御玺，感动得泪光闪烁。

"小姐，我若欢喜赌博，输了就逃，皇上能为这样的不肖子做媒吗？"

司马梅觉得周元不但憨厚，而且幽默。

"小姐，你要是喜欢这把扇子，就放在你那里。反正你的就是我的，我的也就是你的了，何必分彼此呢？"

司马梅含笑点了点头。

周元满心欢喜，但他用力控制着自己，只化作了脸上的微微一笑，然后，就走了出去。

司马梅细细地欣赏那折扇，一边却在品味周元临走时丢下的那一个无声的、儿童般纯真的微笑。

梅香为她穿上了新绣鞋。

司马梅向楼梯走去。

"小姐，你不等姑爷回来送珠扣了吗？"

"让他送上楼来就是了。"

梅香会心地笑了笑。

司马梅径自上楼进了闺房。她感到坐也不是，立也不是，眼睛时不时盯着房门口，她索性把房门打开了，木偶般坐在窗前，眉毛也没动一动，直到楼梯上响起了沉重的脚步声。

司马梅胸中小鹿乱撞起来，她突然后悔不该让他上楼来。但已经晚了。周元笑容可掬地站在了她的面前。一双大手摊开，手中一方香罗手帕，里面是那枚毫光四射的珠扣。

"小姐，是这珠扣吗？……"

司马梅走近前去，没有取珠扣，她突然渴望周元能再次把她抱在怀里，就在这四周无人的时候。

周元面对着她微闭的双目和高耸的、起伏越来越急剧的胸脯，也开始呼吸急促起来。但他感到，在他面前的司马梅此刻仿佛不是司马梅，而是一头雪白无比的羔羊，而他自己也仿佛变成了一头贪婪的斑斓猛虎。他很想扑上去，但全部杂念只在一瞬间闪现了一下，立即化成了一声含情脉脉的呼唤："小姐！……"

温情的感触，仿佛一个无声的闪电，流遍了司马梅全身。

楼梯上又响起了细碎的脚步。司马梅回过神来，睁大了双眼，她感动地、同样含含情脉脉地望着周元，道："谢谢你把东西找到了，这珠扣，就放在你那里吧！"

"这……这可是你爹要上交钦差的战利品呀！"

"你不也是钦差吗？我替他上交就是啦！我上交，你不收？"

"收收收！怎的会不收？"

梅香端来了点心。

周元要梅香坐下来一起吃，梅香忙道："不不，主子是主子，下人是下人，你们主子吃饭，哪能由我乱了规矩！"

司马梅笑道："谁把你当下人啦，别不识抬举呀！"

梅香这才坐了下来。

周元忽然被一种乐融融的氛围所打动，这不就是他向往已久的一个家吗？他真想时间就此停滞，永远停在这一刻乐融融的家的氛围里。

司马梅手支香腮，端望着吃得津津有味的周元，她同样陶醉在这千金难买的良辰之中。

吃毕点心，梅香笑嘻嘻地说："姑爷，我们晚上见啦！"

"晚上我再来吗？"

梅香乜了司马梅一眼："晚上不是楼台会了，你姑爷在明处，小姐只能在暗中，偷偷见你一面呢！"

周元摸不着头脑，就道："小姐想偷偷见我，那好，我就把屋里的灯火点得亮亮的！"

绣楼上又弥散开一阵欢乐的笑声……

周元走了以后，司马梅独自沉湎在猜测、描绘与想象之中。她感激正德皇上，也感激自己的父亲马上要为"奉旨完婚"忙碌起来！

司马梅艰苦地挨到了日落、掌灯。似乎有点迫不及待，她由梅香伴着，早早地到了西花厅屏门背后。

厅上的酒席已经半酣。她们没有看到周元！

陪着喝酒的是一位道长，他背对着她们，看不到脸，司马畏对他似乎很迁就，时而向他敬酒。道长喝酒的姿态十分干练，动作之间隐伏的丝丝杀气使他干练的背影所给人的印象似乎微微变了质，让人感觉到了他想主宰一切的阴险与不诚实，不照面也能知道他绝不会像周元那样憨厚可爱，哪怕半点！

司马梅把道长干练的背影和周元憨厚的面容一经并列，并非先入为主，那道长就明显地失重了。

"周元还没有来吗？"她自语道。

"我想是的。"梅香道。

"你去问老爷，周元来不来，不来，我们就回房去！"

梅香奉小姐之命进了西花厅，司马梅在门缝中，依稀见到梅香在司马畏耳边说了几句，司马畏笑得很厉害，后来，他对梅香也小声说了几句，梅香就离开了，很快回到了司马梅的身边。

"他来不来呀？"司马梅着急地问。

"老爷说，那道长就是周元。"

"胡说！"

"难道同名同姓吗？"

"可是御扇会是假的吗？"

司马梅倏地猛醒，此元不是彼元。父亲明明说过，他叫舒子涛，字周元。周元也说，他不赌，干吗输子逃！

司马梅冷笑一声："我们回房去！"

西花厅的宴席一直到天交三更才散，宾主的一个席间契约就是三天后"奉旨完婚"，舒子涛终于满意而去了！

238

第十回　周元大闹苏州府　佳丽脱囚半月亭

尤三娘在黎明前被押进苏州府，关在后花园的密室之中。她的双手和两脚被捆绑在异乎寻常结实的钢架床上。由于闭穴时间过长，她显得十分疲惫。

尤三娘凝神丹田，守住了一点真阳，力图把滞重而向下垂落的意识托住，以尽量让自己的精神从颓茫中解脱出来。然而，这反而增加了她的痛苦，这倒不是因为自身的受困，而是那种失职的煎熬变得越来越沉重，从而也越来越无情地折磨着她。有时她想，让意识走开吧，真的昏死了去，或一睡不醒恐怕痛快多了！但一念刚起，她立即又用各种语言不停地责骂自己。

寻找正德的下落，把他安全护送回京，就像一束神圣的光环不断净化着她的心灵：她必须禁受住一切煎熬与折磨，争取活下去，逃出去！

她自知自己并不孤傲，必要的时候她做得到忍辱负重，但她也清楚自己并不是逆来顺受的那一类女子。相反，逆境能让她奋发！

就如眼前，她全身的每一个细胞都准备好了接受一切熬煎与折磨，争取活下去，逃出去！

铁门被人打开，密室亮起了灯光。

司马畏狞笑着走进来。

他的手里捏着马鞭子，他把它高高扬起，轻运腕力，"啪！"地爆出了一声鞭响。

鞭响声中夹杂着他的长笑。

"你想干什么？"

"作为一个女人，在这种场合，还用多问吗？"

"啐！"

司马畏并不着恼，起手抹了抹脸上的唾沫，用马鞭柄戳了戳尤三娘粉嫩的脸蛋："你这小嘴里能装多少香沫子？全赏给在下吧！"

猝不及防，司马畏的一只手抓住了尤三娘的胸脯，猛力一撕，便撕开了她的上衣，露出了贴身的一块鲜红的薄绸胸兜。丰满的乳峰高耸着，顶着一个小小的球，仿佛马上要把薄绸撑破。

司马畏仿佛受到了某种感召，突然斯文起来了。他小心翼翼地，要去抽她胸兜上的丝结。

"司马畏！你这畜生！"尤三娘怒吼着。

"畜生？"司马畏停住了手，又是"哈哈"一笑，"你以为你是什么？是娘娘？是万尊之主的小老婆？……"说着司马畏无情地抽去了她的裤带。

尤三娘彻底绝望了！

她的心像悬在空中，毫无着落，头脑在不断膨胀，无限制地膨胀。

她使劲瞪了一下眼，眼内迸射出一道憎恨的闪电！然而，发烫的泪水也随之默默地从秀目中挂了出来，一滴一滴地滴在地上。

"算不得奇耻大辱呀！"司马畏为她脱去了绣鞋。

尤三娘头脑中"嘭！"的一声响，脑袋仿佛已经炸裂。司马畏的话声却还在源源不断地灌进她的耳朵："我承认，你的美貌使我倾倒，司马畏的双膝除了跪过教主东野叟之外，没有向谁弯曲过，但我可以跪倒在你的石榴裙下！正德大概已淹死了，即使逃过了今天，也难逃明天！告诉你实话吧，如今我们白莲教全教动员，就是为了劫驾，先逼他退位，然后杀死他！皇帝死了，你便是寡妇呀，无论谁当皇帝你都是个再不会起眼的遗孀了呀！

"这沃野千里，都是我们的人，就是刘公公——不说这些……"他摆了摆手，"就说咱司马畏吧！在这密室之中，我是司马畏，出了这门，司马畏摇身一变，就是堂堂的苏州知府楼从文了……"

"你杀了楼大人？"

"何止杀了他？他一家子的冤魂都在长江里呢！"

司马畏故意在尤三娘面前夸耀他的狠毒，意在制造一种精神威慑。尤三娘怒视着他，司马畏于是又换了个话题，道："司马畏膝下有个女儿，说不上羞花闭月、沉鱼落雁，也自有一番风韵，但夫人却是个黄脸婆。今天贵妃娘娘光临，也不枉费我多年的垂慕，嫁我吧！把你的身体和心都给了我吧！今天是知府夫人，明天也许就是尚书夫人了。嫁了我，我还可以推荐你加入白莲教！……"

司马畏从桌上拿起尤三娘的青萍剑，用指面慢慢地抹着剑刃："到时候，你还是'青萍第一剑'！你依旧可以纵横天下！如果你我同心联手，东野叟，哼！又哪在我眼里？到那时，教主是我的，江山是我们的！"

尤三娘缓过一口气来，审时度势，料定眼前未必就有急难，脚下似乎隐隐还有一条生路：先假意答应他，诱他把自己放下来，然后再与他算账！

司马畏用手拂开乱垂在她脸上的青丝，道："这是我给你的一条生路，要不然等待你的就是求生不得，求死不成！"

为不受辱而答应嫁给他吗？尤三娘暗想，答应嫁他同答应嫁给畜生又有什么两样！

"你让我考虑一个晚上。"

"好哇！我正累着哪，"司马畏淫笑着，"我五更过后再来会你！"

他终于退了出去，并没有给她松绑。铁门随着"乒"的一声关上了！

司马畏所谓要与尤三娘联手篡教、篡位，其实不过是为了说动三娘而临时安排的说辞。他对东野叟惧之入骨，以他目前的功力与实力，尚不得不谨小慎微地侍候着东野教主，并执行着他的一切命令，不敢玩忽。他要说动尤三娘，无非为了能不施暴力而占有她。他垂涎她的美貌，且她已经在他的手掌心了。他觉得对她实施强暴不免是一种"浪费"，太可惜了！他自以为自己的这篇说辞恩威并用，他黎明再来的时候，她便必定会跪倒在他脚下，心甘情愿地供他尽情取乐！

司马畏出了密室。

弦月初上。司马畏抬头望了一眼满天的繁星，恰见一片轻云飘过紫微，心下一阵暗喜：正德小儿，你命中有难！这正是老天对我司马的暗示！他慢步走出半月亭，心中一边思索着对正德的搜捕。

突然眼前黑影一闪，一根沉重的铁棍向着司马畏的脑袋落下来。司马畏大惊，急忙闪身让过，却清楚地看到原是一条铁扁担，他喝了一声："放肆！"

袭击他的乃是新上任的女婿周元。

"啊呀，我当是贼，原来是岳父大人！"

原来周元从小姐楼上下来，原以为岳父大人要宴请他，便匆匆洗了澡，换过干净衣服，就到西花厅来，果真酒席整齐。然而等了多时，却不见老爷到席。他知道老爷在花园里，也知道他身上有着重伤，只怕他伤痛发作，病倒在花园里，所以急急地进园来找他。刚走过半月亭，忽听到身后一阵异响，回头看时，见亭中多了个人影，好生奇怪，特意一扁担打去，原想吓唬他一下，不意竟是司马畏。

"你来此干吗？"司马畏威严地问。

"我来请你赴宴呀！"

"你请我赴宴？"

"不不，是您老请我吃酒。刚走到这里，发现好像有异声……"

"你看到什么了？"司马畏急问。

"看到了你呀，以为是贼，故此出手了。"

"哦！"司马畏沉吟了一声，"今天的酒是请舒先生的，隔天再请你！"

周元寻思，小姐和梅香明明告诉他老爷今天宴请他，怎么转眼就变了对象？难道她们两个人一起搞错了吗？

司马畏在心里骂了一句：癞蛤蟆想吃天鹅肉，想得可美！然而他仍装出一副和顺之态，道："你还不知道吧？皇上今天在胥门投河了！"

周元大吃一惊！慌不择言："当……了皇帝，……也要自尽……吗？"

"恐怕天下从此要乱了呢！你的婚事，也只得推迟些时日了。"

"那……那么，尤、尤娘娘……呢？"

"失散了，正在寻找。"

周元倒抽了一口冷气，先自镇定了一下，想他们好好地在家里，怎会去胥门投河？待他回过神来再问时，司马畏已没有了踪影。

周元神情好不凄惶，觉得万岁死了，自己的婚事仿佛失去了后盾，有点缥缥缈缈的了。虽说小姐似乎对他很钟情，可岳父会不会赖婚呢？这几天来周元感觉得到，司马畏似乎有意回避他，有时候司马畏也对他笑，但他总有一种直觉，怎么司马畏老像是在讪笑呢？

周元胡思乱想，沿花园的围墙闷闷地只管向前走，忘记了肚皮还空着。

前面的围墙上，蓦地"扑簌簌"一声响，有几只麻雀受惊飞了起来，漫无目的地乱闯着。周元立即警觉起来，本能地紧握铁扁担，抬头而望。

不远处，围墙上依稀有两条人影在移动。

"夜行人！"周元心想。也好，待我把这两个毛贼捉了，为楼府建个功劳，同时借此显出点能耐来，或许老爷一赏识，今天就定下了成亲的日期呢！于是他沿着墙根，悄悄地逼近贼影处。

墙头上的人轻轻耳语了一阵，便跳在园中，脚落地后就分头行事，一朝东走，一往西行。

周元一个箭步，拦住一位大汉，"呼"地就是一扁担。

那汉子立足未稳，似乎有点惊慌，虽避过扁担，身体却已跟跄倒地，周元便去擒他。谁知，他就地翻身跃起，用大刀片架住了扁担。

两人乒乒乓乓打了几个回合，另一个夜行人已闻声而返——却是个女子。

女子抽出长刀，对着周元猛砍。周元哇呀呀大叫大喊道："好个泼婆！你以为我真怕你不成？"

说时，一条铁扁担抡得风雨不透。

那女子指挥那男子道："你到他背后去，从下三路进家伙，盯住他的屁股！我封住他门面，走上三路取他脑袋。"

"这是我们祭刀的第一个可怜虫！"

"对，今天放血要尽！"

"务必碎尸万段！"

周元心里直嘀咕，这女子的声音怎么好熟悉？他大吼一声："放什么狗屁！只怕你们竖的进园来，碰着老子就要横的出去了！"

那女子闻声，忽然"托"地跳出战圈，喝道："且慢！那不是我阿哥吗？"

"咦？听你的声音莫不是我阿妹吗？"

"我是你若仙妹子呀！"

于是两人惊喜交加，大家住了手。周若仙随即向周元介绍了她的搭档，正是那个马脸汉子——解家班的班主解牛。在万年桥恶战中，解牛的妻子和儿子均被杀，危急关头，亏得周若仙救了他一命。

"你们半夜来此干吗？**偷偷摸摸的，**我这个知府女婿脸上多没光彩！"周元说。

"还女婿！女婿个鸟！"

"怎么说？"

"那狗官是采花贼、色狼！"

"色狼？你怎么知道他是色狼？他又没来强暴你！"

"哟！女婿还没做成，说话却帮起丈人来啦！"

于是，周若仙把周元走后第二天夜里色狼如何半夜入室，如何月下裸体大战，朱公子如何不辞而别，她如何离家找寻，在万年桥亲身经历了那场残酷的战事，又如何在万年桥营救朱公子不成反救了解牛的经过细说了一遍。

周元还是将信将疑，自言自语道："他竟弑君？竟捕了娘娘！"

周若仙没听清他在说什么，只道："你还不信？告诉你吧，我和解大哥盯了他的梢，清清楚楚见他进了府衙呢！"

周元截住了她的话头，急问"色狼"长得什么模样，周若仙从头到脚描绘了一遍，周元惊得魂魄都出了窍："色狼竟是苏州知府？！"

"若不是知府，又哪来官军帮他？"

"这么说，楼大人想造反！"

周若仙道："是反了他了！他们还杀了解大哥的全家。我告诉你，不管他是不是你的丈人老子，这仇是非报不可的！"

周元一扁担狠狠地砸在假山上，把几吨重的太湖石砸成了无数碎片。

"我不是他女婿！"

"你要做色狼的女婿，我也不会答应你呢！"

"这狗官不能不杀！"解牛也说。

"杀了狗官再找朱公子！"周若仙道。

"这就是了，"周元忽道，"昨天府里捉了个女强盗来！"

"什么女强盗，分明是三娘表妹！她关在府里？"周若仙急问。

周元摇了摇头。几个商量了一番，最后设计了一个行动方案：上绣楼把小姐捉了充当人质，逼她父亲放出尤三娘来交换！

周元有点犹豫，周若仙骂道："真没出息！你的女婿梦还没醒哪？小姐住哪里，你不说，我就不认你当阿哥了！"

周元无奈，只得道："我带你们去！"

到了绣楼前，他告诉若仙，楼上只有小姐和梅香。他千叮万嘱，不要伤了小姐，也不要惊吓了她们！

周若仙暗中瞪了周元一眼。

他们依计而行，由周元、解牛守着楼梯口，周若仙一个人上楼去会小姐。

周若仙上了绣楼，叩响了房门。

闺房"呀"的一声开了，一支台烛映着丫鬟颇为清秀的脸。丫鬟见了周若仙疑惑地问："你是谁？"

"我是老爷他妈。"

梅香感到情况不妙，就要叫喊，周若仙早一把将她捉到房门外，闪亮的匕首架在她的脖子上。

"快叫我声妈！"

梅香早吓成半死了，果真战战兢兢叫了她一声"妈"。

周若仙得意地冷笑一声："你道我是谁？"

梅香泣道："是我妈还不行嘛！"

周若仙用匕首在她脖子上磨了磨："我哪是你妈？是他太守老爷的妈！我问你，你想不想活命呀？"

"我求你放了我吧！"

"放你容易，你只要肯做一件事，肯不肯呀？"

"肯肯肯！"

"好，你去通知你家狗官老爷，只说小姐急病快死了，不许你跟他多说半句话，倘他多带一个衙役过来，不仅我还要找你，连小姐也没命了！"

"是……是……"

周若仙一击掌，楼下的解牛立即蹿上楼来，领着丫鬟去赚司马畏。

周若仙便大咧咧地进了闺房。

司马梅还没睡，正坐在被窝里，痴痴地望着那把御扇发呆。很显然，父亲正在玩弄移花接木的鬼把戏，要用舒子涛来顶替周元了。

一颗晶莹的泪珠挤过了她的眼睑，"啪"的一声滴在了御扇上。司马梅一动也不动，嘴里千遍万遍地只重复着一句话："不是他！不是他！他不是钦点的夫婿！"

"他还看不上你哩！"周若仙在帐外冷冷地奚落她。

又一颗珠泪滚了下来，司马梅没有听出周若仙的声音，还以为梅香在跟她说笑。

周若仙点亮了灯。一手擎着，上身探进了罗帐，早把司马梅吓了半死，半天没哭出声来。

周若仙一把揭去了锦被。只见一个娇弱的躯体正穿着睡衣瑟缩地抖个不停。周若仙哈哈大笑着，伸手就去扒她的衣服。

"爹！快救我呀！……"

楼梯上果真响起了脚步声，司马畏匆匆赶上楼来了。

周若仙立即吹灭了手中的灯。

"梅！爹来了。你哪儿不舒服，大夫马上就到！"

司马畏已蹿上了楼，喝骂丫鬟道："怎么不掌灯？"

"还是不掌灯的好！"周若仙带着讥刺的口吻，在黑暗中道，"你女儿乖乖地在我怀中呢！"

"混账！"司马畏已知上当，且已听出了劫持他女儿的就是无烟村的麻子女郎。可是匆忙之间，他连兵器都没有带，只得软了几分口气："那晚的事，在下向你赔不是就是。你要金要银，只管开口，只望高抬贵手，放过你手中的弱女子！"

周若仙冷冷一笑道："你欺梅的弱女子还少吗？"

司马畏怔了怔，道："给你一千两银子，够不够？"

周若仙道："谁要你的臭银子！"

"不要银，也好，给黄的，一千两黄金，就说定了，快放下我女儿！"

"我也不要你的黄金！"

"你想怎样？"

"用尤三娘来换你女儿！"

司马畏"哼"了一声，冷不防"飕飕"两只暗镖向周若仙声音的方向射去！

片刻的寂静后，又蓦地从那寂静中爆发出一阵狞笑来，和着那笑，是那司马梅的惨烈的呼叫："爹！爹！救救我呀！"

司马畏战栗起来："好！好！你说吧，怎样换人？"

"你把三娘关在何处？"

"在大牢。"

"胡说！三娘关在后花园里！"

"你既已知道，我可告诉你，她确实关在花园里半月亭旁的山洞中。"

"怎样进去？"

"亭中那青石碑上有个机关，你向下一按，石碑就会移开，洞口隐藏在背后。"

"怎样打开铁门？"

"……"

"讲！"

"铁门旁边的山石上也有一个相同的机关，照此办理。"

"好，很好！——解牛大哥，你们就照办法救人去吧！——司马畏！当我亲耳听到尤三娘在这楼下高叫两声'我来了！'时，我们就离开此地！……"

"那么我女儿呢！"

"你明天一早到城西八部庵去和你女儿相会！"

就这样，在这绣楼的黑暗中，他们相持着。

司马畏一筹莫展。一是女儿在周若仙手里，二是不知楼下虚实。约莫过了小半个时辰，果然听到尤三娘的声音透过这漆也似的夜幕一声声传来："我来了！……"

周若仙于是得意地冷笑起来，命令司马畏让开楼道，她就裹挟着司马梅飞快下了楼。

司马畏接踵追出楼外，才清楚地看见周元他们连同尤三娘一字形排列在前。

月色如水。周若仙把司马梅交给了周元，自己用缅刀指着司马畏："你这颗狗头暂时寄在你的脖子上，倘你再敢为非作歹，休怪姑奶奶们不客气！"

面对皓月夜风，司马畏不觉热泪纵横。他生平盛气傲骨，今日竟受制于人，甚至不能略施武威！他恨周元竟引狼入室，又恨周若仙狗撵耗子多管闲事！甚至也恨女儿，他不能和他们相拼，难道不正是为了她吗？而且，只要她在他们的手里，或许他将永远受制于他们！

眼见周元他们一声"后会有期"，就要转身而去。

"慢！"司马畏突然喝止他们。

周元闻声回首时，一支飞镖已从司马畏手中飞出，刺进了他的亲身女儿司马梅的胸口……

待周元他们意识到发生什么时，司马畏已纵身上了屋脊。

周元隐隐听到了他怀里司马梅的一声微弱的呻吟："爹！……救……我……"

第十一回 三娘有意走凤陵 班主真心结剑社

周元见司马梅已死，勃然大怒，要和司马畏拼命！周若仙一把抓住了他，道："司马畏没死，趁还没惊动这老贼的爪牙之前，赶快离开虎穴为是！"

"我以为也是。"解牛道。

周元一跺脚，咳了一声，无可奈何地跟着撤离。

"慢！"

周若仙忽地制止了大家。一个人返身又回到了小姐绣楼，不一会，带出个小小的包裹来。解牛道："等得怪心焦的，你干吗去了？"

"当了一回强盗。咱们身上没钱，我想小姐总有点私房，不拿白不拿，因而去翻箱倒柜了一遍，也不过几十两银子，但够我们花几天的了，走吧！"

四人这才急急离开了苏州府。到得街上，周若仙又惊叫了起来：

"哥！你抱着小姐尸体，怎么还没有扔掉？你让她陪你一辈子呀！"

这时大家才发现周元还紧紧地抱着司马梅。

"到郊外，给她安葬了吧！" 周元哭丧着脸道。

"不行！"周若仙斩钉截铁地说，"她会连累我们的。再说，龙生龙，凤生凤，老鼠生儿打地洞，那老贼的后代，也不会是个好东西！"

周元听了，发起怒来："你胡说！……"

一阵风过，周元怀里动了一下，他以为是风的吹拂。然而，下一刻他就听到了一声轻轻的呻吟。

"她没死?!"周元惊叫起来。

大家围拢过来,司马梅果真醒了。再看那飞镖,仍插在她的胸口。原来司马梅把象骨御扇放在怀里,飞镖只打断了扇骨,她不过受了点皮肉轻伤。司马梅因禁不住惊吓,才昏了过去。

周元大喜,身上摸出金创药来,又要去解开司马梅的上衣,为她止血疗伤。

周若仙抢过了金创药:"姑娘家的胸脯,轮得到你去折腾?"

"是是,你给她治。"

周若仙在尤三娘帮助下,为司马梅上了药。所幸镖尖无毒,虽然出了些血,估计一两天就能愈合恢复了。

"我们快走吧!"

周元仍紧紧抱着司马梅,他的脚步十分轻快,简直健步如飞!

在郊外的一个小镇上,他们买了几套衣服,乔装改扮了。周元、解牛扮成便衣捕快,周若仙、司马梅扮成了乡下大姑娘。尤三娘依旧女扮男装。随后他们找了个小客栈,让司马梅留在客栈里养伤,其余四人早出晚归,分别到茶肆酒楼、勾栏瓦舍,四处打听正德的消息。周元几次差点泄露了朱公子就是正德皇帝的秘密,都被尤三娘丢着眼色制止了。尤三娘悄悄对周元说,倘若她的贵妃身份泄露了,她就不便再与他们为伍,只能离开他们单独行动。周元慌了,答应检点自己。

一连好几天,他们踏遍了苏州十城门,跑尽了环城河两岸的村镇农舍,连蛛丝马迹都没有找到!周若仙恓恓惶惶地道:"我想他是必死无疑的了!"

周元忍不住道:"那么河里尸首呢?怎么会连尸首的消息都没有半点?会不会被鳗鱼吃了呢?听说鳗鱼专吃死人肉!"

尤三娘睃了他一眼,周元立即用手捂住了嘴,半晌方道:"未必就死,也许,也许他正藏身在什么角落里。可是,叫我们到哪里去找呢?"

周若仙从身上摸出了两撇八字胡,神情黯然地对尤三娘道:"都怪我不好!在万年桥下毛手毛脚揭去了朱公子的假胡子,要不是这样，老贼他们也许不一定会马上认出他来，也不会把他打到河里去了！要是他还活着，你们还会见面的，这假胡子，你还他，一定要替我好好谢罪才是！"

"这样乱打听总不是办法！"解牛道，"眼下，我们得先找个去处长久安下身来才是！"

"是呀是呀！"周若仙响应道，"家肯定回不去了。这老贼是认得我的，说不定要去无烟村杀人放火！那么，我们究竟去哪儿好呢？"

"我有个去处！"

大家望着解牛："去哪里？"

"一指山。"

"一指山是个什么所在呀？"

"我有帮兄弟在一指山结社练剑，取名太白社，在江湖上已有了点名气，我想去入伙。"

周若仙听毕，就捅了解牛一拳，哈哈大笑起来："结社练剑好啊，你怎么不早说呢？让我们穷等到现在！"

周元听了，问三娘："三娘，你以为呢？"

尤三娘正在沉思，没有怎么注意他们正在议论的话题。如今她奇迹般地逃脱了，而皇上却不知去向。出宫后一直形影相随的他们，突然两离，仿佛命运已在一夜之间改变了它原来的意义，变得虚无缥缈起来了。尽管她武功高强，可自小生长在深宫的她，一旦离了皇上便有了一种惶惶之感，就像坐在一艘随时有倾覆之危的小船里，她隐隐约约地看到了有许多狰狞的怪物潜伏在喧嚣着的滔滔的白浪中，在这辽阔无涯的海洋，她甚至看不到可以成为目的地的地方，哪怕只是一个小小的孤岛……

周若仙不满地嚷嚷起来："你倒是说呀！去一指山，干不干呢？"

尤三娘终于惊醒，她看了周若仙一眼，斩钉截铁地说："我倒有一个去处。"

"哪里？"

"我们去风陵找薄如冰吧！"

"薄如冰？"

薄如冰在几天前曾救了她和正德。自此以后，尤三娘时常想起她。这不完全是因为薄如冰对她有救命之恩，是另有一种说不清的近乎天然的感情倾斜。也许是薄如冰的宽厚、大度、豪爽和正直的品格已在短短的见面过程中给她留下了异常深刻的印象，使她难以忘怀和磨灭。薄如冰就像一块磁铁一样，深深地吸引了尤三娘，使她很想再见到她一面，和她多亲近一会，多说上几句话！

尤三娘把自己对薄如冰的印象直率地和周若仙他们说了。她甚至认为，林屋派有高天云、薄如冰这样具有君子风度的高手掌门，是林屋派之大幸。我们暂时寄身林屋，高、薄必不会拒绝。说不定，我们还能得到林屋派的帮助，在江湖上寻觅朱公子的踪影。

"哥，你呢？"若仙追问周元。

"我想和三娘一道去风陵，请求林屋派协助寻访朱公子……"

"而后呢？"

"找到了朱公子，我就从军去，报效国家！"

"那好！咱们就各奔前程好了，后会有期！"

尤三娘长叹了一声，道："若仙妹妹快人快语，看来谁也不能勉强你的！难得解牛大哥与你志同道合，你俩携手合作，就祝你们一路顺风吧！"

周若仙乜了解牛一眼："合作归合作，谁跟他携手呀！"

解牛笑了笑，故意正色道："哎呀！这倒难了，那一指山有个结社的规矩，凡两个人投山一定要携手，不然是不许进山的！"

周若仙信以为真，脸上每个坑洼都填满了胭脂红，道："哪来这样的臭山规！不过，既然有这样的臭规矩，也就顾不了许多了！——喂！老牛，我们可耽搁不起呀，就此和他们告辞吧！"

"慌什么！"解牛道，"一指山结社，肯定犯了官家大忌，说不定通往一指山的大路都封锁了，要去也得绕山路走才行。"

"打哪里走呢？"

"鹰嘴岩！"

周若仙陡然变了脸色："鹰嘴岩？！那可是个有去无回的地

方！”

“但是，恐怕这是唯一的一条通道了。”

周若仙咬了咬她的黄板牙，对解牛道：“解班主，不怕死就跟我走！”

“不行。”周元抢着道，“鹰嘴岩的传闻很可怕，虚虚实实，谁也不清楚，我看要去我们五个人一起去！”

“你们不是去风陵吗？”

“送你们过了鹰嘴岩，我们再向西南插到风陵去，路反倒更近了。”

“毕竟是我的亲哥哥哩！”

周元征求尤三娘的意见，三娘道：“也好，人多力量大、办法多，光他们二人涉险，谁都不放心。事不宜迟，我们动身吧！”

于是，一行五人，结队而行。所幸司马梅的伤口已经痊愈，大家说说笑笑，晓行夜宿，也不寂寞。

鹰嘴岩已经临近。渐渐地，山路也崎岖起来。鹰嘴岩有去无回的传说，变成了一个乌黑、巨大又令人沮丧的魔鬼钻进了他们每个人的心，散发着无穷的忧虑和恐惧。周元牵着司马梅的手，忽然停住了脚步，指着前面道：“看！”

不远处的悬崖上，有两块巨岩，仿佛硕大无比的鹰嘴，凌空突出，脚下的路向前延伸，直到那“鹰”的嘴里，并且就在那里消失。“鹰嘴”把惨淡的阳光遮蔽，在它的投影中，阴森森的特别凄凉难耐。它的上下两“喙”夹着一线天光，正不知高低深浅。眼前，除了风的呼啸，几乎听不到任何鸟鸣兽吟，每个人都突然被这里的凄清和“鹰嘴”背后的神秘震慑住了，心都在收缩。

司马梅紧紧偎依着周元，几乎屏住了呼吸。周若仙鼓起了勇气，叫道：“这有什么！我就不怕！”

说时，她抢走在头里，领着大家走近了鹰嘴。

“我们是不是商量一下再说？”尤三娘提议。

“你们商量，”周若仙道，“我一个人先探路去。”

她义无反顾地向前走着，走进了“鹰嘴”的深处，很快隐没了。

大家紧张地注视着。过了一会儿，周若仙蓦地出现了，她向着大家招手，看上去，她很活跃。

大家这才放心，蜂拥而前。"鹰嘴"只能容一人进，他们鱼贯而进，过了"鹰嘴"，是一个急转弯，前面一马平川，略远处是茂密的森林。

"啊！这里倒像是世外桃源呢！"周元说。

尤三娘警惕地环视了一下四周，只有她感到了这里与众不同的肃杀之气，这神秘的危机也许就隐藏在这茂密的树林之中？她把青萍宝剑紧紧地捏在手中。

周元的神色有点凄凉，他指着前面的岔道对周若仙道："阿妹！前面的岔道，一往东南，去一指山；一往西南，乃是往风陵的路。"

"是的是的！"周若仙也很惶然，"阿哥、三娘，还有司马小姐，你们珍重！我们就在此地告辞了！"

周若仙把小包裹递给司马梅："这本是你的私房钱，现在还你。我和解班主一共拿去你十两银子，以后一定加倍还你！"

"我不要！"司马梅说。

"拿着吧！我们三人也要盘缠的呀！"周元说，并把小包裹接到了手里。

周若仙、解牛和尤三娘、周元、司马梅再次一一告辞作别，然后走上了岔道。他们走几步回头扬一回手，依依不舍，难离难分。尤三娘、周元、司马梅一直到望不见他们的背影时，才登上自己的前途。尤三娘对周元道："我们得赶快离开这里！"

"你感到什么异常了吗？"

"是的！我感到了某种非同小可的气息，这里似乎处处潜伏着死亡！也许若仙他们福分大，就早这么一刻，得以摆脱了死亡的阴影！"

"我怎么什么异常都没有感觉到呢？"周元道。

话声未了，但听得一声滚雷似的巨响，前面的森林上空，蓦地卷起一团乌云，铺天盖地而来。尤三娘立即挥舞起宝剑，惊慌地对周元大喊一声："快快逃命！"

第十二回 避鹰难密林丧胆 结情网竹屋偷心

尤三娘、周元、司马梅一行三人过了鹰嘴岩，目送周若仙和解牛走远了，正要赶路，忽听雷声滚地而来，猛抬头，见前面森林上空卷起一片乌云，迅即弥散开来。四匹受惊的麋鹿，冲出树林，向前狂奔。

"乌云"飞起来，又突然向鹿群俯冲下去。尤三娘这才看清，哪是什么"乌云"，分明是黑压压的一群猛鹰，成千上万，铺天盖地向着鹿群袭击！

头上不见青天白日，俨然黄昏一般。四匹麋鹿惊慌万分，一头硕大的秃鹫，俯冲临近地面时，巨大的翅膀向一匹麋鹿只一扇，便将它掀翻于地，鹰们立即轮番攻击，瞬时间，麋鹿就被撕为碎片，尽入鹰腹，可怜四头麋鹿，无一幸免！

尤三娘推了一把周元，叫他们快快逃命，自己手握青萍剑，孤零零地站在路中央，麋鹿的下场她已经全收眼底，她心中充满了恐惧！

周元抱起司马梅，回身就向鹰嘴岩跑去。把司马梅塞进"鹰嘴"，回头看时，只见密密麻麻的猛禽正在围攻尤三娘。三娘一支青萍剑护着玉体，时不时传来一声惨啼，那是飞禽中剑，霎时间漫天飞舞着散羽碎毛。

尽管尤三娘号称青萍第一剑，但猛鹰似乎只只不怕死，仗着鹰多势众，围聚不散，似乎志在必得。而且猛鹰蔽天盖日，越来越多，周元怕三娘有闪失，急忙前去助战。

周元铁扁担横空而扫，立即有两头秃鹰中棍跌地。好得司马梅已在"鹰嘴"深处，没有了后顾之忧了。这时，周元已横下一条心来，边自卫边向尤三娘靠拢，他想两人结集在一起，也许更为有效。

然而，向他攻击的鹰越来越多，他的扁担很沉，比不得尤三娘青锋的轻便，他浑身衣服早已被啄得满是窟窿了。

周元心下着急，这样相持下去，体力消耗越来越大，最后结局就可想而知了。周元偷闲环顾四周，想找个庇护所，但唯一能庇护的地方也许就是司马梅所在的"鹰嘴"，而那鹰嘴却只能容纳一个人。

周元想到，应该杀到猛禽的栖息地——大森林去。那里虽是它们的大本营，靠着丛林的屏障，它们就失去了俯冲的空间。在丛林里挨到天黑，便有生路了！有了生的希望，周元浑身就增添了万钧之力，他边打边向森林靠近，他要把自己的想法告诉尤三娘，但一眼瞥见尤三娘业已靠近林子，心中欣慰一笑，毕竟英雄之见略同！

周元行动迟缓，或者是铁扁担不适于打防御战，加上他隐隐地总像听到司马梅的哭泣声音，不免乱了方寸。

猛听见"嗤"的一声响，背部的衣服被撕去了一大片。周元急忙转身，才赶走后鹰，前腰上又被鹰叨了一口，不觉一阵剧痛。周元叹道："我命休矣！"

司马梅哭泣的声音似乎更清晰了。周元忽然亢奋起来：他不能死！他一死，也等于把司马梅送上绝路了。想到要救司马梅，周元就感到铁扁担轻灵了许多，于是他口中默念着司马梅的名字，念一遍、进三步，渐渐地，丛林已经不远。

周元终于窜入了森林，一种生的渴望得到了满足后，他仍然无法遏止住惯性，只顾向着丛林的纵深飞跑。一直到他突然悟到安全已经成为现实时，才止住了脚步。他一屁股坐在枯枝败叶上，昏昏沉沉地闭了眼，喘着粗气，靠在一棵高大的松树干上。

司马梅的哭声仍在耳边萦绕。当周元睁开眼来时，哭声却消失了，只有林间呜咽徘徊的带着腥气的风。远处传来几声雁的哀鸣，头顶上时不时传来"扑簌簌"的响声，那是猎物消失后，鹰们在树顶上降落。

他想起了尤三娘，她是被鹰撕碎了呢，还是和自己一样进了丛林？他在天黑以前不能出林，但在天黑以前一定要找到尤三娘，无论死的还是活的！他连呼数声，都没有得到三娘的反应，不觉一阵疑惑，急忙跳起身来，一边唤着三娘的名字，一边在林中漫无目的地寻觅着。

恐惧攫住了周元的心，不只是因为找不到尤三娘，而且因为他连出林的路也迷失了。在晦暗的丛林中，他甚至已经辨不出东南西北！……

天渐渐黑了下来，该去接司马梅了，该死的密林！边界又在哪里？周元蹲下来，不禁伤心地抽泣起来。

而这时候，司马梅在鹰嘴岩眼泪已经哭干。那黑压压的鹰阵把四头麋鹿撕成碎片的惊心动魄的一幕想来令她心有余悸。她不敢想象周元、尤三娘的最后结局。天黑好久了他们一个都没有来接她，越来越浓烈的恐惧开始在她周身散开。她知道，这重重的黑幕后面隐藏的就是死亡，周元和尤三娘已经被它所吞噬。现在要轮到她了！而那呜咽徘徊的山风随时随刻都可能卷起这黑幕的一角，让她看清楚阴曹地府的牛头马面和那些专接生魂的戴着高帽子、伸着长舌的无常鬼！

司马梅双手紧紧抱在胸前，不得不禁受那一阵紧似一阵的战栗的煎熬。

看一眼北斗星的位置，便知过了半夜，绝望，似乎比死亡更为可怕，正一步一步地紧逼着她、压迫着她，她望了一眼身后的悬崖，迟疑地站了起来。

司马梅很是奇怪，这时候她反倒没有了恐惧和痛苦。她走出"鹰嘴"，举着沉重的脚步，向着那悬崖走去。

她在断崖前伫立了片刻，频频地回过头去望那鹰嘴岩，她希望奇迹突然出现，发现周元或尤三娘的身影，但是没有。

一只大手，在黑暗中挽住了她的腰，她知道，这就是接引她的无常的无形的手。

"小姐，你想好了吗？"一个声音在她耳朵旁响起。

司马梅重重地点了点头。她只觉得那声音非常虚无缥缈，她回过头来时，见到了一个浑身泛白的人影。这时她毫不惊骇，平静地问："你就是白无常吗？"

"在下是个实实在在的人啊！"

"你是人吗？"司马梅反倒吓了一跳，"你是谁？"

"我想，你暂时不知道也罢。但是我想，你眼下的处境，还没有到非轻生不可的地步呢。"

司马梅镇静了一下，泣道："进退无方，在这荒无人烟的去处，我这个弱女子的路在哪里呢？"

"你如果信得过我，就跟着我走，要紧的是趁着天还未明，先走出这个鹰嘴绝谷再说。"

"……"

"别犹豫了，天一亮，谁也救不了你啦！"

说着，他拉着司马梅的手就走，司马梅身不由己，走了一会，只觉脚疼难熬，渐渐放慢了脚步。那人催着她："快走呀！"

"我……我已经走了一天的路了，脚痛得难以举步了……"

那人不容分说，把她抱在怀里。司马梅觉得他行走如飞，一直走到天亮，他才把她放下地来。

"现在，总算走出了绝地，不会有危险了。"他说。

司马梅诚心诚意地跪下来，谢了那人活命之恩。

"小姐，你是继续跟我走呢，还是留在这里等人？我知道，你的同伴都失散了，生死未卜，是吗？"

司马梅不知如何回答。

跟他走吗？他是谁？去哪里？留下来呢，周元能知道她在这里吗？孤零零的一个人，等不到周元又如何？想到苦处，不觉又挂下两行眼泪来。

"这样吧，"那人说，"我为你在这里结一草庐，住上三天五天的，你的朋友只要未葬身鹰腹，就一定会寻到这里来的。这是一条走出'鹰嘴'的最方便的通道了。三五天不来呢，或许死了，你再另作计较，如何？"

不等司马梅回答，那人接着道："我本要办点事，也不急，如果你愿意，我就留下来，陪你几天也就是了。"

说罢，他立即动手，抽出腰刀来，伐木破竹，刈茅割草，只半天工夫，一座里外两室的草庐已经造成。他把随身带的干粮分给司马梅，又用陶钵舀来山泉，生火煮起茶来，喝了那热腾腾的香茗，司马梅顿觉有了精神。

"你在这里歇着，不要走远了，我去去就来。"他说。

"你哪里去呀？"司马梅不无担心地问。

"我们干粮不多，我此去鹰嘴岩，一是打两只鹰来，二是去找找你失散的同伴。你的同伴，不知是男还是女？"

"一男一女。"司马梅感激地说。

"如果没死，多半在林子里。"他说。

到了傍晚，他回来了，还带来一只肥大的秃鹫。一回来，立即去毛，用泉水洗净后，就在篝火上炙熟，倒也美味可口。司马梅嚼着鹰肉，问："你为什么救我？"

"你这样一个可怜巴巴的女孩子，孤苦伶仃地要走这条绝路，谁见了也不忍心呀！俗话说，救人一命，胜造七级浮屠！"

"恩公尊姓大名？"

"不要叫我恩公，在下姓舒名子涛。"

司马梅惊得立起身来："你是舒子涛？"

"是呀？"

"字周元？"

"非也。在下舒子涛，有个表字叫月斋，但久弃不用了。"

司马梅嫣然一笑。心想天下同名同姓者太多，冒冒失失地追问，差点闹出笑话来。

晚上，他们各居一室。舒子涛规规矩矩的，引起了司马梅的敬重。

第二天，舒子涛依然早出晚归，仍然带来一头巨鹰。

"昨天的鹰还没有吃完，你又打了头来！"司马梅说。

"这些鹰太可恶！管它吃没吃完，我每天杀它几只，也好为你出出心中的闷气！"

司马梅听了，心下更是感动万分。

第三天，舒子涛不但带了一头鹰，还带来了一条铁扁担。司马梅见了这条铁扁担，心骤然往下一沉。

"你见到了，他？……"司马梅紧张得双唇发颤。

"今天我多走了几里路，在林子边发现了一堆人骨和一些破碎的衣服片，旁边还有这条铁扁担，我就把它捡回来了，这条铁扁担，遇到野兽或许有用哩！"

司马梅听了，顿时天旋地转起来，昏倒在地上。舒子涛随即把她抱起来，从衣袋里摸出些药丸来喂司马梅。

司马梅"嗯"了一声。

"你要好好休息，要听话，决不能胡思乱想！"

司马梅昏昏沉沉的，她在沉睡中，仍然见到了挟风裹雷的可怕的鹰阵，听到了麋鹿被撕裂时的哀鸣。她依稀还看到浑身血迹斑斑的周元和尤三娘，他们在猛鹰凶恶的攻击下拼命挣扎着，最后不可抗拒地被撕成了碎片……

"砰砰砰！"似乎有人在敲门。司马梅清楚地听到了开门的声音，有人在问："能借杯水喝吗？"

有点像周元，只是声音太嘶哑了。

"有！请壮士稍等。"是舒子涛的声音。

司马梅很想睁眼起床出去瞧一眼，但无论她怎样拼命使力，眼皮只是抬不起来。于是她只得听命了，临了，依稀又听到了那人的问话："这里去风陵走哪条道？"

她的脑海掠过了一道极亮的闪电：周元应该没有死！

这个信念鼓舞着她，然而她并没有醒来，反而更加深沉地睡了过去。

一直到第二天早晨，司马梅才完全清醒过来。

司马梅突然发现自己身旁睡着一个男人，不是别人，正是舒子涛。慌得司马梅要起身，但舒子涛的动作比她要快，早把她紧紧搂在了怀中。

"梅！他死了，你嫁我吧！"他喃喃地对她说。

惊恐立即泛过她的全身，她吓得浑身战栗起来。

舒子涛松开了她："我是真心地喜欢你呀！你嫁我，难道我会不如他吗？"

司马梅啜泣着。

"昨夜是看你昏睡不醒，我怕你有意外，才睡在你旁边来，丝毫没有恶意，你摸摸你身上，衣服好好的，你也可摸摸我，不是还穿着衣服吗？"

说时，舒子涛握着司马梅的手，在她和自己的身上摸索着。果真都穿着衣服。

舒子涛跪在司马梅的面前："我把心都可以掏给你，你为什么无动于衷呢？梅，把心也给我吧！给了我，你一定会感觉到这完全是值得的！"

"他还没有死！……"

"你不是说，他有一条铁扁担吗？倘真的没有死，这铁扁担又是谁的呢？"

一团浓浓的乌云，填满了司马梅的心扉并立即化成了泪雨，从她的双眸中溢出。

"梅！你还在生我的气吧？也许，是我不好，我不应该睡到你的身边来，但看你昏了过去，我于心不忍。我太喜欢你了！不在你身边，我怎么放得下心呢。是的，在这铺上，我抱过你，吻过你，摸过你，但我绝不是乘人之危，故意要来亵渎你，干此下流勾当。我是用各种方式给你输气，祛邪扶正。你终于醒过来了。梅，我该起床了！"

司马梅却把他按在身边："我问你，昨天夜里，曾有人来敲门问路吗？"

"有人问路？我怎么不知道呢？"舒子涛道，"这说明你病得不轻哩！据说，人垂死的时候，能看到听到一生中最美丽的东西。"

司马梅不语。

"梅！要不然今天我带你到鹰嘴岩去，在铁扁担的地方，去看看那堆白骨，那些破碎的衣片，也好认一认他。"

司马梅果断地点了点头，同时，接受了舒子涛的长吻。

他们起床后，草草梳洗完毕，就要上路，舒子涛道："梅！我看你脚上磨出的泡还未褪尽呢，身子又虚弱，这些路你能走吗？"

司马梅走了几步，只感腰酸背疼，仿佛大病初愈，不觉皱起眉来。

"还是我抱着你走吧！"

司马梅脸上泛起了红晕。

"其实呢，你也不必去了。由我一个人去把骨殖收起来埋在那林子里，为你尽一点心吧！梅，你相信我吗？"

司马梅感到自己无能为力，只得感激地点了点头。

这一天的傍晚，舒子涛不仅带来了肥鹰，腰里还挂满了野兔和獐腿。

"梅！你托我办的事都办妥了！今天，我们美餐一顿，明天就起程。"

"起程？"

司马梅不觉一阵悲哀。现在已经家破人亡，起程，上哪儿去呢！

"去哪里呢？"她怯生生地问。

"风陵。"

"风陵？"司马梅几乎惊叫起来。

"我要去风陵办点事，办完事，你愿意跟我去瓜洲吗？"

司马梅喃喃自语道："风陵、风陵，我们本来也是去风陵的呀！"

两人美美地享受了一顿晚餐以后，舒子涛含情脉脉地望着司马梅，仿佛在问她：他今晚睡在内室还是外室？司马梅心旌摇荡起来，默默地向他点了点头。

在那草铺上，他们相拥在一起，司马梅闭了眼睛，脑海里却闪回了苏州府后花园周元挑着她和梅香上绣楼的一幕。在那泥塘畔她赤着脚，他曾把铁扁担插在她的前面，她撑着扁担想站起来，但没有成功，于是，周元把她抱在怀里，这样深情地、痴痴地望着她……

她清楚地记得，当她光着脚站起来的时候，右手恰恰捏在铁扁担的两个字上，这刻得很深很深的两个字是：周记。

然而，人去物在，这两天，司马梅反复地抚摩铁扁担，似乎并没有这"周记"两个字呀！

这不是周元的铁扁担！

司马梅猛地把舒子涛推开，霍地坐起身来。

"梅，怎么啦？"

"没……没什么……"

"身子不舒服吗？"

"……是有点，是有点儿不舒服，你睡到外室去吧！……我求你啦！"

第十三回　假惺惺假意敬孤梅　情切切情郎补扇骨

因为没有半点周元、尤三娘的信息，司马梅不得不跟随舒子涛到了风陵。

舒子涛拣了一个幽静的客栈住下，给司马梅单独开了一个房间。傍晚，他到司马梅的房间，把一把碎银子放在桌上。

"梅，你安心在这里等候。"他说，"如果周元真有幸到了风陵，又确实那样爱你，一定会来寻你的。要买什么东西，只管差小二去。刚听说，镇上死了一个大人物，外面乱哄哄的，你轻易不要上街去！嗯？"

"你呢？"司马梅也不无关心地问了他一声，又低下了头。

"我住在后楼，有点事要办。你如果没有急事，一般不要来找我。"舒子涛说完，就退了出去，随手带上了房门。但忽又把门推开，进屋道："三天后，我要去瓜洲。这三天中，周元来了风陵，当然很好，我想你们会很快活的。但实际上，周元早葬身鹰腹，生还是没有希望的，但你似乎不相信。好吧，三天后，周元不来，我希望你跟我一起去瓜洲，但你如果坚持要等他，我也不勉强你！"

"你多给我两天，好吗？"司马梅胆怯地说。

"五天？那么五天后，你答应我一起去瓜洲？"

司马梅直视着舒子涛，舒子涛的眼中洋溢着期待。她被舒子涛那种热切的期待感动了！

她能活到今天，还不是多亏了这位舒先生吗？这些天来，他们在荒无人烟的深山竹屋中同室而居，平心而论，他是随时可以占有她的。尽管他确实对她表露了很强的欲望，但他每次都为了尊重她而压制了自己的冲动。在风陵，他不但又给她承诺，开了个单人房，保证不来打扰她，而且还这样向她坦诚表示，一旦周元到风陵，他愿意把自己的情感彻底斩断以成全他们，这也不失为奇男子呀！

司马梅知道，她要求多等两天不过出于一种心理的最后挣扎，其实，她对周元的出现也并不抱多大希望。没有了周元，她这个举目无亲、出门不辨东西南北的弱女子，不去瓜洲又能去哪里呢？想着，司马梅不禁眼圈红了。

"梅！你说话回答我呀！"

司马梅点了点头。

舒子涛启齿一笑，冲动地走到她跟前。

他想拥抱自己吗？司马梅想，心扑通扑通地乱跳。

但他终于又克制了自己，没有来抱她、吻她，却道："梅！其实我才是你真正的未婚夫，那天我已在你家吃过定亲酒了。如果你不喜欢我，而喜欢周元，你当然没有义务一定要把终身交托给我。但是即使你随周元去了，我心里还是爱你的！"

说毕，他彬彬有礼地退了出去，司马梅却没有能够控制自己，感动的眼泪扑簌簌地挂了下来。

这天夜里，司马梅的泪水没有干过。她从一个被父母视为掌上明珠的姑娘一夜之间变成了流浪街头的流浪女。她原以为父亲升任了苏州知府，将为她和她的母亲带来不可估量的美满与幸福。然而，转眼之间一切成了泡影！

她恨父亲！既当了官，为何还要干下强抢尤三娘这样的勾当？人家来救三娘，答应要释放自己了，他竟然这样心肠狠毒，反要杀死自己的亲生女儿！圣上既有御旨，他照例应该及早为她和周元完婚，又何以要抗旨，反把她嫁给舒子涛！无论舒子涛人品怎么样，有一点她估计到了，父亲对舒子涛格外迁就，舒子涛一定也是白莲教中的人。父亲说，白莲教中有很多英雄豪杰，可父亲的行为算什么英雄豪杰呢?

司马梅从父亲的乖张的举动中开始对白莲教产生了怀疑和憎恶。

直到五更,司马梅终于蒙眬起梦,一直睡到第二天晌午,一阵敲门声才把她惊醒。

"梅香,开门去呀!"

然而,一睁眼,方发觉自己原是在异乡客地,梅香恐怕今生今世再难见面了!

司马梅在一阵悲哀中披了衣服,自己去把房门打开。

一个陌生的男人,一手拿着一束鲜花,另一手提了个布兜,出现在她的面前。

"司马小姐!"他说,"我姓麦,叫余异,苏州守备麦余奇的胞弟。"

怪不得面熟!司马梅也不让他进房,只是淡淡地问他:"你来干什么?"

"司马老爷说,你如果愿意回苏州,他立时来接你!"

"别说了!"司马梅怒道,"我没有这样的父亲!"

"是、是!"

"你把这花和东西拿走!"

"小姐,这可不是司马老爷捎来的呀!"

"那你拿进我的房来干什么呢?"

"这是舒先生吩咐在下送来的,他说你爱花,身在客地,也不能太落寞了,故吩咐在下每天给你送上一束鲜花来!"

司马梅接过花来,花的清香沁入心脾,她因为有人在关怀她而感到万分安慰。她把花插到了花瓶里。

麦余异又把手里的兜放在了桌上:"这也是舒先生叫送来的!"

"那又是什么?"

"鹰肉!舒先生知道你恨鹰,每夜他就放飞剑斩一头鹰来,请我烹熟了,好让你咀嚼它们!"

"唔!"司马梅感动地用手擦了擦眼角。

"那我就走了。小姐有什么事，只管吩咐，在下十分乐意侍候小姐。"

"我是个薄命的沦落人，怎敢劳动大驾呢！"司马梅带着颤音说。

"小姐不必客气！"

司马梅不想再跟他啰唆什么，但见他要走，忽然有所触发，又叫住了他："麦先生，我想请你在风陵寻访一个人。"

"谁呀？"

"他叫周元，拿一条铁扁担。"

"铁扁担？"

"不错。他有一副好手艺，能够修理象骨扇子。我这里一把象骨扇断了，想请他来修一修。"

"咦？我们风陵人从没听说过这个铁扁担周元呀！"

"你别管啦，反正替我打听着就是了。"

"那好，我一定用心寻访就是！"

"修好了扇子，舒先生会重重赏你的。"

"区区小事，岂敢领赏呢！"

"我等你消息！"

麦余异走后，店小二就送来了点心。司马梅把鹰肉夹在点心中一起嚼着，觉得麦余异烹的鹰肉又香又美，别有滋味。司马梅其实不知，鹰肉未必就那么香美，是她因为寻访周元有了代理人，心情兴奋起来，这几天天天食不知味，一经对比，就分外地甘美了。

用完点心，她站在窗前，遥望着街心的行人，希望能从过往的路人中看到一个扛铁扁担的人，一站就是一两个小时，别说铁扁担，连竹扁担都没有发现一根，心情不觉又灰暗起来。

这已是在风陵的第二个夜了，司马梅依旧久久不能入睡。房门外凡有人走动，她都十分留心，希望能听到一个十分熟悉的脚步声，又希望脚步能在门口停住，然后传进来一个亲切的声音：

"梅！我给你修补象骨扇来啦！"

谯楼又交五鼓。又不知过了多少时间，司马梅果然听到了一个熟悉的脚步声，朦朦胧胧的，仿佛就在耳边回响，和着那脚步声，隐隐约约还听到了悦耳的山歌：

> 扁担两头青青菜，
> 阿妹踏着轻歌来；
> 阿哥有心替一肩哎，
> 菜心妹心一路归！

司马梅嘴角边挂着一缕微笑，人却蓦地惊醒了，那山歌却并没有消逝，仍在一个字一个字地跳进她的耳朵。

她一骨碌坐起身来，那山歌的声音依然留在耳畔。

"是我想他太厉害了吗？"她喃喃地自问着。

她已全无睡意，披了衣服，在房间里徘徊了一阵，有意无意地去搜索夜来的梦境。她烦躁地走到窗口，挑开临街的窗帘，才发现早已日上三竿了。

她以为自己是眼花了，有个人影跳进她的眼帘，他挑着一担蔬菜，也不叫卖，只管悠悠地走着，他的步态像是挑着她和梅香。

他？！司马梅一阵惊喜，急急推开了窗，但是，她的上半身不敢探出窗外去，只是用手在嘴角边搭起了一个传声筒，用力叫了一声："周大哥！……"

叫声刚出口，司马梅就感到脸上一阵发烧，她不知从哪里来的一股子勇气，竟连续叫了好几声。菜农终于停住了脚步，回过头来扫视着四周，只是找不到她的位置。

司马梅也看不清他的脸，只是依稀觉得他有点像周元，不由急中生智，试探着唱道：

> 扁担两头青青菜，
> 阿妹踏着轻歌来……

司马梅忽然感到一阵剧烈的心跳，因为风正从窗外把一个断断续续的"男中音"吹进房来：

阿哥有心替一肩哎，

菜心妹心一路归！……

他们四目相遇了。虽然面容依稀，目光却接通了心中的灵犀！司马梅只见那菜农迅即卸下担子，飞也似的向客栈跑来，上楼的脚步是那样的轻疾，仿佛那会儿挑着她和梅香在花园里飞跑，鞋底简直像蜻蜓点水一般。

房门开了，也顾不得关上，周元紧紧把司马梅抱在了怀里，他用他的脸擦着司马梅滚滚的泪水，嘴里喃喃地道："梅！梅！……你毕竟没有死，没有死！……"

"你也没有死！"司马梅拥着他，同样喃喃地说。

"你是怎样闯过鬼门关的？"周元想起自己的历险，仍然心有余悸。

"是舒子涛先生救了我！"司马梅答道。

"舒先生？"

于是，司马梅把当天投崖自尽，以及遇救以后所经历的事说了一遍。

"这么说，那个竹屋是你们搭的？"

"是的！"

"哎呀，"周元后悔不及，"那天夜里，我是遇到舒先生的了。我只以为他是个隐居的高士，只向他问了路，讨了口水喝，谁知他竟竹屋藏娇呢！"

司马梅脸一红，想起了他们穿着衣服同床共枕的一幕。

"舒先生是个君子……"她说，"到了风陵，他仍然让我独居一室……"

周元下意识地扫了一眼室内，果然是一张单铺。

"那么，舒先生住在哪里呢？"

"他就在后楼住着，再过两天他就去瓜洲。"

"你呢？……跟他去吗？"

司马梅笑道："看你慌的！他说过，在风陵等不到你，就带我去瓜洲；等到你，就完璧归赵！——可你呢，你还没有告诉我你的经历呢！"

"不说也罢，说起来要吓死人的！我在森林里迷了路，反正这森林要比这群恶鹰凶险得多！九死一生才拼得了一条活路。"

"你现在住在哪里呢？"

"比你寒酸多了！我在东港的一座破庙内住着，贩卖点小菜，聊以度日，硬撑着要等你和尤三娘……"

"三娘没一点消息？她还能来吗？"

"只要活着，我想，她会来的！"

"要真等不到她呢？"

周元脸色黯然，沉吟不语。

"我们总不能长在风陵住着，你说呢？"

"实在等不到她，就只有一个去处了，上一指山。"

司马梅点了点头："你去哪里，我就跟到哪里。"

"好！"周元回报了她一个热烈的吻。

"今晚你也住到客店里来吧，我这里还有点碎银呢！"

"不！"周元斩钉截铁地说，"你和我今天就住庙去！既然我来了，我们就不能用舒先生的钱。我贩了几天的菜，去一指山的盘缠还是尽够用的。"

"也好！"司马梅又唤小二来，送上了两份早点，然后二人一起撕着鹰肉，嚼着点心，这还是他们第一次在一起用餐。司马梅道："吃过早餐，我就去向舒先生辞行，省得耽搁了他！"

"理应如此！"

"你去把铁扁担拿来，撂在当街不怕人拿去吗？"

"你放心！不是小看风陵人，恐怕还没有使得动这条扁担的！"

"还真有使铁扁担的呢！舒先生在鹰区就拣了一条，害得我伤心了好几天，以为是你遇难了！"

"哦？那铁扁担的主人呢？"

"他哪有你幸运啊！舒先生说，只剩下一堆白骨在林子边上。"

"他说在林子边？"

"是的。"

"不对。"周元道，"没有轻功和内力，是不会拿铁扁担出门的，既有轻功和内力，就不会死在林子旁边，须知树林就是庇护所，要保住性命，举步之劳罢了，我怕他在编故事哄你！"

"他有这个必要来骗我吗？"

这时，早膳用罢，司马梅又叫小二沏茶上楼。小二端来了一壶龙井，她注意到茶壶柄处有两个奇怪的按钮，一红一绿，心想，好漂亮的茶壶！……

小二给周元沏了茶。司马梅让他在楼上品茶，自己略微打扮了一下，就去后楼找舒子涛。

后楼三开间门面。楼上似乎有宴席，猜拳行令好不热闹。司马梅走上楼梯，沿着扶梯转了个弯，突然一句话飘落下来，掉进了她的耳里：

"你没有认错人吧？他果真是铁扁担周元？"

司马梅大吃一惊，那说话的声音不是别人，正是父亲司马畏，她不敢举步，又听父亲道："来，贤弟诱捕有功，在下敬你一杯！"

司马梅浑身发起抖来，想起店小二送上那把特制的茶壶，可能装了蒙汗药，心里又一阵发毛。她飞也似的奔下楼梯，但已经来不及了，门外一阵嘈杂，好几个彪形大汉推着一人闯进楼来。

那就是周元，他被五花大绑。他的口角流着白沫，昏昏沉沉、不由自主，与其说是被推进来的，不如说是被拖着走路。

司马梅发疯似的跟上了楼。

第十四回　沙岸风陵救老妪　绣楼阑夜识小妞

花开两朵，各表一枝。

且说正德朱厚照背上受刀，被打下水去，一直沉到了河底。他躺在河床上，以为自己死定了，便闭了眼，静静地等着最后的时刻。

然而，他只感到自己的意识越来越清晰。背上有点酸痛，但也不是不能忍受。他觉得背上似乎在流血，但好像又没有什么异样。渐渐的，连酸痛也减轻了。更奇异的是，周身布满珠光宝气，河水就在他身体两侧流过，并不妨碍他的自由，他试着站起来，既没有压力，也没有浮力。他向前走了几步，居然如履平地般轻而易举。他一边急急地向前走着，一边想：真命天子真有百神呵护，但不知此番呵护他这个真命天子的是哪一路天神？

正德朱厚照哪里知道，他能够逢凶化吉，全仗他内着宝衫。此衫的末纽是颗"避尘珠"，已经落在了司马畏的手里。首纽和第三纽，一曰"避金珠"，可以避金；二曰"分水珠"，可以避水。奇异的珠光在他周围筑起了一层无形光膜，刀剑透入光膜，便如砍在绵中，可以化解万钧重力。如果人不慎落水，则可以不湿衣履，行走如常。正德虽然天天穿着宝衫，却未曾经历过刀剑江湖，一时怎能想得到，是他的宝衫救了驾？

正德终于冒出水面，走上了河滩。

月亮静静地挂在天上，天空和大地笼罩在月色之中，显得分外清冷和沉寂。

不远之处是一片荒凉的墓地，夜风扑面而过，带来了阵阵树

273

涛。一只偌大的萤火虫发出幽幽的绿光，忽隐忽现地绕着他转圈。他颤抖了一下，心里禁不住一阵阵发毛。

在他终于确认自己已死里逃生的瞬间，浑身倦怠得几乎抬不动自己的双腿，一个踉跄便倒了下去。他就躺在那里，闭上了眼，在空旷、安谧的阑夜他索性敞开了胸怀，仿佛要让凉飕飕的风遏止住心底汹涌升腾的波涛。

从浒墅关弃舟上岸后所经历的种种怪事，这时在向他不断揭示某些凶讯，苏州军士的介入，已使他感到了苏州府的不可靠！这原是姓朱的天下，然而这朱家的天下又怎么啦？茶客敢骂钦差，武夫敢骂皇帝的老子，而他这个真命天子被人扇了耳光不算，又索性一刀砍下了万年桥，差一点驾崩归位了呢！

在百无聊赖中，正德想，还亏得自己微服私游，否则又如何能察觉社稷之隐患，通晓民风之不古？他这个九五之尊在经历了剧烈的耻辱与痛苦后，终于明白了一些过去无法明白的东西。他勉强撑起身子，站起来，怔怔地半晌不动，滞涩的目光凝视着皓月和那月魄附近一朵朵金黄色的云帆，陷入了更深的抑郁。

他思绪所及，与他历险背后的全部劫驾阴谋其实已相去不远。

一颗流星划破了宁静的长空而归入无涯。

是哪位魂魄急急归位去了呢？正德蓦然想起了尤三娘，心便铅块似的沉了下去：她正在血腥的重围之中！虽说周若仙必定会助她一臂之力，但毕竟杯水车薪呀！

那浓烈的悲哀在胸膛鼓荡起来，仿佛一阵阵飞速上升的汹涌的浪潮冲击得正德摇摇欲坠，直到把他吞噬淹没！他想着爬起身来，却"砰"的一声重又跌在河滩上！……

远远的，一个妇人的身影闯入了正德的眼帘，他蓦然一惊！苍白的月光映照着一头蓬松的散发，那妇人悠悠地在河滩上走着。莫非是尤三娘的芳魂？难道是尤妃来此与他作最后的诀别？

正德惊得瑟缩着身子，却又忍不住站起来，跟在她身后走去。

她兀自向河心走去。河水开始浸湿她的鞋履、裙摆，然后向她的腹部和胸漫去，很快漫过了她的头顶……

就在她没顶的瞬间，水面上咕嘟嘟地泛起了一阵水泡，待那一轮扩散的水花渐渐趋远消散时，他猛地惊醒，从陆地走入深水的既不是尤妃，更不是一具月下的女妖或冤魂，他看到的是一个活生生的女子自我毁灭的全过程！

有一股勇气从百节百骸汇聚到心间，然后又弥漫到周身，力气在刹那之间回到了正德的身上。他飞也似的向前奔跑了一程，然后毅然跨入水域，在那妇人灭顶之处一把抓住了她，仗着分水珠的神奇，把她拖到岸上。

那妇人一阵猛咳，呕出许多水来。

她已然上了年纪。

"你觉得好些了吗？"正德问。

老妇幽幽地叹了口气，半睁开眼来，有气无力地道："恩公，你罪过呀……"

"啊？"

"你杀了我吧！"

"我与你无冤无仇的，为什么要杀你？"

"杀我一命，胜造七级浮屠呢！"

"此话从何说起？"

"我是不想活了，真正的不想活了呀！"

"好好的活在世上，怎的不想活了呢？"

妇人又叹了口气，把眼闭了起来。

"莫非你病魔缠身，难以忍受，故而厌世？"

妇人不语。

"莫非你遭夫遗弃，难耐屈辱，故不愿苟活？"

依然不语。

"莫非你家遭变故，有冤难伸？……"

妇人憔悴的脸抽动了一下，再次睁开了失神的眼睛。

"如有冤情，那倒尽可放心。"

正德为了安慰她，不得不重演故技，道："如果地方官靠不住，我在京中却有许多当大官的朋友，就是那户部李东阳，兵部王守仁，也都与我有许多交情……"

面对正德，妇人那一双眼睛忽然大睁，渐渐地放出一些光泽来。正德又笑着问："你相信吗？"

"恩公，"妇人打起了精神，"你真有那么些能耐吗？"

"你相信了我，我就有能耐。你信我吗？"

妇人点了点头："恩公能屈驾寒舍，喝一杯热茶，容我一谢活命之恩吗？"

"谢恩自也不必。我本从京中来，不意遇到歹徒劫了我的行囊，一时流落于此。也是我们有缘，在无意中搭救了你。你既盛情相邀，我理应去贵府听你细诉冤情，日后也好为你昭雪。你府上还有什么人？"

"小女阿凤，平日里都叫她凤姐儿！"

"你的丈夫呢？"

"拙夫正在狱中。"

正德倒抽了一口凉气。她撇下了女儿寻短见，其案必定大奇大冤。地方官吏如若果真知法枉法，甚至草菅人命，必定严惩不贷！

正德踏着凄惨的月光，开始缓缓地跟着妇人行走。不多时到了一个古镇。镇口筑有一个牌楼，刻着"风陵镇"三字。妇人在一家门前止了步，正德举目望时，只见门墙也颇气派，上面挂着一块铜牌，刻着"李家老药"四字。

妇人叩了一会门，门内传来一个银铃般的声音："门外谁呀？"

"是妈！"

"妈妈！……"

先是一声惊喜的呼叫，然后又分明带着怨艾："妈妈！我好等你呀！"

门"呀"的一声打开了，一支烛台照亮了一张美丽的脸，一对凤目水汪汪的。月亮的温柔的光辉，抹在了她玉一般的脸上，而这张脸的神韵却比月辉更光彩夺目，正德目不转睛地凝望着眼前的这一尊青春女神。

"妈妈，这么晚了，你到哪里去啦？"

也许她突然发现了母亲身后站着正德，不觉一怔，口吻充满着诧异与不安："这一位是……"

"凤儿，进屋说吧！……"

于是，"青春女神"秉烛导行，她的母亲和正德跟着她的倩影，通过一座不失豪华的门楼和一个宽绰的天井，进入了客厅。

客厅中吊灯高挂，映如白昼。高梁上悬着一块漆匾，上书"妙手回春"四个魏碑。屏门正中挂着华佗的画像，颇有点仙风道骨之态。

两侧粉墙前矗立着两排高大的药柜，百十只抽屉成列成行。抽屉上的铜手柄，如满天的繁星在烛光下熠熠闪光。空气中弥散着浓郁的药香。正德明白，这屋的主人必是位名医无疑。

此时，母女二人正在一边说着什么。

正德趁闲便去打开药屉，欣赏那些名贵药材。

过了一会，妇人也把湿衣服换了。女儿凤姐怯生生地献上香茗，然后，与那妇人一起向正德施了大礼。凤姐的眼中，此时没有了惊惶，她轻轻启动皓齿，道："恩公救我母亲一命，我母女只能在来世结草衔环相报了！"

一股雅雅的芝香从她的唇间飘出来，在那浓郁的药味中尤令人感到夺心醉魄，正德不觉麻酥酥的，恍若到了缠绵的梦境。只可惜，凤姐行了礼，便端着茶盘转身走了。

传来了一阵轻微的楼梯响。正德怔怔地想，她上楼去了吗？

"恩公，"妇人凄楚的语声，惊破了正德的思绪，"尚不知您的尊姓大名呢？"

正德回过神来："我姓朱，名月关，敢问大嫂姓氏？"

"我李陈氏。夫君李达玄，因为医术高明，便得了个外号，人称'转世华佗'，方圆百十里内没有不晓得他名字的！也是飞来横祸，那天小黄庄的黄其井为他的老娘配了五贴煎药，不料当天他老娘便死了，黄家硬说是吃了药被毒死的！配出去的明明是益气补心汤，怎会毒死人？偏偏在那罐里验出了砒霜。

"恩公，那黄其井是村上有了名的忤逆子。平日里夫妻俩对老娘百般虐待，老娘有力气时把她当用人看待，恨不得让她变成头牛，供他们驱使；如今，人老了，只能吃不能做了，又恨不得她早日归天。分明是他们自己毒死了老娘，却来嫁祸于人！

"可恨的是，县令不问青红皂白，判我夫君入狱，并问成死罪。我母女真是叫天天不应，呼地地不灵！不得不变卖家产，四处托人求情，好不容易打通了县衙刑名师爷常守志的关节。常师爷伸手要过关费五千两！我夫君平日乐善好施，少有积蓄，一时哪凑得出这许多银子，故又不得不把这房子以五千银子典给了苏州守备的胞兄麦余异。

"谁知道，当夜我雇人把典房的五千两抬到常师爷家里，不意师爷第二天就把银子退了回来，说全是假银……"

李陈氏泣不成声，用手指着堆在墙角的银箱。正德拣了几个已经锯开的元宝，看时，果然外面包的是锡，内里全是沉甸甸的铅。

"你和麦家论理去！"

"但人家麦余异说，他付的是真银，一定是被常师爷换掉了。我便又去和常守志论理，他却一口咬定抬来时就是假的！天哪，这是个什么世道哪！……"

正德不胜愤慨。心想，自己在紫禁城，恐怕连做梦都想不到，民间竟会有如此恶人恶事，这些人还有没有王法呢？朱家订了这么多王法，他们正眼不瞧，只用屁眼对着！好不可恶！

"如今只怨入地无门了呀！那麦家是三天两头来逼我母女搬家。今天，又派人来说，倘若三天内不搬走，他们就要抢我女儿抵债！老身也生了几个儿女，可都短命夭亡了，膝下就这么一个凤姐了呀！恩公，连女儿都保不住了，我活在这世上，还有什么意思呢！……"

正德已被李陈氏的深深的痛苦感染了，悲哀同样填满了他的胸膛，在这悲凉的压迫下，内心徐徐地泛起了一股酸楚的浪潮。他分明感到，自己的眼眶被泪水蒙住了，但他想不到的是，他的泪水会像热水一样烫灼着他的眼圈，这是他有生以来第一次感受到的。

"要紧的是先保住住宅……"

"又怎么保得住呢？人家可是守备的亲兄弟！"

正德急着道："大嫂放心！我也决不会坐视你女儿被他抢去的！"

"唉唉！"李陈氏泣道，"你在京中有许多朋友，可远水也救不了近火呀！"

正德由于对苏州府的不信任，自然就不敢贸然在苏州地界露面。突然，他想到了一个人，忙道："有了，奉天纠察蒋公豹也是我的故人，这几日恐怕就要到江南了，他一到苏州，我就去找他……"

"三日之内，蒋大人能到这里吗？"

"这……"

正德惶急地搓着手，他很难回答这个问题。

"唔！"正德强装平静，问道，"李先生是在秋后处斩吧？"

"正是。"

"那我们还有时间，我可以住在这里，等候蒋公豹，直到他到达苏州。现在的关键是，要先还清麦家的债，保住房子，保住凤姐儿！但这也不难！"

正德笑了笑，从"五宝衣"上摘下一颗珠扣——避金珠，交给了李陈氏："这是一颗稀罕之宝，尽可当得八千、一万纹银，先解了燃眉之急再说吧。——但你要找一家厚道点的当铺，切莫再上当受骗！"

李陈氏千恩万谢，道："夫君有个朋友的远房亲戚正好在镇上开了个当铺，我连夜就去求当……"

"这就好了。当到了银子，你不必性急，要先去通知麦家，让他自到当铺去取银，由他当场验定真伪，省得再生枝节。"

李陈氏再次谢了正德，又用嘶哑的声音大声叫着她女儿的名字："凤姐！凤姐！……"

"哎！"楼上传来了李凤姐的应声。

"恩公的房间收拾好了吗？"

"收拾好啦！"

"你把恩公领去安歇吧！妈去当铺，不定什么时候回来呢！"

"你可要早点回家的呀！"

李陈氏于是收拾了一下。李凤姐执着烛台下了楼，直把母亲送出了大门。

她又来领路，照着正德登上楼梯。

她显得如此恬静顺从。她身上不时散发出阵阵袭人的幽香，渐渐地化成了一种温柔而炽热的诱惑。偌大的静悄悄的屋内，剩下他和她的时候，正德不禁心旌摇荡了！

"恩公，请进！"

正德猛醒，他是她们俩的"恩公"，他已经成功地在她们的心目中把自己塑造成了一个无比高尚、令人崇敬的偶像，他怎么可以亵渎自己呢？于是，他轻咳一声，说了一声"谢谢"，便走进了卧室。

室内窗明几净，一切陈设布置告诉他，这原是一间闺房。

正德突然大悟："这是你的房间？"

李凤姐抿嘴一笑："夜深了，来不及打扫别的房间，只能让恩公委屈一夜啦，明天再搬吧！"

"那你自己呢？你睡在哪里？"

"先与我妈睡在一起。"

说毕，就把烛台放在镜台上，向正德道了晚安，袅袅地走出房去。

刚出门口，只听到"当"的一声，似有什么掉在地上。正德感应到了，凤姐逗留在门外，正在寻找什么。正德赶忙擎起烛台出房门，果见凤姐在地上搜索。

"掉什么了吗？"

"只听'当'的一声，以为掉东西了，不期打扰了恩公！"

"哪里哪里！"

凤姐对他微微笑了笑，转过了身去。正德执烛跟着她照了几步，也回到房来，却蓦地在门槛边发现了什么，忙捡起来看时，乃是一支金凤钗，做工极是精致，正德在烛光之下细细观赏把玩了一会，简直爱不释手。

第十五回　落井下石权贵欺贫　传杯更盏游龙戏凤

正德朱厚照睡在闺房，不免想入非非……

直到三更，正德方有点睡意。刚入蒙眬，依稀觉得有人在耳旁叫了一声："陛下！"

像是尤三娘。正德急忙睁开眼来，哪有人影？唯孤灯黯然。

浓重的凄凉之感开始包围他的心室。

正德暗暗地想：莫非尤妃已遭不测，特来向他报讯？尤三娘自离京以来，如影随形地随着他出生入死，奋不顾身。如今一旦分离，正倍加怀念。但愿她此番能够逢凶化吉！来日回到京城，朕也不负前恩，当抬举她享坐西宫。

胡思乱想了一会，渐渐又觉得困顿起来，虽然闭着眼，却仍然感到眼皮沉沉地在往下压，意识渐渐蒙眬。

然而，他还能思想：希望能有一个好梦赶来！

梦——他以为是个梦，果然来了！正德清晰地听到了娇滴滴一声喊："来，快快进房来呀！"

他听得很真切，甜甜地呼叫着的，是李凤姐！

正德只能听到声音，却看不见身影。她躲在哪里？是在门背后？正德想象着她的稚嫩、洁白、美丽的脸庞，于是，那皓齿、红唇、青丝、明眸都一齐刻在他的意识上了。

"快快进房来呀！"那声音，这样强烈地充满了诱惑，正德就禁不住感到了小腹的一阵灼热奇痒。

这时，他又听到了凤姐儿的声音："那珠儿值那么多钱吗？"

"值！整整当了五千两！"一个声音回答她，那是她的母亲李陈氏。

"那么，这房子是保住了？"

"唉！"在沉沉的一声叹息后，李陈氏颤着声音道，"麦家还要收利息呢！"

"收利息？那不是落井下石吗？妈，这便怎么办呢？"

"家中已经没有什么值钱的东西了。想来想去，把你那支凤钗给当了吧！"

"凤钗？……"

"妈也没有办法呀！再说你爹在牢里受苦，总还得打点打点！"

凤姐忽然"哇"地哭出声来："妈！凤钗不见了，我正在寻哪！"

"了不得，这可是救命的凤钗，怎么会不见呢？快快找！"

正德蓦地惊醒，从床上坐起来，金凤钗还捏在他的手里。

但愿是个梦！但就在这时，房外传来了脚步声。正德便下得床来，开了门。

走廊上，凤姐母女手里都擎着蜡烛，她们正在仔细地搜寻每一寸地板。

见了正德，李陈氏脸上露出了歉意："打搅你了，好生过意不去！"

"不妨不妨！——你们寻找什么来着？"

"女儿的一支金凤钗，抵当着去充当麦家的利息呢！谁知……"

"既是令爱的妆饰，怎忍心典了呀？"

"是啊！要是有办法，又怎忍心典了这支传了几代的金凤钗呢！"

"只是夜已见深，还是睡去吧。我想，只要是丢在家里，就不怕找不回。再说，一支凤钗又能值多少钱？纵然付了利息，又怎应付得了牢中的费用？"

正德从珍珠衫口袋里摸出一张银票："这是一百两，明个还了麦家的利息，把余下的银子备些酒菜进牢去，好好敬敬李先生吧！"

李陈氏听了早感动得热泪横流，拖着凤姐儿跪在了正德面前："恩公的大恩大德，我母女今生今世也报不完了呀！"

正德把她们扶了起来，笑道："言重，言重了。区区百两银子，算得了什么呢？这在你们也许求之不易，但对我来说，不过举手之劳罢了！"

母女俩缓缓地起身，李陈氏又深深地道了个万福，请过晚安，就抹着泪痕，由凤姐扶着回房去了。

临走，凤姐回过头来望了正德一眼，那目光里，有着深深的困惑与迷茫……

第二天，李陈氏果然去付清了麦家的利息，午后又买回来许多日用品、食品，还备足了成药，探监去了。由于凤姐她爹正在狱中病着，一两天内估计不能回来，李陈氏临走时再三叮嘱凤姐，务必仔细款待恩公朱月关。

凤姐连连点头答应。

李凤姐原有一手烹饪的本事，当天就烧了几个精致小菜。荤菜有：软兜童子鸡、砂锅狮子头、炒鳝背、干菜红烧肉，素菜有：香菇青菜心、丝瓜炒面筋、油煎臭豆腐、灶头霉百叶，外加一汤：清爻鲭鱼火腿笋片。净是江南民间家常菜。

忙毕，凤姐把热腾腾的菜端上楼去。

酒菜就摆在正德卧室里，李凤姐满满地为其斟上一杯米酒，递到正德面前。

正德一饮而尽，然后也斟上一杯还敬凤姐。凤姐含着羞道："我从不喝酒。"

"什么事都有第一回嘛！我是诚心诚意敬你的呀！"

凤姐于是干了。正德大喜，又给她斟满。

"酒菜再好，一个人吃，乏味得很。"他说，"小姐若不嫌弃，就陪着喝吧！"

只为正德是大恩人，不仅救了李母一命，且两次慷慨解囊，凤姐也不便拒绝，生怕拂了他的心意。

更况，这米酒甜甜的，也委实可口。于是就在他的对面坐了。

正德喝酒夹菜，与在无烟村吃的、喝的相比，便又是一种风味。不觉连声夸道："好酒！好菜！好！真的好！"

喝了一会，正德就停了杯，只顾目不转睛地望着凤姐，凤姐脸上立即飞起了一片红霞。

"有一事不明，小姐，能赐教吗？"正德忽然问。

"唔！……"凤姐一怔，不知他要问什么。

"昨天夜里，临回房睡前，你为什么用那种眼光瞅我？"

凤姐举起了酒杯，半遮着脸，聊以掩饰自己的窘态。

"公子！"她终于开口了。

正德看到她长长的睫毛间，那黑白分明的秀丽的眼睛中闪耀着很亮的光点，她诚实地注视着他："我不明白，昨天夜里，你在对我们说'只要是丢在家里，就不怕找不回'的时候，那金凤钗其实就捏在你的手里。"

"是吗？"

"你一手执着烛台，一手捏着凤钗，虽然只露出一丁点，可我一眼就认出来了！"

"那么，你妈也认出来了吗？"

凤姐摇了摇头："那倒未必。"

"不好意思，我只是挺喜欢这凤钗，不想你们去当掉。"

"公子既然喜欢这凤钗，就留着吧！"

"送给我？"

"嗯！"正德大喜过望，满满地干了一杯。

凤姐却感到了些许暗示的压力，急急地沉下了羞涩的目光。

正德心中倏地一动！尽管他有三宫六院，然而几乎没有一个不是争着想上他的龙床，上了龙床又几乎总是以早受龙种为目的的，从而让他看惯了邀宠的做作。眼前这李凤姐，那羞涩的娇态，让他看得呆了，从而引起了一阵冲动，简直忘乎所以！

凤姐来与他斟酒时，他忍不住抓住了她的一双玉手。

凤姐把酒壶放在桌上，双手依旧被正德捏着，她也不抽回自己的手，只是侧过了头，脸色已由绯色转成深红。

"还是让我自己来倒酒。"正德说时并没有松手。

"不！"凤姐还是抽回了手，柔声地说，"还是让我来侍候公子吧！"

凤姐又满满地给正德斟上了一杯："公子请！"

正德站起来，还斟了她一杯："小姐请！"

"公子，我不胜酒力，委实已不能喝了！"

"你不喝我也不喝！"

凤姐只得又呷了一口，正德哈哈大笑，一饮而尽。

凤姐业已带醉，她的身子斜倚着靠椅，灯光照着她的醉眼，万种情态，妙不可言！

正德美美端详着凤姐的脸，忽成一绝，吟道：

> 弱质丽姝眸惺忪，
> 梨花带雨貌溶溶。
> 月眉星眼犹胜酒，
> 伴我九尊得意翁。

"公子好大口气，自称'九尊'，当心皇帝听到了杀你的头！"

正德再次抓住了她的手："正德皇帝他在京城，听得到吗？哈哈哈……"

她也嫣然一笑，带着醉意。在她乌亮的瞳眸间，仿佛闪过了一片美丽的绮霞。

凤姐正值花季芳龄，在毫无准备的情况下，蓦地被正德撞开了情窦，一种温情，像那深秋的金风，掠遍了她全身。她开始沉缅于那种初次意识到的情爱的感受之中。不仅仅是快乐，确切地说，夹杂着一种快乐的忧虑。

正德把她的小手拉进自己的怀里，又渐渐上移，抚过他的喉结，移到唇上，他用他的唇轻轻地抚摩着她白嫩光滑的手背。

"公子，别……"

夜色已渐加浓，室内的烛光显得更加明亮了。

他用她的柔软的手掌捂着自己的双颊，半酣的眼神骚动着某种贪婪，注视着她起伏的胸脯……

当凤姐抬起头来，与他目光交接时，不禁激起了一阵胆怯的战栗，她猛地抽回了自己的双手。

正德又坐回自己的椅子里，痴痴地笑了笑，夹了一块鸡肉放在嘴里嚼着。

"小姐会烧凤眼鲑么？"他胡乱地问了一句。

凤姐也从骚动中镇静下来，她摆了摆头："什么……凤眼鲑？"她随即又笑了笑接着说道，"我们充其量也不过是小康之家，山珍海味哪里吃得起呀？"

正德暗忖，在无烟村，周元竟用凤眼鲑招待他，也足见周元兄妹之待客殷勤了。这时他又接着凤姐的话头说："吃着小姐的菜，方知山珍海味也不过如此罢了！"

正德貌似平静，浑身的血液却带着他的强烈的渴望在血管中奔流，忽然他想起了什么，把酒斟满了青花瓷碗，然后从内衣上摘下一颗珍珠一般的扣子来,把它扔入酒中，于是奇迹就发生了：扣珠一遇酒液，熠熠的珠光立即被酒分解成红、黄、蓝、绿、青、紫、橙七色，这间精雅的闺房刹那间成了一个色彩缤纷的世界。

凤姐不胜惊诧，目不转睛地望着眼前的这一番奇景。

"美吗？"

"美极了！"

"这是一颗分水珠，我正是靠了它，才在河中救了你妈妈！"

"这可是无价之宝呀！"

正德点了点头，微笑着："小姐，我想，把它赠送给你！"

说时，正德拣起珠扣，把它送到凤姐的手里。

"不，我不要！"

"呀！你赠我一支金凤钗，我送你一颗分水珠,有来有往嘛！"

"不，公子，你救了我母亲一命，又慷慨解囊，为我母女消灾免难，此恩此德，已属难报，怎能再受此无价之宝呢！"

"这是我的一点心意呀！"

"不，不！……"

"在下的一点心意，难道小姐也要推拒吗？"

两人一推一送，相持片刻，凤姐不得不道："公子还是收回吧，公子的心意我领了！倘然我收此珠，岂不是反把公子的心意给推辞了吗？"

听了这番话，正德又惊又喜，方收回了珠扣，于是，他又为凤姐斟酒道："那么，我把我的心意统统融入这酒中了，请小姐满饮此杯！"

凤姐接过杯来，一饮而尽。

酒落情肠，不觉醉意渐浓，凤姐半睁着沉重的凤眼，视着正德，鲜艳、妩媚而又脉脉含情。

正德也同样默默地凝望着她。爱的魅力在此时业已化成了炽热的火焰，燃遍了全身，一下烧进了他和她的心房。他不禁冲动起来，站起身来，把凤姐抱进怀里，然后回到椅子里，让凤姐坐在自己的腿上，灼热的、带着酒香的双唇在她的脸上一阵地毯式狂吻滥亲，差点让她透不过气来。凤姐仿佛失去了知觉，一动不动地接受着他的"攻击"。渐渐的，正德的双唇压住了她的唇，一只手却暗度陈仓，她全力挣脱了他的怀抱，站起身来。

然而，她的目光仍然没有离开正德，她默默地前进三步，渐渐弯下了身子，把香腮枕在正德的膝头上，柔柔地厮磨着。

"公子！"她柔媚地叫了一声。

"小姐……"

"没有你，"凤姐凝视着正德，"没有你，我妈已不在世上了，我也不免要跳进火坑，爹也要屈死了。我知道，公子对我提出的任何要求，无论如何，也不算过分……"

他低着头、深情地望着她。

随后，他慢慢地俯下身去给了她一个长长的蜜吻。同时，两手托着她的纤腰，帮她站了起来。

他们依旧长长地，默默地对视着。

"我过分了吗？"他这样问她。

她默然不语。

也许，语言已成了多余。

正德静静地看着她的素手，正在一个个地解开自己的衣扣，抽松了腰带……

受她的感染，正德效仿着她的动作。

他们终于相拥着进了罗帐，潜入了锦被。正德把自己的舌伸进凤姐的檀口，却把那无价的礼物——分水珠，也吐了进去。凤姐于是甜甜地一笑，温情地闭上了凤目。

第十六回　停古镇天云伤逝　谒祠堂正德吊唁

逍遥天子朱厚照紧紧拥抱着李凤姐，一觉直睡到破晓。

凤姐还在梦乡。

正德捧着凤姐的脸，借着烛光细细端详起来，她匀秀的五官配着那白嫩的肌肤组成了一种难言的美丽。尽管他因过度劳累而感到些许腰背的酸乏，此时却依旧有某种强烈的行为欲望。

凤姐渐渐醒来。她娇慵地伸了个懒腰，正德趁机把她搂紧。她的脸上立即扬起了愉快的微笑。

"砰！砰！砰！……"一阵急促的敲门声从楼下传来。凤姐大惊失色："不好，妈回来了！"

她跳将起来，下了床，在地板上寻着自己的衣服，慌得衣服也来不及穿，抱着衣服一溜烟溜进她母亲的卧室。

"砰！砰！砰！……"门越敲越急。凤姐在房里探出脑袋来："朱公子，你……你去开……开门吧！就说我……有点儿不舒服……"

正德还算镇静，里外衣服穿整齐了，急急下了楼梯，先向门外问了一声："外面谁呀？"

"是我！……快开门！"

听起来不像李陈氏，倒像是尤三娘的声音。

但尤三娘怎么能寻到这里来呢？莫非三娘果真惨遭不测，香魂紧紧追随而来？

正德不觉且悲且惧，抖抖索索去开门，刚刚拔了门闩，外面仿佛急不可待，早把门推开，于是一个身影裹着一阵冷风卷进屋来。

"你……是谁？"

正德壮着胆，边问边用烛台去照来人的脸。

昏黄的烛光照在那人的脸上，蓦地又是一惊："是你？"

在正德面前站着的是一位中年女子，正是自己的恩人，那位敢于骂皇帝老子"秃帝""瞎了眼"，并要去京城对先帝的内宫总监卫柏夏掘墓鞭尸的林屋派副掌门高天云的夫人：薄如冰！

薄如冰异常憔悴，青丝有点散乱，清癯的脸更显得苍白失色，眼圈略带乌青，眼神依旧炯炯闪光，露出一股英气来。

"原来是朱公子，你怎么在这儿？"

"我是来做客的。"

正德见天色已明，把蜡烛吹熄了，转身把烛台放在桌上。

"三娘呢？"她的语调中流露着一种本能的关切。

"你是指我的表妹？"正德不禁黯然。

他不愿把实情告诉薄如冰。在他危急时，尤三娘奋不顾身救了他，而她落难时，他却无能为力，一个人逃之夭夭了。他怕薄如冰瞧不起他，便道："临时有点事，要晚几天才来呢！"

"唔！那么转世华佗李玄达是你的亲戚？"

"是……的。"正德支吾道。

"烦请公子通报，就说高天云夫妇求见！"

正德这才想起把司马畏踢得口吐鲜血的高掌门。人家薄如冰一见面便问起他"表妹"尤三娘，而他竟把她的亲人给忘了，不觉自惭义薄，脸上愧然泛起红云。

"怎么，先生不在家吗？"她问。

"在，哦，……不……，你怎么不让高掌门进门来呢？"他说。

"喔，他在马车上昏迷多时了！受了阴阳白莲掌，本已命危，不期途中又遇司马畏，虽还了他一腿，无奈元气已然耗空，加上毒性发作，已奄奄一息，朝不保夕了！今有名医叶寿谊介绍，唯风陵李先生方能救拙夫之命，故星夜驱驰，偏又误入歧途，耽误了不少时辰，幸遇同门李玉书，向导而来。恐怕拙夫已不能再延误，倘先生不在家里，只请告以去处，我立时去接他……"

"他……"

"他？……他怎么啦？"

正德不得不实情相告："他遭了冤狱，还在狱中呢！"

薄如冰听了，眼前一黑，立即昏倒在地！

正德慌了手脚，一面大叫"来人哪！来人哪"，一面去扶薄如冰。

李玉书本在马车上守着高天云，听到室内呼声，闯了进来。见状立即去掐薄如冰的人中。薄如冰终于悠悠地醒了过来。

凤姐也已下楼，帮着把薄如冰扶入藤椅之中。

"好了！好了！你醒了！"正德舒了一口气，"你尽可放心，我们正在设法救李先生出狱呢！"他还补充了一句。

"有……救吗？"薄如冰怀着一线希望。

"放心吧，奉天纠察蒋公豹马上到了，他是我的故交，只要……"

薄如冰把眼轻轻地闭上了，眉宇间漾起了一缕竖纹。

"真的！……"

两颗晶莹的泪珠挤过她显得微微发肿的眼睑，缓缓地沿着她的两颊向下流动。片刻她猛地又睁开了眼，问李玉书："你说你是本地人？"

"我的老家是风陵。"

"唔，你可知道，这里有清静的所在吗？"

"有。就在村头东港湾，有个李家祠堂。"李玉书道。

"还僻静吧？"

"地方颇幽静，也很宽绰，平时常空闲着，是不是先去祠堂安歇，再设法延医？"

"你代拟个讣告，然后起程赴金陵三茅观，请观主—明长老，代达本派各路香主，务请一周内赶抵风陵李家祠堂，与副掌门长辞！"

"高掌门还不至于……"

"除毒时辰将过，也不过再有三五天的时间！神医陡遭不测，亦天亡我夫也！"

薄如冰抬起了失神的眼睛，望着正德与李凤姐："一大早多有打搅，万望恕罪！"

说毕，薄如冰由李玉书扶着，出门上车而去。

正德怔怔地出了一会神。他不明白，他提到奉天纠察蒋公豹时，明明是给薄如冰指出了一条求生之路，虽说远水救不了近火，但毕竟是一条路，她竟全无兴趣！而他原以为她一定会像濒危的溺者去抱一块木板救生一样要追问于他的！而她宁可不理他，反去布置拟写讣告！她对钦差的蔑视和她对先皇的蔑视完全是一脉相承的！

正德愤愤地，一时说不出话来。

"朱公子，他们是谁呀？"蹄声远去了，李凤姐问正德。

正德摇了摇头，怅惘地像是自语，又像是在回答她："疯子，一个不可理喻的疯子而已！"

一连三日，正德无事便去李家祠堂走走，大门总是紧闭着。隔着门缝向里张望时，黑咕隆咚，一无所见，但闻脚步忙乱之声，或者是在准备后事？

正德想，眼下蒋公豹尚无确切消息，自己虽为天子，离开了朝堂，其实半点事也办不成！这也难怪她薄如冰。正德想时，不禁嗟叹了一会。

如此到第五天，李陈氏探监归来了。由于有金银打点，李达玄在狱中暂时还不致受苦，连病也渐渐地痊愈了。李凤姐听了，芳心大安。还有一桩喜上加喜的消息，就是李陈氏在风陵县城打听到奉天纠察蒋大人已经从海路到达浙江余杭。他在浙江公干完毕，下一站便来苏州府，这自然已是指日可待了。

正德轻轻地舒了一口气。觉得他应该把这件大喜事告诉薄如冰，只要高掌门熬过这几天，李达玄必能出狱全其性命。正胡思乱想时，有人闯门而入。

来人正是李玉书。

李玉书对正德唱了个喏，呈上一份讣告。正德方知高天云两天前已经仙逝！

正德轻轻叹息着。

承蒙高夫人看重，兼高天云在垂危期间曾援赠圣力，把司马畏踢得口吐鲜血，狼狈而逃。高氏夫妇骂了先皇也罢，蔑视钦差也罢，无论如何，高云天却是救了他和尤三娘的急难的，不也正是他的拼力一腿，同时加速了他自己的毁灭吗？他们毕竟还有恩于自己的呀！少不得要备份隆重丧礼去礼堂凭吊一番！

正德便以朋友病故为名，托李陈氏在纸札店买来了丧礼，凡地府阴曹用得到的日用杂品，包括奴婢（假人）、牲畜（纸马）都采购齐全，竟也排了一里多长，浩浩荡荡抬到李家祠堂门口。先在火堆上一一化了，然后由李玉书领着正德进了祠堂正殿。

一口红漆棺木搁在中央，棺木前白帏高挂，九支如臂粗的素烛，象征着九路香主，它们流着烛泪静静地燃烧着，映照着那一副从屋梁直挂而下的大字挽联：

> 林屋英雄遭暗算山河不服
> 白莲鬼魅施阴谋大地难容

横批写着：

> 同仇敌忾

林屋派九路香主和高天云遗孀薄如冰一律孝服，分列于帏前，雁行有序。

正德吊丧入殿，缓步而进，他在棺木前上了香烛，暗想自己乃九五之尊，岂可下跪？遂拱起双手作了个揖，算行了礼。九路香主见了，大是不悦。因是高夫人请来的客人，都不便发作。

吊毕，正德去安慰薄如冰，道："高掌门因遭小人暗算，英年早逝，不唯林屋损失，亦武林之不幸也！"

薄如冰并不计较正德枢前无礼，还礼道：

"公子仗义而来，林屋幸甚！今日林屋诸路香主均在灵前，共商剿灭白莲妖党之复仇大计。然白莲根深叶茂，人多势众，而林屋初立，势单力薄，故愿与武林一切有志之士联袂共伐妖党。因见令表妹尤三娘剑术精妙，阁下又与白莲有仇，未知阁下愿加盟我林屋否？"

正德爽直地接过了薄如冰的话头："如此最好！我与三娘和白莲教徒司马畏也有不共戴天之仇，不瞒夫人，我也在时刻思索复仇之计呢！"

"愿闻高见！"

"奉天纠察蒋公豹，有先斩后奏之权柄，已抵浙省余杭，不日将来姑苏，我与蒋大人原有八拜之交。他来姑苏时，我想面陈白莲教为非作歹之种种劣迹，请他替天行道，调动江浙官军，将白莲教一网打尽！"

话未说完，有人便冷冷地飘来一句："你莫不是在睁着眼睛做梦吧？"

说话的是一位彪形大汉，脸如重枣，虬髯豹眼，蒜鼻阔口，粗犷的脸庞在烛影里显得很大。

正德一怔，那汉子不是别人，乃是在姑苏胥门酒肆妄议国政的红脸人，在他身边站着的是那脸色白里透灰的汉子，此时，他也在一旁冷笑。

正德万万没有料到，他们竟是林屋的二位香主！遂抱了抱拳，道："久违了！二位仁兄！我们原还有一面之交呢！请教二位尊姓大名。"

红脸人道："俺闻越，常州香主。"

白脸人道："俺邝路，丹阳香主。"

"愿闻二位高见！"

"这不是秃子头上的虱子，明摆着的吗？你如此相信当官的，但从上到下，你究竟见到了几个能够为民做主的清官呢？"

正德冷笑道："怎见得从上到下就没有了清官？"

"那皇帝小儿朱厚照就昏庸得可以！他因宠信奸监刘瑾，致使朝纲大乱，民不聊生，积案如山！昏君兀自沉迷酒色，专事猎艳，恨不能淫尽天下美女呢！"

正德在诸路香主的一片哂笑声中，倒噎了一口恶气。

"昏君殿上会有廉洁大臣？"邝路接着道，"蒋公豹也罢，蒋母豹也罢，只怕都是害人的大虫罢了！"

正德脸色陡地变得死白。两眼一黑，然后熊熊燃烧起遏止不住的怒火来。正要发作，忽听薄如冰道："公子与官家多有来往，山野粗人之言未必中听。但朝廷失政，权奸当道，贪官如蚁，民怨沸腾，亦是有目共睹之事实！远的不说，眼皮底下李达玄被人诬陷入狱，物议民愤，公子或许已感受到了。我的夫君高天云这次南下余杭，也是为了高家的一场官司。眼下，高父高母均在狱中。这是一桩冤案，也是千真万确的！然而，从县衙到刑部，却不惜指鹿为马！这个世道，很少有人会把公正寄托在朝廷命官身上。故公子所言，反近乎迂腐而令人费解了！"

薄如冰说时，正德脸上红一块，白一块。

正德听毕，不禁爆出了连连冷笑，道：

"这或者就是你所说的山野粗人的感受吧？我的感受可完全不同。当今朝廷清明有道，因而才有这太平盛世。以社稷之大，有几个奸官、积几桩冤案，也在所难免！攻其一点而不及其余，恰恰把黑白颠倒了。倘果真命官全不可信，王法岂不形同虚设？尔等要南下为令公婆申冤雪枉，岂不也是徒然，又如何救得了呢"

说到这里，正德倏地感到心内一阵悸动，不禁脱口而出道："莫非……你们要铤而走险？要想劫狱造反不成？"

闻越听罢大笑道："造反又怎么样？官逼民反罢了！"

"不可不可！"

正德这几天来，已深感江南民心刁钻，而党祸隐患，又非同小可。任何风吹草动，都有可能酿成大祸重灾，从而危及社稷皇基！

他舔了舔发苦的嘴唇："你们武林中人最容易走火入魔！高掌门新丧，决不可轻举妄动！我已答应加盟贵派，共灭白莲妖党，此事不若交给我来办理，由我立即赶去余杭会见蒋钦差，一定救下二老，连同救下风陵李达玄，也是不难的呀！"

"果真吗？"薄如冰道。

"果真！"

"那么，我们订个君子协定，七七四十九日为期，高掌门断七之日，若我公婆未曾出狱，你和尤三娘便在余杭协助我们一起劫狱，然后再共同商量报仇大计，如何？"

正德暗忖：我若不救下高家二老，不救下李达玄，如何能服众？又如何能弘扬吏治德政？不仅刘瑾、蒋公豹得永背黑锅，连皇家威权岂不也要被江湖武夫小觑了吗？江南民风不正，倘林屋派真的动手劫狱，刀兵起处，或许一呼百从，兵祸为患，危及社稷，又如何是好？当下正德一咬牙，向着薄如冰和九路香主，道："四十九日足矣！到时不仅二老出狱，李医返家，或者白莲逆贼都已在官军铁网之中了，诸位就看司马畏在刑场授首吧！"

话音未落，蓦地听到一种尖锐而曳长的啸声，高天云灵前那支如臂粗的巨烛随着啸声齐崭崭被削为两断。一把解牛匕首寒光闪烁，越过白帏，"扑"的一声，深深地刺在棺木上。

薄如冰面如灰土，"铮"地把铁笛拔在手里。就在这时，又听得"砰"的一声响，一柄宝剑从院外破透窗格，飞进灵堂，直奔薄如冰！

薄如冰连忙用铁笛把它拨开。可煞作怪，那剑仿佛长眼睛似的，掉过头来，反刺薄如冰，却是一式漂亮的"摘星换月"。

"飞剑！"薄如冰惊呼一声。

飞剑与薄如冰斗了十余回合，便舍了薄如冰直奔闻越，闻越忙用手中的狼牙剑迎战飞剑。厮杀了片刻，便又不睬闻越，向金坛香主甫铁楼飞去！

甫铁楼展开铁骨折扇招架。也不过几个回合，那剑凌空而起，"呼"的一声，把灵帐前的素烛一齐斩灭。

众人眼前一黑。

薄如冰反而镇定下来，喝一声：

"九鸟亮翅！"

九位香主各把兵器高高举起，左手捏着剑诀，一齐指向薄如冰手里的昆吾剑，一时灵堂充满了肃杀之气，飞剑遂不能下落，它的剑尾悄悄抖了几下，掉转头去，准备撤走。

蓦地，窗外白光一闪，飞剑"当啷"一声已经坠落于地。

薄如冰面露欢颜，九路香主也都喜形于色。大家心知肚明：始祖古秋霞来了！

正德的眼睛望着地上那仿佛在眨眼间失去了生命的飞剑，只有他，心里的恐惧丝毫没有减弱。

第十七回　未亡人继掌西山剑　怀情女洒别东港湾

　　这时间，正德皇帝从悸怖中抬起头来，看到了异乎寻常的一幕：

　　薄如冰和林屋派的九路香主不约而同地跪倒在地，在他们面前，一位美貌的道姑站在那里，仿佛是从天而降！正德简直不能相信，一个人竟能如此突然地、悄然无声地出现在眼前！

　　她看上去不过三十出头，黑白分明的眼睛显得温情而富有魅力，并非炯炯有神，却无形中让人感到了一种预知一切、把握一切的自信。

　　她带着两个贴身小道姑，体态轻盈，英姿飒爽，背上都插着双剑。

　　那道姑正是林屋派始祖：古秋霞。

　　面对着古秋霞，正德直感到自惭形秽，就潜身隐藏到帏帐后面去了。

　　古秋霞恭敬地上香行礼。然后转过身来，命他们起立。

　　古秋霞把薄如冰拉到身旁，道："高君仙逝，我派痛失领袖！然江湖之事，本派不能一日没人执掌。高夫人根基深厚，心诚志笃，且胸怀豁达、刚柔并济。贫道意欲请高夫人代行副掌门之职。还望各路香主鼎力辅助，同心同德，全力发扬光大我林屋宗旨，完成正果！"

　　薄如冰听了大惊失色，拜倒在地道："薄如冰无功无能，副掌门重职何以敢当？为我林屋前程计，还望师祖别选贤能担此重任！……"

古秋霞微笑着把薄如冰扶了起来："此亦非我一人之意，各路香主恐怕均有此心。高夫人执意推诿，恐怕反而失了众望呢！"

九路香主纷纷来拜薄如冰："始祖所言极是，此副掌门之职，非夫人莫属！为我林屋大业，夫人只管号令调遣，我等赴汤蹈火，亦在所不辞！"

慌得薄如冰连连回拜道："折煞如冰了！只是我乃一女流，力薄识短，难免处事失误，诸位弟兄当多多谅解、包涵才是！"

于是，就在高天云的灵堂，林屋派诸路香主对新的副掌门重新行了参拜礼，薄如冰又向高天云的灵柩拜了三拜，泪珠却似断线珍珠般洒落于地："夫君！我就此接了你的掌印，誓必完成你的遗志！不报大仇，不斩司马，誓不为人！"

渐渐地，薄如冰收了泪容，望着古秋霞，问道："有一事还望师祖释疑。"

古秋霞道："我知道你要问什么，司马畏乃白莲教徒，你担心杀了司马畏将引起两派仇杀，从而江南永无宁日，是吗？"

"师祖料事如神！"

古秋霞叹道："此番白莲教无中生仇，杀我掌门，倘不报此仇，林屋岂不要被江湖耻笑？诚如箭在弦上，不得不发了！近几年来，白莲党徒为非作歹，作恶多端。那司马畏，杀了苏州新任知府楼从文，自己在那里冒名顶替，故而他身兼了官家和江洋大盗的双重身份。我林屋本以匡世扶民、除暴安良为宗旨，由此而生江湖纷争，亦在所难免。"

"刚才那飞剑，是白莲教来捣乱吗？"

古秋霞从容答道："我想是的。练功时，偶然间会得到某种契机，练功者可以用意念去控制飞剑。但此种剑术无关乎功力强弱，也不是人人都有缘练就的，纯粹是靠着偶然的契机。白莲教教史悠久，有此飞剑之术也不足为奇。不过，飞剑并非上乘剑术。"

"那么，上乘剑术又是怎样一种剑术呢？"

古秋霞笑道："今日也是我师徒有缘，得以小聚风陵。贫道有意将以上乘剑术传予诸位。"

薄如冰和诸香主大喜。

古秋霞即从腰间摘下一个瓷瓶，从中倒出十颗青色药丸，每人赐赠一颗，令大家闭眼，将丸压在舌底下。感到舌下有气体逸出，待到气满口腔时，古秋霞令大家将气吸入丹田，然后徐徐喷出。如此反复吐纳几次后，再令大家把药丸吐在掌中。

此时药丸已经变形，就像一把碧绿的小剑，不及一寸，好不可爱！

然而，碧剑一到掌中，又渐渐收缩成为一颗药丸。古秋霞道："这是用剑气炼就的青丹。每天午夜时分，吐纳一个时辰，不可间断，此剑丹越炼越小，最终将消失而全部化成剑气纳入你丹田中。到时剑气将会升华成为剑光，从口中，也可以从手掌劳宫穴中射出，从而百里以外取人首级！"

说时，古秋霞把手一扬，立即有一道白光向窗外飞出。窗外一棵数人合抱不拢的参天古树，"轰"的一声响，被削为两段，众人不禁齐声喝彩。

收了剑光，古秋霞显得分外庄重，她的声音很低，但是在很低的声音里同时透出了热情与冷峻，能让每个人感到鼓舞与自信。她道："我林屋派其实是剑光派的分支，绝学已传数世。数年前，贫道的恩师一心道人特许我到西山重创林屋派系，以传播剑光术。这几年，诸位所学，形似普通剑术实是本派根基之学，幸众位努力，筑基皆成，今天方才有缘学习本教上乘之剑。惜乎高天云，根基是最深沉的，却受小人暗算，过早归去……"

灵前又是一片唏嘘，还夹杂着啜泣之声。古秋霞扫视了众人一圈，道："贫道夜观天象，昼卜周易，方知白莲气数溃坏，而我林屋派亦有大磨难，但磨难过后，仍有光明。"

"磨难过后，仍有光明？"薄如冰喃喃地自语着。又听古秋霞继续道："近期我亦不能常与诸君见面，只因贫道已与一明道长相约，要在洞庭西山种草驯鹰。"

"种草驯鹰，恩师能明示一二吗？"

"江湖人都知道，去风陵的必通之道被人称为鹰嘴岩，不到鹰嘴岩，就想象不到它的险恶。数千猛禽原来居住在杭州湾外的神鹰岛上，以鱼为食。五十年前，海岛上一种云雾草忽然成批枯萎，导致岛上充满瘴气，鹰们不能安居，就迁往鹰嘴岩去，这才使附近生灵涂炭。我正在培育一种林屋草，并把它们移栽到海岛上去，此草一开花，就能把有毒的瘴气吸净，从而让鹰嘴岩的数千巨鹰回归故居！"

　　正德对林屋草并不感兴趣，他已被古秋霞的剑术所吸引。心想，真能练就剑光，不当皇帝又何妨！于是，他恨不得也去跪倒在古秋霞跟前，恳求她收为徒弟，教他剑气吐纳之法！

　　然而，心念才动，古秋霞又开口说话了："诸位各尽努力！上乘剑术练就之后，本师再传授诸位大乘教术。练就了大乘教术，人即是剑，剑即是人，待人剑合一时，便可以来无踪去无影。眼下诸位只是剑侠而已，上乘境界是为剑客，至入大乘，就是人人羡慕的剑仙了！"

　　正德听到这时，再也按捺不住，几乎下定决心要学剑了，就从帐后转出来，但古秋霞又一句话蓦地跳进了他的耳官，仿佛一盆冷水浇灭了他所有求仙的欲念：

　　"非本门弟子，请速离开剑场，否则恐为剑气所伤！"

　　正德不无窘迫地微微耸起双肩，薄如冰已然走到跟前，对他作了个长揖道："公子请回吧，咱们后会有期！"

　　正德只得离了李家祠堂。一出门，忽然哑然失笑，觉得自己要加入林屋派学剑的想法不免过于荒唐！他现在，倒在为林屋派有古秋霞这样如神的人物而感到心神不宁！

　　须知林屋派如准备劫狱，可以说不费吹灰之力！因而，他必须赶在林屋派行动之前，为高家二老昭雪；但如果高家二老确实有罪，也要把他们杀在头里，以铁证让薄如冰口服心服，而决不能让她劫狱成功！

　　铁一样的决心攥住了正德：立即去余杭！这也关系到皇家的脸面所在！

相约四十九天，时间虽然甚是充裕，但正德也不敢耽搁。何况他去余杭寻找蒋公豹，要他插手过问的事除了高、李两案外，更刻不容缓的是要调查苏州知府楼从文是否真被司马畏顶替了。古秋霞如若说的是真，则苏州已经成了白莲逆教的据点，尤须火速捉拿司马畏。而司马畏武艺高强，此事还必须周密布置。自己这几天已经领略了司马畏的心机和手段，他们都是些来无踪去无影能够飞檐走壁的惯匪，又受白莲逆党熏陶多年，绝不是寻常等闲之辈！

　　正德甚至还想到，要与蒋公豹精心策划万全之策，即尽可能地利用林屋派的力量去消灭白莲教！

　　正德此时不得不把全部筹码都押在蒋公豹的身上，只是因为他深深感觉到自己离了金銮殿，九五之尊已经不尊，人主之贵已经不贵。如今，江浙两省的巡抚，见了他果然会战战兢兢地五体投地，然而，他要见巡抚，却反比登天还难。门衙甚至绝不会为他这个嘴上没毛的小子去通报大人，如果他告诉他们自己是天子，只会惹得他们哈哈大笑，弄不好还会被当作"疯子""无赖"骂一个狗血喷头呢！

　　正德心里完全明白：眼下白莲教正在四处搜寻追杀他，稍有不慎，就可能因暴露身份而招来杀身之祸！

　　回到李宅，正德就开始收拾行李，李凤姐疑惑起来："公子，你干吗？"

　　"准备去余杭。"

　　"不等蒋大人来吗？"

　　"这样等下去，等到什么时候呢？"

　　凤姐感动地扑到他的怀里："你真好！……带我一块去吧！"

　　正德摇了摇头："那可不行！你尽管放心，找到蒋大人，我就回来！"

　　惜别的心绪渐渐化成了深深的离愁，凤姐脸上已是泪珠盈盈了。正德把她娇弱的躯体紧紧搂在怀里，忍不住密密地吻了她一阵，道："无论如何，我也不能常住在这里呀！你要让我招赘为婿吗？"

凤姐破涕一笑："谁愿意招你为婿呀！"

"是呀是呀！毕竟嫁我们朱家的好！"

"不嫁，就是不嫁……"

"不嫁我？那么你嫁谁呢？难道嫁一头绿毛龟吗？"

"好呀！"凤姐假意嗔道，"我就嫁绿毛乌龟也不嫁你！"

"真的不嫁？"

"真的不嫁！"

"倘然我是当今皇帝，十八岁的明武宗，看你还嫁与不嫁？"

"皇帝更不嫁！"

"这就奇了，你连皇帝都不要？"

"皇帝有什么好？他三宫六院，李凤姐还算什么呢？"

"哦！我这个皇帝有正宫，有东宫，就少个西宫，等着你去坐哪！"

"我不稀罕东宫、西宫！"

"那你稀罕什么呢？"

"我要你办完事就回来！"

"回来招婿？"

"招婿也罢，你用轿来抬我走也罢，反正我是嫁鸡随鸡，嫁狗随狗，定了！"

"啊呀呀！"正德大笑道，"好一张伶牙俐口呀！竟敢把我比作鸡、比作狗！如果我要变鸡变狗了，那还敢回来吗？"

李凤姐连忙用手捂住了他的嘴。

正德趁势紧紧地把她抱住，坐到床沿上。

凤姐用唇给了他一个长长的、甜甜的吻，然后她喃喃地，像是自语，又像是说给他听："如果皇帝和你来给我挑，我宁可嫁你！你一定要回来呀！"

"嗯！"

"不管事情办得成办不成，你要答应我！"

正德让她横躺在自己怀里，把脸埋在她的乳沟之中。

"你回答我呀！"她轻轻地拍了他一下头。

正德抬起头来,显得十分正经:"万一我不能回来……"说时,正德就用手去按住那正待启动的樱桃小口,"我是说万一。万一我一时不能回来,也一定派人来接你过去。"

正德拿出凤姐的那支金凤钗,又道:"来人有此凭据,你就跟他跑。否则即便皇帝来接你,你也别去,明白了呀?"

两人又在房里卿卿我我、山盟海誓了一会,然后由凤姐引着正德去见母亲李陈氏。正德向李陈氏道明情况,说到要及早赶去余杭时,李陈氏自然又感激涕零了一番。正德见她伤心,不免又好言相慰了几句。

李陈氏问正德是走陆路,还是水路。正德考虑到蒋公豹此番纠察的要地是江南沿海地带和运河两岸,便决定从水路南下,这样不致错过。李陈氏于是立即去张罗雇船,并备下了许多酒菜、点心。

正德在村头的东港湾上了船。

船渐渐离岸了。正德站在船上,频频地向着凤姐母女挥手告别。

黛青色的山廓开始忧郁地向后退去,凤姐微笑着,显然是勉强的。她的眼睛一动不动地盯着渐渐远去的船和船上的正德。眼里光芒闪烁,混合着留恋、企盼、忧愁和祝福的神情,那痴痴的神态,深深地印刻在正德的脑海里。

第十八回　冒作故人访丽质　虚充学友见余杭

尽管蒋大人莅临余杭的消息已不胫而走，然而只闻雷声，未见雨点。算算他的行程，无论如何，也该到达了。不知何故，竟姗姗来迟。

正德龙心大恼！

这些天来，正德常混迹于茶馆酒肆之中，奇事野闻倒听了不少。可奇怪的是，高家这样一桩重大的案件却无人提及。正德注意到有几次似乎有人无意中谈到了，每每这种时候，旁边总有人要给他丢眼色，或用话来暗示，从而有效地阻止了话题。

令正德最为不安的消息，就是姑苏无烟村的周若仙竟在附近的一指山上落了草。而且最近又有消息传来，一指山盗伙通过大比武，众喽啰拥戴她坐了第一把交椅，当上了山大王！

这且不说，周若仙当上山大王后的第一个行动就是打劫了余杭县衙的国库，杀了县衙师爷费荣。这周若仙貌若愚憨，却内怀不臣，不过有了一点武艺罢了，就公然藐视王法，与朝廷作对，还当了得！

无烟村留驾、万年桥救驾，这是周若仙的功劳，然而，落草为王在大明典律上属凌迟之罪，这区区功劳又怎能抵得了她这一条贱命？

正德愤愤地吁了口气：什么罪恶都可以宽恕，唯独自立为王的反朝廷行径必杀无赦！

周若仙既然还活着，那么，比她本领高强的尤三娘未必就会死！

想着，正德忽然振奋起来，相信尤三娘决不会死！

尤三娘活着，那么，又可能去了哪里呢？尚在姑苏？抑或，也已来浙，正在寻访他？

也有一个最不堪设想的去处：她随周若仙一起到浙省落了草！

然而，正德竭力否定自己的所想。尤妃何等身份？她也深知正德最恨为匪为盗的，怎肯屈身盗窟呢？但无论如何，正德要尽快知道她的下落，即使殉职了，也要绝对明白。而尤三娘唯一的线索，似乎也就在这个山大王身上了。

仿佛抓到了周若仙就能马上知道尤三娘的去处似的，他焦躁地等待着蒋公豹的到来，而且越来越焦躁，简直恨不得立即召蒋公豹见驾，命他部署攻剿一指山！

就在这样焦躁的等待中，一种或隐或现的意念也在痛苦地噬啮他：林屋派把依靠官家办事视为"迂腐"，在这里似乎可以找到注释了！正德对刘瑾竭力推荐的钦差的办事效率有了怀疑。

莫非是"天高皇帝远"，他们竟也以为将在外君命可以有所不受了吗？

正德闷闷地在县前街上散步，猛地想起薄如冰曾说起过，高家正是住在这条县前街上，与其守株待兔，无所事事，何不主动访一访高家，先听听一面之词呢？

正德完全相信自己，无论当事人怎样为自己涂脂抹粉，他也能从他们的齿缝之间听出他们究竟冤还是不冤的！

正德开始打听高宅。然而人们对他打听高宅表现出了莫大的惊诧，仿佛他是在询问一个不吉的事物，最后还亏得有个孩子把他领到了高家宅前。

高宅的建筑在这条县前街上虽不是绝无仅有，却也称得上出类拔萃了。高密度的乌瓦增加了它的浑厚和深沉，那高耸参差的风火墙给人以诡谲神秘之感，而那油漆剥蚀、半枯半朽的石库门，以及门前的衰草败叶，恰到好处地点染了这所旧宅的沧桑与衰颓。

正德步上石阶，叩动门环。

里面没有动静。

正德摇了摇头，懊丧地正要转身离去时，那门儿却渐渐地打开了。

正德眼前一亮，他直面一位妙龄少女：她不施脂粉，唯其不施脂粉，更衬出了她的玲珑与清秀。她脸色有点苍白，显得似乎很疲倦，眼波虽然清澈却泛着重重的忧伤。这就更增加了她那种令人哀怜倾倒的魅力。

"这是高天云的家吗？"正德彬彬有礼地问。

"是的。你是谁？"

出自一种本能，她警惕地瞅着来人。

正德沉吟了一下，道："我和天云兄是朋友，不知姑娘是否听天云兄谈起过一个叫朱月关的人，那便是我了。"

"你见到我哥哥了吗？

"哥哥？那么，我一定没有猜错，你就是高玉卿？七妹？"

她点了点头，语调十分急切："你知道我哥什么时候回来？"

正德不得不胡诌一气："他在姑苏染上了伤寒……暂时恐怕回不来了。"

高玉卿身体晃了晃，她忙用手扶住了门框。

"不过现在好多了，令嫂薄如冰就怕你焦急，特差我先来捎口信呢！"

高玉卿拭了拭泪痕，这才把正德让进大厅，沏了香茗。

"这么大的屋子就你一个人住吗？"正德环顾着四周。

"几个姐姐都嫁人了，爹妈还在牢里，为这场官司我家已经破产，丫鬟、用人只得遣散。如今白天我在这里看家，到晚上姐姐才轮流来陪我住。"她说。

她的话声，在这空荡荡的屋里显得分外凄楚，她一边说，一边下意识地攥着一方汗巾，把它攥成了很小的一团，仿佛要把她的全部哀痛和辛酸都攥进去似的。

正德轻轻地"唔"了一声。仿佛受了她的感染，他的嗓音有点沙哑："小姐不必悲伤。令兄嫂不能来浙，我受令兄嫂之托，就是前来救你父母出狱的！"

高玉卿眼睛立即闪亮了："能有救吗？……"

"我想问题不大！我有个故人叫蒋公豹，当上了奉天纠察，代皇上巡视江南，眼下官船已到杭州湾了，不消多日，即将来到余杭。县官枉法，我就去向钦差投诉！"

"啊呀呀，朱公子，这是再巧不过的了，我姐妹几个商量下来，也是要等钦差到时，拦轿告状呀！……"

正德轻松地舒了口气，人各不同，毕竟也有相信官府、相信王法的呀！于是笑道："这是不谋而合呢！——既要拦舆告状，诉状可准备了吗？"

"准备好了，特请城里的大讼师写好多日了。我们伸长了脖子在等候蒋大人蒋青天莅临余杭呢！"

"好。投诉之事，就不必你们抛头露面了！不过，这诉状能先让我过目吗？"

"这自然是要的……"

此时高玉卿眉宇之间的哀愁已消退过半，并立即现出一片柔媚来。

她撩起了上衣，里摆缝着一个大布袋，状纸就放在那个布袋中。

"你本打算亲自拦轿吗？"

"正是。"

"可拦舆告状，原告当场要受二十大板，告官状还要加倍！"

"有什么法子呢？为救双亲，也顾不得了呀！"

正德想，像她这样又嫩又弱的小女子，怎么受得了四十大板呢？就有一种怜香惜玉之心夹杂着强烈的肃然敬佩，油然在心胸升腾而起。他不失庄重地从她的手里接过了那份状纸。诉状上字迹挥洒，颇悦人目。一个陌生的名字立即跳进了他的眼帘：端木俊。

"端木俊？他是余杭人吗？

"是的。就住在这条县前街的最东头，下面提到的端木健是他的胞兄。他们的父亲就是告老回乡的当朝武英殿大学士端木廷和……"

正德览状，颔首。原来，那端木俊垂涎高玉卿已久，而玉卿已字邻里秀才孟家驹。近闻双方都在筹备婚礼，端木俊郁郁不欢，遂茶饭不思，终于相思成疾，直至卧床不起。端木健为救乃弟性命，用尽心机，设下一计。

这一天，端木健探听得高玉卿父母出门烧香，便捉空儿登门拜访高玉卿，推说家父华诞，特求玉卿为端木廷和绣一帧肖像。因端木家是官宦大户，高玉卿很难推脱，便允承了，当场就和端木健一起商量绣像的尺幅及具体细则。

谁知端木健早买通了孟家驹的好友洪三峰，已经几次在孟家驹前造了七妹与端木健"通奸"的谣言，孟家驹只是不信。这天端木健一进高府，洪三峰便故意装得愤愤然地特向孟家驹来"告密"。孟家驹立即闯到高家，果见高玉卿与端木健两人同在一室，谈得火热，便拂袖而去。洪三峰见机，又在火上加了瓢油：

"我和你说过几次，你都不信！这下眼见为实了吧？今天高家父母出门去了，端木健立即就来钻空子。端木健乃是厚颜无耻之徒，此事估计木已成舟了。这样破烂的货色，娶来家也是后患无穷。以小弟之愚见，当趁着尚未过门，早早休了的好！"

然而孟家驹毕竟没有写下休书，他最终仍然相信了未婚妻的剖白，高玉卿为此拒绝了为端木廷和绣像。

正德抬起头来看了高玉卿一眼，她蹙着眉头，幽怨无穷，这种神态在正德内心引起了一阵更深的怜惜。

端木健一计不成又生一计。

"这是个诡计多端的家伙！"正德暗暗骂了一句。

新的诡计是再次利用洪三峰，把学士府的一对钦赐翡翠指环放在孟家驹房内，然后指证孟家驹为盗贼，余杭县令不分青红皂白，第一堂就用了酷刑，孟家驹终于屈打成招，被关进大牢不到一周竟死在狱中。

正德的太阳穴突突地跳着，龙眉紧紧蹙在一起。

"怎么就监毙了？死在刑具下，还是病死的呢？"

高玉卿见问，不觉眼圈一红，盈盈的泪水便扑簌簌地挂了下来。

"孟生受了大刑，果然衰弱，也未必就死。"她抹着泪水，接着道，"他在牢里被净饿了五天，第六天知县大人忽然赏饭，差牢头送去了一大碗猪油拌冷饭。孟生因饿极，狼吞虎咽，大嚼起来，待吃完那冷饭，但觉胀饱难熬，就活活撑死了！"

"牢中的这个细节，你们是怎么知道的呢？"

"家父与孟家一同去牢中收尸，是同牢的囚犯说的。"

"这不是故意在作贱人吗？"

"孟生是他们有意害死的！"

害死孟家驹的意图是显而易见的。因为孟生监毙后，端木家便迫不及待地向高府送去了聘金和彩礼。

高玉卿誓死不嫁！高父不得不把聘金彩礼退了回去。谁知端木廷和恼羞成怒，向县衙投了一状，反诬高家赖婚，骗取彩礼！余杭县令自然准诉，当即发下传票，当堂判了高父高母一顿乱棍，并罚金两千，限期送女过门。

高玉卿知道祸从自己身上起，又知道在所难免，便悬梁自尽。幸亏发现得早，被及时抢救下来，总算活了性命。后来，知县就以"藐视王法"罪，拘捕了高玉卿父母。

高玉卿哽咽着："我还是死了的好！老天爷为什么要把我降生到这世上来害我父母亲呢！"

她的声音以及颤抖的手伸向憔悴的脸庞拭泪的动作，无不在流露内心的绝望和悲哀。正德的心也像琴弦似的战栗起来了。

正德简直不能相信，曾位居大学士要职的官员，回到地方后，竟然如此纵恶，如此为非作歹，而大明朝竟又有如此荒唐的知县官！

然而，唯其过于荒唐，正德对诉状上所述的全部事实便有点将信将疑，一面之词，难免要袒护自己。至少未必这样黑暗吧！

"我哥在家就好了！……"高玉卿不平静地说，"我哥在家，他们就不敢这样欺侮我们！"

"噢，是的！你哥是条好汉，何况还有你嫂子薄如冰！"

正德呷了口茶，又道："然而，蒋大人马上到了，不是又有希望了吗？"

"若不是有这个希望，我恐怕早就死了呢！我所怕的，当官

310

的免不了官官相护……"

"决不会的！这位蒋公豹大人我是最熟最了解的，生性耿直，疾恶如仇。如果端木一家果真这样无耻，余杭县令果真这样可恶，会有报应的！"

"这样就好了！"

离开了高家，正德反而感到心事沉重。他听到的尽管是一面之词，但他也深信决不会全是无中生有的。像这样的劣迹，哪怕仅有一半的真实，也够骇人听闻的了！官府本身把王法当成了儿戏，颁发的刑令，就像放屁一样，那么民间又如何看官府呢？林屋派诸路香主几乎无不鄙弃官府，周若仙稍不顺心便上山为寇，明目张胆地与官府为敌，这难道和地方官府不能主持公正没有一点关系吗？在紫禁城，各部官员滔滔不绝地议论治国之策，看来都在隔靴搔痒。这次微服私游江南，虽为美色而来，却无意中受到了励精图治的启示，这也许是上苍给他这个真命天子的一次厚赐吧！

然而，另外一种意念也在顽固地挣扎：地方官府未必这样恶劣，高家的诉状究竟掺进了多少水分？正德不得而知。于是，一个新奇的念头从脑海深处浮了起来。

他想当面会一会这位余杭县的七品芝麻官。

正德在完成了一个周密的自我策划后，第二天，以奉天纠察蒋公豹同乡、学友的名义，去登门造访知县翟竹筠。他把大红谒帖给了衙役，衙役果然不敢怠慢，火速向内递呈。

翟竹筠接过拜帖，眼光冷冷地扫了一遍，却把它扔在了桌上，对衙役说："不见。就说本官病了！"

只为一指山新换了大王后，处处和他作对，不仅打劫国库，杀了他的狗头军师费荣。据报，那女强盗对高家一案颇为愤愤，扬言要打抱不平，包括"剪除狗官"！翟知县因此就像热锅上的蚂蚁，惶惶不可终日！

翟竹筠拿着朱月关的拜帖，第一个想到的就是朱月关这位不速之客，会不会是周大王派来的刺客？他觉得闭门谢客最为安全。

正德见不着知县，并不着恼，这至少说明这位七品官并不一听到"钦差"就低头哈腰，连他的同乡故人也竭力要去奉顺。这反又增加了他要面见县官的决心。

从许多办法中他选取了一种最简捷的方法：在衙门前击鼓鸣冤。

正德要强迫他升堂"会客"！

第十九回　九尊圣主变强盗　七品县官打帝皇

沉重的牛皮鼓的声浪，一声声传进了余杭知县翟竹筠的起居室。

鼓声，引起了翟竹筠一阵恐慌。

一指山大盗周若仙打劫国库，杀了师爷费荣，尽管浙江抚台已经答应调兵进剿，但仍让他心惊胆战，杯弓蛇影！

强盗，就是抓不完、杀不光！

而且，防不胜防。他们能够突然光临，就像突然出现在费荣面前一样，一眨眼就把你的脑袋给搬了家。

何况，他手上还有一出"掇手戏"，必须硬着头皮唱下去。

前不久，大学士端木廷和亲自走访了他，要他"周旋"他小儿与高家七妹的婚事。大学士虽然已经告老，然他在京中门生、亲友甚多，又都是达官贵人，更何况将抵余杭县的蒋公豹与他过从甚密，他翟竹筠有九个脑袋也不敢不周旋呀！

为此，高家二老就被关进大牢，一天不答应嫁女，就一天不能放人！

然而，高家是好惹的吗？那高天云夫妇是来无影去无踪的角色，要搬他的脑袋还不是如同探囊取物？尽管他现在深居简出，森严防卫，但仍然是成日提心吊胆，如履薄冰，可谓惶惶不可终日也！

牛皮鼓声如同急雨般撞到了他的耳膜上，他猛地想起，这是鸣冤鼓。

衙役飞奔而来："老爷，有人击鼓鸣冤，请升堂！"

翟竹筠从惊惧中恢复过来，重重地一声喊，用以掩饰自己内心的惶恐。

"是什么样的人在击鼓鸣冤？"

"一位少年书生。"

翟竹筠"唔"了一声，宽下一半心来。

"升堂！"他威严地喝一声。

升堂令由衙役层层向外传递，立即引起一阵嘈杂，但也不失有序。不消多时，八个皂隶就手执刑板"八"字形站在公堂上了。

沿公堂东西墙壁，站着八位刀斧手，个个带剑佩刀，这是为戒备山寨而临时配备的。这使公堂在威严肃穆中又平添了几分腾腾杀气！

翟竹筠官服纱帽，登堂升座。

一切就绪，一名衙役引导着把原告带了进来。

翟竹筠注视着原告走进公堂，见他气宇轩昂，也颇潇洒，脸上却明显带着一股傲气，人到公堂，却立而不跪，立即引起两旁皂隶一阵堂喝。

正德从没有跪人的习惯，也不知催人魂魄的堂喝是何用意，心里只在想：小小芝麻官，威风倒也不小！

猛地听得惊堂木一声响，正德吃了一惊。

"匹夫无礼！见了本县竟敢不跪！"

随着知县的呵斥，早有两名皂隶，左右开弓，在他膝弯处各自一脚，正德"扑通"一声跪倒在地。

翟竹筠这才慢条斯理地开始问话："下跪者姓甚名谁？"

"姓朱名月关。"说着正德又站了起来，"我乃是奉天纠察蒋公豹大人的故人……"

此话一出，不仅知县失色，两旁皂隶都面面相觑。翟竹筠沉吟有顷，脸上却泛起了一丝冷笑：

"你是蒋大人的故人吗？"

"正是。"

"你既自称蒋大人故人，我且问你，蒋大人籍贯何处？"

"山西。"

"今年几岁？"

"三十八。"

"原任何职？"

"湖广巡抚。"

"夫人是谁？"

"姓唐。还有二妾，一姓王，一姓李。"

正德的回答是不假思索的，绝没破绽，翟知县已经立起身来，离了公案向正德走去。

"足下果真是……"

"哈！实话告诉你吧，我还是蒋大人的同乡、学友！"

翟知县猛地收住了脚。

正德不免失算。原来蒋公豹莅浙，浙江抚台早有准备，甚至连蒋公豹的脾气、嗜好、故交、政绩都一一通报给了下属，这是为了便于下属讨钦差欢心。这些，翟竹筠早已背得烂熟了。可名单中却绝无一个叫朱月关的他的"同乡"或"学友"！

何况，蒋公豹乃山西人，朱月关却是一口京白，不是乡音，看他年纪至多十七八岁，几乎比蒋大人小了一辈，怎么称得上是"同乡""学友"？

翟知县终于从迷惑中走回座位，并又走出了迷惑。他嘿嘿地干笑着："你口口声声说你是蒋大人的故人，难道是蒋大人命你来击鼓鸣冤的？"

正德正要说什么，翟知县一拍惊堂木，声色俱厉地喝道："我看你不像蒋大人的同乡！"

"那像什么？"

"倒像周若仙的同党！"

"……"

周若仙在城里的一次突袭确实已让翟竹筠吓破了胆，成为惊弓之鸟了。凡有疑惑，他都爱与一指山联系起来思索。

"讲！你与周若仙究竟什么关系？"

正德几乎未加思索："朋友关系！"

正德不无后悔，在这种场合，其实应该说点假话。果然刀斧手不约而同，"铮"的一声，刀出鞘，斧高举。

翟竹筠掏出手帕来擦了擦额上的细汗，兀自在估量，如果他果是一指山上的奸细，那么，此番动作目的何在？自然，通过击鼓，逼他升堂是不容置疑的，然而真实的意图又是什么呢？于是他自言着，又像是问他：

"莫非想行刺本县吗？"

"说哪里话来……月关惊动阁下，无非想要为民申冤。"

"既为申冤，何不呈状？"

"果真要状？"

"咄！哪有申冤而不投状的？"

正德从怀里摸出一个纸袋，道："状纸就在其中！"

一个皂隶过来，接过纸袋，递给县令。

翟竹筠拆开袋口，立即喷出一股珠光来，耀得他不得不眯起了眼睛。

知县立即猜想到袋中装的是什么，自然是不便于当众取出的。凭这珠光宝气，就知道宝物价值连城。他迅速地合上袋口，眼睛却浏览着袋面，一行墨迹立即跃入了他的眼帘，只四个字：后堂面叙。

此时的翟竹筠有了一种先入为主的误会，他已确认了跪在前面的是一指山周若仙派遣来的使者。自周若仙打劫余杭国库以后，翟竹筠已两次调兵对一指山发动进攻，各有伤亡。这两次剿匪虽未彻底摧毁盗窟，但至少在心理上对一指山强盗形成了强大压力。周若仙或者已经感到了灭亡的威胁，故遣下特使，通过用无价之宝行贿前来求和？

"这就是了！"翟竹筠深信自己的推理！

然而，他能和一指山讲和吗？

简直没有一点可能！哪怕眼开眼闭对一指山稍稍做些儿姑息也完全办不到！眼下浙省抚台已准了他的请求，正在调兵遣将，部署剿山。在这节骨眼上，他能私自与一指山对话吗？稍有不慎，便有通匪之嫌！

又何况，蒋公豹大人不日即将莅境，钦差的先遣官昨天夜里已经拜访过他了。所有迎送礼仪、查库程序等均已得到了切实的指示。他和先遣官吏谈起了余杭县匪盗为患的严峻形势，意欲通过先遣官问计蒋大人，是战呢还是抚？这原是知县对京官表示的一种尊重之意罢了，先遣官却道，其实是不必问的，蒋大人对为匪为盗者最为深恶痛绝，他历来是只主战不主抚的。看来，招安周若仙至少在目前难以实现，除非省抚的进剿计划同样受到了严重挫折。在这个问题上翟竹筠十分清醒，因而也十分果断：

"咄！尔一指山草寇抢我国库，戮我官员，又竟敢与官军为敌，早是罪恶累累，馨竹难书！"说时，翟竹筠把那装有珠扣的纸袋扔到正德跟前，叱道，"以珍宝来贿赂朝廷命官，亦属妄想！"

翟竹筠言辞激昂，理直气壮！

正德不觉暗暗点头称赞，这与他想象中的余杭知县大为不同。虽然他把他误会成一指山的人了，但他毕竟表达了护卫王法、大义凛然的气概。再说，这么一颗价值连城的珠宝，他只是睃了一眼，就扔之于地，清正廉洁亦难能可贵呀！不能想象，像这样的县官怎么可能在高家的官司中舞弊枉法呢？所以，一面之词还真听不得呢！

正德把珠扣收回，放在怀中。又听翟竹筠厉声道："山贼听着：本官今日放你归山，代本官传话周若仙，限她三日之内，放下兵器，列队到本衙投降，否则大军至时，一指山必将成为火海焦土，覆巢之下绝无完卵，到时岂不悔之晚矣！"

翟竹筠不屈不挠的精神果然可敬，但正德对他忽然有了些不满：直到此时他竟然连一个击鼓鸣冤者的身份都没有弄明白，冬瓜缠入茄门，也令人啼笑皆非。他的话虽然句句大义凛然、奉公正直，却净在隔靴搔痒，有什么屁用！他的昏庸也可想而知！

高家这样的官司，他未必不黑白颠倒！

"喂！我可不是山贼呀！"正德高叫道。

"嗯？不是山贼，你道是谁？"

正德微笑着："我说出身份来，就恐怕你要昏倒。"

"哪怕你是皇上，本县也随时可在你头上撒泡尿！"

正德冷冷一笑："算被你说对了，朕就是皇上！"

正德以为，凭着翟竹筠那种忠于职守的精神，他是可以公开告诉他自己的真实身份的，料他一听到"皇上"驾到，就会立即跪伏在地，然后再与他"后堂面叙"，书归正传。

然而，万没有想到的是，听说他是皇上，翟竹筠竟勃然大怒："反了！反了！这草贼竟敢自称皇上！来人哪，先将山贼重打四十大板！"

正德大怒，喝了一声："昏官！不问是非，你怎么可以动刑？"

哪怕是死刑囚犯，也不敢当众骂坐堂的知县为"昏官"的，这分明是占山为王的强盗口吻，翟竹筠不禁暴跳如雷：

"大胆山贼！尔竟敢假借击鼓鸣冤，咆哮公堂；赠珠行贿，污辱朝廷命官；尔又以朕自称，造反谋逆之心毕露无遗。须知这条条都是灭门的大罪。来人！给我打呀！"

正德不等皂隶蜂拥而上，先是一个箭步蹿上前去，把公案掀翻，同时左手抓住了知县的胳膊，右手捆了他两个耳光。

翟大人的那顶乌纱帽，骨碌碌滚到了地上。

忙乱之中，皂隶把正德拿住，不容分说，就把他按倒在地，褪了裤子。

"打！往死里给我打！"

正德哪里禁受得了这样的疼痛，没命地大叫起来。

翟竹筠去捡那乌纱时，蓦地在纱帽旁发现了一方锦盒，打开看时，却是一枚写字作画时用的便印，认得是大明正德皇帝的御印。

这显然是那个"山贼"所遗，不由得头脑里"轰"的一声响，两眼发起黑来。

"停刑！……"他大喊了一声。

皂隶住了手。

"你、你究竟是谁？"

"混账！朕就是当朝武宗皇帝，看我不灭了你的九族！"

翟竹筠冷汗淋漓！他真的把皇帝当成了强盗！

然而，皇帝缘何要击鼓鸣冤？又缘何要冒充蒋大人的同乡学友？又怎的和周若仙有"朋友关系"？更可怪的是他竟要用珠宝贿赂本官"后堂面叙"！

除非天子发了疯，否则怎么会有这些疯子般的举动呢？

他不可能是天子！然而，那方御玺又怎么解释？伪造的？盗来的？

天下的人，无论是山大王还是老百姓，也除非他发了疯，否则，也决不会在公堂上自称是皇帝老子的呀！莫非他果真是个疯子吗？

"搜他的身！"他下令道。

皂隶把正德从上到下搜了一遍，除了那藏有珠宝的纸袋外，还搜到了一沓纸片，却是诉状。

翟竹筠急急读了一遍。

他为高家翻案而来？为翻案而击鼓？为翻案而行贿？

讼词犀利，铁证如山！然而，这个案却是不能翻的。不说大学士是即将光临浙省的蒋钦差的旧交，即使是浙江抚台，不也致信于他，要他大力玉成端木公子的这段姻缘吗？他除了将错就错，没有第二条路可以选择！

一种最不愿意推测的情况是，当今圣上在微服察访本案。皇上击鼓鸣冤、当堂行贿都是为了考察他这个七品芝麻官的品行和能力。再说他所行贿的宝贝，珠光四射，绝非民间的普通珍宝。想着，翟竹筠便从那纸袋中取出了珠扣，果见底座背部刻有龙凤图样，这是明显的宫廷标记，翟竹筠不禁倒抽了一口冷气！

他打了当今的皇帝正德！

而皇帝业已开了金口：要灭他的九族！

几乎没有脱身之计，剩下的只有羊肠险路，即索性把这个"朱月关"当成一指山的盗伙判入死监。当确认了他就是天子后，便挂印潜逃——即使逃不走，还有辩白之词：他因痛恨盗贼才把与周若仙有朋友关系的朱月关错判成盗贼的。一没受贿，二没私情，而且也确实要朱月关传话，令山贼三天内投诚。所谓不知者不罪也，或许可免个"灭九族"吧？倘确证朱月关不是皇上，那他与贼有交，咆哮公堂，当众行贿，殴打命官已是必死之罪，判入死监，也是罪有应得！

翟竹筠再也顾不得被打落乌纱的现世丢丑，颤巍巍地宣布道：

"给他上枷，押入大牢候审！"

然后，他抹了抹嘴角的血痕，一拂袖："退堂！……"

第二十回　虎与龙铁窗同济　官同匪星野共拼

正德被关进死牢。

刑伤的彻骨的疼痛因麻木而消失了，他昏昏沉沉地躺在草堆上。

不知过了多长时间，知觉回到了正德的身上，便有一种死亡的气息潜入了他的意识，窒息着他，冰冷了他的手足。而可怕的绝望，让他的心瑟缩地发起抖来。

"水……"他呓语般地哼着。

有人扶起了他的头。

他感到，有一只冰冷的碗凑在了他的嘴唇上。他慢慢地吸了几口。水的清凉从喉头一直钻进他的心房。

他闭着眼睛，就大口大口地喝起来，直到把一碗水喝完。

渐渐地，他睁开了眼。

首先跳入他眼帘的是一个粗碗，又黑又脏。见了这只碗，他的胃部急剧地捣鼓了一阵，幸而没有呕吐。

他的眼光又随着擎碗的手向上面望去，见到了一张黑脸，乱蓬蓬的头发，露着黄黄的大牙，正注视着他呢。他又是一阵痉挛。

正德忙把脑袋别过去看着墙壁，但那墙并不比那只碗、那张脸更耐看些，尽是灰尘和霉斑，还散发着一股腥味。

"你醒了！"黑脸说，声音嗡嗡的。

"你是谁？"

"丁大山。只为在一指山结社，被当作强盗抓来了。"说时又笑了笑，"这里是专关强盗的死牢，不消关几天，就要拉出去，'咔嚓'把脑袋砍下来！"他说时还做了个砍头的手势。正德头皮一阵发麻。

丁大山是在当笑话讲，他那种视死如归的大无畏精神悄悄地感染了正德，他喃喃地自语了一声："毕竟是条汉子，不怕死！"

"哈！有谁不怕死？只是我不会死罢了！"

正德忍着痛，微微撑起了身子："你怎么就不会死？"

"我不仅不会死，我在牢里，他们还得像伺候大爷一样款待我哩！"

丁大山随即畅怀大笑起来："咱们太白剑社曾派人跟牢禁头子打了招呼，在下进狱时身重一百六十斤，出狱时若少了一斤，就要在他身上割肉补偿！他还能不尽心侍候爷们吗？"

"出狱？你莫不是说，在斩首之前还要请他们给过过秤？"

"你是要斩首的，他们可不敢杀我。我在这里最多再住两夜。"他神秘兮兮地眨了眨眼，就把声音放得很低，"两天以后，我要和这大牢再见了！"

丁大山从不漱口的嘴里喷出了一股腐败食物的臭味，让正德皱起眉来。然而从他故弄的神秘中，正德忽然悟到了什么，脱口而道："你是说，你的同党要来劫狱？"

丁大山立即用手捂住了他的嘴："不得了！这两个字可不能给我说破的呀！"

正德兴奋地抓住他的手，也顾不得他的口臭，一句话已冲到了唇边："你……"

他是想说："你们把我也带出去吧！"

但他终于没有说出口，话又咽回了肚中。这时只听得"咣啷"一声响，铁门被打开了，狱卒送来了晚饭，正德这才想起饿来。狱卒在丁大山面前放下了一大盘菜，有牛肉、蔬菜，还有一壶酒。他那只又大又黑的粗碗中也盛满了饭。

正德面前只有饭，没有酒，也没有菜。

正德已顾不得体面，狼吞虎咽，开始大嚼。一旁丁大山眯着眼、慢悠悠地呷着酒，细细地品尝着他的饭菜。

"且慢！"丁大山忽地对正德大喝一声，满口的酒也没来得及咽下去，就喷了一地。

正德停住了筷子，惊愕地望着他。

"你受过刑，身子骨很虚弱，你吃的是猪油拌的糯米冷饭吧？"

正德怔了怔，又紧张起来："你是想告诉我孟家驹的故事？"

"正是这个故事！孟家驹就是给这么整死的，这是师爷费荣害人的阴毒之计！我替孟家驹气不过，就杀了这狗娘养的费师爷！"

"怎么，费荣是你杀的？"

"若不杀费荣，我怎么会坐这黑牢！"

"那怎么办？我已吃了许多了！"

"没撑足，大概还死不了。但你若今天不死，他们必定会净饿你三天，饿虚了，再赏你一碗饭吃，不怕你不吃！"

正德满头冷汗，又仿佛腹中果真在隐隐作痛。他把碗扔在地下，打成了几瓣碎片。

县牢之黑暗真是匪夷所思！过两天，若丁大山果真越狱走了，剩下他孤单单的一人，连这一点可怜的照应提醒也没了，岂不要受尽昏官的摆布？而诡计又是防不胜防！

正德在暮色的包围中恐惧地想着，眼前却隐隐出现了一条小路，路的尽头是他的一块可怖的墓碑。也就在这苍苍茫茫的暮色之中，他又看到了薄如冰以及她手下九路香主对官府的极度怀疑的目光。

"……你莫不是在白日做梦吧？"

想起林屋派香主的责问，正德如同劈面受了一刀！他在亲自体验到了吏治的黑暗后，开始对李达玄案、高玉卿案的冤枉也深信不疑了。此时，他不仅想起了林屋派人的眼光，更想起了李凤姐、高玉卿对他充满崇敬、企盼与希望的秋波，他的心像被撕裂似的在发痛！

他失信于林屋派，失信于李凤姐和高玉卿，这一切又似乎已经无法挽回。因为他清楚地意识到，自己离驾崩为时不远了。

然而，他应该活，他也必须活！只有他活了，余杭县、凤陵县这样的昏官才能被铲除，端木这样的恶类才能得到惩处，而李案、高案才能真正昭雪！

于是，他似乎终于找到了皇帝向强盗屈膝的理由，那句没有开口说得出的话，也涌到了唇边。

"丁伯父……"

一开口却又脸红了，他大有认贼作父之嫌，但也顾不得："丁伯父呀！看在我和周大王朋友一场的面上……让我一起……那个吧！"

"你说什么？我怎么听不大懂？"

正德不得不压低了声音："就那两个字，不能说破的那两个字！"

丁大山再次大笑起来。

正德不知他为何发笑。他急忙从内衣上摘下一颗珠扣来，但见珠光喷薄，照亮了这昏黑的牢房。

丁大山连正眼都不看一眼，道："怎么？你也来贿赂爷们？看来，要是你做了官，也清不了多少。啊哈……"

正德不由得满面羞惭。

"你是个傻蛋！这鸟珠子还不快收起来！咱们既然是同党，又在一个牢里，岂有单单把你撂下的！"

正德大喜，拱了拱手："谢过丁好汉！"

既然丁大山已表态，不会让他单独去"咔嚓"一声受刀，他便放心了。然而，"丁伯父"立即变成了"丁好汉"，这在丁大山肯定没有想到，事实上，他根本没有留意。

正德不无焦急地等待着那一夜的到来。

劫狱之夜是个暗夜。月儿忙着到别的世界遨游，但一天繁星却在闪烁。

预计在三更。正德的圣心二更不到就开始扑通扑通紧张狂跳了。蓦地，一块石子，落在牢房外面的地上，滚动着，声音不很大，但丁大山听到了，正德也听见了，他们都立即振奋了起来。

丁大山招呼正德站在那铁门的边上。随即传来了更夫报更的声音。

正德注意到了，更夫报打三更的锣声，那最后分明是一记哑锣，随后便有细碎的脚步声在牢房前游弋，或许是一只猫，它正在追捕耗子。

大门口忽地响起了呼救声："失火啦！救火啊！……"

从杂沓的脚步声判断，外面已是一片混乱。

又听得"啪"的一声，是铁门上大锁被利器斩断的声音。果然门就被丁大山推开了。丁大山狐狸般敏捷地蹿出门外。正德就随他出了牢门，但见眼前"唰唰"闪过两条黑影，丁大山不说话，跟着他们向大门口方向而去。

"救火！快救火啊！……"

前面的两条人影在接近火区时，突然振臂高呼起来。丁大山脱了外衣，赤了膊，把衣服在头上甩得呼呼生响，同时也咋呼着：

"救火、救火！……"

他们混入了人群。

厚厚的大木门被火包裹了，火苗已把房梁燎穿，高高的砖墙被浇上了油，就像一条火龙，也颇壮观。救火的，开始是兵士，渐渐地也有百姓加入，提桶的、端盆的，不怕人手多，就怕没人救！

丁大山他们的轻功极好，趁着混乱蹿上了火墙——他们浑身着了火，纵身一跳，跳了出去，就地一滚，自灭了火。

丁大山没有马上就走，他还在等候正德逃出火海。

正德不得不从大门冲出去。这一回却是那避火珠帮了大忙，汗毛都没有烧掉他一根。

丁大山没那么幸运，头发须眉几乎烧净了，胸背上还烧起了一片片水泡。

"你只管跟着我！"他对正德说。

正德就跟着丁大山逃命，这时才又听到后面一片乱纷纷的大叫大喊："囚犯跑啦！两个强盗逃跑啦！"

"追呀！"

正德哪里跟得上丁大山？直累得气喘吁吁。然而丁大山也顾着他，不致把他落得过远。

前面是一条宽阔的河，他们没有了前进的路。

"你在这里歇着！"丁大山指着河边的一个大树洞。

"就我一个人躲在里面吗？"

"我们有事！"

"什么事呀？"

"甭问。"

身后传来了隐隐的嘶喊之声，一指山接应丁大山的队伍已把追兵截住了。正德稍稍舒了口气，却涌起了一种十分奇特的心理：他希望强盗能快快把官兵杀退！

正德极目前望，他见到不远之处，许多人手里都擎着火炬，正德看清楚了，那些擎火的人都是正规的官军。

到处都是尸体。血光和火光混成一片。

丁大山已被三条大汉包围着，打得十分艰苦。另有好几个战圈，也都是几个围打一个。正德已经清晰地感觉到了，这场酷斗官军正在逐步取得胜利。他不知道，是否应该为官军的战功喝彩。

他至少十分同情刚才脱离苦狱又面临了死神的丁大山。确确实实的，他看到了三把刀剑同时刺进了丁大山的肉体。然而丁大山没有立即倒地，他手中的刀作了最后的一挥，前面三颗人头便骨碌碌都滚落尘埃。他们谁都没哼一声、喊一声，默默地倒了下去，同归于尽了。

壮烈的场面已把正德惊呆，那满面泪痕，说不清是在为丁大山悲悼还是在为官军的捐躯感动。反正眼泪就像珍珠似的，一串串往下掉！

一幕才结束，新的更悲壮的一幕又进入了他的视野。

那是五打一的一场马上恶战，官军占着绝对优势，把白马背上的强盗围在核心。清一色的长枪，那闪亮的枪头雨点般向对方射刺。眼看强盗就要像丁大山一样血染埃尘了，却突然间产生了奇迹：那强盗手中刀影一闪，然后双腿一夹，催着战马突围而走，渐渐没入了黑夜之中。

残局还在延续……

败逃者的白马在旷野中打了个转，又恋恋不舍地回到战区。那五位将官最终都祭了他的刀。然而，也就在离正德不远处，那白马倏地前蹄高扬，它是中箭了，把它的主人重重摔倒在地。然而强盗又蓦地一个"鲤鱼打挺"跳将起来。

正德看得很清楚，那是一个女子，使着一口长长的缅刀，而她的肋间还插着一支竹箭，正德的心痉挛了起来，引起了四肢一阵阵的激烈的颤抖。

此时，女强盗一步步向正德的树洞边走来。她晃了两晃，便想用手去撑那树干，正德忙赶上前去把她接住，她滚进了正德的怀抱。

"若仙！若仙！你可不能死，不能死呀！……"

"朱、朱公子！……"

她认出了正德，美美地笑了笑，露出了那宽阔的黄板牙。正德把她紧紧地搂着，他发现她原是极美的，也许没有灯光，她那一脸的麻子被黑暗掩饰掉了，但从那脸型五官的轮廓而言，她原是一个美人胚子。

周若仙艰难地从衣兜里摸出了碗般大小的精致的宣德炉，嘱咐他遇到周元就交给他。

然后，周若仙永远地闭上了眼睛。

第二十一回　李玉书飞骑传急信　尤三娘临狱访名医

尤三娘在鹰嘴岩遭到鹰难，尽管她剑术精湛，杀死鸷鹰无数，她自己身上也数处被啄伤，亏得她及时进了丛林，才保住了一条性命。

她并没有像周元那样迷路，而且她清晰地知道，凡鸟类一到傍晚就要"上宿"，它们在夜里几乎没有活动能力。于是她就在林子里一面休息，一面等待日落。

周元比她先进林子，这一点她也看清楚了，虽然眼前不见周元人影，但她不担心他的安全；问题倒是司马梅，她在"鹰嘴岩"一定非常着急，但也只能到夜里才能去接她，相信周元也会去的。

暮色在她寂寞、焦虑的等待中终于降临了，远飞的鹰们已陆续归巢。

尤三娘这才走出了丛林。

她抬头望望天，最亮的星星已经开始闪烁，仿佛它们对这片神秘的森林也感到深深的恐惧。

尤三娘正要向"鹰嘴岩"走去，忽闻一阵急雨般的马蹄声从远处传来，一匹枣红大马风驰电掣飞奔而至。尤三娘心中一动，立即萌起了一个"歹念"：带上司马梅去风陵，一天走不了多少路，不若故技重演，向马主"征用"那匹坐骑来给司马梅坐了，岂不是更好！于是，她当路横剑，向来者喝道：

"喂！来者听着，官中急事，要征用你这匹马！"

但"来者"正眼也没瞧她一眼，远远地扬起了马鞭，凌空"啪"的

328

一声响，催着枣红马依旧飞也似的向尤三娘撞来。尤三娘冷笑一声，反把青萍剑扔在当路，双掌并举齐推，立即一股劲风向马冲去，枣红马长嘶一声，尤三娘轻舒粉臂，右手两指来点马背上汉子的足三里。那汉子也甚是机警，一腿蜷起，趁机翻下了马身，勃然怒道：

"你这小子活得不耐烦了，是不是呀？"

尤三娘道："我好好地活着，怎的不耐烦？我想你不是聋子，还要我再宣旨一遍？快把你的坐骑留下，以候官中听用！"

"啊哈！"那人笑道，"你如果是绿林强人，要借在下坐骑，或可商量；越是官中事，越急则越不借！"

"不借也可，留下九族性命！"

"臭小子好大口气！莫以为懂了点'推宫撞骑'的几下子，就可以横行江湖了。先让老子教训你几下，免得你目空一切！"

那汉子把挂在腰间的一对王八槌取在手里扬了扬，命令三娘道："把你的剑捡起来！"

三娘笑道："不必。只凭赤手空拳，也要斗你八九十招！"

"好哇！你赤手空拳真能接我三招，我把坐骑就送你了！"

"你可不要后悔，君子一言既出，驷马难追呀！"

那汉子也不答话，"呼"的一槌，是一式"流星探月"。

尤三娘不慌不忙向左一侧身，避过了槌头，谁知他前槌甫到，后槌紧随着已临三娘右侧，把尤三娘夹在了两槌之间。那汉子大叫一声"着"，眼看得手。

料不到尤三娘平地一跃，向上腾起三尺，同时两腿分开，正踢着他的双槌。左槌早已被踢到了半天空，右槌仍在他手里，带着万钧之势让汉子原地飞旋了整整三圈。待汉子控制住自己站稳脚跟时，尤三娘已捡起了青萍剑，用剑柄轻轻在他膝下一点，正中足三里，汉子感到一阵酸麻，难以站住，单腿就跪倒在尘埃。

"征用你一匹马罢了，你就这么小气！现在是你践约的时候了，本姑娘……"

尤三娘原是男装在身，因说漏了嘴，就索性把帽子抓掉，露出了一头乌发来，接着道："本姑娘也不为难你，你的坐骑我会把它寄放在风陵客栈中，日后你仍可取去！"

"算我倒霉！这下报丧也报不成了，有何脸面再见薄夫人？唉！不如就自尽了吧！"说着他举起右槌向自己脑袋砸去。

尤三娘用剑挡住了他的槌头，急急地问道："你说什么？你是谁？又是谁死了？谁是薄夫人？"

"姑娘有所不知，"汉子道，"在下李玉书，是林屋派风陵香主的跟随，因本派副掌门高天云被白莲教徒暗算，命在旦夕，眼看只有三五天的时间了，故夫人薄如冰命在下火速赶到金陵，委托一明长老通知各路香主，务在一周内云集风陵与高云天长辞！"李玉书说到后来已是泣不成声。

"是吗，是吗？"

尤三娘听了，急忙为李玉书解开穴道，把他扶起来："不是风陵李达玄有药可治高掌门的吗？"

"也是高掌门命中该绝。薄夫人一路护送高掌门抵达风陵时，李达玄却被人诬陷入狱，关进县大牢去了！"

"竟有这样不凑巧的事！"尤三娘道，"既如此，你就快快上骑赶赴金陵吧！"

"谢过姑娘！不知姑娘尊姓大名，日后也好相报！"

"我叫尤三娘，今天是我得罪了壮士。"

李玉书听说是尤三娘，就又连连向她作揖道："原来是尤三娘大驾在此，怪不得在下输得这么惨呢！"

"我们从未见过面，你怎么知道我？"

"薄夫人多次说起过你！姑娘，在下因急事在身，实在不能耽搁，就此告辞了！"说着，李玉书翻身上了马。

"慢！"

"姑娘还有什么吩咐？"

"你一路过来，可见到一个手拿铁扁担的汉子？"

"没有啊！"

"唔，那你走吧！"

李玉书策马走了几步，忽又勒住马缰，转过马头道："那边有棵大树，被削去了一大块树皮，上面用黑炭写着'铁扁担'三个字，好像还有一个人的名字，有没有人叫司马梅的？"

"有啊，我正找他们呢！"

"那树上就写着'铁扁担'和'司马梅'，还画了个箭头，指着他们去的方向呢！"

"真的？"尤三娘兴奋起来，匆匆谢过李玉书的指点，就向前飞奔而去，一边奔一边注视着旁边剥皮的树。

奔了一会，果见一棵大树，皮被剥去了一大片，上面写着"铁扁担"和"司马梅"，特别醒目。下面一个箭头指的是正东方向。

尤三娘心想：糟了！风陵在西南方向，正东而去简直南辕北辙！

尤三娘也顾不得什么了，提起轻功就往东追去，好在有月光，直追了半夜，哪来他们的影子？

尤三娘猛醒：周元不能写字，那几个字粗犷遒劲，也绝非司马梅的手笔。而且周元是识路的，不可能向正东方向乱跑一气！莫非有人设下了圈套，故意引诱自己胡走乱跑？

周元下落不明，司马梅在鹰嘴岩又如何了？想着，尤三娘不禁出了一身冷汗。

尤三娘星夜驱驰，不得不再赶回鹰嘴岩，早不见了司马梅，知道中了诡计，心中更是着起慌来。其时天色又将破晓，估计日出以前已走不出鹰区了，又不得不再次躲进丛林，直到第二天夜里，她才择路而行，朝着西南方向赶路。

这是一个无名小镇。

镇口一家铁铺，老板正在"叮叮咚咚"锻铸各色器具。

尤三娘抬头，猛见墙上挂了一条铁扁担，仔细看时，不像是周元的。三娘马上想到了周元或许铁扁担在鹰区丢了，不得不重新打一条，心里带着些许希望找到了铁铺老板。尤三娘指着墙上的铁扁担问："这条铁扁担有主了吗？"

"有啦！这是一个过路人自己设计的铁扁担，今天中午要来取货。客官如果需要，照样给你打一条就是。"

尤三娘笑着摇了摇头，离开了铁铺，她在街对面一座茶楼上临窗占了个位，一面喝茶休息，一面监视着铁铺，只等周元中午去取货。

谁知，一直等到红日西斜，才见有人到铁铺去取扁担，却不是周元，乃是一个年轻的道长。尤三娘不禁闷闷地叹了口气：倒是白等了一天时间。更没料到的是，劳累之间又感了风寒，早晨起床只觉头疼欲裂，不得不继续留居镇上，闭门静养了两天，才急急朝风陵而去。

风陵已然在望，挟着春的气息的东风让绿色的芬芳驱走了连日来重重的烦恼与焦灼。当老天把苍茫的暮色洒下大地时，她已经到古镇风陵，拣了一个干净清静的客栈歇下来了。

尤三娘住的是楼上的单铺。房间不大，颇为整齐。东、南两面开着窗。西首隔着一层薄板是另一间客房，似也住着旅客。他一定嗜酒，那汩汩的斟酒声音，一阵阵透过板壁传来，清晰可闻。

月光从东窗中流进屋来，泻在尤三娘的铺上。三娘就把枕头放在月光照着的地方，使自己面对了那一轮皎月。三娘就静静地从窗外看着云帆，它们在她的视野中悠悠地飘浮着。

她并不害怕孤独。在深宫，特别在正德修建豹房以后，孤衾独枕也是家常便饭。这次伴驾幸游江南，自然是无人能取代她的美差了。她非常珍惜出京城后的每一个仿佛变短了的良宵。而此刻，当那习以为常的孤独再次降临时，她却感到了一种说不出的压迫，看着那片明月旁边的孤零零的云，她的内心深处便又感到了一种若明若暗的刺激。

隔壁似乎又增加了一个人，传来了模糊的说笑声，但并不能分散她对过去和身世的回忆……

最可悲的，恐怕是她至今尚不知道自己的生身父母是谁。她只依稀记得自己出生在一个小镇上，就像风陵这样的一个古镇，父母亲把平生所学都传给了她。她的武学天分极高，内功基础五岁已臻大成，并在海内颇有声名了。江湖诸大门派掌门几乎都到过她的家中，愿意把她领回山中，传其所学，甚至长大以后传之衣钵，但都被她父母婉言谢绝了。

她的记忆仿佛就在这里断裂。

一日，她一觉睡醒，业已躺在宫中。她幽幽地叹了口气，把这一切归结于"命"之使然。而对"命"的崇拜，对她来说，又常常使她委曲求全。

她翻了个身面壁而眠。

一个想法蓦地跳进她的意识，驱散所有的杂念，并吸引了她的全部注意力：既然高天云还有点时间，她为什么不到大牢里去和李达玄商量，把救人的秘方开出来，说不定还来得及救高天云一命呢！

尤三娘想着就迅速跳起身来，匆匆扎束停当。她在路上盘问了一个更夫，问明大狱位置，就直奔牢房。

当班狱官正在查牢，尤三娘径向西厢房走去。房内一张四仙桌上，六七个小菜，一壶醇酒，正在等候着狱官。这是李陈氏用正德的银子，天天给他准备的孝敬礼。

狱官查牢完毕，踏进西厢，猛见酒桌畔坐着一个生人，立即沉下脸来。

"请了！"尤三娘与他施了礼，道，"我有个亲戚关在贵狱。"

"是谁？"

"李达玄先生。"

尤三娘原以为狱吏今天不得到一点好处，或者痛苦，她就很难见得到李达玄。谁知，犯人的名字一出口，狱吏脸上的肌肉立即松弛了下来，显得笑容可掬：

"原来是李先生家眷，失敬失敬！"

尤三娘见他突然之间态度大变，知道李家早有银子铺垫，不觉哂然一笑："夜间打扰阁下，也是万不得已。有此方便，日后李家也不会亏待先生的！"

"好说，好说！"

于是，狱官也不喝酒了，客气地把尤三娘领到另一间厢房，不一会儿，又把李达玄领来见面。临了，附在尤三娘耳边小声道：

"我对你额外宽待，准见半个时辰。时间太长了，可有诸多不便。"

"放心吧，我决不会让阁下为难的！"

狱官点了点头，退了出去。尤三娘就来和李达玄见礼。

李达玄虽在狱中，衣衫尚整洁，五十开外年纪，银髯齐胸，方脸，清癯而忧郁。他见一个不相识的后生来探视，十分惊讶：

"那位公子从未谋面，来此探望老夫，不知有何见教？"

尤三娘免了一应客套话，就直说林屋派副掌门高天云被阴阳白莲掌打成重伤，前来求取起死回生之方。谁知尤三娘话未说完，李达玄叹道：

"果真好人多助，前番已有人曾托拙荆前来讨方，只是老夫也爱莫能助！"

尤三娘道："先生何出此言呢？金陵老医叶寿谊特地推荐先生，说起死回生者，非李先生莫属的呀！"

"老夫何尝不想治愈高掌门！只是药方开出去了也枉然。此药需用七步蛇之毒涎，与三七、白药诸味配伍，熬成膏药贴于伤处，原是可以在一月之内，去毒保命的。"

尤三娘听了大喜："既然有药可治，先生何言'爱莫能助'呢？"

"公子有所不知，"李达玄捋着银须道，"此是以毒攻毒之法。七步蛇毒涎需量颇大，苏南一带，此蛇罕见，恐一时难以足数。再说，配伍制膏，又谈何容易，火候宏微，均要由老夫亲自把握才好。"

尤三娘听罢，不由得长叹了一声：

"此大概就是天命吧！"

"估计高天云已不在人世了！"李达玄道。

"他不是还应该有几天阳寿的吗？先生何以知道他已经仙逝？"

"有位朱公子托拙荆代为采购纸人纸马等一应黄泉程仪，关照办齐，想必是为吊唁高掌门而备。"

尤三娘听了，又惊又喜，一把抓住李达玄的手，道："李先

334

生所说的朱公子是谁呀？他怎么认识贤内助的呢？"

"那朱公子可是我李家的大救星呀！"李达玄感恩戴德地说，"为此冤案，拙荆走投无路，一时想不开，就跳了运河，亏得朱公子相救。他不仅救了拙荆，还解囊为我赎了假银，保住了家宅……"

"那朱公子叫朱月关吧？"

"是呀，公子也认识他吗？"

尤三娘噙着热泪，道："他是我表兄，我也正在找他！不知他现在住在哪里？"

"就住在我家里。"

"真的吗？"尤三娘兴奋之至。

"他在我家等候钦差蒋大人，他和蒋钦差是故交，老夫这场冤枉官司，全得仰仗朱公子、蒋青天！"

"先生尽可放心！只要朱公子肯插手，这案必定能翻过来！"

"就不知道蒋青天何时能够抵达。"

"我想快了……"

"但愿如此！"

"我连夜就要去造访朱公子，不知贵府在哪条街住？"

李达玄当下把李家药店的地址告诉了尤三娘，尤三娘虽不能救高天云，却意外地得到了正德的消息，不禁满心喜欢。

她随即辞别了李达玄，又在狱吏处打了个招呼，就匆匆离了县狱，直向李家老店夜行而去。

不用片刻，尤三娘已经抵达了李宅。

李家在风陵也算得上是一所大宅了。远远便能感到一种高屋建瓴之势，风火墙此起彼落，在这月白风轻的夜里，平添了一点神秘的气氛。

尤三娘正要叩门，蓦地见一条黑影，从东而来，三娘贴墙凝视，但见那黑影在墙外四下窥察了一会，双脚一用力，就飞身上了围墙，又轻轻地跳落院中。尤三娘叫声"不好！"，也飘然而起，悄悄地跟踪着那条黑影。

第二十二回　麦余异凤楼受戮　司马梅米谷殉情

李家大院如今只住着李凤姐母女两人。尤三娘跟踪前面的黑影，一直跟到了凤姐绣楼。只见那人一个"倒卷金帘"，挂在窗槛上，舔破了窗纸，用一只眼向室内窥视。

尤三娘不去惊动他，转到后窗，拔下头上玉簪，戳破窗纸，她要看一看房内是一片什么景象，竟吸引了那位不速之客如此全神贯注。

房内就凤姐一人，她尚未就寝，正坐在梳妆台前，支颐凝眸，睇视着桌子上静静燃烧的红烛。血一样的烛泪，缓缓地往下流淌，当每一滴烛泪离开烛体，滴进蜡台银座时，她总要微叹一声。

李凤姐似乎正在吃零食，粉腮微鼓。一会儿，她把玉手凑到嘴边，要吐果核了，然而那"果核"一离开檀口，便让尤三娘蓦地一惊！

她吐出了一颗毫光四射的宝珠！

室内的烛光大为失色。尤三娘一眼便认出来了，那正是正德的珠扣！

最早掠过尤三娘心头的是一缕喜悦，正德果然到了风陵李家，并把珠扣赠予李家妞了！这种喜悦刚过，即有一股酸溜溜的滋味从她的心底升起。然而滋味也不过是一刹那：在正德三宫六院七十二妃子的队伍中，增加这么一个小小的凤姐儿，而且又是宫外的"妃子"，何足道哉？

然而，那奇特的酸醋掠过后，尤三娘芳心却禁不住怦怦乱蹦了：为什么看不见正德呢？如果正德在此，他是不会放弃这个夜深人静的机会的呀！她因而不能排除另一种可能：这颗珠扣落入凤姐手里，是否意味着正德又遭遇到了什么不测？

不速之客的贼眼在室内浏览片刻后，悄悄地从纸洞中塞进一根竹管去，一缕青色烟气徐徐从这竹管中吹进屋内，散发着淡淡的幽香。李凤姐好奇地注意起来，翕动着鼻子。

采花大盗！尤三娘不禁冷笑了一声。

她不慌不忙地也从身上拔出一段湘妃竹来，拔去塞子，管中袅袅地散发出一圈圈白色气体来，那是她出发前在宫中定制的"归魂散"，是各类迷魂香的克星。此时，青白两种烟气在室内交融，异香满室，渐渐化成了一片白雾，越来越浓。

或许凤姐已经感到情况有点异常，忙起身推开后窗透气。刚把窗推开，就惊叫了一声，她看见窗后一条人影如一只巨大的蝙蝠倒挂在那里。贼人见窗打开，"嘿嘿"一阵怪笑，趁机蹿进屋来，把个李凤姐差点惊倒在地："你……你是谁？"

"小姐别害怕，我是麦少爷，苏州守备麦余奇的胞弟，哪人不知，谁人不晓呀！"那人嬉皮笑脸地说。

"麦余异！你半夜来此干什么？！我家欠你的五千两抵房银子早还清啦！"凤姐见是麦余异，怒从心来，就大声地叱骂起来。

"我可不是为了银子而来。"

"你要什么？……"

"我只要你的人！来吧！……"

"滚！再不滚，我就要喊人了！"

"喊人？这深宅大院中，除了你老娘还有谁？倘你不识相，真把老娘给请来了，我第一个就扼死她！哈哈！……"

麦余异一边笑着，一边脱去自己的上衣，凤姐惊恐万状，却果真不敢叫喊，啼泣着，向着墙角蜷缩而去……

蓦地，"扑"的一声，烛灭了。

黑暗中，麦余异感到脸上贴着一片冰冷，不觉头皮发麻。迅即拔出一把匕首撩开了脸上的剑刃。

麦余异向前胡乱劈刺了几下，隐隐瞧见一条黑影"嗖"地蹿出窗外，上了屋面，麦余异接踵追来。

　　"你是谁？无冤无仇的，来坏我好事！"

　　"不独坏你好事，还要坏你性命呢！"

　　麦余异大怒道："哪方鼠辈，也敢在我面前夸口！"

　　"你既是麦余奇的弟弟，那很好，须知乃兄欠下了我一笔血债，至今尚未偿还，今天也是天赐尤三娘良机，好借你这狗头，出一口恶气呢！看剑！"

　　"你、你……是尤三娘？"

　　麦余异听说是尤三娘，早吓得魂不附体！原来，麦余异已在麦余奇处听到过青萍第一剑的厉害，即便麦余奇一谈起尤三娘，便如惊弓之鸟！何况麦余异，武功比起其兄又差了一截！如今听说是尤三娘，不禁不寒而栗！他把匕首勉强来挡剑锋，又哪里握捏得住？早被宝剑劫走，不翼而飞了！惊得他跪在瓦上，只顾对着三娘膜拜：

　　"娘娘饶命！娘娘饶命哪！"

　　尤三娘捉狗一般，一把把他拖进凤姐的房间。

　　此刻李陈氏已惊醒，来到女儿房中。气得操起一根门闩，骂道：

　　"你这畜生，骗了我五千两银子，还要来糟蹋我女儿！"

　　一边骂着，门闩雨点般打来。麦余异因尤三娘在旁，不敢大声叫痛，甚至不敢拼命挣扎，不一会已是体无完肤了，只得哀求道：

　　"我用假银子骗了你五千两，是我该死，我明天加倍还你就是，还望大妈饶命！"

　　李陈氏见他承认了用假银诈骗，想起自己为此投河，差一点做了落水鬼，就更加气愤，更是一顿好打。李凤姐道："妈，别打死他，把他送衙门去就是了！"

　　"不打他？要不是朱公子，我家早被他逼得家破人亡了呢。再说，送衙门有什么用，今天送去，明天不就又放了出来！这世道我算看穿看透了！"

　　尤三娘急忙问道："大妈，你说的朱公子，他人在哪里呀？"

"余杭面见蒋大人去了。"

尤三娘一怔，满以为今夜必能面君，不料却又生出了枝节来，事情总是这样不能圆满完美！现在，麦余异既已经知道自己是尤三娘，也就必定知道朱公子就是正德无疑。为皇上的安全起见，皇上的行踪不能让他知道，他既知道了，就决不能让他活。便对李陈氏道："李妈妈，你打死了他，倒是一条人命，又惹来了官司，不若交给我去处理吧！"

麦余异听了，恐惧之至，大哭大叫道："娘娘饶命！饶命哪！"

尤三娘冷冷地说道："麦余异，你恶贯满盈。记住了，明年的今天，就是你的忌日！"

麦余异捣蒜一般叩头求饶，道："尤娘娘饶命！我有一个重要秘密，你一定想知道，我可以和盘托出，用这个天大秘密来换我一条狗命！"

尤三娘把剑插入鞘中，道："那么，你快讲。"

"我知道周元、司马梅的下落！"

尤三娘心中一乐，但脸上依旧冷冷的，追问道："他们在哪？"

"我说出来，你能饶我不死吗？"

"就看你说得真也不真！"

"千真万确！他们在舒子涛和司马畏手里。"

"那么，舒子涛、司马畏现在人在何处？"

"就在风陵。舒先生因为放飞剑去高天云灵堂捣乱，剑败于古秋霞白光之下，元气、剑气已然大减，故定于明天夜里子时，要在米家坡杀周元，以其血气滋养飞剑。"

"现在周元人在何处？"

"关在风陵客栈后楼。"

"司马梅呢？"

"也在那里。司马畏要逼梅小姐嫁给舒子涛，梅小姐不允，司马畏恼羞成怒，限她今夜子时前允婚，否则要与周元一起在米家坡开刀祭剑！"

"这些，你是怎么知道的？"

"小人该死！小人被舒子涛相逼，不得已设计诱捕了周元，故周元、梅小姐的一切，小人全知道。因为小人诱捕周元有功，舒子涛赏了一束迷魂香给小人，准小人奸淫心中最可意的美人，小人也是上当受骗，那迷魂香原是假货，竟没半点作用。"

尤三娘暗自好笑，他哪知道今天遇到了克星"归魂散"！

麦余异又道："小人句句是实。大丈夫一言既出，驷马难追，你一定要赦了小人的死罪呀！"

"我当然想饶你，"尤三娘道，"麦余异，你的秘密对我确实十分有用，这也许是周元、司马梅命不该绝吧，才叫你闯到了我的剑尖下。但是你的秘密仍抵不了你一条狗命，我的剑正在鞘中吱吱地叫呢，它说道，守信于你，就是失信于无权无势、受苦受冤的老百姓！你死有余辜呀！"

麦余异听了，眼睛一翻就昏了过去。

尤三娘不愿当着李家母女的面杀他，便像拖狗一样，把他拖到镇外一片墓地上，当心一剑，把他刺了个对穿！

然后，尤三娘回到了风陵客栈。

得知正德皇帝并未罹难，尤三娘心上的一块石头终于落地了。虽然这消息并非十全十美，因为少帝只身又去了余杭城里，仍然不能完全解除她的忧虑，但毕竟是去了一个已知的地方。而且，这消息留下的无可奈何的缺憾，又被另一个消息带来的愉悦淡化了，那就是她又得知恩人薄如冰现在尚在风陵，一种潜在的、又非常渴望见面的意念因可能得到满足而让她十分欢欣。

第二天晚上，尤三娘就在自己的房间中重新扎束停当，吃了消夜后，又稍事休息，待到三更，她要去会一会舒子涛和司马畏，设法从生死线上把和她一起经历了可怕的鹰难的战友救出来。

米家坡。

时间正在逼近午夜子时。舒子涛早就进入了祭剑场。他正襟危坐在一只锦织的阴阳鱼蒲团上，双目微闭，意念牢牢地守住了"气海"。

340

天空晴朗，月光照耀着米家坡。山谷中笼罩着一片主宰一切的寂静，月光把谷底填满，群树朦朦胧胧的，仿佛待命出征的士兵列成奇异的战阵，肃穆而雄壮。

在舒子涛前面五步远，满张着一支铁弓，在那钢丝弦上搭着的不是神箭，而是一支短剑，百米之外，周元被捆绑在一棵老桦树上，剑尖瞄准他的心脏。子时降临，短剑将离弦射出，周元鲜红而温暖的血将替舒子涛重新"激活"那飞剑"昏迷的神智"，再纳入道长的强大的意念场，受他驱使，为他所用。

整个山谷显得异常宁静，周元作为剑靶，被铁链锁定在大树上。

时间越来越逼近子时，远处隐隐传来一声凄厉的狼嚎，月宫仿佛受了震动，清冷的月光突突地跳动了几下。

这时，司马梅被他的父亲带到了离周元不远的地方。

"梅！我的乖女儿！"司马畏懊恼地说，"你说话呀！"

司马梅的脸微微发肿，腮边有一块青紫痕，嘴角边一缕血丝已经干涸，无限的怨泪就悬挂在她长长的睫毛上，摇摇曳曳的，似乎在等待着她擦拭。

"也许我不该掴你耳光，"司马畏接着道，"但是我是因为爱你才打你的呀！天下哪个父母见自己的女儿跟人私奔了，心中还会很痛快？"

"我没有你这样的父亲！虎毒还不食子呢，你居然亲手发飞镖打我，要置我于死地！"

司马畏舒了一口气，女儿终于开口了！尽管她恨着自己，但既然开口，就表明她已经愿意与父亲对话，在经过艰难的一天口舌之后，司马畏忽然像溺水的人抓到了一块木板，他要紧紧抱住它，这是为了挽救自己，也是为了挽救她。

"梅！事到今天，我只得实说了。"司马畏觉得自己要说的话都说了，只剩下一片不肯轻易出口的真话，他寄希望于通过自己的真话来表达自己的真心，使女儿能够接纳他，回心转意过来。

司马梅的眼睛凝视着天边的夜月和云层，无限的苍凉涌满了年轻的胸膛。自她懂事以来父亲没有一天不是用假话在哄她，甚

341

至她的终身大事，他也用尽心机，移花接木，瞒天过海！今天居然假惺惺地要说真话！司马梅在难言的酸楚的压迫下，内心飞泛起滚热的泪浆，烧灼着她的五脏和双眼。

"你知道吗？白莲教将担起执政的重任。"司马畏压低了声音，"正德皇帝微服私逃，正在我教布下的天罗地网中。东野教主一上台，你爹就是开国功臣！皇上为你和周元做媒是真的，一点不假，但周元却是东野名单上的钦犯。爹能让你嫁给一个钦犯而误你的终身吗？

"你知道尤三娘是谁？她是当今皇上的宠妃。爹费尽心力抓住了她，周元却把你作为人质来挟制你爹，爹为了你，冒死罪放了尤三娘，可他们就是不放你！是的，我恨周元，想一镖打死他，只是黑夜之中，误伤了女儿。其实爹也怕误伤了你，所以不甚用力，这不，你也只受了点轻伤而已！"

司马梅冷笑一声：她没有死在他的镖下，不是他手下留情，而是一把象骨扇救了她。这一点，司马畏没有想到。

"梅！"司马畏抚摸着司马梅的头发，替她擦掉了泪水，"你要谅解爹，爹人在江湖，身不由己。但这种江湖生活眼看就要结束了。因为我们起义灭明，大功就要告成。舒子涛是东野眼前的红人，开国后，首任宰辅非他莫属！

"梅！爹做下的事千不对万不对，有一件事全是为你着想的，那就是你的终身大事。我把你许配给舒先生，既不是因为他仕途似锦，也不是他才貌双全，而是他真心实意地在爱你！

"梅！舒先生听说你被周元劫持了，就立即跋涉追踪，要不是他在鹰嘴岩救你，你早粉身碎骨啦！一路上他护送你到风陵，还用尽心计，布下疑阵，摆脱了尤三娘、周元对你的追捕。这不，又把我叫来风陵，使我们父女得以早日团聚。梅！他对你的情爱，难道你一点也感受不到吗？"

司马梅仿佛从一个遥远而迷茫的世界被她的父亲唤醒了。她终于彻底明白了，原来舒子涛费尽心机，是一直在布疑阵，给她制造周元鹰区遇难的假象！她在孤独无援的绝境中，在他那种君子式的求爱面前，她为周元而筑的一堵心墙几乎崩溃：她已经答应随他去瓜洲，要不是周元突然出现，也许她业已投入了他的情网之中了。

司马畏万没料到，他精心构思的长篇说词，只因他在描述舒子涛时，用了"用尽心机""布下疑阵"等词语，效果完全走向了反面。

"周元有什么好？"司马畏又不适时宜地责问她，"他能和舒先生比吗？"

"怎么不能比？周元耍过阴谋诡计吗？他用阴阳壶害过人吗？"

司马梅别过了脑袋。

"梅！所剩时间已经不多，到时，爹也救不了你！要么是答应舒先生，要么……"

司马梅看到她身后是一片被静寂与孤独笼罩着的山谷，而她面对的是寒光闪闪的短剑强弩。在她的一侧，不远处，是锁链加身、蒙眼塞嘴而立将牺牲的周元。

无形而强大的死亡气息压迫、侵蚀着她，使她的心狂跳不停，又同时冰冷了她的手足，她又悚然悟到了司马畏"爹也救不了你"的用意，她的心一阵收缩。

"当！当！当！……"

子时将临，预备铃已经敲响。

"要我答应也不难，除非……"

司马畏眼前一亮，忙问："除非什么？"

"除非放了周元！"

司马畏经历了一个难堪的沉吟。而子时的钟声已经敲响了。

司马畏已不能思索，只是高叫了一声："剑下留人！"

然后，他飞步跑到舒子涛面前，附耳对他说了几句。

舒子涛长叹一声道："看来，美人与剑不可兼得喽！你把梅小姐请来，我来亲自问她。"

司马畏远远地向司马梅招了招手，司马梅缓缓地走向舒子涛。

"梅小姐，放了周元你就嫁我？这是你说的？"

司马梅点了点头。

"树为香，月当灯，我们就在这山坡交拜天地，然后一起去瓜洲，如何？"

"你先把这剑弩撤了！"

舒子涛笑着扬了扬手："撤！"

"不，我去撤剑！"

司马梅庄严地走到剑弩旁边，从弩架上取下了短剑。

正此时，蓦地一声惊慌的呐喊从剑靶处传来："周元跑啦！"

司马畏立即赶到剑靶处，见锁链俱断，附近的两名武士，早已身首异处，倒尸一旁。

周元果已被人劫持而去。

正忙乱间，空谷中突然又传来了一阵惨叫："周大哥，司马梅和你永别啦！……"

猛回头，只见司马梅把短剑拿在手里，剑尖正指着自己的胸膛。

"梅！"司马畏狂奔而来。

"梅小姐！"舒子涛也惊慌万分，"有话好商量的呀！"

"你们别过来！舒先生，你救了我一命，我现在把命还你！你不是渴望着飞剑饮血吗？周元的血你是饮不到了，就饮我的吧！"

"别、别……"

司马梅一咬牙，短剑插入了她的胸膛。

舒子涛立即抱住了她。

她轻轻地合上了一双秀丽而又遗恨无穷的眼睛。

第二十三回　天子坐衙理案　县台受戮明刑

　　司马梅的允婚，给了尤三娘一个绝好的机会，当司马畏招手叫梅小姐过去与舒子涛交拜天地时，藏在树顶上的尤三娘便轻轻飘落在地，先挥剑斩了两名看守的武士，又砍了锁链，提起轻功，一纵十步，拖着周元飞也似的逃跑了。这一手如此干脆利落，以致被人发现时，早已不知去向。

　　尤三娘也不敢回风陵客栈，另拣了个偏僻的客栈住将下来。周元又惊又喜，道："我以为今生今世见不到你哩！"

　　二人就把鹰嘴岩以来各自的遭遇叙述了一遍。尤三娘想了想，问周元："你比我早来风陵，有薄如冰的消息吗？"

　　"有。"周元道，"白莲教把瓜洲教主派来了风陵，为的是刺探林屋派高天云的生死存亡，以及一旦高天云死后，谁来接替副掌门的座位……"

　　"你知道谁接替了高掌门？"

　　"正是薄如冰。"

　　尤三娘眼睛闪了闪，又听周元说下去："那个瓜洲教主曾去高天云的灵堂放飞剑捣乱，被古秋霞所挫！据说，林屋派九路香主正在李家祠堂修炼剑光。"

　　"修炼剑光？"

　　"是的！刚才倘不是司马畏挖空心思对梅小姐游说，我还蒙在鼓里呢！原来那舒子涛就是瓜洲教主！只可惜梅小姐被他……"

　　"唉！梅小姐是为了救你才答应他。要不是这样，我也很难有机会救你出来呢！"

"不为梅小姐报仇，我誓不为人！"

尤三娘"唔"了一声，抬头望了望窗外的星空："今天晚了，你先回房去睡了。明天我们一起去见薄如冰，你不如拜她为师吧！你要为梅小姐报仇，学点剑术才好呢！"

"这自然很好，就不知薄掌门肯不肯收我为徒？"

"这要看你的造化如何了！"

"我要是跟了薄如冰师傅，那么你呢？"

尤三娘压低了声音："万岁爷去了余杭，我去找他！"

"余杭县这么大，怎么找法？"

"问题不大。他既为官司而去，人一定在余杭城里，打探一下官场中的人，就会得知消息的！"

这一夜，他们一直睡到了日上三竿。

尤三娘简单地梳妆完毕，草草地用了点早餐。这时，周元已在房门外等候她了。三娘扎束停当，就同周元直奔李家祠堂。

铁将军把守着李家祠堂的大门。一连数天，也不见有人开门进出，尤三娘顿起疑心：莫非薄如冰已经离开风陵了？问问附近住户，竟没一个知道虚实。

尤三娘决定跳墙而入，以察究竟。周元自持轻功不弱，也随着尤三娘飞身上了围墙。

才站稳脚头，尤三娘立即感到了一股英气向她咄咄逼来，仿佛是宝剑出鞘时的那种感觉，只不过是极浓极寒的，周元早站不住，"啊呀"一声跌下了墙去。尤三娘见不能进，也就退回原处。

"好怪！"周元惊魂未定。

"这是剑幕！你若真能拜薄如冰为师，真是你的大造化！"

"那么，她在里面？"

"自然在了。"

既然有人在里面，尤三娘想，索性叩门，堂而皇之地求见为上。他们叩响了祠堂大门。

没人开门，半天只从门缝里塞出一张纸片来，尤三娘拾起来

346

看时，只见上面这样写着：辟谷炼剑，概不会客。

尤三娘长叹了一声："咱们都是无缘的，不如走吧——你索性跟着我，一起去余杭吧！"

周元点了点头："也好。只是我们要不要告诉他们，白莲教徒正在与他们为难？也好让他们提防着点。"

"不必了。那剑幕坚不可摧，不是姓舒的所能破得了的。"

就这样，他们带着遗憾离开了李家祠堂。

二人晓行夜宿，直往余杭进发。一路上也遇了几件不平之事，虽然他们急于要赶抵余杭，但良心常常会敦促他们，使他们不得不拔刀相助。路途不免多有耽搁。

余杭已然在望。

他们在田间的小道上疾行。田野上的风掠过那青葱般的半人高的庄稼，绿浪滚动着向远处传递而去。远远望去，可看见高耸的船桅正在从容飘移，仿佛就在绿油油的青苗汇成的海面上行驶。直到走近了时，才见到一条碧波清澈的河流，一艘艘吃水很深的木船正在两岸绿柳掩映的河面上航行。纤夫们穿着草鞋，弓着腰背，光着古铜色的膀子，一步一个脚印，向前跨着步子，每跨一步，脸上的肌肉似乎都要轻轻痉挛一次。

一棵几人合抱不住的大榆树在那风姿绰约的柳荫之中可谓鹤立鸡群，它树叶茂密的枝干向河中心斜伸出去，遮住了小半个河面，树干下部有个大洞，一只野兔探出头来，胆怯地向四周张望了一下，跳将出来，飞一般地向绿油油的麦地奔驰而去。

紧挨着大树，添了一个新坟，周元一眼瞧见了墓碑，只见碑上刻着几个大字，吓得他几乎动弹不得：太白剑客周若仙之墓。

"不可能，"尤三娘也看见了墓碑，"她若死了也应该葬在一指山，怎么会在这里？"

但周元毫不怀疑，号啕痛哭起来，惹得不少过路人围了上来。有知情的人告诉尤三娘，不久前太白剑社劫狱，和官兵发生了激战，有位女强盗就战死在这里，先是一位书生把她草草埋了，后来又去县城高家，让高家捐了棺材，修了新坟。尤三娘看那墓碑上的字迹，分明是御笔，心中极为疑惑。问明了高家即是高天云家，不容分说，拖着痛哭流涕的周元就走。

高家是闻名余杭的大户，他们毫不费事，很快找到了。尤三娘上前叩动了门环。

开门的正是正德。

"三娘！"这意外的奇遇让正德欣喜若狂。尤三娘双眼饱含泪水，颤巍巍地叫了一声："公子！……"

正德把他们让到客厅，赶紧打听尤三娘别后的历险情节。尤三娘便把万年桥如何落水被俘，周元、周若仙如何大闹苏州府、如何鹰嘴岩苦战鹰阵，直至舒子涛欲祭剑斩周元、司马梅殉情以及在风陵镇她如何杀麦余异救风姐一节细细说了一遍。当说到周元大闹苏州府救出尤三娘时，正德也不管自己身份，深深向周元鞠了一躬，说到尤三娘杀麦余异救风姐时，他又忘情地向三娘鞠了一躬。说到她和周元大战鹰阵，正德忽然想起了古秋霞，也不知她的林屋草培育成功也未？随后正德也把自己的经历简述了一遍，说到余杭县令把他关进死牢，差点送了性命时，不觉恨得咬牙切齿。正好高家七妹高玉卿听说有客，便端了香茗出来，于是互相介绍一番后，又谈起高父、高母的冤案来。

听他们说起父母，七妹高玉卿不觉又泪垂满面。小姐自思，爹妈仍在狱中，大哥至今还没有音讯，却连累朱公子吃了一场冤枉官司，还差一点送了性命！正德却安慰她道：

"不恼不恼！我现在不是好好的吗，再说，你爹妈也马上可以获释了！"

高玉卿立即收了泪，问："真的吗？"

"可见我的这一场官司并没有白吃！"

高玉卿将信将疑，抹着泪痕，道："看两位贵客既累又乏，浑身是泥，先洗个澡吧，我去烧水。"

正德看着尤三娘他们身上的斑斑泥迹，笑道："要紧的恐怕是得先填饱肚子吧？"

"那我先去熬粥！"

高玉卿说完就退了出去。

窗外，夜色开始消退。

远处，层层依傍的一指山脉那肉指般矗立的顶峰已经染上了青色的晨曦，它的周身的轮廓也隐隐约约地开始显露出来。

正德望着昏昏沉沉的周元，心潮难平。想起周若仙在自己怀里死去，他的心脏难以负荷她临死时那惨不忍闻的一声"朱公子"的呼唤！

正德把那精致的宣德炉再次捧在手里，炉底的一个"孝"字，在填满刻槽的污垢尘灰中，仍依稀可辨。他不能想象，母亲郑金莲走出浣衣局以后，在这险恶的人间经历了多少磨难，才终于流落到了无烟村，成了周元、若仙兄妹的继母。他们侍奉了她，虽然时间不长，但她一定在那世外桃源般的山村享受了几年幸福的清闲。然而，自己以什么报答了周氏兄妹侍奉生母之恩情呢？

正德幽幽地叹了口气，把宣德炉交还给了周元。

正德坐在藤椅中间，想着他这个真命天子，差一点死在了余杭县的牢里。是丁大山，不，确切地说，还有周若仙，他们给了他又一次生命。然而真正护驾有功的人，却受不到圣驾的掩护，还不得不亲眼看着皇帝豢养的大部队怎样残杀了他们！

然而，他也无法否认，浙抚和余杭县这一次为了粉碎劫狱而布置了一次成功的联合军事行动。他所苦闷的也许仅仅是无法对自己的良知做出自然而然的评判罢了！

尤三娘告诉正德，她曾在司马畏私设的地牢里度过了一夜，司马畏亲口对她透露了白莲教设计的那个可怕的阴谋：以暴力劫驾并逼迫他退位！后来在米家坡，她又听到司马畏对他的女儿梅小姐重复白莲教的这个极端阴谋。

更可怕的是司马畏无意中说到"刘公公"是他们的同伙，刘公公是谁，刘瑾吗？如果是，那么蒋公豹又是什么样的角色？

这盘根错节的关系由于司马畏反心劣迹的坐实而使正德陷入对于浙江命官乃至朝廷大臣的信任危机中了。如果尤三娘所言毫不虚妄——她从不说谎，也不敢欺君——那么，正德确切地感到了自己的宝座原来正是架在即将焚烧的干柴堆上，足能够让他心惊肉跳！

正德舔了舔他干苦的上颚，两眼直直地望着天花板，继续着他的沉思。在他的治下，既有这样劣迹昭著的官，这样昏聩糊涂的官，这样结党不轨的官，就一定会有这样啸聚不轨、铤而走险胆敢打劫官狱的民！这样想来，周若仙、丁大山似乎死不足惜。他们尚死不足惜，司马畏、翟竹筠这些朝廷命官能让他们活吗？这自然也包括蒋公豹——如果坐实他也是白莲教徒的话。

正德连饥饿也不觉得了，站起身来，精力仿佛又回到了他的身上。

他在这一间不大的房间中徘徊着……

昏黄的烛光的奇异的压迫，使他产生了一种渺茫而惆怅的感觉，然而很快在他的意识的网膜上闪耀出了一个亮点，他把它稳住，设法使它扩大、发展，他终于一把抓住了那个亮点向外辐射出的所有的智慧毫光，并把它们编织成了一个庞大的万无一失的铁网。

一个计谋终于结晶而出！他忍不住冷笑一声，回到了藤椅里，但他不能不拷问自己，使用这样的计谋问心有愧吗？不，社稷的安危是第一位的，大明的利益是最大的利益！此时挂在他嘴边的冷笑化成了狞笑：就把自己处心积虑的计谋称为"月圆计划"吧。对，"月圆计划"！

远远的，一指山的黛青色已经化作了橘红色，并自上而下扩散开去，直到朝阳把整个山坡涂抹遍了，让突兀而嶙峋的山岩熠熠地反射着辉光。

高玉卿把粥熬好了，盛在一个精制的瓷碗中，另外还有小笼蒸包及几碟可口的小菜。

正德显得很轻松，与刚才已判若两人："哦，小姐，我绝不骗你的！你父母今天真的可以出狱了。"

"敢情你已见到蒋大人了？听说他是到杭州了。"

"这你不必问了，反正今天我包你们一家团圆。可是……"

正德犹豫了一下，终于下定了决心："我还有一件大事没有告诉你呢！"

　　"什么大事呀！"

　　"你可要禁得住，听了可不要太伤心才好！"

　　"究竟什么事呀？"高玉卿已微微转了脸色，"莫非我父母在牢中病得快死了吗？"

　　"不是你父母，而是你大哥高天云已经过世了！"

　　高玉卿怔住了！

　　"不！你胡说！"

　　"小姐，你镇静些……"

　　"不！不！我哥是有绝世武功的人，他是不会死的！"

　　"唉！他本来是不会死的！可这一回是被小人害的。害他的就是白莲教徒司马畏。他死在风陵，眼下你嫂子正在风陵为他守灵做七，要七七四十九天才能把灵柩运回故土！"

　　高玉卿不得不信了。她大哭起来。

　　"哭也哭不回你哥。我想待你父母回家了，你该去一次风陵，也好接一接你哥哥的英魂啊！"

　　高玉卿浑身战栗着，惊魂未定，良久说不出一句话来。

　　"你嫂子也一定盼着你去扶一扶你哥的七尺之棺，一道送归故里呢！"

　　"……可我一个弱女子，家中还有老父母，如何能单身出门呢！"她说。

　　"这倒不妨，我会安排人送你去的，也会安排人照料你的父母亲的！"

　　高玉卿咬着牙，对正德点了点头。

　　待高玉卿亡兄的阵痛稍有减缓时，正德伏案写了一封信。

　　"你把这封信面交令嫂薄如冰，请她务必节哀，多多保重！"

　　高玉卿接过信时，一串晶莹的珠泪滴在那信皮上，她用汗巾擦着水迹。

　　正德又拿出了一个锦囊。

“到了风陵，还望你能去一下李家药店，把这个锦囊交给李凤姐。”

“可我不认识她。”

“李家药店就她母女俩住着，锦囊里有一封信，另外还有一支金凤钗，你一定要亲手交给凤姐，请她按信中所嘱行事，我这才放心。”

高玉卿接过锦囊，含泪出了房，在外厅却又忍不住失声痛哭起来。哭声惊起了一群灰鸽，咕咕地叫着，盘旋不去，仿佛正在为高玉卿分哀。

正德吃完稀饭、点心，悬空的心似乎终于有了着落。他靠在藤椅里，倦眼蒙眬，渐渐睡着了，直到一阵弹指声把他惊醒。

尤三娘带着正德的手谕去了杭州巡抚衙门。

正德让尤三娘去召见蒋公豹和浙江巡抚毛一朋、杭州知府段冬裁。蒋公豹自然认得皇上御笔，也认得尤三娘。他们急忙备案焚香，迎接尤妃宣旨。圣谕内容只有简简单单的一句话：

> 着钦差蒋公豹同浙江巡抚毛一朋、杭州府段冬裁于翌日辰牌时分至余杭接驾！
>
> 钦此！

正德决定在余杭坐衙，尤三娘又口头传达了皇上交下的额外任务：命浙抚毛一朋赶制龙袍备用。从尤三娘开读圣旨到翌日辰时不过几个时辰，如何赶制得成龙袍？毛一朋急得大汗淋漓，亏得蒋公豹心生一计，暗中请杭州府到县戏班中去借一套黄袍戏衣来，果然也能以假乱真。尽管如此，毛一朋仍战战兢兢，一颗心似乎无着落。

一切仪仗，穷其所能，火速备齐后，由尤三娘带领，直驰余杭。

余杭县令翟竹筠还从未有过接驾的经历，不消说，紧张得屁滚尿流。他抓过一个“皇上”，现在又来了一个。被他抓起来的“皇上"昨夜与江洋大盗丁大山一起跑了，足见他不是真的皇上，而是强盗的同党。而真皇上竟光临小县，钦差、巡抚都将与他同时接驾，何等荣耀？又好不诚惶诚恐！

奇迹就这样产生了：未及辰时，接驾的全部细节已尽善尽美了，整个余杭城里，死一般寂静，老百姓一律不许出门，流浪汉们则被铁棍、皮鞭赶到城外去了。

尤三娘向正德汇报了她赴杭州的过程，正德满意地微笑着。他穿起了黄袍，却全然不知那是一件戏衣。

万事俱备后，尤三娘把高家正门打开。高玉卿见家里住的客人原是一个戏子，不胜惊诧。她把客人送出大门后，立即有公差将她拦在门内，请她闭门，并不许张望。高玉卿以为大概是在排新戏，也不以为然，就回房打点赴风陵的事宜。但心里却不踏实起来：凭一个戏子，能救出她的父母亲吗？

县前大街上，从头到尾铺上了红地毯，街西边的店面，家家插上了五彩绸旗，旗下站着的是持戟的禁军卫士和穿红着绿的乐手——无非是从勾栏瓦舍中请来的艺人，他们吹奏的曲调虽不具备"此曲只应天上有，人间能得几回闻"那样的品位，却也还算悦耳。

在那软绵绵的红地毯上举步，正德觉得，当皇帝和当老百姓毕竟大不一样。他这位九五之尊，一旦混迹民间，才短短几天，不仅被那些无名之辈掴了耳光，还被一刀砍入河中，又差点被一顿油拌冷饭结果了性命，真可谓九死一生！难怪白莲教要如此不择手段追捕他、逼他退位呢！他忽然似乎明白周若仙要占山为王的真正原因了。江山是靠刀枪打出来的，大概自恃武艺高强的人都要做同一个梦吧？

正德在红氍毹上神情肃穆，他是皇上，但如果薄如冰知道他是皇上，她能飞车救他吗？也许也未必能保证她不步白莲后尘，趁机逼他退位呢！她不是连皇帝的老子也敢于骂的吗？

县前街不算短，但高家至县衙却并不很远，不消片刻，正德在前呼后拥中到了县衙门首。蒋公豹、毛一朋、段冬裁、翟竹筠都跪伏于地，恭候着大驾光临。他们战战兢兢的，连头都不敢抬。皇帝一到，便声嘶力竭地高呼：

"万岁！万岁！万万岁！"

正德直趋大堂。

终于，正德又获得了在金銮殿上朝时那种颐指气使的感觉。他所以要坐衙，是他完全懂得，在公堂上可以轻而易举地借得一种"势"，以快刀斩乱麻的手段处理几件事。他通过他的行动，要向天下人告示的其实只有一件事：大明皇帝就在浙江境内！

这是正德皇帝亲手编织的一张庞大的万无一失的网的第一针。

正德在公案前的龙椅上坐了，这自然也是从戏班里借来的椅子。文武官员再次跪伏高呼"万岁！"。

正德传谕："平身！"

文武官员按照等级罗列在两旁，眼观鼻，鼻观心，连头皮发痒也不敢抬手去搔。

正德翻阅着案桌上的宗卷，并在连连的冷笑声中叫了一声："余杭县！"

"臣在！"翟竹筠出列，跪地。

"孟家驹一案，其实再简单明白不过的了，你却把它搞成了一锅黏黏糊糊的稀粥！"

正德早上喝了高玉卿煮的粥，无意中用到公堂上来了，连他自己也感到好笑起来。但他脸上仍保持着颐指气使的威严的神色，并随口说了几处枉断的漏洞来，又问县令："孟家驹是怎么死的？"

"死在牢里的！"

"朕问你他是怎么死的？"

"孟家贫穷，因牢中膳食颇佳，一时贪食，是饱死了的。"

"什么时候,朕也饿你几天，然后请你吃猪油拌冷饭就是了！"

翟竹筠吓得脸如死灰。

"卿抬起头来！"

"微臣不敢。"

"朕是金口，言出如山，何言不敢？"

翟竹筠抬起头来，望了一眼正德，觉得面熟，一时想不起在哪里见过。

"有个小百姓，击鼓告状，又求你'后堂面叙'，你竟要打他四十大板，就这样健忘？"

翟竹筠猛地认出他是谁来，不觉魂胆俱裂，立时天昏地暗起来。全身几乎无一处不在瑟缩抖动。

翟竹筠最不愿意想到的事偏偏变成了现实：他曾把皇帝当作强盗！他在心里恐惧地、千百次地重复着："吾命休矣！"

翟竹筠嘴里含糊不清地说着："臣罪该万死！罪该万死！"

"此案还是朕来代你断了吧！"

正德就拔起一支令签："孟家驹身遭不白之冤，枉死狱中，告示全城，为之平反昭雪。由余杭县开支黄金千两，抚恤冤魂！"

正德再拔出令签几支："端木廷和身为朝廷重臣，朕因念他年老体弱，赐以归田还乡，谁知他不念皇恩，纵子为霸，以身试法。从即日起废为庶民，并罚以抄家，一应财产，充之国库，妻女为奴，卖入官中。

"端木健，恶计刁谋；洪三峰，目无王法，助纣为虐，陷孟生于死地，罪不容赦，立斩！"

毛一朋和段冬裁听了皇上宣判，也无容身之地，下属有过，上司难免受责，吓得手心里也捏了一把冷汗。

正德接着用平静的口气道："高家二老，遭此危难，实县治昏庸之故也！不白之冤，理当昭雪，予以无罪释放。杭州府当代朕登门谢罪！"

段冬裁忙道："臣遵旨！"

心中却甚是疑惑，理应余杭县去谢罪才是。这时听正德一拍惊堂木：

"余杭县翟竹筠，受贿枉法，草菅人命。你知罪吗？"

翟竹筠已不能言语，瘫倒在地。

天子的一支令签扔在他的身旁，随着一声干脆沉重的喝声：

"斩！"

立即有刀斧手上前，把翟竹筠架了出去。一声锣响，已经斩讫，须臾，有人把首级放在木盘里，献上堂来相验。

"众卿当以余杭县为戒！"

正德这一手大有杀鸡儆猴的效应。文武大臣纷纷跪倒在地，共同向正德进行了一次非正式的宣誓效忠：绝不敢玩忽职守，皆愿鞠躬尽瘁，死而后已！

正德满意地点了点头，然后道："周元听旨！"

"我在这里呢！"

周元对内廷礼仪一无所知，他粗声粗气地应答，显得十分可笑，但谁也不敢笑出声来。正德也不怪罪他：

"朕就封你为余杭的七品县令！"

周元惊叫起来："啊呀呀！县太爷这个官，我干不了的呀！"

然而皇上金口已开，必须立即上任，早有下人从翟竹筠的衣柜里翻出一身新官衣来，给他穿上，这个五大三粗的"县太爷"越发像个傻角了！

"上任后，你先得代朕将高玉卿送往风陵。到达风陵后，传朕旨意，立赦李达玄出狱，并晋封风陵县令，原知县就地罢黜。"然后，正德又传蒋公豹，"奉天纠察蒋公豹听旨！"

"臣在！"蒋公豹匍匐伏在地。

"你即刻打道苏州府，立即抄斩苏州知府楼从文！"

蒋公豹的心"别"的一跳，脸色立即变成灰白，半晌方回过神来，他明白，皇上或许正在试探自己。正德把他的失态看在眼里，却不动声色，聆听着蒋公豹的嘶哑的声音：

"陛下！抄斩苏州知府，恐天下不服！"

正德皱了皱眉头，又从牙缝里迸出几声冷笑来：

"爱卿有所不知，苏州知府已被白莲教徒司马畏冒名顶替！楼从文惨死在司马畏的屠刀之下已有多时了。"

蒋公豹心中又是一凛："陛下可是言出有据的吗？"

正德却不回答蒋公豹，只是说："爱卿替朕行道，迅速颁令

356

朝野：凡白莲教徒，天下共诛之！不得有误！"

正德临了还补充了一句："爱卿今日就起程吧！"

蒋公豹回道：

"臣遵旨！"

正德对权威的恢复感到称心，对自己处理政事的洒脱、干练、果断、英明很感满意。接下来他威严地轻咳了一声："杭州府听旨！"

"臣在！"段冬裁出班。

正德变得十分和颜悦色，柔声道："朕闻有位奇女子绿牡丹，正在境内？"

"啊！陛下，此绿牡丹者，乃西湖近水楼名妓也。"

一座皆惊！

正德乐得一颗圣心快跳出胸膛来了："朕爱才心切，本月月圆之时，朕将驾临近水楼。由卿安排一应接驾礼仪！"

"是！"

正德忽又想起了什么似的，对蒋公豹道："蒋爱卿去姑苏，请即着人把姑苏名妓红芍药在月圆之前送至近水楼来。此外，路经风陵时，同把李知县之女李凤姐一起带来见朕。"

正德皇帝几乎到了厚颜无耻的地步，就连皇帝起码的尊严都置之不顾。在场的官员，无不面面相觑，张口结舌！

唯有浙江巡抚毛一朋感到事态有点异常，他苦苦剖析着天子的心态，他想不出皇上出于何种原因竟能不惜牺牲脸面。他觉得皇上可以通过暗中行动而得到他所想要得到的一切，完全不必张扬，皇上的异乎寻常的举动，也许正是为了张扬什么！这便是一个难解的谜了。以他的见识与智能，眼下是无法揭开谜底的！

"毛爱卿！"正德偏偏把目光转向了浙江巡抚。

毛一朋全神贯注地聆听金口："近水楼接驾事宜由尔的下属杭州府承办，西湖护驾则非余杭县周元莫属！"

毛一朋口称"遵旨"，心里却有点儿慌乱，周元是否能担当起护驾重任，他毫无把握。他知道这位年轻的小皇帝正在卖弄自己的小聪明，他那葫芦里究竟卖的什么药，真叫人百思不得其解！

"朕游西湖的游船,"正德面带微笑望着毛一朋,"由卿监造,务不误期!"

　　说完,正德才轻松地舒了口气,退朝之意已很明显。于是又临时担当了黄门官的角色,一句不应由他说的话不得不亲口宣布了:

　　"众爱卿,有事出班启奏,无事朕便退朝了!"

第二十四回　段太守扶棺骂像　房太监奉旨自裁

古语云，久别胜新婚。正德与尤三娘的离别其实算不上久别，但由于经历的险恶曲折，重逢前的小别便有恍如隔世之感。有了尤三娘，正德方感到老虎有翅是何等重要，纵然落在平阳，也不会被犬所欺！他这种心境自然而然地化成了一种无形的宠爱，这是尤三娘能体会得到的。

他们俩都显得很快乐，心旷神怡。年轻而健康的生命，在此时真正感到精力过剩了。他们都觉得他们能办许多事，能办成功许多事，这种意识正牢牢地控制着他们。

"我想，我们明天就上路。"

"上路？还是微服去杭州吗？"三娘问。

此时，尤三娘对于正德的了解和感知，带着一点迷惑："你不怕再次遇到歹徒劫驾么？"

"我相信你，也相信我自己！相信你不会再被强迫着离我而去，相信我是个货真价实的真命天子。不然，苏杭之行怎么都能逢凶化吉、化险为夷呢？"

尤三娘也颇为自信："我想是的！但是……"

"但是什么？"

"为了预防万一，这回我们的化装该更严实一些。"

正德笑着说："我多贴些胡子，扮一个老一点的花花公子！自然，你也不能扮小厮，太俊了，令人生疑，就装作我的小妾吧！"

"称你相公？夫君？"

"相公也行，夫君也行。现在离'月圆'之期尚早，我们趁早上路，一路车载船行，游山玩水，不亦美乎？"

"'月圆'？……"尤三娘的眉心跳了一下。

正德神秘地眨了眨眼：

"月圆之期乃是人间的团圆之日，朕千里迢迢离京至此，正为了那使朕难以成眠的艳名远播的红芍药与绿牡丹呀！难道不是吗？"

"那'月圆'的背后呢？"

"那背后嘛……"正德故作神秘，笑而不答。

第二天，本要"上路"，忽的龙体欠安起来，无非是一点小风寒，就不得不又再耽搁了几天。

然后，正德留下了一封御笔信，才与尤三娘在拂晓前离开了余杭"行宫"。

下了一场雨，杭州湾吹来的海风飒飒地吹动着路旁的树丛，神秘的树涛此起彼伏，山间古庙的塔影仿佛一支巨笔，要在宝蓝的天空书写着什么。雨后淡淡的阳光在大地上扫巡了一下，又匆匆地隐匿到重云的背后去了。

远处，余雷未息，但那隆隆的声音毫不令人焦灼紧张，仿佛辽阔的、病入膏肓的天公也正在复苏，它要聚集它的全部能量来自疗，从而给人以慰藉，至少可以帮助正德减轻一些心理上的重重的忧虑和烦恼。

离"月圆"还有几天。正德不想过早在杭州露面，就故意走小路滞留在一个小镇上。这是一个典型的江南古镇，小桥流水，竹林桑田。不少耕牛拖着铁犁整修水田。

村外，运河两岸，农夫们戴起了斗笠，赤脚踏着水车，水车"咿咿呀呀"地唱着山歌，那梯似的水叶子，轮番地卷起碧波来，把它们吐进水渠，然后浩浩荡荡送到衲衣似的一片片水田中去。

这景象自然能引起一种"农家乐"的感触。当皇帝有皇帝的乐趣，作为农夫，又何尝不逍遥呢？至少他们没有被人逼其退位的烦恼哇！

在古镇的正中段，有一所宏伟的殿宇式的建筑群落，门楼飞檐斗角，高耸雄美。两侧是吹鼓楼，此时鼓乐喧天，吹鼓手正卖力地吹奏着欢快的迎宾曲。厚实的朱红大门向着两边敞开。门框的上方是几组精致的戏文木雕。左边：孔明草船借箭；右边：十八罗汉斗悟空。生龙活虎，栩栩如生。正中镶嵌着一块豪华漆匾，金粉楷书五个大字：堰下刘公祠。

不消问，"堰下"乃古镇之名，刘公者谁？必是高士，在此百世流芳了。问一声过路行人，方知今天是刘公祠堂落成，四邻乡绅，远至百里外的村落，都闻声而至，大都携有沉沉的贺礼。那祠堂前的空地上，早已人头攒动，熙攘不息。

忽然，爆竹震天，鞭炮动地，喜乐拼命擂奏起来，但见众人向两旁站开，让出一条通道来。有一位秀才，三十开外年纪，外着洒花白帔，手执圆单折扇，神情肃穆，徐徐而来。在他身后，四个脚夫抬着一只五尺来长的大箱子，箱子上覆盖着大红绸绫。却也奇怪，他令脚夫们把箱子抬到路边歇了，自己也不过来，只远远地摇着扇子踱步，似乎在等待着什么！

正德一眼就认出来了，那秀才不是别人，正是杭州太守段冬裁。正德心想，这刘公看来果真德高望重，连杭州太守也要亲自来送上这么一份厚礼！这就更勾起了正德、尤三娘的好奇心来，他们互相望了一眼，不约而同向祠堂大门走去，都想看一看这祠中究竟供奉了一个什么样的地方贤达！

早有一个卫士上前拦住了去路，正德蓦地一惊。倒不是拦路者身材魁梧，仿佛凶神恶煞一般，而是他身上所穿的，乃是宫廷锦衣卫的制服！

"哦，对了！"正德诧异之间故作姿态道，"在下匆忙之间，名片忘带在身上了。"

"还懂不懂规矩？礼单要先呈上过目，臭名片值几个钱一斤？"

他出语粗鲁。正德脸上微微一红，他没备礼物，但忽然急中生智，伸手从五宝衣上扯下一颗木珠来，顿时光彩照人，正德便道：

"以此宝珠权充进献之礼吧！"

卫士依旧傲慢地说道："区区一颗珍珠又何足道哉！"

"在下只是略表一片崇敬之心罢了！"

卫士不耐烦地道："进去进去！尽过了孝心，速速出来就是！"

让皇帝进去尽孝，正德不禁大恼！心中暗自嘀咕道："什么臭贤达，如此作威作福，竟也想做一回皇帝的祖宗！"

正德心里着恼，脸上却不便流露，只是唯唯诺诺地应道："是，是！"

正德、尤三娘这才进了刘公祠，过门楼后，又过了短短的一条甬道，前面就是一所大院，东西二庑，一头连着坐南朝北的戏台，对面就是正殿。戏台分两层，楼层正在娱神，演唱着余姚腔，倒也委婉悦耳。所娱之神道者，自然就是屹立在巍峨的大殿神龛中的"刘公"了。

正德和尤三娘从容浏览了戏台前后的建筑，虽不能和紫禁城中的大戏台比气势，却在精致、装潢上略胜一筹。正德微微叹息了一阵。

大殿更是雕梁画栋，银装玉饰，匾额和楹联铺天盖地。规模和排场，真可与皇城金銮殿媲美了。沿墙四周，礼品锦盒层层叠叠，堆积如山。正中帷幔高挂，旁边若干乐手，洞箫管笛，丝竹管弦，一派仙乐，果真"此曲只应天上有，人间能得几回闻"！

祠外一声炮响，迎来了吉时良辰，顿时紧锣密鼓，金声玉振，响遏行云。各路贤达名士，自动排列成阵，雁行有序。

这时，从耳室转出一位大人物来，前呼后拥。此人四旬年纪，颏下干净无须。正德认得此公，正是太监房无能。旁边两位大员，五品黄堂，却是杭州、湖州织造。正德虽然化着装，却又怕他们认出真面目，故赶紧把折扇打开，遮挡着半个脸。

然而，房太监和两位织造大人眼睛一直都望着上方，似乎目中空无一人，倒让正德悄悄放下了心。

房太监到了正中，在雅座中坐了，司礼高唱一声：

"良辰已到，吉巾高挑，敬祝刘爷千岁千千岁！"

于是有人上前把帷帘高高卷起，露出一个纯金铸就的神龛来，神龛中站着一尊神像，正德见了这位神道的尊容，不禁目瞪口呆！

那是一张胖乎乎的圆圆的中年男子的无须的脸。你道是谁？不是别人，乃当今紫禁城中六宫总监刘瑾公公是也！

"朕尚不敢活着立祠塑像，受百姓的供奉！"正德想，"你是个什么东西？不过是个臭太监而已，却竟敢如此胆大妄为，唯我独尊！在你的眼里，还有没有大明社稷宗庙？"

说不上是一种什么味儿，正德顿时感到脸上有一把混杂着愤与妒的火苗在熊熊燃烧，使得他面红耳赤。想到深处：一个宫人，人还没有死，就在外建造祠堂，塑生像受人祭祀，岂非野心毕露？

正德用手指着那沉香木雕成的刘太监的"神像"，正想破口大骂，但随即克制了自己，没有骂出口来。

恰好尤三娘又凑过嘴来，冷冷地给了一句：

"倘不动用国库，刘公公哪有如此财力，修建这等规模的生祠！"

仿佛火上浇了一盆油，正德的火势更大了："哼！滥肆搜刮民脂民膏，与蛀虫何异！"

尤三娘平时对刘瑾多有微词，正德常常充耳不闻，只因为刘瑾与尤三娘本来失和，正德便以为作为女人的尤三娘不免心胸狭窄了些。自苏州失散重逢之后，尤三娘告诉他的第一件惊心动魄的大事，就是她听到司马畏在半月亭密室中亲口说的，刘瑾与白莲教有勾结。正德在重重的一怔以后，又淡淡一笑。显然，他抱着一种"姑妄听之"的态度。但正德也不得不承认，尤三娘给他带来的这条缺乏旁证的消息从此在他的心中深深地抹了一条阴影。尤三娘今天的弹劾之辞，在正德的心里引起了特别剧烈的反应。

"记住了，将来遇到浙江巡抚毛一朋，不忘提醒我一声。"正德说。

"提醒什么？"三娘问。

"朕要他秘密调查刘瑾建造生祠的财源。刘太监若敢枉法舞弊，甚至和白莲教勾结来往，朕就灭他的九族！"

尤三娘握着青萍剑柄，指着塑像："是不是先把这厮的脑袋劈了？"

正德白了她一眼："你也忒性急了！怎么能打草惊蛇呢？"

尤三娘快快地，语气却带着讥讽：

"好吧，我们不打草惊蛇，就从这生祠后门悄悄地走吧！"

正德没有听出话中之话，道："再看看结局如何？"

这时，司礼已发号施令起来：

"行三跪九叩大礼，一叩头！二叩头！三叩头！……"

黑压压的一片头颅上下捣动着，跪叩得极是认真，连房太监也毫不例外。正德与尤三娘面带冷笑，蠢立在殿上。

礼毕，立即有人上前向太监耳语，不消说，是在密告殿上有二位胆大包天、立而不跪之人。房太监正要发作，忽听有人报门：

"段大人到！"

"谁？"房太监闻报噎了一下，仿佛一根鱼刺卡住了他的咽喉，好不容易才拔了出来，"……哪个段大人？"

"公公怎么忘了？"一旁的织造道，"当年公公奉旨来杭，乍到之际，地方上哪个吃了豹子胆，敢不来迎候接风？就这个知府段冬裁，托故不肯露面！他今天倒主动来了！"

房太监怎能忘记？也许正因为记得太清楚了，如今突然听说段冬裁来了，就反而有些惊慌失措："他来干什么？还不快给我轰了出去！"

"是！"

"慢！"

房太监毕竟老谋深算，他知道段冬裁在杭州颇得人心，无端惹恼了他弄不好会惹来诸多麻烦。不如既来之，则请之，且看他有什么手段，然后见机行事，方为策略，于是，他一摆手，就改口道：

"有请！"

谁知话音未落，段太守已昂首阔步径直走了进来。

四个脚夫，把礼箱抬到了大殿正中。

房太监料定段冬裁在这时报进，是为逃过三跪九叩的大礼，于是，他脸上的肌肉牵了牵，眼睛上下打量段冬裁半天，方道：

"今日刘公祠落成大典，段太守既来庆贺，却不穿红袍官服，反着此素袍而来！是何道理？"

段冬裁呵呵大笑道："下官原是奔丧路过堰下，来不及换衣了，怕误了良辰吉时，故……"

房太监直呼其名，打断了他有意的污辱，道："段冬裁，你拜了功德巍巍的厂爷，然后我们再说话！"

所谓"厂爷"者，刘瑾也。只为刘瑾在宫中还主管着庞大的特务机构"东厂"和"西厂"，两厂迫害异己，屠杀忠良，早让各级官员闻风丧胆了，房太监说到"厂爷"时，脸上露着杀机。

他凝视段太守，想看看段太守脸色有何变化。

段冬裁，今天你是死定了！

只要这位太守敢于在厂爷面前素服跪拜，他就立即以"犯上罪"把他拿问。

段太守没跪，却道："房公公，你不想看看下官送来的是什么礼物吗？"

说时，他揭去了箱子上面的盖绸，哪里是什么礼箱？原来是一口白皮棺材。

"公公，这棺木暂时寄放在祠内，下官正欲书就万言奏折，待到月圆之际，直告天庭，到时不是段某横死，就是刘某就木，二者必居其一！"

房太监暴跳如雷："你……你竟敢……"

"这刘公祠圈地百余里，此依仗权势兼并土地之举，已经上行下效。江南号称富庶之地，然流民何止成千上万！'流民'之大患，已一触即发，长此以往，国无宁日矣！……"

"一派惑众妖言！你太放肆了！"

段冬裁慷慨陈词，关于这"流民"的宏论，其实正德已经耳闻多次，京中刘健、李东阳、谢迁三位顾命大臣曾多次上疏奏闻，正德却一直以为他们杞人忧天而已。但不知为什么，今天听来好不惊心动魄！直感到像段冬裁这样不畏权奸、刚直不阿的忠臣朝廷之上简直太少了！

"你看你看，"段太守指着刘瑾塑像，"你们的厂爷，坐着白玉床，躲在这绣着龙的帷帐里，前面金猊宝香，红蜡银台，好不威风！只是不知道这生祠耗用了多少民脂民膏？这里一副题联，又是'一柱擎天'，又是'三朝奉日'，我都在为这美妙的字句害羞！俗话说，'善有善报，恶有恶报，不是不报，时辰未到'，眼下虽然豺狼出没，但到了云开日出的时候，少不得冰山消融，大地回春！上好的沉香木为'厂爷'塑像，能掩盖过他万年的遗臭吗？"

正德甚是感动，真想为他的"演说"鼓掌叫好。

段冬裁说毕，不屑一顾地拂袖转身，扬长而去。

房太监大怒，恨恨地拍着桌子，叫道："把他拿了！"

段太守回身笑道："房太监！你眼下尚没有这个权力拿朝廷命官呢！"

房太监哪里肯放他走，但见他一摆手，立即有两名锦衣卫上前，强行除了段冬裁的衣冠，用一具沉重的鱼形枷，把他锁了，并让他面壁站定。然后，房太监声色俱厉，猛地又大喝一声：

"把那两位殿前不跪、目无厂爷的刁民也一齐拿了！"

两位锦衣卫如狼如虎般扑了过来。

尤三娘把青萍剑拔在手里，本来满腹的怒气无处发泄，便大喝一声："谁敢走近一步，杀无赦！"

锦衣卫吓得退后两步，忙去刀剑架上取兵器。

殿上众乡绅见要开仗，吓得纷纷向外逃窜，霎时作鸟兽散尽。早先监门的锦衣卫见殿上有变，也冲了进来，眼看一场血战在所难免。

房太监道："你等冲散了厂爷祠堂落成大典，罪上加罪！倘放下手中剑，还能饶你们活到京城去授首，否则当场身首异处！"

三名锦衣卫一字形排列在正德、尤三娘的面前，只等令下。

尤三娘冷笑了一声，两足轻轻地往地上一点，玉体轻如鸿雁，飞将起来，一眨眼，已到了房太监跟前，冷不防抓住了房太监的圆领，把剑架在了他的脖子上，又把他推到一边，轻声问道：

"你道我是谁？"

"好汉！我们素昧平生……"

"我是尤三娘！"

"啊呀！娘……"

"噤声！令锦衣卫放下兵器，靠边站了！"

房太监的威风刹那间消散得无影无踪，吓得甚至尿了裤子。随即他向三名卫士高叫起来："还不快按娘……的话办了？"

谁知有个锦衣卫仗着有点内功，突然向尤三娘蹿来，竟欲拼死救出房太监。尤三娘眼快，右手微微一翻，房太监一个耳朵已被削去，顿时流血如注，房太监杀猪般大叫起来：

"混账！谁叫你乱动！"

就在那锦衣卫一怔之间，尤三娘左手袖箭已出，射入了他的胸膛。

另外两名锦衣卫吓得丢下了手中的朴刀。尤三娘命他们为段太守开枷。

段太守因为面壁而立，未见殿上情形，待去了枷锁，回过身来，一见三娘就认出了她，再看一眼那位长胡子的男子，知道天子在此，正要见驾，尤三娘对他道：

"段太守，你不必多礼，可以走了！"

正德故意摸了摸小胡子，补充道："回去好好把万言书写起来，以便月圆之时见驾递呈！"

段冬裁还想跪见君臣之礼，正德道："免了！还不快走？"

"是是！"段冬裁迅即出了殿。

这时房太监才知道这位男客也大有来头，细看时也似乎面熟，只是一时想不起是谁来。

尤三娘把房太监轻轻一推，推倒在地，又起手一剑，把刘瑾的塑像一挥两段。然后，她命房太监和两名锦衣卫把这两截子木偶扔进了棺材。

此时，正德已坐到了房太监原先坐的太师椅中，他揭去了嘴唇上的胡子。尤三娘就对房太监道："还不快去见驾！"

房太监这才认出了天子，只感到五雷轰顶，魂不附体！他匍匐在地，不敢仰视。

"房无能，你知罪吗？"

"奴婢罪该万死！"

"你等在此，把所知刘瑾逆迹，用纸笔一一诉明，然后，立地自裁，不得有误！"

尤三娘听了，一脚把锦衣卫扔下的钢刀踢到了房太监的跟前。

第二十五回　杭州府领旨诛恶豹　夜行人踏屋诱三娘

　　堰下镇沸腾了！人们振臂疾呼、奔走相庆，各路人潮又不约而同地向着一个预定的方向流动，那就是刘公祠。失地的人们要以毁祠来宣泄壅塞已久的仇恨和怒气！

　　房太监已在殿后投井自尽。

　　百十名愤怒的乡民扛着铁耙、锄头、扁担、镰刀冲进了祠堂，刹那间，刘公祠屋顶掀了，粉墙塌了，朱甍碧瓦化成了齑粉，那无比华丽的祠院成了废墟。刚才神气活现的刘阉的神像又被众人从棺材里抬了出来，砸了个千疮百孔。

　　这时，有位商人模样的人拱着手向众人道：

　　"诸位，鄙人有个提议，有钱出钱，有力出力，在这祠基上建一所碑亭……"

　　"碑亭？"

　　"是呀！你们想，段太守今天扶棺骂像，何等痛快！但那刘太监怎肯善罢甘休呢？这男不男、女不女的家伙，仗着朱皇帝给他撑腰，横行不法，无恶不作，我想段太守必定性命难保了！……"

　　正德不禁红了脸。说也奇怪，他对那人公开骂他是万恶的靠山心里显得很平静，丝毫没有痛恨甚至想杀他的意思。段太守提到的严峻的"流民"问题，以及眼前他所感到的激昂的民愤使他很快联想到了周若仙何以能一呼百应。也许，这位皇帝开始有了一点反省，愿意多听一点相对激烈的言辞。

　　"你是说，我们为太守建亭筑碑，让我们永远记住他为老百姓做的好事？"有人在问商人。

"正是这个意思。"

"好！我愿意助资五十两！"

此言一出，立即有许多人围拢过来，盛赞义举，并纷纷慷慨解囊。那没钱的，也都愿意为造亭筑碑出力气。

正德低下了脑袋，不敢正视乡民。尤三娘看着正德的窘相，心头涌起了一阵从未有过的酣畅。

"不得了！"那地保无意中看见了尤三娘，"诸位！诸位！听我说，那位拔剑救下段太守的英雄侠士，还没走，还在我们中间哩！"

"谁呀？谁呀？"

地保从人群中挤到尤三娘的跟前，向她深深地鞠了个躬，道："要不是小英雄剑架了那个臭太监的脖子上，太守早被那厮捉去斩了呢！"

尤三娘觉得坏事了，她把剑架在房太监脖子上的时候，大殿上的人好像都逃光了。如果他还留在哪个角落里，接下来的一幕肯定就被他看到了，自己和正德的身份，岂不泄露了吗？当下，尤三娘便道："阁下莫非看错人了？"

"哎，哪能错得了呢？小英雄，我就在大殿的庭柱后面，清清楚楚看你把剑架在他脖子上，还命锦衣卫给大人开了锁呢，是不是呀？段大人留下了棺材，安全离开了刘公祠，我是跟在他身后一起离开的，什么都看见了，小英雄何必客气呢！"

尤三娘放下心来，他既伴着段冬裁出祠，也就见不到房太监见驾一节了。便道："小弟也是一时勇气，何足道哉！"

尤三娘一承认，人群立即欢腾了，大家把她抱将起来，又扔向空中，一下、二下、三下……

尤三娘身不由己，不禁满脸通红，一不留神，帽子掉了，一头青丝散落了下来。大家见她是个女的，就都一个个惊傻了眼："是个妞？"

尤三娘重新戴好了帽子，反而落落大方地道："众位，不才

370

女扮男装，也只是为了在江湖行走能够讨个方便而已，望不要见笑！"

"啊，巾帼英雄！巾帼侠士！失敬！失敬！"

"诸位乡亲！"尤三娘接着道，"你们一时气盛，毁了刘公祠，那宫中的刘太监怎肯甘休呢？"她瞟了一眼正德，"这个太监可是权势熏天、炙手可热的呀！他手握东厂、西厂，只要随便说一声你们是犯上作乱，则谁也逃不了灭门之祸！"

"他官逼民反，咱就揭竿而起，反了他娘的！"

"对！反了他娘的！"

尤三娘摇头道："铤而走险，有险无夷。一指山造反，不是亡了吗？何况你们呢？"

"你说怎么办？"

"我倒有个万全之策！"

"请小姐不吝指教！"

尤三娘就把正德拉在身旁："这是我的表兄，叫朱月关，看上去像个文弱书生，却神通广大。有一次正德皇帝遇难，还是他救的驾呢！表兄你说是吗？"

"是的！是的！"正德觉得自己现在就像是尤三娘手下的傀儡。

"为他救驾有功，皇上许下诺言，答应在位期间，满足他十个要求，但他至今还没有向皇上提过一个呢。你们不妨求他一求！"

有几个头面人物果然上前向正德行了大礼：

"还望朱公子能向皇上请下圣命，保得堰下安宁！"

正德差点要笑破肚皮，强忍住了，对大家说："好说，好说，区区小事，有何难哉！"

"可是，皇上在紫禁城里，这刘奸过几天就会得到消息，你怎么来得及面见皇上呢？"

"不妨。"尤三娘道，"你们不是要建亭筑碑吗？不妨请朱公子给你们写一篇碑记，刻在石上，有他的笔迹，顶得上皇上的金口哩！"

371

"这是个好法儿！"

大家欢欣雀跃，来求正德。正德因经历了刚才这惊心的一幕，感触颇深，一时文思如潮，就欣然答应了。

即刻就有人取来了文房四宝，正德不加思索，运笔就如行云流水，洋洋千言，一气呵成。碑文严斥了建造生祠的荒唐行径，痛骂了房太监之为虎作伥，寄寓了对"流民"问题的深刻忧患，赞颂了段冬裁骂像的凛然大义，当然也记载了他本人和尤三娘救太守、杀太监的事实。他写到自己时，就以"月关"自称，暗示了一个"朕"字。并以"月关"和"三娘"名义双双落款。

众人见朱月关一手好字，龙飞凤舞，都赞叹不绝。但对于这千言碑记是否就能顶得上"金口"，颇有些人将信将疑。后来刘瑾闻报房无能死于堰下，刘公祠毁于一旦，果然暴跳如雷，便派下骑尉要扫平堰下。其时碑亭尚未完工，石碑正在刻中。堰下人就拿出此"月关碑记"来，此碑记连夜送进京城，刘瑾方不敢妄捕妄杀。直到稍后正德在西湖月圆之时做出了又一番大事之后，堰下人才知道此月关、三娘者，即是当今皇上和尤妃，不过这是后话了。

堰下乡绅为了答谢正德和尤三娘，就在镇上设宴款待，并挽留他们住下，正德因还有一点时间，也不固拒。到第三天，他们才告辞乡里街坊，离了堰下。

他们依旧沿着运河，往杭州进发。

太阳躲进了灰色的云屏，空中充满了鸟类的鸣叫，夹着泥土气息的风，徐徐吹拂着他们的衣衫。在前面，离他们不远的运河中，有一艘二十人背纤的吃水深沉的大官船，正在缓缓地向杭州方向驶来。

在堰下的二三天，正德意外完全地认识了一群安躺在他身边眈眈而视的"猛虎"。他在无意中出入刘公祠，却明白了"流民"的渊源及"流民"的能量。他甚至不祥地想到，倘使大明朝有朝一日要败亡，或者就在这"流民"身上！

尤妃和刘瑾失和，他一向以为尤妃失之胸怀狭窄，到这时他真正明白了，一个女子的心眼未必一定比男人狭窄，也未必一定不比男人们磊落。

段冬裁的傲骨固然令人可敬，而他犀利的思想不是更讨人钦佩吗？这和刘瑾的甜言蜜语完全不同，不真正体察到民情，恐怕是永远无法听得进段大人的那番话的。这也许是他此一番幸游江南所取得的又一大收获了。

他们终于到了杭州近郊。前面是闻名江南的名刹白龙寺。

"烧个香再进杭州吧！"尤三娘建议道。

"自然。江南的寺院比起北方来大不一样，没有那么大的气势，却更华丽纤巧些，也更合乎朕的心思。"

正德并不知道，那二十人背纤、吃水很深的大官船已经到达白龙寺附近的码头了。又一桩触目惊心的事正在白龙寺附近演绎着，脓包，仿佛已经到了不刺自破的时刻。

现在还不是骄阳似火的季节，但纤夫们都因汗流浃背而脱光了上身的衣服，衣衫较整洁的是拉头纤的那一位，也是其中唯一的一位。

船到白龙寺码头停泊靠岸。

那为首的一挥手，船上立即跳下来许多衙役，抬的抬，扛的扛，把船上一箱箱货物卸到了岸上，又一箱箱向白龙寺搬去。

这也是活该"天穿"：一个瘦弱的衙役，不慎绊了一跤，偌大一个箱子就散了架，一箱子金锭滚了一地。

而正德和尤三娘恰恰就在那里，黄澄澄的金锭滚到了他们的脚边。

一个百夫长赶到跟前，挥动皮鞭，那衙役立即皮开肉绽。正德动了恻隐之心，向尤三娘丢了个眼色。尤三娘明白正德的意思，便过去劝止百夫长。

百夫长傲慢地斜睨了三娘一眼，喝道：

"你是谁？竟来干预官中大事？"

"我就是专门干预官中大事的！"尤三娘道。

"你大概吃错屎了吧！"

尤三娘的脸涨得通红，正要跟他论理，正德却拦住了她。大概是正德根本无法忍受他对尤妃这般污言秽语的辱骂，竟亲自出马，道："骂得好！"

看得出，正德的无名之火被腾腾地引燃了，他指着路边的一堆狗屎："你给我把这一堆狗屎吃掉！"

百夫长大怒，举起鞭子就来抽正德，尤三娘一剑把鞭子砍断。喝道："你在跟谁说话！"

正在这时，那为首赶到这里的，你道是谁？正是杭州知府段冬裁。

段太守见了正德、尤三娘，忙不迭跪倒尘埃："臣段冬裁罪该万死！万岁驾到，未能远接，反让鄙俗之辈惊驾了！该死该死，罪该万死！"

周围的人都吓坏了，纷纷跪倒在地，山呼着："我皇万岁！万岁！万万岁！"

百夫长早已脸如死灰，屁滚尿流了。而他唯一能够"赎罪"的动作，就是真把那路边的一堆干狗屎一块块往嘴里塞！正德见了皱起眉头来，道："尔等平身，村野之地，不必拘礼了！

段冬裁对众人道："还不快把白龙寺一带戒严了！不准有闲杂人员在这里出入！"

众人呼应一声，分头行事而去。

段冬裁把正德、尤三娘接入白龙寺内，命僧众在西厢内设了茶点水果。正德劈头就问：

"你身为一州之主，混杂于纤夫杂役之中，成何体统？！"

段冬裁受责，不由得又跪在地下，战兢兢道："陛下恕罪！……臣也有难言之苦衷呀！"

正德问："这倒奇了，你有什么苦衷，非要去充当纤夫杂役？"

段冬裁奏道："眼下正值农忙季节，州县空村，忙于事田。日前臣赴堰下视察农事，见堰下大批农田荒芜，才知农田被祠堂圈地所夺，愤急之下，故有扶棺骂像之举。其后回到杭州府，忽接到太后懿旨，沿运河所有村落每天均须抽壮劳力为官船背纤，把

374

货运到白龙寺来封存。臣恐误了农时，不得已以衙役充任，人手不够，只好连自己也赤膊上阵了！"

正德道："卿有这点爱民之心，倒也可贵！只是为何一定要在农忙季节抽丁呢？"

"这非臣所知之，臣只是按太后懿旨办事！且有十二道金牌催促甚急！"

"十二道金牌？"

"这样的军国大事，陛下怎么不知道呢？"

"朕可着实不知道呀！"

段冬裁道："这十二道金牌，是由奉天纠察蒋大人代达的！"

"哦，朕倒要听听，怎的又涉及了军国大事？"

"运的是十万万两军费呀！"

"这堰下、白龙寺一带驻军不多，为何要这么多军费来？"

段冬裁也觉得事关重大，自语道："莫非……"

正德立即打断了他的话头：

"爱卿把十二道金牌取来，由朕御览。"

"是！臣亲自去杭州，火速把金牌取来就是！"

"一定要严守机密，不得声张！"

"遵旨！"

"白龙寺权作行宫，朕就在这里等候卿的金牌。"

段冬裁辞了驾，遂把行宫的布置、护卫诸项事宜交代给心腹去张罗了，自己策骑飞回了杭州城，他把十二块金牌取来，时辰已交二更。

面对着十二块金牌，正德默然无语。

十二道金牌原是帝皇最高的权力标志，非到十万火急时不用。趁着人主离开京城之际，有人心怀叵测，用这样的手段，以挟令天下，攫取财宝，显然是为了达到一个难以达到的秘密图谋！

蒋公豹为何没有按时到达首站杭州？他为何要私自改动路线，从而耽误了这些时日？看来似乎已有答案了！

蒋公豹凭这十二块金牌，不仅在他所到之处大肆搜刮，还可以私征民役！十万万两金银，已不是个小数字，他是在如此短暂的时间内搜攫的，可见，策划之精心，预谋之周到！

更令正德心惊肉跳的是，十二块金牌，有十一块在御书房里，最后一块由太后保管着。能偷取御书房金牌的最大嫌疑的贼便是刘瑾！那么，太后为什么在没有征得自己同意的情况下，把手中的第十二块金牌付与刘瑾呢？这便是一个不解的谜了。

正德随手翻视着金牌，猛然记起第十二块原本毁损一角，曾令巧匠灌铜补过，外表虽然无甚异样，但重量不一！正德遂大呼："来人！"

正德要来了秤，令尤三娘将十二块金牌一一过秤，却块块等重。正德这才舒了口气：太后并没有参与阴谋，这最后一块金牌是伪造的！

但一口气才舒出，正德随即又感到浑身痉挛般紧张起来，心跳骤然加剧，通向心脏的每一根血管都像紧绷到了极限的弦。尤三娘关于刘瑾是司马畏同党的告诫就像重锤，一下又一下地敲击在那些不堪敲击的"弦"上，它们激烈地战栗着，仿佛随时随刻都可能断裂！

他已深深感到了自己离京后所出现的严重危机，这种危机强化了他实施"月圆"计划的决心。"月圆"之后，他将火速赶回京城，回到金銮殿后的第一件事就是要用极刑——凌迟，处死刘瑾！

尤三娘进了卧室。

她向正德耳语了几句后，便问道："陛下召见他吗？"

正德反应奇快："快传旨，朕正要见他！"

尤三娘随即出门。带进来的是杭州知府段冬裁，他手里还牵一位十七八岁的女孩子。他们跪呼"万岁"后，段冬裁虔诚地启奏道："臣恐陛下和娘娘身边没有称心的侍女，特使小女前来服侍。"

正德叹道："难得爱卿替朕着想，满朝文武中如卿这样的忠臣并不多见呢！"

说毕，便御笔醮墨，在一张白纸上写下了一个大字：斩。

段冬裁吓了一跳，连尤三娘也吃惊不止。

"臣、臣何罪之有……要、要斩首……卑职呢？"

"卿误会了。"

正德拉起了段佳丽的小手，嘴里却说道："爱卿听着，朕已命蒋公豹在月圆之时将苏州红芍药送至近水楼，蒋公豹一抵杭州，着卿捉拿蒋犯，以朕手令，就地正法！"

段冬裁变白的脸这才渐渐现出些红来。

"不知陛下何以要斩蒋大人？"段冬裁没敢问出声来，却听皇上继续道："蒋公豹死后，由你出任奉天纠察！"

段冬裁谢了恩。

段冬裁走后，尤三娘便知趣地退出了卧室。离京以后，她独占鳌头，三千宠爱只在一身，特别是余杭重逢后，天子对她更加另眼相看，倍加宠爱，这是尤三娘在这几天中，从内心感到的。今天，小小的段佳丽临时来分几天爱，她心里虽然不免酸溜溜的，但是，皇上对蒋公豹的处置在她心里引起的快活早已溢于言表了，压住了那难言的酸楚。

尤三娘就在外室自己动手铺床叠被，和衣而睡。

尤三娘的兴奋其实也不完全在于蒋公豹的下场，更在于刘瑾的暴露。然而，这其间，也掺杂着自己的些许失落。

对于刘瑾是司马畏的同党，她早正告过正德。她知道，正德不过姑妄听之而已。她也知道，自己缺乏左右君王的手段与魄力，自己的血管里更多流着的是那些退让、妥协、委曲求全的成分，正如今天她对段佳丽甚至毫无怨言那样。

她不知道这是继承了父亲，还是母亲的天性？

而就在这刹那之间，那些难以摆脱的对自己扑朔迷离的童年故事的臆测，又开始在脑海中活跃起来了。

外面起了风，又淅淅沥沥地下起雨来。尤三娘在那树涛有节律的运动中，忽然听到了一种细微的异音，像是夜行人在雨中飞行时气流的波动！

尤三娘摒弃了一切混沌的思维，迅即把青萍剑拿在手里。她知道，对于夜行人来说，官军的巡逻戒备都是不值一提的，于是她蹿出窗户纵身上了屋脊，要去看个究竟。

天边云层的罅隙中吐出一道伞钩状的白光来，随即一阵巨雷滚滚而来。

就在那闪电的光亮中，尤三娘见到了一个女子的身影，但很快隐藏在黑暗中了。她运动轻功，跟踪上去，只见那人身上还背着一个大口袋，袋中哼哼地呻吟有声，尤三娘暗想大事不好，那厮已将皇上绑架了。而且那人尽管背着个人，轻功却颇了得。追了片刻，仍然未能拦截。那人又似乎路径颇熟，沿着一条小路，只向荒野奔逃。

尤三娘追过一片小树林时，前面的人站住了。

那人把腋下的口袋扔在地上，立即从口袋中爬出个人来，却是个青年女子，听那哭声，尤三娘已辨清，正是段佳丽！

这一急非同小可！敌人分明用了调虎离山之计，引诱尤三娘远远离开了正德。

尤三娘欲哭无泪，挺剑直刺对方，大有鱼死网破之意！

对方并不回手，只是东躲西闪，闪躲过尤三娘十余招后，猛地出手一剑，剑风凌厉！

尤三娘识得这是一式极其厉害的"无常引路"！

第二十六回　风狂雨骤恨离十载　电闪雷鸣喜在今宵

尤三娘举剑迎敌，不慌也不忙！

三娘一式"玉女出关"，翩然而起，且大有咄咄逼人之势。

然而，那"无常"遇坚不退，不惊也不乱！

"玉女"柔中含刚，迎刃而上。"乒"的一声，迸出了几朵火花。

与此同时，"无常"在撞击的抖动中，"轰"的一声响，吐出了灼热的火焰！尤三娘大惊，急速躲避，嘴里轻轻地喊了一声："薄如冰！"

这原是一支铁笛，走的全是剑路。

薄如冰笑道："久违了！"

说时又起一式"倒插杨柳"，铁笛直奔尤三娘门面而来；三娘随机应变，一式"醉打山门"，却是以攻为守，也道："薄掌门，请住手！我是尤三娘呀！你还是我的救命恩人呢！"

"我们是不打不相亲呢！"

薄如冰换一招"翼遮雏凤"。她似乎并不理会尤三娘的央求。

这是昆吾剑术中的冷招，尤三娘冷笑一声，走一式"青萍起风"，恰恰化解了薄如冰的剑式。

薄如冰叹了一声"好剑法！"，随即跳出圈子，把铁笛收入袖内，这才抱拳道："既是尤三娘，我们有话好商量。"

尤三娘却不依，道："你要打就打，要停就停，天下哪有这个道理？"

"唰唰唰……"尤三娘一连数剑,凶猛狠辣!

薄如冰大惊,边闪躲边抽出铁笛抵挡。

薄如冰因救过尤三娘性命,尤三娘一直感恩在怀,且无时不在思念她。本欲休战的,何以忽地变卦,在薄如冰收招后,反要发动攻击?

原来,尤三娘鏖战薄如冰,先以"玉女出关"迎击"无常引路",继以"醉打山门"抵御"倒插杨柳",刚才又以"青萍起风"化解了"翼遮雏凤"。双方使的是一脉相承的剑术,尤其"冷招"的化解更是天衣无缝,出于同宗同师。尤三娘因此十分疑惑,故主动进攻,目的是为了进一步试探。

然而,越探则越疑,她似乎可以断定,她和薄如冰的剑术系出同一师门。

薄如冰高声叫着:"尤三娘听我解释……"

尤三娘全不理会她,只顾进逼。薄如冰为示诚心,把烛笛扔在一旁,尤三娘剑锋将要临近,她伫立着,也不闪避。尤三娘十分奇怪,停住了剑,趁势以剑尖指着薄如冰道:

"只问你一句:你莫非蓄意调虎离山,然后另遣人对朱公子下毒手?"

"调虎离山是实,但朱公子好好地在他的行宫,不会有一根毫毛受伤!"薄如冰道。

尤三娘横剑在胸:"我不信!你们若不为劫持朱公子,没理由把我引到这荒郊来!"

薄如冰说:"这里不是说话的地方,前面有个山洞,我们就去那里,我有些话要对你说。"

薄如冰的声音热切而真诚。况且雨点已渐渐大起来了。尤三娘见段佳丽已经逃走,就在黑暗中点了点头,跟着薄如冰走了半个时辰的小路,方到了那个山洞。

"三娘!"薄如冰深情地叫了她一声。

"我小姑高玉卿捎来的御札已经拜读了……"

尤三娘听了有点兴奋起来:"那么,你答应参加'月圆'计划了?

你是应皇上之约前去杭州？"

"不。我不是为什么'月圆'计划，只是为你而来！"

"为我？！"

蓦地电光一瞥，把山洞照得雪亮。薄如冰对着那一对充满惊疑的大眼睛继续道：

"是的，为了你！你知道，我的铁笛使的完全是昆吾剑术。"

"这，我已领教了！"

"昆吾剑术与青萍剑术原是同宗同族。"

"自然。我对剑术史也不是一无所知的。"

"可是你不觉得奇怪吗？我的铁笛与你的青萍剑在招式套路的起承转合，甚至细微关节上几乎如出一辙……"

"你是说，我们是同师相传？你是我的师姐？"

"不是。"

"那么，你要告诉我什么呢？"

薄如冰不去直接回答她的话，只顾沿着自己的言路说下去：

"刚才我一式'无常引路'，被你的'玉女出关'所克，一式'倒插杨柳'也被你的'醉打山门'化解了。然而，这不过是些常见的套数罢了。可是我那一招'翼遮雏凤'却是鲜为人知的冷招，你那'风起青萍'，自然而娴熟……"

"那不过是随机应变的结果，实在没有什么可以称道的！"

"该称道的还得称道！那'翼遮雏凤'和'风起青萍'是非流行套路中的主要招式，而这种非流行套路十多年前是由我和我的夫君高天云共同创造的，只传过一个人。"

"谁？"

"高青萍！"

倏地一个霹雳在山顶炸开，随之而来的是一阵大雨，在狂风的裹挟下，席卷着整个山坳。

"高青萍？高青萍是谁呀？"尤三娘的话音激烈地颤抖着。

"我们的……女儿！"

急雨像奔腾的野马，践踏着湿漉漉的土地，带着黄泥的浊水从山洞的边沿淌进洞内，沿着一条坎坷的山沟汩汩地在洞的深处汇合了。

尤三娘和薄如冰同时体味到自己灵魂受煎熬的痛苦。

"能……讲讲你女儿的……故事吗？"尤三娘战栗着问。

"自然……"

原来，正德的老子弘治皇帝听信了阴阳家的"消灾之计"，由内宫总监卫柏夏全权负责，寻找"天犬""武曲女星"，经过多年访问，目标瞄准了薄如冰的爱女高青萍。先以重金购买，被严辞拒绝；继以武力抢夺，怎奈高云天、薄如冰武艺高强。高天云、薄如冰为了避难，合家从金陵逃至浙江余杭，隐居起来。谁知仍被卫柏夏侦出，卫即指令大内高手假扮成落难武举，投宿高家，终于里应外合，半夜劫走了小青萍。

薄如冰在叙述女儿高青萍的故事的时候，声带呜咽，借着瞬间闪电的光亮，尤三娘看到她愤懑的眼眶里的晶莹泪串正在悲哀地从眼角掉落而下！

尤三娘的心也像那层层叠叠翻滚摩擦的云层一样，仿佛很快要迸出一个炸雷来。这黑暗的山洞也在黑暗中活动起来了，就像岩浆要在这里喷射而出一样，她的心脏在经过了一个可怕的悸动和停顿以后，终于才回过一口气来。

"我们第一次见面，你娴熟的青萍剑术就使我怦然心动，但我不敢作任何非分之想。直到接着正德皇帝的御札，我的心一刻也不能平静了！我这次出行，梦想着在你回宫之前，我们母女能再见上一面！"

尤三娘哽咽着："可是，剑术的异同，不足为凭。你还有别的证据证明我就是高青萍吗？"

又一个响雷自远而近滚来，一直滚到了洞口，发出了吓人的爆炸般的巨响。

"有一个严冬，保姆没有看住你，因为你太任性、太调皮了，不小心就跌到了一个铜脚锣上去，你穿的开裆裤，也没有衬尿布，于是，小屁股上被烫起了几个钱眼大小的水泡。长大了，你该摸得

382

到那梅花般排列着的疤痕！"

尤三娘再也无法控制住自己，跪在了地上，和着泪水痛叫了一声："妈妈！……"

薄如冰把她抱起来，搂在了怀里，她们的心剧跳着，仿佛都想挤进对方的胸膛里。

而这庄严的一刻，又被雷声诗化了。那雷声，就像隆隆的鼓乐，庆贺着这一幕人间悲喜剧的高潮。

"萍儿！"薄如冰这样称呼她，"跟我走吧，不要去侍候那个衣来伸手、饭来张口的皇帝小儿了！"

"可是……"

薄如冰不理会她："林屋剑光筑基已成，已到干一番大事业的时候了！你天资极高，甚至有可能练成剑仙的！萍儿，你一定不要放弃这个机会！"

"那么，父仇就不报了吗？"

"自然要报的。到剑光完全练成的时候，还怕报不了大仇吗？"

"只是，皇上有个'月圆'计划……"

"是的，那封御笔信，谈的正是这个计划。这不过是皇帝小儿要想借刀杀人罢了！"

"不论皇上出于什么目的，我想，只要能杀司马畏报仇，我们应该试一试！"

薄如冰沉吟了片刻，道："问题是，我们在什么地方报仇，什么时间报仇，用什么方法报仇，应该由我们自己决定，我们为什么要听从正德？再说，我也不想成为皇帝借刀杀人的工具，让正德小儿坐山观虎斗以后，坐收渔利！"

尤三娘叹了一声：

"白莲教蓄意追杀皇上，他们不会放弃这样一个机会，不会放弃在月圆那天，趁皇上夜游西湖之际去劫驾杀驾！官家利用了林屋，又何尝不是为林屋利用官家制造了一个上好的复仇机会呢？白莲教是个凶教，歼灭白莲教也是义举，只要心术是正的，就不必计较与谁合作行动！妈，你说对吗？"

薄如冰望着尤三娘在黑暗中清澈闪亮的眼睛，道：

"林屋派有些香主和你有着相同的见地，但我是很不以为然的！江湖上会怎么看我们呢？弄不好，会嘲笑我们充当了朝廷的鹰犬！"

尤三娘听了默然无语，她明白，她力主母亲去参加正德一手策划的'月圆'计划，一半为了报杀父之仇，另一半正是为了正德。而霸占着她女儿的，使得她们骨肉依然分离的不就是正德吗？母亲没有这样的义务，在报杀夫之仇的同时去兼顾有拆散骨肉之恨的正德的利益。

然而，她就这样抛弃了正德，跟着她走吗？在这漫漫的雨夜？

尤三娘依然沉默着。

"既然萍儿也这么说，容为娘深思！"

母爱压倒了一切！薄如冰委曲求全的基因使她在沉默的女儿面前无法继续执着，她不希望女儿为她禁受任何痛苦！

尤三娘泪如泉涌。她已经完全感受到对面那一颗充溢着母爱的炽热的心，她忍不住扔下了青萍剑，过去紧紧地把薄如冰拥抱在怀。

薄如冰也紧紧地搂着自己的女儿。

不知什么时候，已经云收雨往，薄如冰替三娘擦着泪，道：

"事关重大，我还要和林屋诸香主共同商议后才能定夺。萍！你会谅解妈的。"

"妈应力主赴约才是！"

这一回，薄如冰没有承诺，她沉沉地说："萍儿，报了父仇以后，你也能答应我弃'官'归'隐'吗？"

尤三娘坚定地点了点头："十多年来，女儿的唯一心愿就是见到亲生父母，回归到你们的身边。如今父亲既然已不幸弃世，我难道还能舍弃亲生母亲吗？"

她们再一次拥抱在一起，泪水互相滴湿了她们的肩头。

此时，无空中开始看得见稀稀落落的星星在闪烁。

"既然这样，你就先回去吧！"薄如冰说。

"妈！就这样说定了，我们在西湖边再见！"转身后又回头来补充了一句，"再见在月圆之时！"

尤三娘走了几步就回过头去，只见薄如冰还站在那里，向她挥手告别。

尤三娘忽然想起了什么，要紧止步，回到薄如冰身边：

"在风陵时，我和周元就来见你，不料为剑幕所隔，只恨无缘！妈！周元意在学剑，诚心想拜你为师呢，如今司马梅死了，他再没有什么牵挂。我看他根基不错，剑缘比我大得多，妈能收下他这个徒弟吗？"

"哈！我当是什么事，原是为周元说情来了！要不是你这会说起，我也险些忘了一件大事！"

说时，薄如冰从衣袋里摸出一件宝物来，它在黑暗中闪着光亮，分外的耀眼。尤三娘见了那熟悉的毫光，立即认出是正德五宝衣上的珠扣，不禁惊讶之极，忙问：

"这是皇上的御珠，当是一颗避尘珠，已在姑苏进了当铺，怎么到你的手里了？"

"它已几经易手，先为司马畏所有，后来落在了司马梅手里，再由梅小姐送给了周元，现在周元又托你还给皇上，也算是物归原主吧！"

尤三娘更是糊涂了：

"周元不是在余杭做官吗？你见到他了？"

"没有。"

"既没有见到他，这颗土珠，又怎么能到妈的手里？"

"他是托我的恩师转给我的。"

"他见到了古秋霞？"

薄如冰笑着点了点头："何止见到，他已正式成了我师的弟子了！"

"是吗，是吗？"尤三娘兴奋起来。

"这也就是他的剑缘呀！"

"那么，他人呢，他现在在哪里？"

"在神鹰岛。"

"神鹰岛？他怎么到神鹰岛去了，妈，你能讲给我听吗？"

"也好。咱娘俩就此聊一会再走。"

第二十七回　前呼后应一人算计　左抱右拥四美团圆

尤三娘披着星光回到了白龙寺。

整个白龙寺从里到外乱作一团。杭州府护驾的官兵个个箭上弦、刀出鞘，四处搜寻着刺客。正德卧室的外间，尤三娘破窗而出的地方，那些断木残片狼藉遍地，几个最强悍的将士排列在走廊上。

尤三娘回来了，人们惊喜万分，有人远远地提嗓高喊了一声：

"尤娘娘到！……"

这一声喊传进回廊，立即引起了一阵高度的活跃，人们绷紧了的肌肉立即松弛起来，数十双眼睛一齐转向三娘进来的走廊口，他们对刺客的来无踪去无影怀着入骨的恐惧，而对同样来无踪去无影的尤三娘更充满了崇敬和仰慕。当他们看到尤三娘提着青萍宝剑英姿飒爽地出现在灯光烛影之中的时候，都情不自禁地欢呼起来。他们跪伏在地，但是无一例外地都抬起了脑袋，眼睛注视着三娘的身影和面庞，唯恐失去了一睹风采的机会。

尤三娘从走廊疾步通过，正德皇帝已闻声前来迎接了，他不顾三娘浑身落汤鸡般的潮湿，上前挽起了三娘的手，道：

"把朕吓死了！把朕吓死了！还亏得百神呵护，让刺客把段佳丽当成了寡人，绑架去了！……"

"那么段佳丽呢？她不是先跑回来了吗？"

正德怔怔地，很是惘然。

"我和刺客对仗的时候，可顾不上她呢！"尤三娘说。

"哦，我想，……只要她还活着就好！"

正德亲为尤三娘解了湿衣，并拿来干衣让她换了。

侍女们端来了散风祛寒的汤药，尤三娘咕嘟嘟喝了一大碗。

"陛下！看来，白莲教追我们追得很紧呢！"尤三娘故意这样说。

"哈！"正德反而笑道，"就怕他们不追！寡人进杭州时，还要招摇过市，要把朕的行踪更明白地告诉他们！"

"陛下，你想过没有，这可是个危险的游戏！据悉，白莲教的人已经在一指山云集，他们有备而来……"

"你以为林屋派的英雄豪杰会见死不救吗？"

"薄掌门恐怕不是那种易于冲动、好感情用事的人吧？"

"哈！别忘了，白莲教杀的是她的夫君呀！"

"但是，林屋在什么时间、什么地点、用什么方法报仇，他们没有义务听从别人的安排，再说他们对先皇还有误会……"

"朕给她提供了这样一个大好的复仇机会，她会不利用？我想他感谢朕还来不及呢！尤爱妃听着，一旦消灭了白莲教，朕还有一个重大计划……"

"喔？"

"朕想用重金收买薄如冰，让林屋派成为寡人今后巡游八方江湖的保镖！"

"这……"

"我知道薄如冰很喜欢你，到时，此事还要有劳爱妃从中斡旋出力呢！"

"我想……没有这种可能的……"

"嗯?！"

"我是说薄掌门未必会同意充当陛下的保镖……"

"我就不相信薄如冰会如此超脱！"

尤三娘听了，芳心一沉，不觉悲从中来！

她与薄如冰仅仅接触了几次，但母亲的那种敦厚、正直、豪爽又不失深情的气质已给她留下了极深的印象。她知道，母亲的本意并不想通过与正德合作来了报夫仇，她完全可以依靠本门本派的力量去完成报仇雪恨的大业，如果说她最后终于感情用事，参加了"月圆"之约，那么，她的女儿尤三娘起了决定性作用。虽说"借刀杀人"是相互的，但与官家合作，是很有可能在江湖上被传为笑柄的！

正德居然得寸进尺，幻想收买林屋派充当鹰犬；他这样低估她母亲冰清玉洁的性格，母亲必将引以为奇耻大辱！

现在，尤三娘不无后悔！薄如冰究竟会不会参加'月圆'之约？尤三娘知道，母亲为了让女儿能够回归江湖，是有可能做出牺牲的！但如果母亲在林屋派中的声誉和他们追求的侠义事业因此而有所损害，她尤三娘能推卸责任吗？

她万万没有想到，她献给母亲的，是这么一份不祥的见面礼！

尤三娘眼圈一红，差点滴下泪来。但她马上克制自己，深深地吸了一口气，然后，勉强装出些笑容来，对正德道：

"陛下料事如神，但愿'月圆'能够圆满！"

"哈哈……"正德满心喜欢，大笑起来。

笑声中便见两个人影滚了进来，跪伏在地，连连地叩着响头，口称：

"臣等护驾失职，罪该万死！"

正德定眼看时，正是浙江巡抚毛一朋和杭州知府段冬裁。

"爱卿平身吧！"

待二人起身，正德急问段冬裁："你家小姐段佳丽……"

段冬裁马上道："小女遭强人劫持，幸有尤娘娘救得性命，逃归家来。臣是时正在家和抚台大人商讨'月圆'护驾之事，闻此惊报，特带守备卫队前来护驾，幸见陛下无事，臣方安然！"

正德点着头道："也难为爱卿，送女前来伴驾，否则寡人必被强人掳掠而去了。是尔女救了朕也。故朕特封佳丽为絮阁贵妃，待朕回到京城再宣旨便了。"

段冬裁谢过龙恩，正德面含微笑，又问毛一朋："近水楼安置得可好？"

毛一朋回道："回陛下，绿牡丹听说君临近水楼，已从即日起不再接客，且天天焚香戒斋，恭迎圣驾！"

"蒋公豹为朕去姑苏搬取红芍药与李凤姐，可有消息？"

"至今不得而知。"

"从即日起每天飞马传旨，着蒋公豹从速行事。"

"臣遵旨！"

"龙船呢？"

"回陛下，龙船已按皇上所吩咐的样式监造完毕。"

正德点了点头，道："很好。离月圆之日尚有三天，朕决定明日起驾，从水路游览入杭。务必铺张渲染，招摇过市，一定要让百姓知晓朕览胜赏月、与民同乐的壮举！"

第二天，正德、尤三娘就在浙抚、杭州府陪同下，一起登上了御舟，前有军船开道，一路鼓乐喧天，好不热闹。河道两旁，百姓们张灯结彩，夹道迎送。龙船拣着山明水秀之处行行停停，到了十五那天，却是一个大晴天，御舟正好抵达杭州，天子遂换了新龙船，驶入了西湖。

这是一艘别出心裁的大龙船，一共三层，二层在水面之上，一层在水下，底层类乎地下室。不必细说，那中舱专供宴乐歌舞，银装玉饰，金碧辉煌，歌台玲珑，彩灯缤纷，鼓瑟琴弦一应俱齐，齐崭崭的十二名美女正奉命坐在乐位上吹奏。

正德到顶楼时，见了些雕梁画栋，乌木椅桌。名画秀字挂列两旁，极是赏心悦目。窗外，美不胜收的西湖景色，仿佛是一张张水彩画，镶嵌在精美的画框内，一个窗口就是一幅画，随着龙船的缓缓移动，"画框"中的景色不断变幻。看不尽那云霞翠轩、烟波画船、柳丝桃瓣、绿汀古桥，正德果有身临天堂之感，笑逐颜开，抚掌吟诵，简直有点忘乎所以。

浩渺的西湖水面上偶然间有一两艘全副武装的士兵船在游弋梭巡，似乎有点煞风景，然正德不以为怪。这也是他的精心策划，要是完全没有戒备，恰似此地无银三百两，少备一点兵丁，在于诱敌深入。

正德似乎在全神贯注地赏景，心却关注着水面的风吹草动。

左舷传来一阵音乐之声，正德立即从右舷向左移动。

不远处，有一艘画船，渐渐靠拢过来，从那船舱中走出一位女娇娥，蒙着面纱，锦绣薄绸，光看那婀娜的身影，就让正德有点摇摇晃晃了。他的心里蓦地一动：莫非绿牡丹来了！

正德急趋左舷迎接，慌得周围护臣赶紧过去搀扶。正德的眼睛注视着舷梯，但见那情影轻移莲步，拾级而上，到了跟前，正德就去牵她柔若无骨的玉手，他们携手走进舱中，正德就轻轻地揭去了她的面纱。原来来的不是绿牡丹，乃是红芍药。

此时，又见一艘莲舟徐徐而来。

莲舟前面，一位少女，亭亭玉立。微风吹拂着她的衣裙，更衬出了她的苗条飘逸，仿佛一位凌波仙子降临凡间。

正德快活地拍着雕花栏杆：

"原来是你来了！快快过船来呀！"

过船的不是别人，乃是风陵李凤姐。

李凤姐今日不比往昔，似乎显得更成熟了一些，因而也更光彩秀丽了。她娉娉袅袅登梯而上，见了正德，就扑在他的怀里。

"凤！凤！朕把你快想死了！"

李凤姐呜咽着，拳头雨点般打在正德的胸口，喃喃地说："你呀，你呀！……"

"李老夫子出狱了吗？"正德爱惜地问。

凤姐含泪点了点头。

"好了，好了！这就好了！"

又一条船破浪而来。

正德左牵凤右执芍，心扑通通乱跳，他的眼睛一眨不眨地盯住了那条船。心想，毛一朋、段冬裁为他安排的第三个精彩节目，该是大主角绿牡丹登场了。

船舱的窗帘一动，一个衙役先探出一个头，环视一下四周，然后搀出一个员外来。

正德好个没趣！

员外登上龙船，跪拜山呼，原是杭州知府段冬裁。

乔装改扮了的段冬裁在正德耳边嘀咕了一阵，正德渐渐变了脸色。

这是没有估计到的情况：蒋公豹送红芍药、李凤姐到衙时，段知府按照圣命要把他擒拿，谁知蒋公豹力大无穷，且一身好功夫，早把擒捉他的衙役打得七零八落，然后纵身上屋逃之夭夭了！

"他跑不了！"正德镇静下来轻轻说了一句。

在正德看来，蒋公豹既是白莲教中人，必定会参加这次大劫驾，跑得了此刻，跑不掉彼时，就留给林屋豪杰去收拾吧！

然而，尽管这样想着，正德心中不禁怏怏，他明白，这不免有点儿自欺欺人！

那红芍药、李凤姐的到来所带来的愉悦，恰似丈水退掉了八尺！但愿这不是一个失败的先兆。

一条旧渔船正在向这里靠拢，正德见到了，怒吼一声："叫它滚开！"

立即有许多军士用两手张在唇边高喊："请速离开！不准靠近！"

喊声惊动了那艘旧渔船，就有人走上船头来探望，却是一位妙龄丽人。

那班军士见了，早哑口无言，一个个喊不动了，眼睛只管愣愣地望着那少女。

正德也看见了她。

她身着淡绿衣裙，胸前插着一株血红的牡丹。那白皙娇嫩的脸庞更映出淡淡的红晕，双眉就像那远处黛山，两眼恰似明亮的星辰，鼻直而正，鼻下一点朱唇，更使那一张匀称无比的鹅蛋脸变得十全十美。

就是那破旧的渔船，此番也别有一种韵味了，加倍地衬出了这位女神的超凡脱俗。这时候人们最容易联想到的就是越国的美女西施与范蠡泛湖时的倩影。而此刻正德却在想，西施的美貌一定比不过她，因为她的容貌与身材，简直让你无法挑出哪怕一丝丝缺憾来。

正德终于知道了"倾国倾城"这个词儿应该怎样注释。

"她、她就是、绿牡丹……吗？"正德心驰神往，连说话也有点儿结巴。

来人正是正德日思夜想，鼓动着他不惮鞍马劳顿、千里迢迢幸游江南的绿牡丹！

在绿牡丹身后，又蹿出浙江巡抚毛一朋来。毛一朋的这个别出心裁的安排原想给皇上一个莫大的惊喜。事实证明，那效果远远超过了毛一朋本来的想象！

正德忘了去迎接，甚至没有觉察到有一缕唾丝正从他的唇角溢出，从而有伤了风雅。她过船时，正德几乎迫不及待地把她抱了过来，那温香软玉使正德觉得毕竟没有白来人间一遭。

绿牡丹、红芍药、李凤姐，加上尤三娘，四位美人拥着正德进了中舱。侍女们奏起优雅的乐曲。舱门已经关紧，正德左拥右抱，嘴里一直在喃喃自语：

"此生足矣！足矣！"

现成的美酒，现成的佳肴，配着一流的歌舞，不觉已是万家灯火、月上树梢的时候了。

西湖的夜景充满了诗意。亮月的柔光披在湖面上，浩淼的水波便充满了朦胧与神秘。正德酒兴大发，对四位佳人当即吟诗一首：

> 美酒佳人福寿绵，
> 湖边西子怀春天。
> 桃红映就胭脂面，
> 花气袭人醉若仙。

四美拊掌道："果然好诗！"

趁着正德酒兴，毛一朋递上戏单来请他点戏，正德就请绿牡丹点，绿牡丹胡乱点了一出。

稍等了片刻，但闻一阵紧锣密鼓，只见舱后跳进一位小丑来，手里拿着酒葫芦，一路走，一路喝，走二步退三步，于是他自言自语问自己："咦？这酒怎么喝到腿肚子里去了？"

话未说完，便一跤跌了个狗吃屎，引得正德哈哈大笑，四美见皇上开心，也随着笑起来，恰似四朵盛开的鲜花。

又有角色急急上场，是个老旦，她见醉汉躺在地上，便着急地唤呼他："喂！伙计，巡城御史到了，你却占着道，还不快跑！"

醉汉不睬，嘴里却叫骂不绝。老旦吓他道："阁老来了！"

醉汉依旧躺着骂娘。

"皇上驾到啦！"

醉汉还是我行我素。

"刘太监来了！"

醉汉立即惊惶失措，跳起身来就跑，老旦一把抓住了他。于是老旦和小丑有了以下对白。

老旦："天子驾到，你都不怕，却怕太监，是何道理？"

小丑："我只知道天下有刘太监，不知道有天子，所以只怕太监，不怕天子！"

毛一朋听了，大惊失色，道："该死！该死！你们演的什么戏？"

"奴婢演的是《醉汉怕太监》，是这位娘娘点的戏呀！"

绿牡丹道："是奴点的，这戏有什么不好，我们听了开心得很呢！"

尤三娘对正德道："陛下，这戏演得就是好，这个刘太监不是该杀吗？"

红芍药、李凤姐也凑趣道："该杀！就是该杀！陛下，你说是不是呀？"

正德轻轻咳嗽了几声，道："毛爱卿，朕戏瘾过了，让他们下去吧！"

毛一朋擦了擦额上的汗："是，是！"

正德皱起眉头，沉默着，仿佛有心事兜上了圣心。

绿牡丹见氛围陡转，便满满饮了一大杯，艳笑起来。这笑声仿佛魔法一般摄人心魄，正德方从浩渺的心事中挣脱出来，痴痴地望着她。

绿牡丹就轻启朱唇，吟道：

春心照水心，
名丑助高吟。
满耳惊人语，
群臣醉上林！

在四美的一片狂赞声中，正德也举杯去敬她，却被红芍药抢了去，芍药道："姐姐的诗，是让我们一醉方休，要是我们都醉了，今夜就难上近水楼啦！"

正德大笑道："是了是了！朕远道而来，不正是为了与诸美同上近水楼吗！哈哈！……"

一片云帆正在蚕食那飞镜似的圆月，西湖开始陷落在铅灰色的阴影里。

此时的苏堤和白堤，就像两条黑色而僵硬的长虫静卧着。

就在这时，六吊桥的桥孔中突然传来"噼噼啪啪"的拍水声，六艘敞篷船箭一般射出了桥孔。

它们很快遭遇了兵船。

"什么船还未停泊归宿？"

"我们奉毛抚台之命巡湖！"

兵船上许多风雨围灯一齐投向敞篷船，但见六条船上都站着几个彪形大汉，执刀提剑。

不知谁呼哨一声，顿时各式各样的暗器，急雨般地向兵船射了出去，在一阵"哎呀"声中，兵士纷纷落水。此时六条敞篷船忽地都树起了白莲教旗。

兵船随之报之以硬弩强矢，与此同时，又急忙鸣锣示警！

圆月羞答答地从云罅中露出脸来窥探了，但见两三艘巡湖的兵船就像蜗牛一样在水面上爬行，而敞篷船就像箭一样向着龙船射去，美丽的嫦娥洒在水面上的金色的霞帔早被击碎，变成无数的散金，跳动着、战栗着。

第二十八回　薄如冰飞剑救青女　司马畏沉刀死绿波

尤三娘惊闻锣警，立即飞身上了龙船制高点，监视周边水面。

正德脚步歪斜，从船舱中出来，三个艳丽的女子左搀右扶，不消说就是绿牡丹、红芍药和李凤姐了，他们一行从容地登上了湖岸。

一指山剿匪前敌大将军王晋带着军士警戒御道，并护送天子进了近水楼。

尤三娘听到一声炮响，龙船底舱的侧门闻声而开，从中立即射出十余叶扁舟，像利箭般剪开水波，向白莲水阵冲去。

每条船上站着数名好汉，或持剑或执刀，个个气宇轩昂！

为首的乃是女子。你道是谁？正是林屋派副掌门薄如冰！

尤三娘又惊又喜：林屋派来了！薄如冰终于来了！

尤三娘知道，若不是自己苦苦哀求，母亲是决不会采取这样的复仇方式的！但林屋派藏于龙船腹部的计谋却出自正德，并最终与薄如冰达成协议，机密得连尤三娘都没有透露！

尤三娘长长地叹了口气，难以排解那沉沉的失落和郁闷。最后她没有深怪正德，因为她自己也有一个绝对的秘密没有告诉皇上：一旦战事结束，她将离开他，回到母亲的怀抱中去！

作为妃子，离开之前必须做好的最后一件事就是帮助他顺利实施"月圆"计划。他既然把控制水面的任务全盘交给了林屋派，那么地面护驾她责无旁贷！她很希望能够留下一个值得他长久怀念的美好印象！

尤三娘便下了船，按照皇上预先的布置，带着王晋一起护卫近水楼，以防白莲教突袭斯楼。

近水楼里的歌舞姬已预先撤走。名为近水楼，其实与湖面还隔着一片不太阔的草地，中间一条鹅卵小道，直达楼前。

近水楼前院花木葱茏，假山玲珑。楼分两层，粉墙乌瓦，高脊危墙。楼后，紧傍着一座无名山包，山包的峭壁与墙之间隔着一条颇深的山涧，泉水淙淙可闻。楼的后墙没有窗，倘从楼后跳涧进入楼区，需绕过楼房到前院，从正门进入。楼梯在大厅，故控制了前院也就控制了楼梯口，当是万无一失的。

尤三娘和王晋在前院把守，严密监视着高墙与屋上的动静。

皇上似乎全无心事，他把全部赌注押在了林屋派薄如冰身上。他是这样放心，这倒使尤三娘颇为感动。

正德驾临了近水楼，他多时的梦终于行将实现了，然而梦圆是这样残酷，充满了血腥，这是正德和尤三娘万万没有想到的！

圆月中天，万里无云。放肆的笑语和淫冶之声让尤三娘脸红耳赤，心神不安，同时也终于有那浓浓的悲哀泛滥起来，她在这里干什么呢？她在这里捍卫着自己丈夫的淫乐！

哦！最后一次了！她心中再次漾起了尖锐的自嘲：过了这个月圆之夜，她就是一个再不会听到、见到这种丑声丑态的自由人了啊！

院子里传来一种抛物落地的声音。尤三娘屏住了呼吸，她知道，"客人"来了，这是来者先扔下的一块"问路石"。果然，见下面没有反应，不一会，就"嗖嗖嗖"从高墙上跳下几条黑影来。

"看剑！"冷不防尤三娘从假山后面蹿出，对着最前面的人迎头就是一剑！

那人急忙举刀招架，"乒"的一声，火星四溅。尤三娘在月光下清楚地看到了，仓促招架的是一柄达摩宝刀，不觉心花怒放！来者不是别人，正是杀父仇人司马畏！

只因司马畏被高云天踢了一腿，受了内伤，后又遭到丧女之痛，且连月劳累，伤势非但不愈，反见沉重了。与尤三娘交手第一回合就觉力不从心。

司马畏身后一连蹿来三条黑影，王晋也立即过来助战三娘。

司马畏对身旁的汉子道："蒋大人，这回决不能放过她！"

尤三娘咬碎银牙，恨道："蒋贼，你与刘瑾合伙为非作歹，今又助贼为虐，死到临头尚不悔悟，我叫你死无葬身之地！"

蒋公豹哈哈大笑道："还不知道究竟鹿死谁手呢？"

说时双鞭出手，呼呼生风，大战三娘。尤三娘剑走昆吾，刚柔兼之，力敌二人，一时难分难解！

王晋与张翼、麦余奇也战在了一处。

正在吃紧之际，蒋公豹忽然"托"地跳出圈子，飞身上屋脊而去。尤三娘因知进楼只有一个通道，因此对他的离去也不放在心上。

司马畏见蒋公豹离去，心中一慌，勉强接了尤三娘几招，就听得"扑"的一声，肩上已着了三娘一剑，被拉开了一条血沟来。

司马畏大叫一声，也顾不得疼痛，使劲飞上了高墙。尤三娘高叫一声"司马畏哪里走"，接踵追去。

司马畏向北逃窜，尤三娘却不敢远追，唯恐再来刺客乘虚夺了前院楼门。眼看着仇人在夜色中消失，恨得她咬牙跺脚！

张翼、麦余奇见同伙败走，十分惶急，寻个机会，逼开王晋，趁势蹿上了墙，也想溜走。

谁知尤三娘返回前院，正在墙头，麦余奇离她甚近，三娘看得真切，把不能手刃司马畏的恼恨融在剑上，煞似"风卷残叶"，把麦余奇挥作了两段。

但张翼已经跳出院墙，狼狈逃走，尤三娘指着他的身影对王晋道：

"你快去追他！那边有近路，抄在他的前面，拦住他！"

王晋听命，便下墙去拦截张翼。

三娘居高临下，鸟瞰西湖。此刻西湖水面上凶猛搏斗的惨烈景观尽入了她的眼帘。

那里，薄如冰正和舒子涛拼死厮杀，他们脚蹬小舟，在擦舷而过之际，各自施招。薄如冰手持铁笛，左挺右进，来去突忽；舒子涛大袖翩翩，神出鬼没，一支太阿宝剑夹风裹雷，好不厉害！

忽见铁笛和太阿剑碰个正着，但见眼前一亮，蓝色的火焰从笛孔中喷射而出。舒子涛忙用大袖遮脸，亏得两船反弹开了一丈有余，但舒子涛的大袖已被烧了碗口大的焦洞。两船的舵手马上把住舵桨，船势稍稳，立即再发动冲刺。一切都没有逃过正德的预料：白莲教西湖劫驾，集中了教内的精英。

铁笛焰光在照亮湖面的瞬间，尤三娘又清楚地看到了一张重枣似的红脸，环眼圆瞪，虬髯生烟，他一足踩在自己的舷上，另一足死死勾住了敌舟，不让脱开，手中的狼牙剑没遮没拦！

他就是林屋派的常州香主闻越，此刻正和白莲教临安教主慕霄龙对阵。慕霄龙使一柄阴阳剑，自然也不是等闲之辈，忽收忽张，上盘下旋。打得闻越性起，"哇呀呀"大叫起来，冷不防一脚把船踢开，慕霄龙一个趔趄，那小船禁不住晃动，眼看要翻。

在闻越身边的船上，江阴香主诸维元正和温州教主强一刀战在一处，不提防扬州教主马飞隔船抛出飞环来，那飞环上装有六把尖刀，马飞一手携着绳环，诸维元战强一刀本处劣势，一时束手无策，竟被飞环套住了。马飞一收绳索，"咔嚓"一声，六把尖刀立即把诸维元的脑袋铰了下来。

闻越大怒，弃了慕霄龙，放出两颗银丸。那银丸腾空而起，直追马飞，转眼之间穿背而过。马飞裹着一身血水，翻身落入湖中。

湖面上刀光剑影越演越烈，愁云惨雾，腥风血雨，仙境般的西湖立地变了质！片刻之间，那些专事把舵持桨的二三流剑客，几乎无一存活。

月光之下，清澈的西湖水也被血污染得一塌糊涂了。

尤三娘看得心惊肉跳！

她不无后悔，或许她根本不该把林屋派拖到这样一场血腥的屠杀之中！何况，真正的仇人司马畏依旧从她的手中逃脱，不知去向！

正嗟叹间，见一条人影翻上了院墙，尤三娘认出是王晋，手中还提着张翼的脑袋。

而就在这时，近水楼内蓦地发出几声惨叫，尤三娘急忙跳下墙去，令王晋等守住楼梯口，自己风一般卷到楼上，取过灯来时，竟又把她吓呆了，只见三女一男，赤条条躺在了楼板上，只是少了四颗脑袋！

　　三娘猛然抬头，见屋瓦被掀开个大洞，刺客竟破瓦而下。尤三娘见状已冷汗淋漓，急从瓦洞中蹿到屋面，却了无所见。圆圆的月儿照着这铁与血的世界，分外凄惨。于是两行晶莹的泪水挂了下来，同时感到了一阵眩晕。

　　风火墙后面突然闪出两个人来，他们哈哈大笑着，原是蒋公豹与司马畏。

　　王晋已经闻声，也上了屋。

　　蒋公豹笑道："尤妃，如今皇上已死，你怎么还这样执迷不悟呢？跟着我们的司马相公吧！哈哈！……"

　　司马畏嬉皮笑脸地说："是呀，美妃子，我会善待你的呀！"

　　"呸！"尤三娘啐了一口，挺剑而上。

　　"且慢！"蒋公豹道，"若真的交起手来，尤娘娘你未必是我们的对手，到时香消玉殒，岂不可惜呀！"

　　说时，只见他一扬手，即有一点寒星从他的掌心透射出来。那是一支飞剑。王晋挥刀去迎，但听"轰"的一声响，王晋手中的青龙偃月刀已经断为两截。

　　蒋公豹有意炫耀飞剑的神功，喝声"疾"，就见那飞剑一个鹞子翻身，直逼王晋。一瞬间王晋已猝然倒地。

　　尤三娘大怒，挺剑直刺蒋公豹，蒋公豹喝声"来得好"，用双鞭直迎青萍，而司马畏的达摩刀也同时到达，三人战在一处。

　　蒋公豹卖个破绽，让青萍剑直斫当胸，他忽起双鞭，左右合击青萍，竟将青萍剑紧紧夹住。那蒋公豹力大无穷，尤三娘兵器一时抽不出来，司马畏冷笑一声，用达摩刀趁机横扫尤三娘的细腰，尤三娘拼尽全力，终于抽出了青萍剑，不期蒋公豹再喝一声"疾"，又放出飞剑，向着尤三娘直射而来，势不可挡！

　　正在这千钧一发、间不容发之际，倏地眼前一亮，一道白光从湖中射来，立即把飞剑打落尘埃。蒋公豹尚未弄清究竟是何缘故，那白光又折射过来，蒋公豹举双鞭相迎，不觉魂飞魄散！

那白光正是薄如冰放出的剑光。薄如冰和舒子涛厮杀，心还分挂在尤三娘身上，时时留意着近水楼的战事，见蒋公豹放出飞剑要对尤三娘行凶，再也顾不得自己的安危，放出白光来，直射蒋公豹。

那白光轻轻一抖，蒋公豹一颗斗大的脑袋就从楼顶滚了下去！

司马畏觉得大事不妙，拔腿就跑，被尤三娘追上，一脚踢中他的剑伤，司马畏大叫一声也跌下屋了。

司马畏也顾不得疼痛，下意识地往西湖龙船方向跑去……

战局已经白热化，两派都歇了械战，开始施展剑光术。此时，剑光、银丸、飞剑、金镖，一件件裹着剑气，争比高低。在林中投宿的鸟类，禁不住肃杀的剑气，纷纷坠落而亡。

司马畏到了湖边，急急地抢了一条空船，他知道舒子涛厉害，就直向这位道长的船划去。

薄如冰也已发现司马畏，所谓"仇人相见分外眼红"！她急忙破浪上前拦截。林屋派诸香主见大仇人已露面，就都拼命缠住各自的对手，好让薄如冰全力以赴，手刃十恶不赦的司马畏。

尤三娘已经踩水而至，她纵身跳上了薄如冰的船。与司马畏的船交臂而过时，薄如冰和三娘不约而同伸出脚来勾住司马畏的船舷，把司马畏夹在中间。

司马畏腹背受敌，而船身又小，毫无退路。他因剑伤在身，又不敢踩水而去，再看着舒子涛自顾不暇，只得硬着头皮独力奋战。亏得他一柄达摩宝刀极是娴熟，尽管这样，无多片刻，薄如冰烛笛的火焰已把他的须眉烧了个精光，活像个天外异物！

薄如冰戏弄他一番后，忽听到剑鞘中一阵鸣响，忙从腰间抽出丈夫的昆吾剑来。只为昆吾与青萍相遇，通了灵性，待抽剑在手后，二剑同时闪出青光，互相辉映，它们亦刚亦柔，互为表里。司马畏被剑光照得睁不开眼来，便想到踩水而逃，刚一转身，就被昆吾、青萍同时刺透了脊梁。

"豁"一声，达摩宝刀已经脱手，沉入绿波之间，司马畏的尸体半截尚在船上，另半截就浸泡在水中。

　　林屋诸香主见大仇已报，不觉元气倍增。舒子涛见大势已去，长叹一声：天亡我也！一挥大袖踩水而遁。

　　白莲诸教主不敢恋战，纷纷仓皇撤退。白光派一时气盛，竟追了穷寇，白莲教许多分教主当场身首异处。于是两派的仇怨就结得更深了。

　　原来，剑光派分红、白、黑三个分支。当初三派的祖师曾相约为盟，弟子传至陆无畏（红）、古秋霞（白）、东野叟（黑）一代，不再收授徒。红光派的陆无畏最后修成正果，成为剑仙，超凡脱俗去了。西山古秋霞因恨白莲教弟子为非作歹，有意把白光剑术传于九路香主。只是时间过于仓促，仅薄如冰一人率先得道，且已在搏战中一试神奇，斩了蒋公豹。东野叟闻讯，震怒之余冷笑道：你把白光传世，意在与本派作对，难道本教主就不能传黑光吗？

　　为此，东野叟后来也广收弟子，精心授剑，处处和白光派为敌，从而又引出许多恩仇故事来。两大剑派的剑光术也迅速成熟，高手云集，名家辈出。黑、白两派的剑光大战，后来又在红光派陆无畏的调解下重归于好，也曾为历代野史家和小说家们津津乐道，这些故事与正德皇帝下江南的主旨无关，作为后话，暂且表过。

　　当下，林屋大获全胜，回到龙船。清点人数，伤亡也甚是惨重。九路香主中邝路、闻越等几位受了重伤，唯江阴香主诸维元阵亡，不免引起了阵阵嗟叹。

　　随后，薄如冰领着林屋诸香主来到龙船中舱，却见一堆人缩在旮旯里，脸如白灰，浑身战栗着。尤三娘借着窗外的月光，上前看时，不觉大吃一惊。

第二十九回　月圆后难构林屋　心碎时剑饮萍儿

在那角里落瑟缩着的一男三女都是三魂少二、六魄丢五的了。尤三娘定睛看时，认得正是正德皇帝和绿牡丹、红芍药以及凤姐儿。

尤三娘恍然大悟，近水楼上那几位不过是替身而已，枉做了替死鬼罢了！

尤三娘把正德扶起，正德惊魂稍定，嘴里兀自还在不停地嘀咕：

"吓、吓死孤了！……"

这场恶斗足足持续了一个时辰，直杀得云愁雾惨、水天失色，正德和三位美人不免心惊胆战，毛骨悚然！

更况，正德还有一种更为强烈的潜在的畏惧，那就是，薄如冰的剑光术已在皇权前做了一次示威，它明白地告诉这位天之骄子，他们将无敌于天下！如果愿意，他们完全有能力逼他退位，甚至杀得他退位！这种彻骨的痛苦的畏惧让明代这位第十一世皇帝朱厚照骨酥如棉，蜷瘫在龙舟的角落里，浑身筛糠般不能管束了。

正德皇帝被扶持着上了御榻。

尤三娘心里却是一种别样滋味。正德没有把替身告诉她，她似乎低估了朱厚照了！那么，她在楼前拼着性命保卫的又是什么呢？不过是一幕"一男三女"的闹剧而已！

在这一场波澜壮阔的大决斗中，她，尤妃三娘，竟被皇上差来做这样一件令人脸红的琐事！

有一股酸酸的悲哀，开始在胸中游散开来，流向全身。

"摆宴！"正德好半晌才向浙江巡抚毛一朋下了这个圣旨，同时，皇上的那种权威已渐渐在恢复了。

"最好的酒！最丰盛的菜肴！朕要敬一敬薄掌门和林屋诸位英雄！……"

薄如冰抱了抱拳，道："不劳费心了！圣上赐了鄙派报仇雪恨的机会，已是感谢不尽。如今大仇已报，奇耻亦雪，林屋草莽就在这龙舟上告辞了！"

"哎！这怎么能行呢！若英雄壮士就这样离去，朕就无一日安心了！还望薄掌门赏脸！"

"陛下，非是薄某不领圣情，吾辈实无讨封领赏的陋习，我林屋所爱者洁身自好而已，故不敢破例！"

"薄掌门既然执意辞宴，朕便不能勉强了。只是……"

正德用御扇击着自己的手掌，慢慢地，向前走了两步，用一种听来很平静的声调说，不过这种平静的声调和他脸上颇不平静的表情不完全吻合，他继续道：

"贵派香主诸维元在西湖捐躯，朕想赠送烈士一副阴沉棺木，以三千宝剑殉葬。朕想用朕的龙船把诸维元的英雄躯体及三千宝剑送归故土江阴。豪杰不慕功利，那么，为烈士，朕能做的事，大概唯有这一点了！薄香主能同意孤为烈士效这么一点微力吗？"

薄如冰看了一眼正躺在副船上的诸维元尸体，有人正在把他的脑袋和手臂缝合在躯体上。薄如冰不免动情，眼圈红了，便颔首道："陛下盛情！只是阴沉棺木何时可就呢？"

正德望了一下杭州太守段冬裁："卿三天以内能备得吗？"

"行！"段太守不假思索地道。

"毛爱卿，三千宝剑的煅制就由你张罗啦！"

"为了英雄诸维元，臣万死不辞！"毛一朋也应道。

薄如冰抹了一把眼泪："既如此，鄙派暂借近水楼，静修疗伤三日，以待开拔，望圣上恩准！"

"别说三日，三年，三十年，又何妨呀！"

"如此，薄某等暂且告辞！"

正德忙吩咐毛一朋、段冬裁："二位爱卿代朕送一送薄掌门。一切起居饮食务必细心照料，切莫有负朕望！"

毛、段二人谢过恩，即把薄如冰掌门和八名香主送上岸，在近水楼安置完毕时，业已东方破晓了。

薄如冰把门插上，盘腿打坐，入定修养。

忽然，门上传来了弹指声。薄如冰开了门，不由得喜出望外，原来是尤三娘来了！

"萍儿，是你吗？"

"孩儿拜见母亲！"

薄如冰这才有机会把尤三娘细细打量。她用手抚摸着三娘的乌黑的头发和细嫩的颈项，烛光和她的泪光辉映，语调中带着颤音："这就好了，我们再不会分开了！"

"母亲！孩儿暂时还不能跟随母亲一起去西山。"

"怎么啦？"薄如冰惊问道。

"孩儿尚有三件未竟之事，倘不做完恐要后悔莫及乃至遗恨终身的！"

"哪三件事呀？"

"孩儿既已知道自己的身世，自然痛恨卫柏夏这奸贼。母亲你说过，要掘他的墓，鞭他的尸，我想仍先回京完了母亲的大愿，一泄高家两代深恨！这是第一件要做的事！"

薄如冰点头道："难得一片孝心，把母亲一时的愤激之语也牢记在心。那么第二件呢？"

"第二件就是那刘瑾谋逆之心已经败露，看来皇上饶不过他。但是我想这佞监能说会道，皇上又耳朵软，说不定一阵花言巧语竟被赦免了。倘如此，孩儿必手刃此贼，为国为民除却一个大害！而且，我很想亲手将他碎尸万段，方才平得了孩儿心头的一口恶气！"

"这也在理，一旦离宫，再杀奸监就没有机会了。也好，刘太监臭名远扬，人人都想得而诛之，朱厚照不杀，就由你来替天行道。其三呢？"

"孩儿只想把皇上完完整整送回京城……"

薄如冰听了不免脸有不悦之色："他走他的路，你上你的桥。他完整也罢，残缺也罢，与你无干，你也没有这个义务。再说，他有御林军，还在大内养着许多武林高手，甘心充当保镖的人多得很哪！"

"母亲！我在宫中长大，从小就不能全孝，虽然自古以来忠孝难以两全，但也不能再担不忠的恶名。满朝文武都知道皇上点名要我保驾的，倘这样弃皇上而归武林，一旦他返京途中有失，儿岂不要被朝野忠贞之士唾骂吗？"

"可是……"

尤三娘知道薄如冰要说什么，就道：

"我答应母亲战事结束立即回归武林，现在我并没有后悔。但孩儿有未了之事，也是事实。只有办成了第三件事，才有可能和机会办成前两件事。好在皇上得了三美，凤愿已了，何况白莲教阴谋暴露无遗，他也急于返京，决不会滞留途中。无论车行舟载，少则一月，多则二月，儿必来西山与母亲团聚了。母亲，你以为如何呢？……"

薄如冰本以大度、达理闻名江湖，听了三娘这番话后，故意启齿一笑，道："萍儿现在没有后悔，大概一两个月后也不至于后悔吧？"

"母亲不必多虑，适才领略了你的剑光神威，已是心痒难熬！若不是因为那三件必做的事，女儿就立即跟你起程！"

"你嗜剑如命，为娘还不知道吗？我在西山候着你便是。至于你我之间的母女关系，不必和皇上说穿，免得多生出枝节来！"

三娘笑道："我也这样想着呢！一旦大事告成，儿就请他恩准，万一皇上故意要生些枝节出来，我就不辞而别！"

薄如冰会心地笑出了声来："有萍儿这句话，为娘就放心了！"

光阴荏苒，不觉三天已过。第四天拂晓，薄如冰带着林屋香主骑马到了杭州湾码头。龙船的最上层，诸维元安卧的那副豪华而厚实的阴沉棺木，高高地安置在三千镔铁宝剑架就的祭坛上，沉重的龙船被深深地埋在海水之中。

正德亲临码头送行。

正德下了龙舆,走到薄如冰的面前,脸上是十二万分的诚恳,他甚至有点嗫嚅,似乎鼓起了勇气才说出这样一句话来:

"薄掌门,朕有一句话不知当讲不当讲?"

"有什么话不能讲的呢?"

"朕希望白光派能成为朕的大内劲旅,为朕永固皇图!如若薄掌门不弃,朕愿意斥巨资使白光派发扬光大,遍及海内!"

薄如冰听着,眼光渐渐收聚起来,正德在她收聚的眼光中骤然接着了一线鄙薄的颤动。然而他不相信薄如冰能不为金银和官爵所动,他因而又用一种特别的语调附加上一句:

"在大内,林屋的各路香主,朕均封二品以上的官位,决不食言!"

薄如冰脸色微红,眼睛中那缕鄙薄之光突然犀利起来。她没有时间斟酌她的措辞,冷冷地道:

"请陛下再不要说这样的话!"

"朕的话不中听吗?"

"就怕污染了薄某和林屋诸位香主的耳朵!"

正德难以接受这样的语气和措辞!

对于皇帝的青睐,天下无不受宠若惊。薄如冰却拒绝了宠信,而且用了这样尖刻的语言!

正德微微变了脸色,眉宇间立即漾起了些许不快,这不快迅即向两边腮下蔓延,最后在他的眼角旁凝成了一个不易察觉的冷笑。

站在正德面前的这位曾经骂过正德老子的林屋派女掌门,经过三天修炼,愈加精神焕发了。在她身后的林屋香主,大多恢复了元气。正德忽然异常害怕起来,他们既然不肯归服,就构成了一种隐患。他们甚至可以随心所欲,甚至可以当即把剑光放出来,把他这个万世之尊剁为肉泥,然后扬长而去!

正德在龙心的深处荡起的一阵激烈的痉挛中,就把那点冷笑转化为一种坦然的风度，对于薄如冰的话，他显得毫不介意。他换了个话题：

"恕朕不能远送诸路英雄。然朕使凤姐儿代朕登船送行……"

"不不，"薄如冰推辞道，"沿海北上，风浪难免，何必让李小姐吃这苦头呢！"

李凤姐抿嘴笑了笑，在旁插言道："薄大姐上了皇上的当了！奴家家就在吴江，皇上让我送你们，是想让你们保着奴家回家呢！"

"哈哈……"正德大笑起来。

大家都随着笑了起来！

笑声中林屋诸香主登了船。最后是薄如冰，她亲热地携着凤姐儿，一同上了甲板。

龙船起锚启航，海风推波助澜，鼓动着白帆，让一船的英雄豪杰向着波涛的深处驶去！吃水深沉的船影终于在众人的视野中消逝了。

尤三娘还在频频地摆手。

正德蓦然畅笑起来。

尤三娘有点脸红，笑问道："陛下，你在笑什么？笑我吗？"

"朕笑你太痴！

"她是真正配得上称作大侠的！她的气质，她的风度，她的品德，无处不在吸引你，使你尊敬她，崇敬她，甚至痴迷于她！

"可惜，她太偏执！"

"你是说她不愿留在大内？"尤三娘问道。

"可不是！这才是她的唯一的光明大道。朕有意留林屋于大内，薄如冰如稍稍聪明一点，当能猜测到朕是不会容忍剑光派出入于江湖社稷的！"

尤三娘兀自吃了一惊："陛下的话是什么意思，臣妾怎么听不懂呢？"

"爱妃怎的就糊涂起来！哪一代君主能容忍像这样凶残厉害、神出鬼没的剑光术横行江湖呢？它要么为朕所用，要么……"

正德严厉地甩了一下袍袖。

"要么怎样？"

"被朕消灭！"

"这……"

除尤三娘外，几乎所有在场的文武官员已都明白了正德的意思，他们纷纷下跪，兴奋地高呼着：

"圣裁英明！"

"我大明社稷有福！"

尤三娘很快也因窥探到了正德的更为深邃阴暗的一面而感到了前所未有的震惊！

"陛下的意思是要颁令剿除林屋派吗？"

"是的！不择财力，不择手段！"

心在绝望的预感中痉挛了一阵，尤三娘嗫嚅地道："林屋派可不是那么容易消灭的！"

"很快爱妃就会明白，更残酷的结局等待着自以为是的薄如冰呢！"

"臣妾怎么看不见呢？"

"你会看见的，很快他们就将全军覆没……"

尤三娘跳了起来："陛下说全军覆没？"

"不错！"正德不无得意，"朕的龙舟中有个机关，掀动这个机关，船底就会脱去一块活动木板。装了三千鱼肠剑的船会很快沉没在汪洋大海中！哈哈！……"

尤三娘脸色已经变得惨白，巨大的、无法解释的恐惧就像那如山的海浪排山倒海般向她压来，抖动着的嘴唇竟一句话也说不出来。正德已发现了她的异样，忙问道：

"爱妃你怎么了？不舒服吗？"

"你……杀不了……他们！他们一个个……水性超群！"

"放心吧！"正德爱怜地，"在汪洋大海中，他们纵然水性很好，又能坚持多久呢？"

尤三娘蓦地一阵战栗，她强打起精神："可是，没有人……会替你去掀动那个机关！"

"有，有啊！"正德安慰她，"爱妃不必多虑！朕已经全部安排好了。那凤姐儿就是专门去做这件事的！她身上有避水珠，自己可以保得安全归来！"

尤三娘惨白的脸由灰转成青紫，美丽的双眸冷漠而忧伤。这一双能让所有的男人倾倒的星眼，此刻充满难以形容的愤慨！……

尤三娘仿佛看到了薄如冰那充满母爱的慈祥的脸，是如何向她深情地微笑着……

在尤三娘劝她参加正德"月圆"约会时，母亲那眼中又是如何经历了强烈的权衡、抉择！……

虽然，母亲在飞车救正德的时候，在放出剑光搏杀蒋公豹的时候，在与青萍剑联袂诛杀司马畏的时候，都有着报私仇的成分，然而正德怎么可以把她那种为了天子的安危而鞠躬尽瘁的精神如此残忍地加以践踏呢！

如果这一船英豪背着"鹰犬"的恶名葬身鱼腹，那罪孽最深重的不就是她尤三娘吗？因为母亲本来不准备采用这样的方法报杀夫之仇的呀！

或许，沉船的附近凑巧有一个岛屿，他们凭着踏水无痕的轻功，可以坚持着上岛去苟活了性命？

或许，凤姐这妞儿没有这样残忍，她终于良心发现了，向英雄们讲出了正德的恶计？

或许，薄如冰无意中识破了那个机关，而得以防患于未然？

或许……

心理的痛苦使尤三娘的精神变得越来越脆弱，激愤的悲悯不断地逼着她，而情感折磨的重荷，使她难以自持，她倏地挣扎起来，铮地抽出了青萍宝剑，那剑尖颤巍巍地直指着正德：

"你！你……"

正德大惊失色，群臣一片慌张！

"我悔不该……"

正德和群臣很快地镇静了下来。正德威严地，却是语重调轻地喝道："你想弑君吗？"

青萍宝剑没有直刺过去，它颤巍巍地抖动了片刻。

尤三娘长叹了一声。宝剑又颤巍巍地收了回来，她从容地向着自己的脖子抹去。

早晨的太阳从云团中露出脸来，错误地去为那一团团乌云镶上高贵的锦边。

第三十回 一天白浪沉舟惊凤 满海绮霞落日追鹰

荷载着江阴香主诸维元遗体的灵舟，驶出了杭州湾，薄如冰和八大香主都围坐在诸维元灵柩的旁边。耳际是风的哀鸣、水的呜咽。风帆猎猎有声，又凭空增添了几分深沉与凝重。

船平稳得简直像抛了锚似的，一动也不动，猛然回首，才见舱外的水天正擦着船身在急急后退，偶尔之间，也望得见一两个孤岛，或者有几片白云似的船帆在远处飘动着。

薄如冰独自走到船头的甲板上，凭栏远眺着白茫茫的水的世界。她的思维之轮，就像随波逐流的水云一样往返滚动。作为一派之掌门，面对诸维元的捐躯和若干香主的重伤，她需要对自己的决策进行一番反思。

也许，她本不该与正德朱厚照合作，尽管朱厚照兑现了自己的诺言，彻底为高家两老平反，但他们本来是完全可以按照自己的方法解救高家一门于倒悬的！司马畏卑鄙地暗算了先夫，使林屋掌门魂归九天，这固然是林屋派的奇耻大辱，然而洗雪这奇耻大辱也未必一定要借助朱厚照，致使林屋喋血捐躯！

这自然，多半是听从了尤三娘的恳求！……

薄如冰款款地抬起了头，仰望长空。头顶上也是一片蓝色无涯的"海"，有着更多的雪白的或灰色的"帆"，它们从容地飘移着。薄如冰凝视着其中最为浓白的一片，试图把自己的心系挂在那一片高高的"风帆"上，一起驶向那无底蔚蓝，去告慰九天

411

亡夫的英灵，并要给先夫圆一圆那个刻骨铭心的梦：女儿高青萍就要回到她的身边来了！

她能告慰前掌门高天云、并告慰自己和林屋诸路香主和业已捐躯的诸维元的，也就是在西湖的鏖战中，终于洗雪了林屋派的耻辱，由她和高青萍一起手刃了仇敌司马畏！

薄如冰扫视着浩淼的广宇，她想在那云帆中搜寻高青萍那一对熟悉、可爱、幼稚的星眼，以及那清澈的星眼中流露出的无限天真的笑。

海面起了点风，整个海域有点儿不安起来，让人隐隐感觉到了大海一旦躁动时那种不可阻挡的力！

遥远的水面连续不断地涌动出一堆堆"雪"，向着灵船滚动而来，撞到船头上，就"哗"的一声爆裂，形成一层层起伏的白练渐退渐消而去，然而，很快又有一条"雪堤"在原处形成，重复地作更有力的冲击，仿佛前面隐藏着一架巨大无形的造雪机器，在制造着海的奇迹，又仿佛冥冥中的巨灵神，只是稍稍动弹一下手臂，便立即展示了它永恒的威风。

海风卷拂着薄如冰的白帔，大海也许能消解一切，却难以消解她的复杂的反思。她对朱厚照虽说不上有太大的厌恶，但也没有什么好感。他利用了林屋派报仇雪耻的急切心理，粉碎了白莲教"劫驾"的阴谋。薄如冰知道，正德对林屋的崛起绝不放心，他要把林屋收编为"大内劲旅"，正是他苦心经营、企图控制掌握林屋的一步高着，但他没有成功。薄如冰注意到了，当她拒绝了他的要求后，他脸上露出的那种阴冷的微笑，这微笑，此刻让薄如冰感到了一阵战栗。

她面对这苍茫的大海，一种从未有过的畏惧油然而生。因为她蓦地感觉到，她脚下的这一艘特大"灵舟"，在浩淼与瞬息万变的大海中是这样渺小，渺小得简直不值一提！这船似乎连三千宝剑都不堪负载，更不胜那突起的海上风暴的侵袭！

这三千剑……

薄如冰似乎突然在正德阴冷的微笑中找到某种注释。

"还有李凤姐？"

想到凤姐，薄如冰脸色微变。朱厚照把凤姐儿差上船来"送行"，现在想来也有点儿异乎寻常了。

薄如冰从船头踱到船尾，思量着。一个巨浪涌来，飞珠溅玉，泼湿了薄如冰的白帔。

有几个黑点在这瞬间映进了薄如冰的眼帘。薄如冰运动眼功远视，才看清原是五艘奔帆，它们不紧不慢，盯着薄如冰的梢。不一会，其中一艘全速而至，与灵船并行时，船上一个满脸横肉的彪形大汉伸头探脑地向灵船窥探。

薄如冰靠近过去，拱手道："先生有何见教？"

"横肉"并不理会薄如冰，大大咧咧地跳上了灵船。早惊动了林屋诸路英雄，纷纷出舱来。

"横肉"见不是路，"托"地跳回自己的船，呵呵笑道："俺们见贵官船沉甸甸的吃水甚深，以为大有油水，不料除些废铜烂铁外，还有一口棺材，好了，恭喜各位升官发财！"

众香主大怒，纷纷拔出家伙，薄如冰伸手拦道："算了，无非是海盗中的几个小毛虫，不必计较了，也免得诸维元的英魂受惊不安！"

闻越对着海盗吼道："听着，要不是我薄掌门有好生之德，放过了你们，我早让你们葬身这滔天的白浪中去了！"

"横肉"听了，冷笑道："要不是贵船没有半点儿油水，老子绝不会这么轻易走的，管你什么薄掌门、厚掌门的！"

说毕，他一声呼哨，飞也似的离去了。气得林屋诸香主只是直跺脚！

薄如冰神色黯然，一个念头突然掠过她的意识。思想又闪回到了李凤姐的身上：她会不会负有皇命，比如，途中与海盗联络，借海盗的刀来摧毁林屋？

薄如冰只是一个劲地沿着正德可能"借刀杀人"的思路上去求解，自然，她不可能真正估计到朱厚照更为险恶的阴谋。

"也许，我们不该参与朱厚照的'月圆'计划……"她闷闷自语着。

"夫人!"邝路误会了她的自语,"能为高掌门报仇雪恨,这是最主要的!"

"是啊!"众人道,"夫人不必介意,我们林屋派光明磊落,行侠仗义,这是有目共睹的!我们与朱厚照合作,无非是为了诛灭武林败类司马畏!既然这样做了,在任何时候,我们绝不后悔!

"我还不是这个意思!"

"夫人是说……"

"我们应该扣住海盗那条船……"

邝路猛醒道:"我也在想,我们的船吃水太深,能不能抗住突起的风暴?我们应该留有后备才好。"

"朱厚照说得好听,什么宝剑赠英雄,一送就是三千,莫非他有心要给我们吃药!"

薄如冰忽然问:"李凤姐呢?"

"她一上船就说晕船,概不见人呢!"

"哦!"薄如冰皱起眉头,道,"再遇见海盗,就格杀勿论,一定要扣住他们的船!"

薄如冰觉得,无论如何要接触一次凤姐,于是,她向着凤姐的住处走去。

船的底层已改建为卧室,正德想得很周全,为林屋英雄船上修炼剑术方便,一律单间,凤姐就住在靠船尾的最后一间。

凤姐并没有病,但她稚嫩的心却禁不起任务的重压,一直狂跳不停。床头有个拉手,只要用力一拉,或者一推,船底某处一个活络的"仙人板"立即会与船体分离,海水先灌满舱底下的夹层,当发现宿舍进水时,就无法挽回了。

凤姐甚至不敢正眼看一看这个拉手。她知道经她的手这么一拉或一推,船上数十名曾为正德出生入死的林屋精英将全部成为浮尸。她觉得这未免太过分了!尽管正德反复强调,这是为了社稷江山,但她无法理解,大明的社稷江山何以这样地不能相容于林屋英雄？他们不是把妄图劫驾的白莲教徒打败了吗？她很后悔，在正德向她布置这个任务的时候，没有用手去摸一摸他的额头，证实他是不是发着寒热，在极度的高烧中设计了这没有天良的计划！

如果是在风陵，正德没有告诉她他是至尊天子，她或许可以边痴边骂边嗔地劝阻这位朱公子。但现在变了，他已经是金口玉言的皇上了呀！他不但救了她的母亲，救了她的父亲，还送她父亲一顶七品乌纱帽呢！她领旨之前曾向正德宣过誓，只要她能办到的事，即便粉身碎骨，也在所不辞！现在正是她实现誓言的时候到了！

然而，她还是不敢正视那拉手，倒不是泼天的海水把她的胆吓破，她知道，她如亲手害了薄如冰他们的性命，自己后半辈子决不能安心！

凤姐想：不若把避水珠抛到大海里去，让她与薄如冰共沉海底吧，她报答了他，同时也向林屋冤魂谢了罪！

正德规定了她动手的两个条件，一是要在夜间；二是虽有下弦月，但视线内一定要没有岛屿。凤姐就想修改一下，放在白天动手，并在见得到岛屿的地方。然而，舱外已经几次见有岛屿掠过，她几次都不敢抗旨而行。

凤姐的动摇加深了她内心的痛苦，这种痛苦反过来侵蚀压迫着她的内心，冰冷了她的手足，使她感到浑身在一阵阵发抖。她坐立不安，白里透红的脸现在泛出了吓人的灰黄来。

海涛冲击着船身，凤姐想，听说海上风暴极是可怕，那么就来吧！可爱的海上风暴，就把这船掀翻了吧！让大家无怨无悔地死在一起。然而，大风暴就是不来。于是，她扑到床上痛哭起来，她的双肩剧烈地的抖动着，泪水浸湿了一大片床单。

待她眼泪哭干的时候，终于横下了心，她猛地抬起头来，灰暗阴冷的眼睛远视着舱外不可知的水天，她的一只手搭在床头的拉手上，同时闭起了双眼，仿佛一个冷却多时的死人，没有了半点活气。

她用力推动了拉手！……

不知过去了多少时间，她被薄如冰从那个荒凉阴冷的世界唤醒。

但是凤姐一时还难以摆脱那荒凉与阴冷。薄如冰用手摸了摸她的前额，一片冰冷！

"你真的病了！"薄如冰关心地说。

"你是谁？哦，你是尤三娘吧？"

"尤三娘？！"

"你不就是尤三娘！你怎么上这船上来了？这可是个危险而罪恶的罗网。你快快逃生去吧！"

"你瞧瞧，我不是尤三娘！"

"别人都在骗我，你为什么骗我呢？你救了我母女，救了我的清白！对，皇上救了我母女，但皇上却让我背上了一口肮脏的大黑锅！"

薄如冰起两个指头在凤姐面前晃了晃，见她僵直的眼光毫无反应，惊道："凤姐，你疯了！"

"我没有疯！三娘，我没有疯啊！你再救我一次吧，救我逃出这个火坑去！"

"凤姐，你再好好看看我，我不是尤三娘，我是薄如冰！"

"薄如冰？！"凤姐听到薄如冰的名字，立即跳起身来，"薄如冰？你怎么是薄如冰？不，你分明是尤三娘！我怎么越看你越像尤三娘呢？你的眼，你的举动，你的声音，你的影子，无处不像啊！你如果是薄如冰，那么你和尤三娘一样就是一个好人了！是好人，但是皇上为什么要加害于你呢？"

"加害我？"薄如冰悚然一凛，但愿这不过是凤姐一时神智错乱的呓语！

薄如冰不明白，凤姐怎么会突然神智昏乱起来，她究竟受了什么刺激呢？薄如冰本能地追问了她一句：

"凤姐，皇上并没有要加害于我呀！即使要害我，也不会让你知道的。"

"我不知道就好了！可惜我不但知道了，而且还亲手……"

"亲手怎样？"

凤姐忽然止语，端视着薄如冰，并跪在了她的面前。

"凤姐，你别这样，快快起来！"

"你答应我一个条件，我才起来！"

"你说吧，你究竟有什么难处？"

"我没有难处，只望夫人赏我一剑，让我速死！"

"唉！"薄如冰道，"你知道我的剑从不妄斩无辜！"

"夫人，你杀的不是无辜，而是罪人，一个想害死你们的罪恶的女子！"

"凤姐，你怎么害得了我们？你快醒醒，不要胡言乱语了！"

"你不肯赏我一剑，也好，那么让我自己去死就是了。"说时，她把水珠取出，交给薄如冰，"你放在身上，代我交还给尤三娘吧！"

薄如冰接过珠扣，却和周元托她送三娘的一般无二，心中十分诧异。

"这珠或能救你一命！"

说罢，凤姐跃起身来，向中层跑去，到了舱口，纵身就往海里跳。薄如冰追风似的跟在她身后，一把抓住了她的细腰。

"凤姐，何必轻生？要死，你也要把话说明白了！"

凤姐欲言又止。正在这时，各路香主纷纷跑了过来，对薄如冰道：

"夫人，不好了，底层所有房间都进水了。"

"进水？"

薄如冰猛然惊起，喝问李凤姐："这就是你要寻死的原因？"

凤姐再次跪在薄如冰的面前："奴皇命在身，也是身不由己哪！夫人你为什么不让我以死谢罪呢？"

薄如冰一拎胸脯把她抓起来，狠狠地给了她一掌，骂道："贱人！"

这一掌却把凤姐打醒了，她失声痛哭道："夫人，你快逃命吧，那颗避水珠可以救你一命的呀！"

薄如冰冷笑了一声，把避水珠扔进了汪洋大海："哼！你太小看薄如冰了，薄某是那种贪生怕死之辈吗？"

说毕，薄如冰大步向顶层诸维元的灵堂走去。

众香主急急跟随而上。

谁也不再理会李凤姐。凤姐再次奔到舱口，心想，妈妈跳江未死，由女儿来还愿吧！她一咬牙，纵身投了海！

在海里，凤姐冒出水面，两手本能地拼命乱划。

薄如冰皱着眉，命人扔下一块木板去，她在船顶上叫道：

"你快快抓住木块，不要松手！"

凤姐果真紧紧抱着木板。

薄如冰面对神色紧张的诸香主道：

"眼前只有一条路了，就是各尽所能，把这船拆散，每人抱着一块木板，像李凤姐一样随波逐流，以待救船。是死是活，听天由命吧！恩师曾经预言过，本派要经历一次严重劫难，但劫难过去仍有光明。今天但愿两句话都能应了。只要有光明，大家都不要轻易放弃，要充满信心，哪怕是一线希望，也要坚持，要一直坚持到最后！"

"夫人放心！"闻越道，"诸位听着，吉人自有天相！想着要报这弥天大仇，也一定要设法活下来，此仇不报非君子！"

"说干就干！——拆船！"

"慢！咱们先为维元举行一个简单的海葬仪式，维元地下有知，也能谅解我们的！"

于是，大家向诸维元遗体虔诚地跪拜叩头后，就齐心协力把阴沉棺木从鱼肠剑塔上取下来，扔进了苍茫的东海！

这是一只地道的阴沉棺木，它一入水，就徐徐沉到了海底。

然后，八路香主解下兵器，各自斫下一块木板来，抢着跳了大海。还亏得凤姐没有选在夜里动手，在海水中虽不知东南西北，薄如冰还能招呼大家聚集在一起，朝着一个顺水的方向缓缓漂去。

望不见陆地，也见不到一条船影。

众英雄漫无目的地漂流着，眼看黄昏将要来临，当小半个太阳沉入海中的时候，海面和蓝天布满了瑰丽的绮霞，海水染成了红色，仿佛是一泓恐怖的鲜血。

突然有人惊呼了一声：

"船！看，那儿有船！"

远远的果然有几个黑点在向他们移动，大家兴奋地欢呼起来。

船队近了，一到跟前，它们却把落难者包围在中间，一艘旗船逼近了他们。薄如冰不禁倒抽了一口冷气！

众英雄见那船上站着的彪形大汉，就是刚才见过一面的"横肉"。

"哪位是薄掌门？""横肉"问。

"是我！"薄如冰答道。

"可是林屋派的掌门薄如冰？"

"不敢。"

"哈！久仰大名，你知道我们为什么返回来吗？"

"正要请教！"

"刚才有幸会面，偶尔听到'薄掌门'三字，如雷贯耳，就想打听个水落石出，此薄掌门是否就是林屋派掌门薄如冰！"

"现在你们证实了，知道了，又待如何？"

"为你们送行！"

"送去何方？"

"西方！"

薄如冰冷笑道："我们在海中多时，筋疲力尽。我们落海，你们下石，简直不费吹灰之力呀！然而我们往日无仇，近日无冤，还请好汉通下名来，就是死了，也让我们死个明白！"

"我们无名无姓，只是在这海中干一些没本钱的买卖。只是好猎鹰犬，今日务必一网打尽！"

薄如冰叹道："想不到，我们都死在了这些无名之辈的手中！"

"横肉"笑道：

"你们记住了，来生如果再入武林，就不要去当鹰犬，不闻'高鸟尽、良弓藏，狡兔死、走狗烹'吗？是鹰犬到头来不是被主人所烹，就是被豺狼所噬，这个下场，切记切记！"

说罢，一扬手，每条船上都有人把一筒筒火油倾入海中，然后射下火箭，顿时燃起熊熊大火来，就像一条壮阔的火带，包围了薄如冰他们，火带渐渐向中间合围，包围圈越缩越小。

　　林屋英雄有的想放弃木板，潜水突围，然而一是精力已经耗尽，二是即使突围出来，失了救护板，仍不免要葬身鱼腹。故众英雄仰天长道："要死就死在一块吧！"

　　"横肉"和海盗们在船上豪笑着。

　　火势渐渐逼近了。万分危急之际，西南角上突然起了一片乌云。

　　"看，暴风雨就要来了，暴风雨就要来了！"众英雄抱着一线希望。

　　乌云迅速漫延开来，霎时到了头顶上空，这时才看清，哪里是什么乌云，分明是黑压压的一群大鸟。

　　"鹰阵！"薄如冰惊叫起来。

　　天空中充满了鹰的喧嚣！

　　它们盘旋着、俯冲着，叼啄着海盗。

　　海盗们抱头鼠窜，哭爹喊娘，纷纷跳下海中，鹰们似乎连落水的海盗也不放过，数十、数百地围困一人，直到把他们撕成碎片。

　　"横肉"大呼"救命！"，但所有的海盗都自顾不暇。但见一只特大的鹰，"扑啦啦"地在"横肉"面前掠过，也就在这一瞬间，他的双目已经被叼去了。"横肉"痛倒在船上，很快成了猛禽的美味佳肴。

　　然后，鹰阵收聚在高空不散。薄如冰很是奇怪，它们只攻击落水的海盗，就是不攻击火圈中的他们！

　　鹰们仍在空中喧嚣着，久久盘旋着。

　　"难道神鹰岛就在附近？"薄如冰蓦地想起了古秋霞与她说过要在神鹰岛种林屋草的事。那么，草培育成了？驯鹰也一定成功了！

　　薄如冰想着，兴奋地在水中频频挥手，对众人道：

　　"快，把那几艘船占了！"

　　一言提醒了众英雄，大家潜水通过火区，纷纷登上了五艘海盗船。

"救我！薄夫人救救我！……"只有李凤姐一人还留在火圈之内。

"夫人，别管这伤天害理的娘们！"

薄如冰想了想道："遭此一劫，她也就算是我们的难友了。我去救她！"

说时，薄如冰又跳下了海，再进火区，把李凤姐救上了船，然后她对诸香主道："跟着鹰阵行驶！上神鹰岛去！"

"神鹰岛？是这些鹰的老家吗？"

"是的。"

"这些鹰凶狠得很，它们能容纳我们吗？"

"若不能容纳我们，刚才早把我们也撕成碎片了。"

他们大多将信将疑，只是机械地、疲惫地划动着桨，跟着鹰阵前进。

当海面上最后一道霞光褪去，可怕的昏暗降临之际，鹰阵才渐次消散，而就在这时，远远地却亮起了一盏渔灯，一支山歌就从渔灯光处飘来，盖过了千顷波涛的喧嚣：

> 扁担一根铁打造，
> 铁打扁担两头翘。
> 一头挂着西山剑，
> 一头挑着林屋草。
> 林屋草栖鹰万千，
> 西山剑扫不平道！
> 小舟孤灯夜巡海，
> 有缘相会在今朝。

薄如冰先已知道，余杭县令周元已封印弃官，上了洞庭西山，拜古秋霞为师了。但她不知道古秋霞在他习剑之前，先把育草、驯鹰之事交给了他。那驾着舟、唱着山歌的正是神鹰岛上的周元，是周元来接应他们了。

第三十一回　朱厚照受惊落水　尤三娘辞驾归山

正德朱厚照现在就像一头烦躁不安的野兽在行宫蹀躞。

他溜了一眼床上的尤三娘。尤三娘已经昏迷多日，至今未醒。她在毫无准备的情况下，突然地明白了正德谋害薄如冰的全部阴谋，并已无可挽回时，不禁心如刀绞，忍不住横剑自刭。然而，正德谋害薄如冰的冲击显然过于强烈了，尤三娘在自刭的瞬间已先自昏死了过去！

尤三娘自刭前曾用剑尖指着皇上，便有大臣发难，要按律作"犯上"论罪，但尤三娘平时人缘甚好，连浙抚毛一朋、新任奉天纠察段冬裁都为尤三娘求情，认为三娘素性豪侠，因不知皇上诛灭妖党妙计，只从天理侠义上思虑，激奋之余，痰迷心窍，不能克制自己而致。何况她一路保驾有功，自当以功折罪！

正德深以毛、段之言为然。幸游以来，尤三娘多次舍身救驾，对正德的忠诚笃爱，是他所难以忘怀的！他甚至很乐意为尤三娘开脱，把她的反常举止往为她开脱的地方去想。他比谁都明白，尤三娘与薄如冰颇有些私交，这种私交在姑苏飞车救驾，与薄如冰首次见面时已经种下了根。然而，使正德费解的是，尤三娘和薄如冰也无非一面之交而已，还不至于一听到薄如冰即将横死海外的消息，就立即冲动得举止失控，以至于轻生！

或许，尤三娘与薄如冰之间有个不解的谜？

或许，三娘对自己有点儿失望？正德闷闷地叹了口气。三娘，你作为一个妃子，还不能完全理解，任何一个英明国君对于威慑无

422

比且持有不同政见的剑派都是决不能容忍、姑息的呀。他出此下策，固然没有从天理、侠义上考虑，却是出于国家与社稷的安全，是为维护大局所采取的一个神圣举措！

尤三娘绝对的失望，或许还有更重要的一条。正德想着，突然像找到了某种重要的根据，嘴角漾起了一阵苦笑：这样的大事他没有跟她商量，反告诉了凤姐，让她去立了大功！自负的尤三娘显然难以忍受。于是正德把尤三娘轻生的原委想当然地归结于她的醋性大发！这一点是正德自以为比百官高明的地方。

正德对尤三娘自刎未遂而感到安慰，对她久不苏醒反觉得忧虑重重。特别是凤姐一去不返、毫无消息，他知道，一旦事败，薄如冰决不能轻饶于他，他还得靠尤三娘保驾周全。

雪上加霜的是，不仅杭州湾接应凤姐返回的消息天天落空，正德两次飞马传书，令顾命大臣李东阳立即拿问刘瑾，也均未成功。扬州以北，驿路早断，驿站大多已被白莲余党控制！

正德忧心似焚！也许，他亲自种下了弥天祸根：将自己深深陷入了白莲教和林屋派的双重夹击之中了！

正德坐到尤三娘的床前，带着泣声道：

"爱妃，你不能死，你不能死呀！朕还没有回京呢！"

其实，尤三娘已经醒来多时，只是她宁可饿死行宫也懒得理睬正德。随着杭州湾外不断传来凤姐失踪的消息，她的精神一刻好似一刻。当凤姐返回行宫的极限时间过时，尤三娘心里又充满希望。因为凤姐在规定的时间内不回复圣命，只能有两种解释：一是正德阴谋败露，凤姐为薄如冰所杀；二是她良心发现，投降了薄如冰！

"既有希望，就不能轻死！"尤三娘暗暗对自己说。

于是，她就故意翻了个身，悠悠地"唉"了一声："皇上，是皇上吗？……"

正德大喜过望："爱妃醒了！爱妃你终于醒了！爱妃呀，你可把朕急死了呢！"

"皇上，这是什么地方呀？"

"爱妃有病，昏睡几天了，连杭州湾行宫都记不得了？"

"杭州湾行宫？哦，是了，是了，是行宫，我记起来了！"

"爱妃，朕有一件危难之事，非爱妃不能救朕！"

"有危难，你找凤姐得了，她是上界三头六臂的武曲女星下凡呀！"

尤三娘何等聪明！她要给自己的轻生寻找一个解释，便轻而易举地从凤姐处借来了陈醋，赤裸裸地往正德身上一泼，却正中了正德的下怀。

正德听她这么说，心里反觉一阵轻松，知妻莫如夫！她毕竟不会为了一个小小的薄如冰而轻生呀！她是为了凤姐呢！

"爱妃，你说哪里话来，凤姐又怎能和你相提并论？"

尤三娘听了，便故意浅浅一笑："皇上，你还会有什么急难之事呀？"

"我要你立即飞马进京，向三位顾命大臣传谕。"

"把绿牡丹、红芍药和凤姐接进宫去吗？"三娘横了他一眼。

正德尴尬地笑了笑："爱妃，你是知道的,刘瑾身为内宫总监,执掌着东厂、西厂以及宫内二十四个'监''司'衙门。有生杀大权，而且……"正德沉吟了一会，看来他有点难以启齿。

"而且什么呀？"尤三娘听他提起了刘太监，不由警觉。

"而且，爱妃，万事也瞒不过你，眼下京中虽然有张太后和几位顾命大臣掌握政事，但内阁的批红大权实际上掌握在刘瑾手里。"

"呀！"尤三娘讥道，"无非是个太监罢了，怎么连批红大权也到了他的手里！"

"唉！朕名义上内阁掌权,实际上,豹房还有个'内内阁'……"

"那又如何？"

"如今白莲教劫驾之事已经败露，宫中的白莲教徒必然个个自危，你知道，军机处乃至封疆大臣中，刘瑾的干儿子成群，同党极多，朕怕他狗急跳墙……"

"你是怕刘贼乱中篡位，把你废了，是吗？"

424

正德很害怕这样过于露骨的话，擦了擦额上的汗，道：

"朕已下手谕，意欲命李东阳火速秘密行事，先拿抄刘瑾，候朕回宫定夺！"

尤三娘精神为之一振："可惜，你明白得迟了一点！"

"也未必。"

"既然圣意已决，何不飞马传书李大人？"

"两次传书，均未成功。只为扬州以北的官家驿站，多被白莲余党把占，故此重任，非爱妃莫属了！"

"三娘还得谢谢陛下的美差！"

"唉！当初让你去送薄如冰就万无一失了。只怪朕，以为你与薄如冰有点私交，恐你不忍下手，才临时换了凤姐。"

"凤姐不是很好，很出色，很英勇，很忠心耿耿吗？"

"你也不必讥她了，反正凤姐返回，多半已经没有了希望。朕自然不能久留江南，就决定明天北上，由毛一朋的新编御林军护驾，急赴通州。你到得京城，要时刻注意朕的行踪，朕一旦到了通州，即命李东阳前来复命！"

尤三娘的本意在于将养几日后，悄然离开行宫，单身往西山去寻访薄如冰。正德忽然又差她回京传旨。尤三娘在心中迅速地权衡着。

诛戮刘瑾原也是求之不得的。她能亲眼看到刘瑾的下场又何等痛快！何况刘瑾的拿问又经过她的手呢？薄如冰是否脱险，固然无法证实，但凤姐至今没有返回交令却是事实。倘然薄如冰果真脱险，她要返回西山尚需不少时日，不若趁着这个空当，回京去一次，先置刘瑾于死地以后再说。

尤三娘主意已定。

"爱妃，你怎么不说话呢？"正德问。

"我在想，几天没有进食，是吃了动身呢，还是进京回宫后再吃？"

正德呵呵大笑起来，传令下去："摆宴！朕要为尤妃饯行！"

尤三娘飞马起程，正德随即在浙精选三千御林军北上，先抵南京，然后经瓜洲、扬州、天津卫直到通州。

通州，离京不过四十里路。正德到达通州行宫时，尤三娘和顾命大臣李东阳、谢迁、刘健已在那里候驾多日。

正德稍事休息，急于要知道京城近况，特别是抄拿刘瑾一案的详细经过。当夜召见了李东阳等三位顾命大臣。

李东阳、谢迁、刘健递上第一折，是三位阁老的联合上书，曰：《遣返绿牡丹、红芍药疏》。正德龙颜转色，脸带薄怒，道：

"朕要知道刘瑾案办得如何？"

"陛下！"李东阳道，"以臣愚见，民间艳妓入宫伴驾，有伤国体，也为太祖《祖训》不容！斯所以比刘瑾案更为急者，望陛下下旨遣返，臣等方敢议论刘瑾谋逆案。"

正德心上闷闷地挨了一棍！祖训！又是祖训！想不到还未进紫禁城，《祖训》已像蛇影一样把他缠住了！刘瑾虽是白莲，然满朝文武哪有刘瑾这般能体察圣心？有了刘瑾，他才可以随心所欲，才可以天天欢娱无限。失了刘瑾呢？他又将如何度日？

正德冷冷一笑。

他知道，内阁大臣几乎无不痛恨刘瑾，无非是因为刘瑾并不循"祖"蹈"训"。顾命大臣们常以《祖训》压他，很多情况下，他不得不放弃所爱、所欲！这一次他们又逼迫他赶走绿牡丹、红芍药，他自知没有力量和《祖训》较量，看来又不得不屈从他们。于是违心道：

"爱卿所言甚是。只有事事处处对照《祖训》，方能皇图永固！朕准奏就是！"

正德深知李东阳脾气，说干就干，遂即吩咐身边的小太监去传旨安排。

李东阳这才递上第二个奏折。这一次，顾命大臣会合吏部、刑部，以突然袭击的方式从刘瑾住处抄出的金银珠宝不计其数，要用斗来计量。其中有几件要物，连正德也心惊胆战：

一、伪玺一枚。

二、穿宫、牙牌五百件。

三、藏刃扇二柄。

四、衣甲一千件。

五、弓弩十箱。

…………

其中"伪玺"仿照了正德御玺样式，不过刻的却是东野叟的年号；藏刃扇是一种可以行刺的扇子，刀刃藏在扇柄之中，伪装得极为隐秘；穿宫、牙牌乃是宫中的通行证。一个内宫太监，私宅中藏着大批穿宫、牙牌以及无数衣甲、弓弩，不为了造反应急之用又为了什么？刘瑾本人对于参加白莲教，在教内同时司掌要职，且为东野叟策划劫驾计划等事实种种，均已供认不讳。

正德读着奏折，额上沁出了黄豆大的汗珠。他毫不犹豫，要在奏折上圈批凌迟处死。笔尚未落下，忽见黄门官匆匆而至，跪报道："陛下，绿牡丹、红芍药来向万岁爷辞行！"

李东阳拂袖道："走便是了，辞什么行！"

正德扔下朱笔，忙起身道：

"爱卿有所不知，朕从江南回道通州，一路之上绿牡丹、红芍药伴驾有功；不仅如此，在西湖，朕设下一举剿灭白莲之计，二女在鏖战中也曾担惊受怕，同当国难，朕怎能如此薄情呀！快快宣进！"

只见绿牡丹与红芍药急急进得殿来，目含泪水，万种哀怨从中泻出，更觉水汪汪的凄楚动人。

她们见了正德，双双跪下山呼，音色美妙无比，足令正德心荡神摇：

"吾皇万岁！万岁！万万岁！"

李东阳等顾命大臣转过了身去，只用背对着她们。

正德有点不忍心，声带颤音道："朕幸游苏杭，二位美人给了朕无穷的快乐，朕今生今世难以忘怀。今日一去或是长别，朕理当设宴款待，才合情理呀……"

李东阳、谢迁和刘健听了连忙跪下道："陛下，不可！岂不闻《祖训》云，'志在勤政'，国事当头，尚未料理完毕，怎可弃之于不顾，而与贱妓饯行呢？"

正德的心急骤地向下一沉：又是《祖训》！

此刻正德已被推到了逆反心理的浪尖之上。他故意嬉笑着，"砰砰"地拍着自己的肚皮，道：

"朕本来早感腹中饥饿了，二位顾命的爱卿呀，就代劳一次吧！快快为朕在钓鱼码头备下御席。寡人充饥毕，还想与二位美人垂钓一番。然后，亲自送她们上船，水上来，水上去也，岂不美哉！"

李东阳三人面面相觑。

"怎么？爱卿忍看寡人忍饥挨饿吗？"

"那么刘瑾之案呢？"

"不忙。朕与美人垂钓，尽了兴，自会召见二位爱卿，共议国政，当斩即斩，当剐即剐！爱卿以为如何？"

李东阳他们听得出话音，所谓"当斩即斩，当剐即剐"，皇上显然带了愤激之情，自知不能再谏，只得暗中叹息，安排正德、尤三娘和绿牡丹、红芍药同赴通州钓鱼码头。

通州钓鱼码头。

这里是一个天然的能够充分享受垂钓之乐的去处。树冠在风中摇摆着，像喝醉了酒一样，碧波倒映着它们的醉态，倒映着绿牡丹、红芍药弱不禁风的娇体，也倒映着饮酒微微过度的正德那发红活泼的脸。没有闲人，只有正德和绿牡丹、红芍药在水中临时搭起的高台前垂钓。

尤三娘腰中挂着青萍宝剑，默默在宽绰的台上游弋。

看上去他们钓得很开心，每钓得一条鱼儿，就引来双美一阵吃吃的艳笑。红芍药对绿牡丹道：

"人有时和鱼一样无知，常常为了尝一尝钩上的一点鱼饵小利，活活赔了鲜活的一条性命！"

"可是，人也有高下的呀！"绿牡丹道，"撒钩的是智者，上钩的就是愚者，不是人人都会上钩的。"

"这叫'愿者上钩'！"

愿者上钩！正德仿佛受了一震，心里立即涌上了一种智者的自豪。他设计的'月圆'计划，不就是钩吗？白莲、林屋就是鱼，他们毕竟心甘情愿地上钩了！薄如冰看上去像智者，但智者尚有一失。正德情不自禁，得意地一笑：自己毕竟是真命天子，他才是人间的真正智者！

"'愿者上钩'，此言甚是，精辟至极！"

正德说时，胸中却涌起了一股不祥的心潮，他随即收敛了脸上的笑容，僵持了一切表情动作，尽量去追访那股心潮的源头。

而李东阳忽地匆匆上了钓鱼台，惊破了他沉沉的心思：

"陛下！有一件奇特的要事，不敢拖延，特来禀报。"

"何事？"

"昨天夜里，前内宫总监卫柏夏的墓穴被掘，有人对他惨无人道地鞭尸，陵墓处，残骸遍地，不可收拾！"

正德听了，不觉大叫一声，喷出一口鲜血来！

随即只听得"扑通"一声，正德朱厚照掉进了河里。

尤三娘几乎跳起身来，却忘了正德，拉着李东阳的手，只顾垂询，力求证实消息的真实性：

"你说的全是真的？"

"真的！要是假消息，岂不犯了欺君之罪吗？"

"谁去鞭尸了？男的还是女的？"尤三娘似乎是在明知故问了，"我想一定是女的！"

正德在水里挣扎，大声叫唤着："三娘救我！……"

其惊慌与恐惧，仿佛被司马畏劫持在马车上，尤三娘听来非常熟悉。然而，她已经没有了姑苏救驾的激情，只是急急地要李东阳回答她的问话。

李东阳下跪道：

"请娘娘先行救驾！"

尤三娘这才想起，忙解下青萍宝剑，把剑鞘伸到河中，正德急忙抓住，渐渐向台上靠拢。

"快快拉朕上去！"

尤三娘不温不火地问："陛下，有一事不明，先就请教！"

"你让我上去了再说！"

"不，说了再救你！"

"你疯了！"

"这也是愿者上钩，不愿者河心去！"

"放肆！"

然而正德又不敢太认真，苦笑道："爱妃莫开玩笑！现在事急了，况且，你一定知道掘墓鞭尸的是谁了。"

"我想是她，林屋派的女掌门薄如冰！害不死的薄如冰！不是吗？"

"是她！一定是她！凤姐不归，我便知道不妙呢！薄如冰不死，寡人将大难临头了！爱妃，这种紧急关头，你还要请教什么？"

"臣妃只想知道，刘瑾谋反，铁证如山，罪在凌迟，陛下何以留中不批呢？"

"爱妃怎知朕的苦处，朕最怕的是凤姐办事不力，薄如冰如不死，就成了朕的冤家对头，今后还有谁能制衡林屋呢？"

"你的意思是想反过来收买白莲教，就像哄骗林屋派那样，去借刀杀人？"

"此事干系极大，爱妃，先救我起水，我正要和你从长计议呢！"

"你要活命，先得开一开金口，答应办好两件事。"

"给你办事？我？"

尤三娘不理会他的极度诧异，道：

"第一，下诏通报全国，尤三娘即日起赴西山向林屋英雄谢罪！"

"这是什么话？皇家向草莽谢罪？"

"皇家昧了天良，向林屋谢罪也是向天谢罪，否则哪来国泰民安？"

"不！"

"第二，立即下令凌迟刘瑾！"

尤三娘见正德不应话，就用力抽回剑鞘。正德立即失了依附，双手乱划着，一连吃了好几口水。

尤三娘拣起一根钓鱼竿，狠狠地抽了一下水面，溅起了无数细珠。然后把钓鱼竿伸到正德的面前：

"陛下，愿上钩否？"

正德迅速抓住了鱼线，却又吃了一口水：

"三娘……救我……"

尤三娘冷笑一声，抛了鱼竿，青萍"铮"的一声插入鞘中，然后一个箭步蹿上河滩。

尤三娘面朝太阳，义无反顾地大踏步向前而去。

在她的身后，留在温和耀眼的阳光中的，是那种突然回归的尊严、意志、自信和力量凝结起来的身影……